Sofie Sarenbrant

DAS MÄDCHEN UND DIE FREMDE

rütten & loening

Sofie Sarenbrant

DAS MÄDCHEN UND DIE FREMDE

Thriller

Aus dem Schwedischen
von Hanna Granz

Die Originalausgabe unter dem Titel
Avdelning 73
erschien 2016 bei Första pocketupplagen, Stockholm.

ISBN 978-3-352-00900-6

Rütten & Loening ist eine Marke der Aufbau Verlag GmbH & Co. KG

1. Auflage 2017
© Aufbau Verlag GmbH & Co. KG, Berlin 2017
Copyright © 2015 by Sofie Sarenbrant
Published by Arrangement with LENNART SANE AGENCY AB and Thomas Schlück GmbH.
Gesetzt aus der Whitman durch Greiner & Reichel, Köln
Druck und Binden CPI books GmbH, Leck, Germany
Printed in Germany

www.aufbau-verlag.de

Für meine Großmutter
(besser spät als nie)

FREITAG
24. April

KAPITEL
1

Eine fremde Frau nimmt das Baby hoch und verschwindet. Emma Sköld kann lediglich die Umrisse ihres Rückens erkennen, dann ist sie auch schon verschwunden. Es dauert mehrere Sekunden, bis sie begreift, was das bedeutet. Eiskalt läuft es ihr über den Rücken, als ihr klar wird, was sie gerade verliert. Sie versucht aufzustehen und hinterherzurennen, doch ihr Körper gehorcht ihr nicht. Sie ist sich nicht einmal sicher, ob sie überhaupt noch einen Körper hat. Weder Arme noch Beine lassen sich bewegen. Jemand muss sie fixiert haben. Irgendetwas drückt ihr die Kehle zu, wenn sie versucht, den Kopf zu drehen. Sie kann kaum atmen. Es scheint, als würde künstliche Luft in ihre Lunge gepumpt.

Grelles Neonlicht blendet sie von oben.

Verzweifelt unternimmt Emma einen letzten Versuch, sich loszureißen, doch der Schmerz, den diese Bewegung auslöst, ist unerträglich. Es sticht wie tausend Nadeln, sobald sie sich auch nur ansatzweise rührt. Plötzlich schwinden ihre Kräfte, und sie wird still. Sie gibt auf. Sie kann ihre Tochter nicht vor den fremden Händen retten. Ist hier denn niemand, der ihr helfen kann, der ihre Verzweiflung sieht?

Ein letzter Ausweg scheint zu sein, um Hilfe zu rufen. Sie holt tief Luft und will schreien, doch sosehr sie sich auch anstrengt, es kommt kein Laut über ihre Lippen.

Was nie hätte geschehen dürfen, ist passiert, ohne dass sie etwas dagegen hätte tun können. Emma weigert sich, es hinzunehmen, nicht kampflos. Mit einer Entschlossenheit, die jeden Widerstand außer Kraft setzt, reißt sie sich los. Erst die Arme. Sie kämpft, verheddert sich jedoch in dünnen Schläuchen, die mit einer trüben Flüssigkeit gefüllt sind. Ihr Oberkörper ist frei, doch die Beine verweigern ihr den Dienst. Sie sind wie gelähmt.

Endlich sind Geräusche zu hören, wenn auch nur aus der Ferne. Schnelle Schritte und Stimmen nähern sich. Sie klingen aufgeregt, verwundert, aber auch fröhlich. Emma weiß nicht, ob sie Rettung bedeuten oder ob sie ihr feindlich gesinnt sind.

Die Ohnmacht breitet sich wie eine Decke über sie, sie ist schweißgebadet. Die Angst und das lautlose Schreien haben ihre Kehle ausgetrocknet.

Ihr hat jemand ihr Kind weggenommen.

KAPITEL
2

Sieben Säuglinge und ein schon etwas größeres Baby liegen auf gepolsterten Matten im Kreis vor ihren Eltern. Zwei von ihnen sind eingeschlafen, ein weiteres windet sich und jammert, ohne dass die Mutter etwas dagegen tut. Vielleicht ist es der schräge Gesang, der dem Baby in den empfindlichen Ohren wehtut. Hillevi versucht, ihn auszublenden und sich auf das Positive zu konzentrieren. Vor ihr liegt ihr größter Schatz auf dem Rücken und betrachtet neugierig die Erwachsenenhände, die sich zu *Eine kleine Spinne* bewegen. Noch immer klingt das Kinderlied falsch. Da die Älteste im Publikum jedoch gerade einmal sechs Monate alt ist, spielt das keine große Rolle. Die Frau neben Hillevi, die mit dem jammernden Kind, beugt sich zu ihr herüber und flüstert entschuldigend: »Bauchkneifen.«

»Das arme Kind«, sagt Hillevi in dem Versuch, Interesse zu heucheln. »Ich weiß, wie das manchmal ist.«

Dann fällt sie etwas lauter in den Refrain ein, um deutlich zu machen, dass das Gespräch beendet ist. Sie ist hier, um zu singen, nicht zum Quatschen. Diese einzige Unternehmung des Tages will sie voll auskosten, bevor sie wieder in den gewohnten Trott zurückkehrt. Die Musikpädagogin kündigt eine kurze Still- und Windelwechselpause an, bevor das nächste Lied drankommt. Hillevi schaut auf die Uhr. Noch eilt es nicht, wieder nach Hause zurückzukehren. Sie können ruhig bis zum Ende bleiben.

»Ich bin übrigens Tamara«, sagt die Frau neben ihr und streckt eine Hand aus, an der sie einen klobigen Ring trägt.

»Hillevi«, gibt Hillevi scheu zurück und überlegt fieberhaft, wo sie das Desinfektionsmittel verstaut hat. »Was für ein Süßer – es ist doch ein Junge?«

Tamara lacht. »Ja, natürlich, Måns heißt er, er ist drei Monate alt. Und deine Tochter? Sie sieht aus wie ... ungefähr fünf Monate?«

»Ein halbes Jahr.«

Nun kommt bestimmt ein Kommentar, dass sie zu alt für die Gruppe ist, denkt Hillevi und bereitet sich auf eine Verteidigung vor. Diskret hantiert sie mit dem Desinfektionsmittel, um mögliche Bakterien zu vertreiben, die das Händeschütteln übertragen haben könnte. Besser, man ist auf der sicheren Seite, sie kann es sich nicht leisten, krank zu werden.

»Total süß! Sie hat deinen Mund«, sagt Tamara, statt irgendwelche dummen Bemerkungen zu machen.

Hillevi holt tief Luft und zupft ihre unbequeme Bluse zurecht.

»Danke, du bist die Erste, die das sagt.«

»Måns ist ganz der Papa«, fährt Tamara fort, als würde das auch nur irgendwen interessieren. »Von mir hat er eigentlich gar nichts.«

»Das kommt vielleicht noch«, tröstet Hillevi und sieht das Kind an. Tamara hat recht, nichts deutet darauf hin, dass sie auch nur miteinander verwandt sind. Schade für sie.

Hillevi hofft inständig, dass der Gesang bald weitergeht und sie sich nicht mehr unterhalten muss. Ihr Wunsch wird erhört. Die Pädagogin mit der selbstgestrickten Jacke und dem unregelmäßig gefärbten Haar kommt wieder herein. Erleichtert atmet Hillevi auf.

Für sie kommt es nicht infrage, mit einer Müttergruppe zum Spaziergang zu gehen, und erst recht nicht, mit jemandem Kaffee zu trinken. Nicht, dass jemand sie dazu aufgefordert hätte. Ohnehin ist sie am liebsten den ganzen Tag allein mit der Kleinen, wenn sie schon einmal die Gelegenheit dazu hat. Andererseits vergeht sie manchmal fast vor Langeweile, wenn sie sich nur in der Wohnung aufhalten. Eigentlich dürfte sie nämlich überhaupt nicht nach draußen gehen, das weiß sie genau. Nur zum Laden, keine längeren Strecken. Immer dieselben Wege. Doch ein bisschen frische Luft und eine einzige Aktivität werden ihnen schon nicht schaden, im Gegenteil. Danach weiß sie die Einsamkeit der Wohnung umso mehr zu schätzen.

Gleich ist die Musikstunde vorbei, und sie kann wieder nach Hause gehen, als wäre nichts geschehen. Niemand braucht es je zu erfahren.

Als sie gerade *Mäh, Lämmchen, mäh* anstimmen, passiert das Unglaubliche: »Mam ... mam.«

Hillevi starrt das kleine Mädchen triumphierend an. Hat sie richtig gehört, oder bildet sie sich das nur ein?

Tamara stößt sie mit dem Ellbogen an. »Sie hat Mama gesagt! Mensch, das ist ja unglaublich!«

Wenn Tamara wüsste, wie unglaublich das tatsächlich ist ...

KAPITEL
3

»Sie kommt zurück«, sagt eine Stimme, die Emma nicht kennt.
Ihre Lider flattern, bleiben jedoch geschlossen. Sie spürt eine lähmende Müdigkeit, und es dauert eine Weile, bis sie etwas sehen kann. Vielleicht ist sie zwischendurch sogar wieder eingeschlafen, sie weiß es selbst nicht genau. Eben noch saß sie auf einem galoppierenden Pferd, und jetzt befindet sie sich in einem hellen Raum. Sie versucht, sich an das Tageslicht zu gewöhnen, doch der Schmerz in ihrem Kopf ist unerträglich. Um sie herum stehen verschiedene Apparate mit blinkenden Ziffern und Kurven, die sie ganz schwindlig machen, so dass ihr schlecht wird.

Nach einer Weile kann sie blau- und weißgekleidete Menschen erkennen. Wie überdimensionale Schlümpfe sehen sie aus. Sie starren sie mit ernster Miene und hochgezogenen Augenbrauen an. Wer sind sie und was wollen sie von ihr? Keiner spricht mit ihr, alle scheinen darauf zu warten, dass sie die Initiative ergreift.

Ihre Beobachter tragen Mundschutz, und allmählich geht Emma auf, dass sie sich wahrscheinlich in einer Klinik befindet. Es sind viel zu viele Eindrücke auf einmal. Plötzlich verschwimmt wieder alles vor ihren Augen.

Dann wird es dunkel.

Als sie das nächste Mal die Augen aufschlägt, versucht sie erneut herauszufinden, wo sie ist. Jemand scheint mit ihr zu reden, doch Emma versteht nichts. Es rauscht und pfeift lediglich in ihren Ohren. Schlagartig bekommt sie Angst. Die Frau neben ihrem Bett erzählt einfach weiter und gestikuliert lebhaft. Emma versteht einzelne Wörter: *Lebensgefährte. Familie. Unterwegs.* Das ist alles.

Der Rest verschwimmt und wird zu einem einzigen Wirrwarr ohne Inhalt. Emma muss sich konzentrieren, um eine Antwort auf die dringlichste Frage zu bekommen: Was tue ich hier? Auch spürt sie, dass irgendetwas fehlt. Etwas Wichtiges.

Ihre Wange juckt, und Emma versucht, den Arm zu heben. Nichts, auch nicht der Ansatz einer Bewegung. Die Frau redet weiter, während Emma sich bis auf das Äußerste anstrengt, den rechten Arm zu heben. Es muss gehen, aber es will einfach nicht gelingen. Eben noch wollte sie um jeden Preis fliehen, es war dringend, eine Krisensituation. Emma weiß allerdings nicht, warum es sich so angefühlt hat. Endlich gelingt es ihr, die Hand zu heben, doch die Schläuche im Arm sind ihr im Weg. Auf Höhe des Halses stößt sie auf etwas Hartes. Da sieht sie die Frau nicken und hört sie etwas sagen, das wie »Tracheotomie« klingt.

Wieder begreift Emma kein Wort. Die Frau muss eine andere Sprache sprechen. Gern würde sie dieses Ding an ihrem Hals noch einmal berühren, aber die Kräfte reichen nicht aus. Erneut wird ihr schwindlig, das ganze Zimmer dreht sich. Sie wird es später noch einmal versuchen, erst muss sie sich ausruhen.

Eine seltsame Ruhe breitet sich in ihr aus. Sie ist sich nicht einmal mehr sicher, wer sie überhaupt ist, wahrscheinlich ist das auch gar nicht so wichtig. In einem tapferen Versuch zu lächeln zieht sie die Mundwinkel nach oben, doch ihre Lippen bewegen sich nicht. Dann trifft es sie wie ein Blitz aus heiterem Himmel, und sie weiß, was fehlt.

»Ines!«, brüllt Emma mit letzter Kraft.

KAPITEL
4

Auf dem Nachhauseweg von der musikalischen Früherziehung hält Hillevi an einem Kiosk an. Sie möchte die Entwicklung von Ines irgendwie feiern. Dass sie tatsächlich Mama gesagt hat! Hillevi muss sich kneifen, um sich zu überzeugen, dass sie nicht träumt. Dann beschließt sie, sich das erste Eis der Saison zu gönnen. Zum Glück ist Ines eingeschlafen, sobald sie die Kleine in den Kinderwagen gesetzt hat, so dass sie nicht neidisch werden muss. Ihr jetzt schon Eis zu geben, fände Hillevi viel zu verfrüht. Aber sie hat keine Eile, in die Wohnung zurückzukehren. Lieber bummelt sie noch ein bisschen herum und genießt das Hier und Jetzt. Darin ist sie eine wahre Meisterin geworden: den Augenblick zu nutzen, etwas Schönes und Kostbares aus den Stunden zu machen, die sie gemeinsam haben.

Ehe ihr Leben im November letzten Jahres seinen Sinn zurückbekam, ist jeder Tag für sie ein Kampf gewesen. Sie kann sich gar nicht mehr erinnern, wie sie sich morgens überhaupt motivieren konnte, auch nur aufzustehen. Jetzt ist sie froh, dass sie sich nicht hat gehenlassen. Sonst hätte sie das alles hier verpasst.

Liebevoll zieht sie die Decke zurecht, die im Wagen verrutscht ist. Mit der richtigen Einstellung und gutem Willen könnte es bestimmt viel mehr Depressiven gelingen, in ein erträgliches Leben zurückzufinden. Doch sie, wenn überhaupt jemand, weiß auch, wie viel Kraft es kostet. Und manchmal gehört gewiss auch eine Portion Glück dazu, um aufzuwachen, so wie es bei ihr der Fall gewesen ist.

Hillevi sieht sich sorgfältig um, bevor sie mit der Daim-Waffel in der einen und dem Wagen in der anderen Hand die Straße überquert. Niemals würde sie es sich verzeihen, wenn etwas passiert, weil sie nicht aufgepasst hat. Der Verkehr in Stockholm kann richtig gefährlich sein, sie weiß nicht, wie oft sie schon den Kinderwagen zur Seite reißen musste, weil irgendein Verrückter an ihr vorbeigerast ist.

Gleich wird sie die St.-Eriks-Brücke überquert haben. Ihr langer Mantel flattert im Wind. Obwohl die Sonne scheint, sind die Frühlingswinde immer noch frisch. Hillevi schaudert. Schon immer ist sie eher fröstelig gewesen, vielleicht weil sie so dünn ist. Da ist es bestimmt angenehmer, in so einem Kinderwagen zu liegen, sorgfältig eingewickelt wie in einem Kokon. Allerdings wird er allmählich zu klein für Ines, sie wird den Wagen bald zum Buggy umrüsten müssen.

Es geht alles so schnell, und das erfüllt Hillevi mit gemischten Gefühlen. Einerseits ist es spannend, andererseits macht es ihr auch Angst. Schwups wird Ines reif für die Krippe sein – was für eine schreckliche Vorstellung! Zum Glück sind es noch einige Monate bis dahin. Hillevi hofft, dass sie noch viele Gelegenheiten haben werden, die gemeinsame Zeit zu nutzen.

Es sind nur noch ein paar hundert Meter bis zur Wohnung in der Hälsingegatan, ihrer neuen Festung. Hillevi hat längst den Überblick verloren, wie viele Stunden sie dort verbracht hat, mit Windelwechseln, Füttern und vor allem Spielen. Wenn Ines ein bisschen älter ist, ergeben sich noch ganz andere Möglichkeiten. Dann können sie ganze Tage auf dem Spielplatz verbringen, Sandburgen bauen, schaukeln und rutschen. Darauf freut sie sich jetzt schon – vorausgesetzt, sie darf dann mit ihr rausgehen.

Hillevi öffnet die Haustür und ruft den Aufzug. Hoffentlich wacht Ines bald auf, es ist so langweilig, wenn sie schläft. Auch wenn es in der Wohnung genug zu tun gäbe, wird Hillevi schnell unruhig. Sie vermeidet es, in die Küche zu gehen, um die Berge von Abwasch nicht zu sehen. Das geht sie nichts an, darum muss sie sich nicht kümmern, bloß weil sie mit Ines zu Hause ist.

Eigentlich könnte sie die Schlafenszeiten der Kleinen nutzen, um sich auszuruhen, doch es fällt Hillevi schwer, stillzusitzen. Sobald sie mit ihren Gedanken allein ist, machen diese sich selbständig, und sie hat Angst, dass sie wieder düster werden und sie herunterziehen könnten.

KAPITEL
5

Das Händeschütteln ist erledigt. Kristoffer atmet tief durch, als er den Besprechungsraum verlässt. Eine gute Stunde lang konnte er alles andere beiseiteschieben, um den Vertrag abzuschließen – das hat er geradezu als Erholung empfunden. Doch im selben Moment, in dem er den Fokus auf die Besprechung wieder aufgibt, ist die nagende Angst zurück: die Wirklichkeit.

Vor fast einem halben Jahr ist sein Leben aus den Fugen geraten. Er hatte gerade angefangen, so etwas wie Harmonie zu empfinden, als passierte, was nie hätte geschehen dürfen. Die Nachricht, die Josefin ihm damals geschickt hat, lässt ihn nachts immer noch schweißgebadet aufwachen. *Emma ist in der Notaufnahme. Bewusstlos. Wie schnell kannst du hier sein?*

Eine Nachricht, die alles verändert hat.

Emma war an jenem kühlen Novembermorgen so voller Energie gewesen. Sie sprudelte vor Freude, endlich mal wieder in den Stall zu kommen, auch wenn es ihr schwerfiel, sich von Ines zu trennen. Nachdem sie die Schlaf- und Essenszeiten mehrfach mit ihm durchgesprochen hatte, zog sie ihre Reitstiefel an und ließ ihn und das Baby in ihrer Wohnung in Vasastan zurück. Er erinnert sich, dass er sich zugleich stolz und ein bisschen ängstlich gefühlt hat, mit seiner Tochter allein zu bleiben, immerhin war sie erst einen knappen Monat alt. Zwar war es ihnen gelungen, Ines einigermaßen an die Nuckelflasche zu gewöhnen, es klappte jedoch nicht immer. Dennoch wollte Emma probieren, ein paar Stunden außer Haus zu sein, zum ersten Mal nach der Entbindung. Nach dem Mittagessen legte er sich mit Ines auf das Doppelbett, und sie schliefen weit länger als die Dauer eines regulären Mittagsschlafs, so dass es eine Weile dauerte, bis er wieder richtig zu sich kam. Dann dauerte es noch einmal einen Moment, bis er auf die Idee kam, auf sein Handy zu schauen, das in der Wickeltasche lag und schon seit einer Weile klingelte.

Dasselbe Klingeln reißt ihn auch jetzt aus seinen Gedanken. Es liegt irgendwo im Büro, und Kristoffer hat es nicht eilig dorthin. So viele Male hat er abgenommen, und seine Hoffnung auf einen positiven Bescheid vom Krankenhaus ist enttäuscht worden. Er wird sich wohl damit abfinden müssen, dass Emma nicht wieder aufwachen wird.

Er schenkt sich Kaffee ein und stößt dabei mit einem Kollegen zusammen. Gerade will er mit seinem Honorar prahlen, da hört er erneut das Handyklingeln. Ein hartnäckiger Typ anscheinend. Bestimmt ein ehrgeiziger Immobilienhai, der sich furchtbar aufregen wird, wenn er erfährt, dass er das Objekt schon vor dem ersten Besichtigungstermin verkauft hat.

»Es hat schon während deines Meetings ständig geklingelt. Ich vergesse immer, dass es deines ist, und erschrecke mich jedes Mal, wenn ich es höre. Leg dir mal einen anderen Klingelton zu – oder wechsle den Job«, sagt der Kollege mit halb ernstem Unterton. Dann geht er hinaus.

Kristoffer nimmt sein Handy vom Schreibtisch. Er hat mehrere entgangene Anrufe vom Krankenhaus. Darüber hinaus hat Josefin ihm eine SMS geschickt, die er lange anstarrt, ohne sie zu begreifen. Drei Worte, die er immer wieder aufs Neue lesen muss: *Emma ist aufgewacht.*

KAPITEL
6

Tränenüberströmt steigt Josefin Sköld in Aufzug F und drückt, wie gewohnt, die Fünf. Auf das Schild mit den Knöpfen hat jemand mit Filzstift »AIK« geschmiert. Oben angekommen, öffnet die Tür sich automatisch. Josefin läuft über den Flur, die Handtasche schlägt gegen ihre Hüfte. Eine Krankenschwester kommt ihr mit einem Patientenbett entgegen und muss ihr ausweichen, um einen Zusammenstoß zu vermeiden. Josefin hat keine Kontrolle über sich selbst, sieht nur das Schild mit der Aufschrift »Intensivstation«.

»Entschuldigung«, stammelt sie im Vorbeirauschen, die Schwester quittiert es mit einem kurzen Nicken. In einem Krankenhaus findet sich offenbar besonders viel Verständnis für verwirrte Besucher.

Josefin ist bereits auf dem Weg nach Danderyd gewesen, als der ersehnte Anruf sie endlich erreichte, die Nachricht, von der sie schon gedacht hat, sie käme nie. Als sie jetzt vor dem Eingang steht, klopft ihr das Herz bis zum Hals. Mit zitternden Fingern wischt sie sich die Tränen ab, sie ist nervös, weil sie nicht weiß, was sie hinter der Glastür erwartet. Sie kann sich nicht erinnern, jemals so aufgeregt gewesen zu sein. Wahrscheinlich ist sie die Erste vor Ort, doch ihre Eltern sind sicher auch schon unterwegs. Sie klingelt und wartet, dass man ihr aufmacht, schluckt bei dem Gedanken, dass sie gleich ein Lebenszeichen von ihrer Schwester erhalten wird. Rasch fährt sie sich durchs Haar. Wie sieht sie überhaupt aus? Wird Emma sie erkennen? Sie zupft den Kragen ihrer Bluse zurecht, der ihr beim Laufen verrutscht ist, und öffnet den obersten Knopf, um besser atmen zu können.

Ihre Gefühle sind ein einziges Durcheinander. Bisher haben die Ärzte nicht gewagt, irgendwelche Versprechungen zu machen, überhaupt nicht. Sie haben sie also nicht darauf vorbereitet, was sie erwarten könnte, falls Emma nach diesem schrecklichen Reitunfall überhaupt je wieder aufwachen würde, einfach deshalb, weil sie es selbst nicht einschätzen konnten. Man kann nicht wissen, wie ein Mensch sich nach einer schweren Hirnblutung erholt, vor allem nicht, wenn er längere Zeit im Koma gelegen hat. Manchmal hatten sie das Gefühl, Emma würde reagieren, an anderen Tagen wiederum hatten sie überhaupt keinen Kontakt zu ihr. Und jetzt behaupten sie, sie sei bei Bewusstsein. Josefin hat sich geschworen, sich nie mehr über irgendetwas zu beklagen, wenn sie nur ihre Schwester behalten darf, egal in welcher Verfassung. Dass sie aufgewacht ist, ist ein erster Schritt, alles andere wird sich finden. Mehr zu verlangen wäre unbescheiden. Aber hoffen kann man ja immer.

Endlich öffnet sich die Tür zur Intensivstation, und ein Arzt, dem Josefin noch nie zuvor begegnet ist, begrüßt sie. Er gibt ihr ein Zeichen, ihm in den Bereich zu folgen, in dem sich acht Patienten in so kritischem Zustand befinden, dass sie rund um die Uhr beatmet werden müssen.

Schwerkranke zwischen Leben und Tod.

Wie Emma.

Vor dem Zimmer bleibt Josefin stehen, um Luft zu holen. Plötzlich scheut sie sich hineinzugehen. Sie, die so viele Male neben Emma gesessen hat, um mit ihr zu reden, ohne je eine Antwort zu erhalten. Nicht einmal ein Blinzeln. Die Zeit stand still, während Emma im Koma lag.

»Bitte, kommen Sie rein«, sagt der Arzt, und sie zuckt zusammen, sie war ganz in ihrer eigenen Welt versunken.

Dann geht sie hinein und lässt den Blick von Emmas Füßen bis zu ihrem Kopf wandern. Zu ihrer Enttäuschung sind Emmas Augen geschlossen. Ihr erster Gedanke ist, man habe sie hereingelegt, ihr nur vorgemacht, Emma sei erwacht. Kein Lebenszeichen, außer der EKG-Kurve, die sich die ganze Zeit über schon bewegt hat.

Hat sich jemand über Emmas Zustand getäuscht?

»Das Aufwachen geschieht schrittweise«, erklärt der Arzt, der ihr die Enttäuschung wohl ansieht.»Aber sie hat mehrmals die Augen geöffnet, und ihre Werte sehen gut aus.«

»Danke«, sagt Josefin und muss sich sehr zurückhalten, um dem Mann im blauen Kittel nicht um den Hals zu fallen.

Schließlich tut sie es doch.

Er erwidert die Umarmung, wenn auch zögernd.

»Was weiß sie eigentlich?«, fragt Josefin und lässt den Arzt wieder los.

»Wir haben ihr von dem Unfall und der Hirnblutung erzählt, ob sie es begriffen hat, wissen wir allerdings nicht«, antwortet er.

»Hat sie irgendetwas gesagt?«

»Noch nicht, aber das kann auch dauern. Ich lasse Sie jetzt einen Moment mit Ihrer Schwester allein. Rufen Sie einfach, wenn Sie Hilfe brauchen.«

Josefin setzt sich auf den abgenutzten Besucherstuhl und wartet – darin hat sie inzwischen Übung. Doch auf etwas zu warten, ohne zu wissen, ob es nicht doch vergebens ist, ist etwas ganz anderes. Der Begriff der Ungewissheit hat für sie eine ganz neue Dimension bekommen. Immer wieder ist sie zwischen Hoffnung und Verzweiflung hin und her geworfen worden, hat geheult und schlaflose Nächte gehabt, in denen sie überlegt hat, wie sie eigentlich als große Schwester gewesen ist. Die gemeinsame Kindheit und die kleinen und großen Konflikte der letzten Monate sind immer wieder vor ihrem inneren Auge vorbeigezogen.

Als der erste Schock über den Unfall sich gelegt hatte, kam die Wut darüber, dass dies ausgerechnet Emma passieren musste.

Warum ihrer Schwester?

Wo sie doch gerade erst Mutter geworden war, endlich ihr langersehntes Kind bekommen hatte. Ausgerechnet zu diesem Zeitpunkt musste sie so schwer verunglücken, dass niemand sagen konnte, ob sie je wiederhergestellt würde. Dass Pferde gefährliche Tiere sind, hat sie selbst schon immer gewusst. Sie kann gar nicht verstehen, wieso die Leute reiten, wenn sie sich dabei solcher Gefahr aussetzen. Es müsste verboten werden! Und obwohl sie weiß, dass es ein Unfall war, hätte sie diesen Gaul am liebsten bei der Polizei angezeigt, weil er sich einfach nicht hatte auf den Beinen halten können. Wie schwer konnte das denn sein, wenn man vier davon hatte? Zum Glück hat Emma einen Helm getragen, sonst wäre es wohl ihr Ende gewesen.

Emma bewegt sich kaum merklich, und Josefin wird aus ihren Gedanken gerissen. Es sind nur ein paar Millimeter, aber immerhin. Aus dem Mund ihrer Schwester dringt ein leises Wimmern, das erste Lebenszeichen, das Josefin nach fünf Monaten an ihr wahrnimmt. Dass ein so leises Geräusch solche Gefühle auslösen kann, hätte sie nie gedacht. Ihre Wangen werden nass, und sie versucht sich zusammenzureißen.

»Emma?«, flüstert sie. »Ich bin es, Josefin.«

Wie durch ein Wunder öffnet Emma langsam die Augen. Es ist wie ein Stummfilm in Slow Motion. Erst scheint Emma erschrocken und verwirrt. Sie kann nicht richtig fixieren. Dann scheint sie sich zu entspannen.

»Hast du geträumt?«, fragt Josefin und legt ihre Hand vorsichtig auf Emmas, die so blass ist, dass sie beinahe durchscheinend wirkt. Sie hofft auf ein Zeichen, dass Emma sie erkennt, wagt aber nicht, damit zu rechnen.

Als Emma tatsächlich versucht, zu antworten, ohne jedoch die Worte zu finden, droht alles in ihr zusammenzubrechen. Josefin kann sich ihre Schwester unmöglich für den Rest ihres Lebens als Pflegefall vorstellen. Emma, die immer so stark gewesen ist, ihre kleine Schwester, die stets alles besser wusste und immer ein klein wenig mutiger war als alle anderen. Manchmal an der Grenze zur Dummdreistigkeit. Doch das war damals. Das zerbrechliche Wesen, das jetzt vor ihr liegt, hat kaum noch etwas mit der toughen Kriminalkommissarin gemein, die vor nichts und niemandem Angst hatte, selbst wenn es um Leben und Tod ging. Jetzt ist sie nur noch ein Schatten ihrer selbst.

»Ines?«, bringt Emma mit heiserer, unangenehm dunkler Stimme heraus.

Jäh wird Josefin aus ihrer Verzweiflung gerissen. Emma kann nicht nur sprechen, sie erinnert sich auch an den Namen ihrer Tochter! Es ist ein Augenblick fast wie der, in dem ein Kind zum ersten Mal »Mama« sagt.

KAPITEL
7

Sie verliert sich so leicht in ihrem betörenden Blick. Hillevi fällt es schwer, sich von dem kleinen Wunder abzuwenden, das in der Babywippe liegt und aufgeregt mit den Beinchen strampelt. Während Ines geschlafen hat, ist es Hillevi gelungen, ihr ein winziges Zöpfchen aus den Haarsträhnen zu flechten, die ihr immer in die Stirn fallen. Die Kreation wird von einer roten Schleife zusammengehalten, die erstaunlicherweise immer noch festsitzt. Wahrscheinlich jedoch nur deshalb, weil Ines sie noch nicht entdeckt hat.

Schlüssel klirren in der Wohnungstür. Hillevi zuckt zusammen. Jetzt schon? Enttäuscht sieht sie auf die Uhr, und tatsächlich, eigentlich ist es noch eine ganze Stunde bis zur vereinbarten Zeit. Bisher ist es noch nie vorgekommen, dass Kristoffer früher zu Hause war – später dagegen sehr häufig. Ines und sie sind ja gerade erst zur Tür hereingekommen.

Seine Ankunft ist alles andere als diskret, er knallt die Tür lauter zu als sonst, und als sie ihm im Flur entgegengeht, stößt er an den Kleiderbügel mit dem geblümten Mäntelchen, so dass es zu Boden fällt. Das Mäntelchen, das sie Ines kurzerhand zum halbjährigen Geburtstag geschenkt hat.

»Hallo, du bist ja früh dran«, sagt sie und hört selbst, wie enttäuscht es klingt.

»Ich habe mich beeilt, weil ich meine Tochter vermisst habe«, sagt er mit erwartungsvoller Miene und streicht sich eine dunkle Locke aus dem Gesicht. »Sie schläft doch nicht etwa?«

Allmählich wird er ihr unheimlich, es muss etwas Außergewöhnliches passiert sein, doch aus irgendeinem Grund lügt Kristoffer ihr

ins Gesicht. Er sieht gehetzt aus, auch wenn er versucht, freundlich zu sein. Beruhigend nickt sie Richtung Wohnzimmer. »Keine Angst, sie ist wach. Fröhlich und vergnügt wie noch nie.«
Dass die übliche Umarmung ausfallen wird, hat sie sich bereits gedacht, und tatsächlich, er vergisst es.
»Das ist gut«, sagt er und geht hinein, ohne sich erst die Schuhe auszuziehen. Das sieht ihm überhaupt nicht ähnlich!
Etwas zu abrupt hebt er Ines aus der Wippe, so dass sie jammert und sich hilfesuchend umsieht. Ein Fuß hat sich im Sicherheitsgurt verheddert, und Hillevi geht schnell hin, um ihn zu befreien.
»Immer mit der Ruhe«, mahnt sie. »Du erschreckst sie doch.«
Ein gestresster Blick ist die einzige Antwort.
»Musst du gleich wieder mit ihr weg?«, fragt Hillevi daher mit Tränen in der Stimme und verachtet sich selbst, weil es so kläglich klingt.
»Ja, tut mir leid«, erwidert er und lächelt schief.
Kristoffers Hektik ärgert sie. Das sah noch vor drei Monaten ganz anders aus, als sie halb nackt auf dem Sofa saßen, ein Glas Rotwein in der Hand, und er nicht widerstehen konnte, sie zu küssen.
»Du wolltest doch viel später kommen. Darf ich fragen, was passiert ist?«
»Tut mir leid, das kann ich dir auf die Schnelle nicht erklären.«
Er schaut zur Tür, als würde es brennen und als suche er einen Notausgang. All das Liebevolle und Warme der letzten Wochen ist wie weggeblasen.
»Ich muss nur noch schnell zur Toilette«, sagt sie. Sie will testen, wie groß die Not wirklich ist und wie weit seine Geduld reicht.
Rasch geht sie hinein, schließt ab und setzt sich auf den Toilettendeckel. Sie erwartet, dass Kristoffer sich furchtbar aufregen wird, doch das tut er nicht. Schließlich steht sie wieder auf, spült und geht hinaus. Sein Blick beunruhigt sie, vor allem um Ines' willen. Kann sie ihm in diesem Zustand wirklich ein so kleines Kind überlassen? Ines bekräftigt ihre Vorbehalte, indem sie anfängt zu weinen. Kristoffer tut alles, um sie zu trösten, doch sie weint immer lauter. Jetzt droht die Stimmung endgültig zu kippen.
»Bist du fertig? Können wir gehen?«, fragt er ungeduldig.

Sie zieht Jacke und Schuhe an und geht ihm voraus ins Treppenhaus. Ines hat aufgehört zu weinen, sobald er ihr den geblümten Mantel angezogen hat und sie in Bewegung sind. Unten auf der Straße hält Kristoffer inne, um sich zu verabschieden, doch Hillevi kommt ihm zuvor.

»Kannst du mich ein Stück mitnehmen? Wo musst du überhaupt hin?«, fragt sie, obwohl sie schon ahnt, dass er es ihr nicht sagen wird.

Kristoffer verzieht das Gesicht, die Situation ist ihm sichtlich unangenehm.

»Das geht heute nicht. Ich fahre dich nächstes Mal.«

Dann schnallt er Ines im Kindersitz fest, umarmt Hillevi hastig und steigt auf der Fahrerseite ein. »Ich melde mich.«

Anschließend knallt er die Tür hinter sich zu.

Also wird es zumindest ein nächstes Mal geben, denkt Hillevi. Sie bleibt mitten auf der Straße stehen und sieht dem Auto hinterher. Erst gekränkt, dann zunehmend wütend. Schließlich entscheidet sie sich zu handeln. Zielstrebig geht sie zur U-Bahn-Station. Mit ein bisschen Glück ist sie vor ihm da und kann sich selbst überzeugen, dass es so ist, wie sie denkt. Dass das Schlimmste, was passieren konnte, eingetroffen ist.

KAPITEL
8

Er kommt mit seinen Gefühlen nicht mehr mit. So viele Fragen gehen ihm durch den Kopf: Wie wach ist Emma? Wie geht es ihr? Weiß sie, wer sie ist? Kann sie sprechen? Wie wird es weitergehen? Kristoffer tritt aufs Gas und rast Richtung Danderyd. Es stresst ihn unglaublich, dass er ständig zu spät kommt. Er hofft, dass Emma nie erfahren muss, dass es am Tag ihres Unfalls ganze zwei Stunden dauerte, bis man ihn erreichen konnte, und eine weitere Viertelstunde, bis er in der Notaufnahme ankam, wo die gesamte Familie ihn mit geröteten Augen empfing. Das Erste, was er tat, war, nach Entschuldigungen zu suchen. Und jetzt, fünf Monate später, weiß er wieder nicht, wie er sich erklären soll. Offiziell geht er ja nicht einmal arbeiten, weil er auf unbestimmte Zeit Erziehungsurlaub genommen hat.

Fatal ist auch die Situation mit Hillevi. Wie soll er ihr das Ganze erklären? Ihre verletzte Miene geht ihm nicht aus dem Sinn, auch nicht, als er die viel zu enge Kurve zum Krankenhaus in Danderyd nimmt und ihm klar wird, wer ihn in dem grauen Betonklotz erwartet. Er wird ihren verständnislosen Blick einfach nicht los, das von langem braunem Haar umrahmte Gesicht. Dazu ihre geduckte Haltung, ihre nach vorne fallenden Schultern, die eine viel zu schwere Last tragen mussten.

Hillevi ist so enttäuscht gewesen, dass er zu früh gekommen ist und direkt wieder fahren musste. Wahrscheinlich ahnt sie bereits, dass etwas Bedeutsames passiert ist.

In wenigen Minuten wird er Emma zum ersten Mal seit einer gefühlten Ewigkeit bei Bewusstsein sehen. Doch Hillevis Gesicht lässt ihn einfach nicht los. Er klammert die Hände fester um das Lenkrad und muss sich zusammenreißen, um nicht laut zu schreien. Gern würde er mit dem Kopf irgendwo gegen schlagen, doch das geht nicht. Ines sitzt ganz still neben ihm im Maxi-Cosi und starrt die Lehne des Beifahrersitzes an – wahrscheinlich spürt sie, dass es jetzt ratsam ist, keinen Laut von sich zu geben.

Kristoffer parkt einigermaßen korrekt ein, lehnt sich zurück und versucht, bis in den Bauch hinunter zu atmen. Doch er kommt nicht viel weiter als bis zur Kehle. Die Furcht davor, was ihn im Krankenhaus erwartet, ist so groß, dass sie sich durch nichts beruhigen lässt. Ganz zu schweigen davon, was er angerichtet hat, indem er Hillevi erlaubt hat, so unmittelbar an ihrem Leben teilzuhaben. Passenderweise hat sie kurz nach dem Unfall bei ihm an die Tür geklopft und sich erboten, ihm für den Anfang zu helfen, mit allem zurechtzukommen.

Damals, als es am allerschlimmsten war.

Als er nicht mehr klar denken konnte.

Vor dem Unfall war er noch nie mit Ines allein gewesen, und jetzt fühlte er sich ohne Emma vollkommen hilflos. Panisch, um ehrlich zu sein, wie auch immer es möglich war, dass man vor dem eigenen Kind Angst hatte. Doch er wusste einfach nicht, wo er anfangen sollte, und fühlte sich vollkommen ratlos, wenn sie weinte. Ziemlich bald begriff er, dass ein Baby ein Vollzeitjob ist, der eine Reihe von Routinen verlangt oder zumindest einen ungefähren Plan. Man kann nicht einfach den Pizza-Service rufen, wenn ein Neugeborenes Hunger hat. Alles muss rechtzeitig eingekauft werden, bevor man es braucht – das war er einfach nicht gewohnt. Ganz abgesehen von seiner Sorge um Emma, war es ein Rieseneinschnitt, plötzlich mit einem vier Wochen alten Säugling allein zu sein. Einem Kind, das nach der Mutterbrust schrie und den Kopf wegdrehte, sobald er mit der Ersatzmilch kam. Josefin versuchte ihn so gut wie möglich zu unterstützen, war aber selbst mitten in der Scheidung von Andreas begriffen. Und er konnte sie ja auch schlecht jedes Mal um Hilfe bitten, wenn Ines schrie. Es war vollkommen aussichtslos, eine Strategie zu finden, die einigermaßen funktionierte. Ines heulte, er heulte, sie beide brachen zusammen.

Und so ging es, bis Hillevi als rettender Engel auftauchte.
Seine Exfreundin, die zwei Jahre zuvor ihre kleine Tochter bei einem tragischen Unfall verloren hatte und sich erst jetzt langsam damit abfand, dass Felicia für immer verloren war. Sollte sie nicht wenigstens ein bisschen Lebensfreude haben? Sich gebraucht fühlen?

Ines' Brabbeln weckt ihn aus seinen Gedanken, und ihm fällt wieder ein, wo er ist und warum. Er muss sich zusammenreißen, um auszusteigen, obwohl sein Gewissen ihm so zusetzt. Dass Hillevi ihm in den letzten Monaten so wichtig geworden ist und die Gefühle dabei ab und zu mit ihm durchgegangen sind, peinigt ihn jetzt, da die Situation sich geändert hat, unglaublich. Er löst die Sicherheitsgurte und hebt Ines auf seinen Schoß.

»Wie gut, dass du noch nicht alles verstehst, Süße.«

Sie drückt mit der Hand gegen seine Nase und packt sie dann fest mit ihren kleinen Fingern, deren Nägel so spitz und scharf sind, dass ihm das Wasser in die Augen schießt.

»Hey, vorsichtig!«, sagt er und öffnet die Autotür.

Draußen scheint die Sonne. Frühling liegt in der Luft. So hoffnungsfroh.

Je näher er dem Eingang kommt, desto nervöser wird er. Eigentlich müsste er sich beeilen, um so schnell wie möglich bei Emma zu sein, doch irgendetwas hält ihn zurück. Erst musste er sich an den Gedanken gewöhnen, dass sie vielleicht nie wieder aufwachen würde, und dann kommt plötzlich der Bescheid, dass sie die Augen aufgeschlagen hat. In der Zwischenzeit hat sich das Leben jedoch bereits grundlegend verändert.

KAPITEL
9

Noch immer kann sie nur unscharf sehen, und Josefins Stimme scheint von weit weg zu kommen, dabei sitzt sie direkt neben ihrem Bett. Emma erkennt ihre Schwester nicht richtig, obwohl sie hört, dass sie es ist. Es strengt sie viel zu sehr an, die Augen längere Zeit offen zu halten, doch mit jedem Versuch sieht sie etwas klarer. Inzwischen hat sie begriffen, dass sie im Krankenhaus ist, aber warum, weiß sie immer noch nicht. An den Unfall, von dem über ihren Kopf hinweg immer wieder gesprochen wird, kann sie sich nicht erinnern. Die Müdigkeit macht sie ganz benommen, und die Sehnsucht nach Ines, die Angst, weil sie nicht weiß, wo sie ist, beschäftigen ihre Gedanken vollauf. Sobald sie wegdämmert, übermannt sie das Gefühl, ihr Baby sei verschwunden. Vor sich sieht sie eine Gestalt, die das Kind hochhebt. Zwei starke Frauenhände, die es eisern festhalten. Vielleicht ist es die Geburtsszene, die sie verfolgt, als die Ärzte es plötzlich eilig hatten, Ines irgendwo hinzubringen, während sie selbst auf dem Operationstisch lag, einen Schnitt im Bauch, mit schmerzendem Unterleib und wahnsinniger Angst, keinen Einfluss mehr auf irgendetwas zu haben. Noch dazu völlig bewegungsunfähig. Es war schrecklich für sie, das ersehnte Kind nicht in den Armen halten zu dürfen.

»Was hast du gesagt?«, fragt Josefin und streicht sich das Haar aus der Stirn.

Sie muss also doch etwas gemurmelt haben, ohne es selbst zu merken. Dies und anderes würde sie gerne erklären, doch ihre Lippen fühlen sich so schwach an, und das Einzige, was sie herausbringt, ist eine Art Krächzen. Aus dem Mundwinkel läuft ihr der Speichel.

»Nichts«, sagt sie schließlich mit einer tiefen Stimme, die wie von einem anderen Planeten klingt.

Josefin lächelt nachsichtig und streichelt ihre Wange, die kleine Fläche, die nicht von Apparaten und sterilen Kompressen in Anspruch genommen wird. Eine Geste, die Emma den Magen umdreht, denn allmählich begreift sie, dass sie als etwas aufgewacht ist, das man streichelt und bemitleidet. Am liebsten würde sie laut schreien, dazu fehlt ihr jedoch schlicht die Kraft. Und so fällt sie plötzlich wieder in Schlaf, als hätte jemand sie ausgeknipst.

Als sie das nächste Mal aufwacht, spürt sie eine kleine weiche Hand auf ihrem Arm. Eine Hand, die nur einem Kleinkind gehören kann. Sofort wird sie von Wohlbehagen durchströmt.

»Ines«, bringt sie mit annähernd normaler Stimme heraus, und irgendwo in der Peripherie kann sie Kristoffers glänzende Augen erkennen. Sie versucht, ihn anzulächeln.

Dann sieht sie das Kind vor sich und stutzt.

Es ist gar nicht ihre Tochter, die da gekommen ist. Es ist ein mehrere Monate altes Mädchen. Emma erstarrt und blickt sich fragend um, sucht eine Erklärung in Josefins und Kristoffers Augen, doch die scheinen keine Notiz von ihr zu nehmen. Stattdessen konzentrieren sie sich ganz auf die Reaktion des Kindes. Emma versucht, die aufsteigende Panik in den Griff zu bekommen. Was um alles in der Welt ist passiert? Wo ist ihre kleine Ines, ihr Baby?

Wieder betrachtet sie das kleine Mädchen und begreift, dass es doch ihre Tochter sein muss, wie auch immer das möglich ist. Wie lange liegt sie denn dann aber schon hier?

Sie will nach Hause und versucht sich loszumachen, doch Josefin und Kristoffer hindern sie daran. Kristoffer geht hinaus und kommt kurz darauf in Begleitung eines Arztes zurück. Emma hört nur »Beruhigungsmittel«, und schon wird ihr Körper ganz schlaff. Das fühlt sich besser an. Kristoffer rückt Ines näher zu ihr heran, und Emma erkennt einen kleinen geflochtenen Zopf in ihrem Haar. Langsam versinkt sie wieder in ihren Träumen, und das Letzte, was sie vor sich sieht, ist die kleine rote Schleife im Haar ihrer Tochter.

KAPITEL 10

Hillevi cremt sich sorgfältig die roten, aufgesprungenen Hände ein. Sogar an den Fingern ist die Haut eingerissen – damit hat sie früher nie Probleme gehabt. Bestimmt liegt es an ihrem Job. Kein Wunder, dass ihre Haut auf das viele Wasser und die aggressiven Putzmittel reagiert, mit denen sie täglich in Kontakt kommt. Die Gummihandschuhe sind so steif, dass sie oft darauf verzichtet, sie anzuziehen, obwohl sie wahnsinnige Angst vor Bakterien hat. Sie senkt den Blick, als sie weiter hinten im Gang eine ihrer Kolleginnen bei der Arbeit entdeckt. Wahrscheinlich hat ohnehin niemand den Überblick, wann sie putzt und wann nicht, dennoch ist es nicht unbedingt nötig, dass man sie an ihrem freien Tag hier sieht. Doch sie muss wissen, was los ist, und so lungert sie in einigem Abstand auf der Etage herum, auf der auch die Intensivstation liegt.

Was tut Kristoffer nur so lange?

Vielleicht kann sie es ihm ansehen, wenn er herauskommt, ob er erleichtert oder völlig vernichtet ist. Sie selbst fühlt sich immer noch vor allem vor den Kopf gestoßen, weil er sie so gar nicht mit einbezieht. Nach den vielen Monaten, in denen sie immer bereitgestanden hat, müsste er ihr doch wenigstens ein bisschen zurückgeben können. Wenn auch keine unverbrüchliche Liebe fürs Leben, so doch wenigstens Respekt und ein klein wenig Vertrauen. Sie kann nicht verstehen, warum er mit ihr nicht über Emma reden will, dass er sein Herz so gar nicht erleichtern möchte. Sie würde zuhören und trösten. Ihn unterstützen. In sein Leben einbezogen und dennoch nicht eingelassen zu werden fühlt sich merkwürdig an. Oder verhält er sich aus Rücksicht so? Vielleicht will er sie nicht mit noch mehr Tragödien belasten, nachdem sie sich gerade erst von einer erholt hat.

Mittlerweile kann Hillevi an Felicia denken, ohne Herzrasen und Atemnot zu bekommen. Sie hat sich damit abgefunden, dass ihre Tochter nicht mehr da ist, auch wenn dieses Wissen immer noch schrecklich wehtut.

Die Zeit heilt alle Wunden, heißt es. Von wegen! So etwas zu behaupten, ist der reine Hohn. Natürlich kann man lernen, mit dem Schmerz zu leben, aber die Wunde, die der Tod ihrer Tochter gerissen hat, wird immer bleiben.

Ines ist nicht Felicia, dennoch vermag sie die Lücke, die sie hinterlassen hat, ein wenig zu füllen. Durch sie schmerzt der Verlust nicht mehr gar so sehr. Wenn es Ines nicht gäbe, hätte Hillevi morgens nichts, worauf sie sich freuen könnte. Sie würde nicht trällernd durch ihre Wohnung gehen, nicht die Rollos hochziehen, um nach dem Wetter zu schauen. Wahrscheinlich würde sie gar keinen Grund finden, ihre Wohnung zu verlassen.

Noch heute dankt sie dem Himmel, dass sie kurz nach Emmas Unfall den Mut gefunden hat, Kristoffer bei sich zu Hause aufzusuchen. Er ist nicht ins Detail gegangen, was genau passiert ist, doch das Wenige, das er preisgab, genügte, um seine Angst vor der Zukunft zu erkennen. Kummer und Sorgen standen ihm ins Gesicht geschrieben, ebenso eine unendliche Müdigkeit und Ohnmacht. Und dann sah sie das kleine Wesen im Kinderwagen und schmolz sofort dahin.

Was für ein bezauberndes kleines Mädchen, und wie ähnlich es seinem Vater sah!

Es war Liebe auf den ersten Blick, zumindest was Hillevi anging. Doch es war nicht leicht gewesen, Kristoffer zu überreden, dass er sich von ihr helfen ließ. Da sie jedoch seine Schwächen kannte, beispielsweise, dass er seinen Job über alles liebte, gelang es ihr schließlich, in sein Leben zurückzukehren. Und zugleich ist es ein Weg zurück in ein Leben als Mutter gewesen.

Ein älteres Paar bleibt vor dem Eingang zur Intensivstation stehen und klingelt. Sorgfältig gekleidet und mit beherrschter Miene.

Zugleich meint Hillevi einen Funken Hoffnung in ihren Augen zu erkennen.

Wenn sie ebenfalls Emma besuchen wollen, kann das im Grunde nur eines bedeuten.

KAPITEL
11

Da liegt sie, die Augen geöffnet, seine jüngste Tochter. Es ist so großartig und zugleich so unglaublich, dass Evert zunächst keine Worte findet. Seine liebe, wunderbare, dickköpfige Emma! Er wagt kaum, sie anzufassen, aus Angst, sie könnte zerbrechen, so schmal und durchscheinend ist sie während ihres Komas geworden. Noch dünner darf sie auf keinen Fall werden.

»Emma«, sagt er und merkt, wie sich ihm das Herz zusammenzieht.

»Papa«, erwidert sie.

Das gibt ihm den Rest. Sein Leben lang ist er ein Experte darin gewesen, seine Gefühle zu verbergen, die Fassade aufrechtzuerhalten und nicht das kleinste Zeichen von Schwäche erkennen zu lassen. Ganz wie man es ihm beigebracht hat. Will man im Leben etwas erreichen, gilt es Selbstdisziplin zu haben. Kein Widerstand darf zu groß sein. Immer die Zähne zusammenbeißen und wieder aufstehen, weitermachen. Niemals innehalten und nachspüren, ob der Boden unter den Füßen auch wirklich trägt. Doch jetzt fällt all das von ihm ab, und eine Träne läuft über seine Wange. Er versucht nicht einmal, sie aufzuhalten.

»Weine nicht«, sagt Emma, und Marianne reicht ihm ein kariertes Taschentuch.

»Das sind Freudentränen«, flüstert er. Dann verstummt er wieder.

Wie gewöhnlich ist er schweigsam und nachdenklich. Strategie, Struktur und Logistik bei der Arbeit sind seine Stärke, doch sobald es um die Familie geht, fühlt er sich vollkommen hilflos und ausgeliefert. Vielleicht nicht verwunderlich, wenn man bedenkt, dass er immer der einzige Mann unter drei Frauen gewesen ist. Ein Ungleichgewicht, das sich auf sein gesamtes Dasein auswirkte. Wenn er irgendwelche Vorschläge machte, stießen diese oft auf kollektives Gelächter, und irgendwann gab er auf und sah ein, dass es unmöglich war, sich in diesem Hühnerhaufen Gehör zu verschaffen. Marianne nahm die Hauptverantwortung für Kinder und Haushalt auf sich, und er konnte sich auf den Beruf konzentrieren. Mit dieser Aufteilung schienen alle sehr zufrieden zu sein, zumindest beklagte Marianne sich nie. Allerdings stellte er fest, dass sie sich bald einsam fühlte, nachdem die Mädchen ausgezogen waren. Vor allem, als sie vorzeitig pensioniert wurde. Er selbst war stets vollauf mit seiner Arbeit als Landeskriminalkommissar beschäftigt gewesen, dennoch hätte er wahrscheinlich öfter fragen sollen, wie es ihr ging und ob sie sich mit diesem Leben wohlfühlte, doch dann hätte er riskiert, eine Antwort zu erhalten, die ihm nicht gefiel.

»Müde«, sagt Emma und schließt die Augen.

Marianne streichelt ihr die Wange. »Ruh dich nur aus. Wir sind so froh, dass du wieder bei uns bist.«

Es ist ein ganz besonderes Gefühl für Evert, diesen Augenblick mit seiner Familie zu teilen. Ein beinahe religiöses Erlebnis, als würde man Zeuge eines Wunders. Niemand hat mehr zu glauben gewagt, dass Emma tatsächlich wieder aufwachen würde, dass sie wieder zu Bewusstsein kommen und ihre schönen, grün-braunen Augen wieder aufschlagen würde, die sie von ihrer Mutter geerbt hat. Im Laufe der vielen verzweifelten Tage und Nächte hat sich ihm das Bild eines Sarges immer deutlicher vor den Augen abgezeichnet. Ein mit Blumen geschmückter Sarg, Kerzen, ein letzter Gruß. Allein der Gedanke, sein eigenes Kind beerdigen zu müssen, war herzzerreißend. Für den Moment scheinen die Ärzte optimistisch zu sein, dennoch will Evert nichts vorwegnehmen, immerhin hat Emma eine schwere Hirnverletzung erlitten. Ihm ist durchaus bewusst, dass ihre gesundheitliche Situation noch eine ganze Weile ungewiss bleiben wird.

Ach, Emma.

Für ihn wird sie immer die kleine Tochter bleiben, egal, wie alt sie ist. So geradeheraus, so mutig. Und so sehr kleine Schwester.

Schon immer ist sie ganz anders gewesen als ihre verantwortungsbewusste, ordentliche große Schwester Josefin. Er staunt immer wieder, wie unterschiedlich Kinder sich entwickeln können, obwohl sie doch dieselben Eltern haben. Bereits als Kind zeigte Emma zu seinem Unbehagen großes Interesse am Polizeiberuf. Jede andere Tätigkeit, nur nicht diese, hat er damals immer gedacht. Sie war mit so vielen Risiken verbunden. Polizisten im Außendienst waren ständiger Gefahr ausgesetzt. Zudem schien es geradezu dazuzugehören, bespuckt und angegriffen zu werden, Morddrohungen zu erhalten und permanent infrage gestellt zu werden. Dazu die psychischen Herausforderungen wie das Überbringen von Todesnachrichten oder das Aufsammeln von Leichenteilen an den Bahngleisen. Evert hat nie an den Fähigkeiten seiner Tochter gezweifelt, er wollte sie nur vor all dem Dunklen in der Gesellschaft beschützen. Und vor allem hat er sie davor bewahren wollen, unmögliche Entscheidungen treffen zu müssen, wie etwa, ob sie in einer schwierigen Situation eher ihrem Kopf oder ihrem Herzen folgen soll. Selbst im Polizeikader ist es nicht immer das Gesetz, das bestimmt, so selbstverständlich dies eigentlich sein müsste. In seiner Zeit als Landeskriminalkommissar ist es Evert gelungen, die meisten faulen Eier auszusortieren, doch oft sind sie gar nicht so leicht zu erkennen. Oft werden sie von anderen Kollegen gedeckt, die befürchten, sonst selbst in die Schusslinie zu geraten.

Doch all sein Bitten und Flehen hat nichts genützt, im Gegenteil, es stachelte Emma erst recht dazu an, in seine Fußstapfen zu treten. Sie bewarb sich an der Polizeischule und weigerte sich, auf Gegenargumente zu hören. Während ihrer Dienstzeit hat er oft den Atem angehalten und schreckliche Angst gehabt, sie könne sich in einen Fall verstricken, der mit ihrem Tod enden würde. Und dann geschah es auf einem Reitausflug, als sie in Elternzeit war und damit eigentlich außerhalb jeder Gefahrenzone. Manchmal fragt er sich, was diese Tücke des Schicksals ihm eigentlich sagen möchte. Vielleicht, dass es ihm nie gelingen wird, seine Familie zu schützen, sosehr er es sich auch wünscht. Dass er akzeptieren muss, dass man als Eltern immer mit der Angst leben muss, dem eigenen Kind könnte etwas zustoßen.

KAPITEL
12

Josefin umarmt zum Abschied alle und verlässt die Station mit einem ungutem Gefühl. Die Krankenhausatmosphäre setzt ihr zu, und alle Vorurteile, die sie gegen Kliniken hatte, haben sich in der Zeit bestätigt, die Emma nun schon dort ist. Weder sie noch ihre Eltern oder Kristoffer sind je in irgendwelche Entscheidungen mit einbezogen worden, sie waren gezwungen, sich blind auf die Kompetenz der behandelnden Ärzte zu verlassen. Viele von ihnen scheinen das Vertrauen durchaus zu verdienen, andere dagegen überhaupt nicht. Der Geruch nach Desinfektionsmitteln hat sich in ihrer Nase festgesetzt, und die Angstschreie aus den Krankenzimmern verfolgen Josefin auf dem Weg hinaus. Das Ticken der Apparate hallt in ihrem Kopf wider, auch dann noch, als sie das Gebäude längst verlassen hat und Richtung Auto geht. Dennoch atmet sie erleichtert auf, als sie endlich an der frischen Luft ist.

Und schämt sich sogleich dafür.

Sie selbst kann kommen und gehen, wie sie möchte, während Emma dort festsitzt. Solange sie im Koma lag, hat ihr das natürlich nichts ausgemacht, heute jedoch konnte man ihr deutlich ansehen, dass sie sich unwohl fühlte. Zum einen muss Emma sich nun damit auseinandersetzen, was ihr zugestoßen ist, zum anderen muss sie akzeptieren, dass sie auf unbestimmte Zeit ans Krankenbett gefesselt ist. Kein Arzt wagt, eine Prognose zu stellen, wie lange sie bleiben muss, sie wollen es von einem Tag zum nächsten entscheiden. Die Familie kann froh sein, dass sie wieder aufgewacht ist, und Josefin will auch gar nicht zu viel verlangen, kann ihre Besorgnis jedoch auch nicht unterdrücken.

Darüber hinaus ist Kristoffer ihr irgendwie gestresst vorgekommen. Es hat ganz schön gedauert, bis er endlich aufgetaucht ist, was sie gar nicht nachvollziehen kann. Lässt man nicht alles stehen und liegen, wenn man erfährt, dass die Lebensgefährtin entgegen aller Befürchtungen aus dem Koma erwacht ist? Es ist unbegreiflich! Aber vielleicht hat er ja auch einfach nur sein Handy nicht gehört. Wer wäre sie, ihn zu verurteilen?

Der Verkehr ist nicht besonders dicht, und Josefin fährt über Bergshamra nach Olovslund, westlich von Stockholm, zu ihrer neuen Wohnung. Sie parkt direkt vor dem Haus und blickt zu ihrem kümmerlichen Balkon hinauf. Wie konnte sie ihr Bullerbü-Haus gegen so eine Schuhschachtel eintauschen? In jenem Moment vor einem guten halben Jahr hätte sie allerdings selbst mit einer Kloake vorliebgenommen, nur um nicht mehr mit Andreas unter einem Dach leben zu müssen. Zunächst hatten sie versucht, ihre Beziehung nach seinem Seitensprung wieder zu kitten, und um der Kinder willen hatte sie auch alles versucht, um es zu schaffen. Sie hatte ihre Gefühle beiseitegeschoben und sich gezwungen, nicht darüber nachzudenken, was er ihr angetan hatte; sie konnte so jedoch nicht weitermachen, ohne gänzlich ihre Würde zu verlieren. Nach ein paar Monaten Schauspielerei für die Kinder musste sie einsehen, dass sie Andreas nicht verzeihen konnte, sosehr sie es auch versuchte. Im Nachhinein fand sie heraus, dass die Kinder ihnen das Theater ohnehin nicht abgenommen hatten. Die Spannungen waren laut ihrer ältesten Tochter Julia unübersehbar gewesen. Sofia und Anton fassten ihre Meinung dazu nicht so klar in Worte, zumindest nicht ihr gegenüber. Das Thema ist anscheinend nach wie vor noch zu heikel.

Nicht lange nach ihrem Auszug verkündeten Andreas und diese Hexe, die am Zerbrechen ihrer Beziehung schuld war, dass sie ein Paar seien. Möglicherweise waren sie es schon die ganze Zeit gewesen, das wird sie wohl nie so genau erfahren.

Dann verunglückte Emma, und das ganze Leben verschwand wie in einem Nebel.

Josefin steigt aus und geht zu ihrer Wohnung hinauf. Hinter der Tür empfängt sie hallendes Schweigen. Es ist Papa-Woche, und sie ist allein zu Hause und weit davon entfernt, sich so frei zu fühlen, wie andere geschiedene Mütter es von sich behaupten. Schlechtes Marketing, es stimmt überhaupt nicht. Geschieden zu sein und kinderfrei zu haben ist das Schrecklichste, was man sich vorstellen kann, sie genießt es keine einzige Sekunde. Zu Beginn ist es vielleicht noch ein Glücksrausch gewesen, tun und lassen zu können, was sie wollte, ohne dass jemand etwas dazu sagen musste. Sie ist nachts um drei vor irgendwelchen Netflix-Serien eingeschlafen, mitten in der Woche mit Freundinnen ausgegangen und erst im Morgengrauen wieder nach Hause gekommen. Doch schon nach wenigen Monaten verschwand die Freude über diese wiedergewonnene Freiheit. Stattdessen sehnte sie sich nach Routine und danach, dass es jemanden kümmerte, wo sie war und wann sie nach Hause kam, einem anderen Erwachsenen etwas zu bedeuten. Natürlich schenken die Kinder ihr Liebe und Zuneigung, aber Kinder sind Kinder. Ihre Liebe ist etwas ganz anderes. Sie bedeutet eher kleine Ausbrüche und Proteste, das Austesten von Grenzen, selten dagegen Komplimente und Wertschätzung.

Von ihr wird erwartet, dass sie die Zähne zusammenbeißt und weitermacht, auch wenn sie sich noch so hilflos fühlt. Das Schlimmste ist, dass sie niemanden hat, mit dem sie über ihre und Andreas' Konflikte sprechen kann. So tief wird sie nicht sinken, dass sie die Kinder da mit hineinzieht. Sie will sie nicht damit belasten, wie schrecklich es für sie war, das Haus verlassen zu müssen, das sie hauptsächlich renoviert und eingerichtet hat. Ihr Traumhaus, das darüber hinaus die Voraussetzung für ihre Tätigkeit als Personal Trainer gewesen ist. Jetzt hat sie keinen Zugang mehr zum Gymnastikraum im Keller, denn da residiert jetzt Melissa mit ihrem aufgepumpten Silikonbusen. Eine widerwärtige Blondine mit gebleichten Zähnen. Kein Wunder, dass Josefin auch mit ihrem Job in der Luft hängt, sie kann ja nirgendwohin. Und zugleich ist der Druck, Geld zu verdienen, jetzt, da sie alleinstehend ist, größer als je zuvor. Andreas dagegen brauchte gar nichts zu verändern. Er entschied sich, im Haus wohnen zu bleiben, denn das konnte er sich leisten, der einzige Unterschied war ein Upgrade, was die Frau an seiner Seite anging. Josefin wird schlecht, wenn sie sich vorstellt, dass Melissa sich vielleicht in genau diesem Augenblick ein Schaumbad einlässt, in ihrem Haus.

Gut, dass wenigstens die Scheidung endlich durch ist, so dass Josefin wieder ihren Mädchennamen tragen kann. Jetzt ist sie wieder Josefin Sköld. Andererseits macht es das Ganze so endgültig.

Josefin späht zu dem Schrank hinüber, in dem sie den Wein aufbewahrt. Eigentlich müsste sie Andreas und die Kinder anrufen, um zu erzählen, dass es Emma endlich besser geht. Aber sie kann sich nicht dazu durchringen. Gleich, sie muss nur noch ein bisschen Kraft sammeln. Am besten wäre es, wenn sie vorbeifahren würde, um es ihnen zu erzählen. Doch zunächst einmal muss sie sich stärken, und so öffnet sie den Schrank und holt eine Flasche Wein heraus. Sie spürt das Gewicht in ihrer Hand und dreht sie nachdenklich hin und her. Eigentlich hat sie sich vorgenommen, nur in Gesellschaft zu trinken, aber mit wem sollte sie anstoßen, es ist ja niemand da. Ein Glas wird sie sich doch wohl gönnen dürfen, ohne sich deshalb als verkappte Alkoholikerin fühlen zu müssen.

Eine halbe Flasche später stellt sie das leere Glas vor sich auf den Tisch und rollt sich auf dem Sofa zusammen. Sie wird Andreas eine Nachricht schicken, das muss genügen, reden können sie dann morgen. Anschließend sendet sie noch eine Nachricht mit roten Herzchen und küssenden Smileys an Julia, sie ist das einzige der Kinder, das ein eigenes Handy hat. Sie schreibt, dass sie sie liebhat und sich nach ihnen sehnt. Zugleich fragt sie sich, ob sie selbst dies wohl jemals wieder von einem Mann zu hören bekommen wird.

SAMSTAG
25. April

KAPITEL
13

»Entschuldige, dass ich dich so früh an einem Samstagmorgen wecke«, sagt Evert Sköld, als sein ehemaliger Kollege endlich schlaftrunken den Hörer abnimmt. Gunnar Olausson ist einer seiner engsten Freunde im Polizeistab und sein Nachfolger als Landeskriminalkommissar. Einen Besseren hätten sie seiner Ansicht nach nicht wählen können.

»Keine Ursache, Evert, du störst nie, das weißt du doch«, sagt er.
»Du hast hoffentlich gute Nachrichten?«
»Ja, mein Lieber, in der Tat. Endlich! Emma ist aufgewacht.«
Gunnar pfeift durch die Zähne. »Glückwunsch, das freut mich! Seit wann?«
»Gestern.«
»Dann besteht also wieder Hoffnung«, sagt Gunnar und flüstert seiner Frau etwas zu. »Schönen Gruß von Agneta, sie gratuliert euch ebenfalls.«
»Danke. Wir sind so froh!« Evert lächelt.
»Das kann ich mir denken! Heißt das, wir verschieben unser gemeinsames Abendessen heute? Wahrscheinlich wollt ihr jetzt so viel Zeit wie möglich in Danderyd verbringen.«

Evert hat bereits mit Marianne darüber gesprochen, und sie waren sich einig, dass sie die Verabredung trotzdem einhalten wollen. Sie werden Emma tagsüber besuchen, später will Kristoffer sie sicherlich ein bisschen für sich haben. Emma soll sich jetzt gründlich erholen und nicht das Gefühl haben, ständig ihre alten Eltern oder andere Besucher unterhalten zu müssen.

»Wir sind auf dem Sprung zu ihr, würden uns aber freuen, wenn ihr trotzdem wie verabredet zu uns kommt. Emma braucht jetzt ohnehin erst einmal viel Ruhe.«

»Na dann. Wir freuen uns und sind gegen sieben bei euch. Schön!«

»Wir freuen uns auch«, sagt Evert. Dann legt er auf. Marianne kommt im rosa Morgenmantel aus dem Badezimmer.

»Mit wem telefonierst du denn so zeitig am Morgen?«

»Ich habe Gunnar angerufen, er ist immer früh auf«, erwidert er und steht auf. »Eigentlich hätte ich ihn gestern schon anrufen und von Emma erzählen sollen, schließlich hat er so oft nach ihr gefragt und mich gebeten, ihn auf dem Laufenden zu halten.«

»Wie aufmerksam von ihm, zumal er ja wirklich einen anstrengenden Job hat«, sagt Marianne. Ihr Tonfall lässt Evert aufhorchen. Das klang ja fast wie eine Spitze gegen ihn! Vielleicht, weil er selbst sich in seinem Berufsleben nie genug Zeit für private Beziehungen genommen hat.

Doch er lässt es auf sich beruhen, hat keine Lust, unnötig Streit zu provozieren. Wenn er als Vater von zwei Töchtern etwas gelernt hat, dann wie man Konflikten aus dem Weg geht. Man muss nur der Versuchung widerstehen, sich immer rechtfertigen zu wollen, und die Waffen strecken, bevor es überhaupt zur Auseinandersetzung kommt. Das heißt nicht, dass man feige ist. Es ist einfach schlauer so.

Evert geht ins Badezimmer, während Marianne sich um das Frühstück kümmert. Anschließend wollen sie zum Krankenhaus aufbrechen.

Er rückt die Brille mit den schmalen Metallbügeln zurecht. Sein Spiegelbild zeigt ihm, dass es mal wieder Zeit ist, sich zu rasieren. Vielleicht sollte er auch gleich die Gelegenheit nutzen, ein paar störrische Borsten in den Augenbrauen zu kürzen. Und wenn er schon einmal dabei ist, kann er genauso gut auch noch den Nasenhaartrimmer einsetzen. Das tut er nur für seine Frau, damit sie ihn, aus der Nähe betrachtet, nicht abstoßend findet. Der Trimmer war im Übrigen ein kleiner Scherz von Emma, ein Weihnachtsgeschenk, das er geöffnet hat, als sie bereits im Koma lag.

An diesem Weihnachtsfest, das so gar keines gewesen ist.

Unter dem Weihnachtsbaum herrschte gedrückte Stimmung, alle versuchten tapfer, so zu tun, als wäre nichts geschehen, damit die Kinder feiern konnten. Einen Freudentag mussten sie sich trotz Emmas kritischer Situation doch einmal gönnen können? Keinem gelang es jedoch, richtig fröhlich zu sein, obwohl alle ihr Bestes gaben. Dass Emma schon alle Weihnachtsgeschenke besorgt hatte, war wie ein Schock. Normalerweise tat sie das immer erst in letzter Minute. Kristoffer erklärte, dass sie sich diesmal schon darum gekümmert hätte, bevor Ines geboren wurde. Die Zeit vor der Entbindung hat sie also geschuftet, statt sich auszuruhen. Und wahrscheinlich ist es ihr nicht besonders leichtgefallen, eine Idee für ihren Vater zu finden, der doch schon alles hat.

Der kleine Apparat wird ihn immer daran erinnern, dass Emmas letzte Botschaft an ihn beinahe gewesen wäre, er möge sich die Nasenhaare trimmen.

KAPITEL
14

Die Krankenschwester, die ihr einen guten Morgen wünscht, ist viel zu gut gelaunt für Emmas düstere Stimmung. Nach der unruhigen Nacht gelingt es ihr einfach nicht, ihr Lächeln zu erwidern. Immer wieder ist sie aufgewacht und hatte dann jedes Mal das Gefühl, etwas unwiederbringlich verloren zu haben und in eine Lebenslage geraten zu sein, die sie nicht mehr ändern kann.

Die Schwester zieht ihr Laken zurecht, und Emma schließt die Augen, als ihr klar wird, dass nicht nur das Bettzeug erneuert, sondern auch sie selbst gewaschen werden soll. Solange eine Frau sich um ihre persönliche Hygiene kümmert, kann sie einigermaßen damit leben, doch es ist ihr sehr unangenehm, dass ständig so viele verschiedene Personen an ihr herumfingern. Sie weiß nie, wer da schon wieder an ihrem Bett steht und irgendetwas an ihr zu schaffen hat. Mehrere Apparate und unterschiedliche Medikamente müssen bedient und verabreicht werden, egal, zu welcher Tageszeit. Je mehr Emma zu sich kommt, desto bewusster wird ihr, wie abhängig sie von der Fürsorge anderer ist.

Sie kann sich nicht damit abfinden, dass ihr zum Ablauf des Unfalls mehrere Erinnerungsbruchstücke fehlen. Denn bis zu dem Geschehnis kann sie sich an alles erinnern, als wäre es gestern gewesen.

Sie sieht vor sich, wie sie den linken Fuß in den Steigbügel stellt und sich in den Sattel schwingt. Nicht ganz so geschmeidig wie vor der Entbindung, aber immerhin allein, ohne einen albernen Hocker zu Hilfe nehmen zu müssen. Wie immer fällt es Frasse schwer, stillzustehen und die Befehle seiner Reiterin abzuwarten. Er trippelt schon Richtung Judar-Wald, während sie noch dabei ist, den Sattelgurt festzuzurren. Die Sonne scheint, und Emma genießt es aus vollen Zügen, endlich einmal wieder im Sattel zu sitzen. Der frisch gefallene Schnee liegt wie eine weiße Decke über dem Land, und die Kälte beißt ihr ins Gesicht. Bevor sie Mutter wurde, hat sie Zeit niemals als etwas Exklusives und Wertvolles betrachtet. Doch sosehr sie es auch liebt, mit Ines zusammen zu sein, braucht sie es doch auch, etwas alleine zu unternehmen, und zwar nicht nur, zu duschen oder zur Toilette zu gehen. Außerdem muss Kristoffer ja auch mal die Gelegenheit haben, mit seiner Tochter allein zu sein, ohne dass sie danebensteht und ihm Anweisungen gibt. All das geht Emma durch den Kopf, als sie die Zügel kürzer fasst und Richtung Reitweg trabt. Sie müssen sich zunächst einmal warmmachen. Es fällt ihr nicht leicht, Frasse zu parieren, der ständig auf die Wiese ausweichen will. Gleich darf er durchstarten, nur noch ein bisschen aufwärmen. Dann fällt Frasse in Galopp, und das Gefühl von Freiheit ist überwältigend. Der Wind pfeift ihr um die Nase, und das rasche Tempo füllt sie mit neuer Energie. Das ist Leben, denkt sie noch. Dann wird alles schwarz.

Emma windet sich auf ihrem Krankenbett. Die Krankenschwester ist offenbar gegangen, ohne sich von ihr zu verabschieden. Oder ist sie zwischendurch eingeschlafen? Emma erinnert sich nicht. Abgesehen von der bewusstlosen Patientin nebenan ist sie allein im Zimmer. Sie nimmt all ihren Mut zusammen und stellt sich erneut der Erinnerung. Der Galopp an der Weide entlang. Frasses gespannte Muskeln, seine Beine, die vorwärts fliegen. Wellen auf dem Judarn, dem See, von dem der Wald seinen Namen hat. Ein Jogger mit gelber Reflektorweste. Der Wind, der ihr immer stärker ins Gesicht pfeift, die eiskalten Finger, mit denen sie die Zügel hält.

Sie strengt sich mächtig an, ihrem Gedächtnis noch etwas abzuringen, und erahnt plötzlich das Gesicht einer Frau mit entsetztem Blick, einer Frau, die sie nie zuvor gesehen hat. Sie fliegt vorbei, und der Anblick lässt sie erschauern. Die Frau ist blass, und ihre Augen sind weit aufgerissen. Emma schüttelt das Unbehagen ab und überlegt, ob es ein Traum ist oder ob die Medikamente ihr einen Streich spielen. Erneut überkommt sie Müdigkeit, doch sie stemmt sich dagegen. Jetzt, da sie dem Unfall ein Stück näher gekommen ist, will sie endlich mehr wissen. Sie späht zum Telefon hinüber, und einem plötzlichen Impuls folgend, wählt sie eine Nummer, die sie seit vielen Monaten nicht angerufen hat.

»Thomas Nyhlén, Landeskriminalamt Stockholm.«

Emma räuspert sich, bringt aber nur einen merkwürdigen Laut heraus.

»Hallo?« Nyhlén klingt ungeduldig. Es kommt durchaus vor, dass irgendwelche Spinner anrufen, sowohl auf ihren Diensthandys als auch privat, und jetzt denkt er sicherlich, dies wäre so ein Fall. Bestimmt legt er gleich wieder auf.

»Hallo«, presst sie schließlich mühsam hervor.

»Emma?«, fragt er in ganz neuem Tonfall.

»Ja.« Ihre Stimme ist kaum zu hören.

»Mein Gott, du bist es wirklich! Wenn du wüsstest, was du mir für einen Schrecken eingejagt hast«, sagt er. »Darf ich fragen, wie es dir geht?«

»Na ja«, krächzt Emma. Ihr Sprachvermögen ist noch immer nicht ganz wieder da.

»Darf ich vorbeikommen? Nur einen kleinen Moment, wenn es dir nicht zu viel ist.«

Emma nickt, obwohl er es nicht sehen kann, und bringt einen Laut heraus, den man zur Not als Ja deuten kann.

»Dann komme ich, so schnell es geht.«

KAPITEL
15

Der Laminatboden vor dem Eingang der Intensivstation ist längst blitzblank, doch Hillevi schrubbt immer weiter, Quadratmeter für Quadratmeter. Sauber ist sauber, sie will ihren Job auf keinen Fall verlieren, jetzt, da sie ihn dringender braucht denn je.

Seit sie heute früh ihre Schicht begonnen hat, ist noch kein Besucher gekommen. Vielleicht nutzen selbst Angehörige Schwerkranker das Wochenende, um sich gründlich auszuschlafen. Oder es ist noch keine Besuchszeit.

Draußen scheint die Sonne, und Hillevi kann sich gut vorstellen, dass die Leute so einen Tag lieber in ihrem Garten verbringen als im Krankenhaus. Da kommt es schon sehr darauf an, was man für andere zu opfern bereit ist. Erst wenn man wirklich krank ist, zeigt sich, wer ein wahrer Freund ist, davon kann sie selbst ein Lied singen. Langsam, aber sicher werden es immer weniger, und am Ende bleiben nur noch die allerengsten Freunde. Nur Kristoffer hat sie niemals im Stich gelassen, das muss doch etwas bedeuten!

Langsam taucht sie den Mopp in den Eimer und drückt ihn in dem Sieb aus, bevor sie ihn erneut über den Boden gleiten lässt. Sie will ja nicht die gesamte Etage unter Wasser setzen, so dass jemand ausrutscht und sich verletzt. Eine Putzfrau hat mehr Macht, als man gemeinhin denkt. Sie streckt den Rücken durch, sackt aber gleich wieder in sich zusammen, als ihr Blick auf die Klingel an der Intensivstation fällt. Zu gerne würde sie Emma überwachen, beobachten, wie es ihr geht. Doch der einzige Ort im Krankenhaus, an dem sie wirklich sein möchte, bleibt ihr verwehrt, dort putzen die Krankenschwestern selbst.

Aus dem Augenwinkel bemerkt sie einen etwa vierzigjährigen Mann, der sich von den Aufzügen am anderen Ende des Ganges her nähert. Er schaut sich um, als wüsste er nicht recht, wo er hinmuss, und orientiert sich an den Hinweisschildern unter der Decke. Hillevi tut, als würde sie ihn nicht weiter beachten, und widmet sich weiterhin energisch dem Boden. Als er auf sie zukommt, packt sie Eimer und Wischmopp zusammen, um bereit zu sein, falls er geht, wohin sie hofft. Unauffällig beobachtet sie ihn. Er ist mittelgroß und ein bisschen untersetzt. Sein mittelblondes Haar ist kurz geschnitten, und er ist unrasiert, seine Augen wirken freundlich, dennoch strahlt er eine gewisse Autorität aus. Es würde sie nicht wundern, wenn er als Wachmann arbeitet oder irgendetwas anderes, das Kraft und Mut erfordert.

Ihre Neugierde wächst, als er vor der Intensivstation stehen bleibt. Er betätigt die Klingel und kratzt sich am Kopf. Ein Mann in hellblauer Krankenhauskleidung öffnet ihm, dann ist die Gelegenheit auch schon vorüber. Die schwere Tür fällt ihr vor der Nase zu, ohne dass sie auch nur einen Ansatz machen konnte, ihm zu folgen. Dieser dickliche Mittvierziger hat sie gar nicht wahrgenommen, als wäre sie unsichtbar. Der war also keineswegs so freundlich, wie er zunächst aussah. Ihre Menschenkenntnis lässt anscheinend einiges zu wünschen übrig.

KAPITEL
16

Nachdem der Arzt sich erkundigt hat, wer Nyhlén ist und zu wem er möchte, zeigt er ihm den Weg. Er geht schnell, Nyhlén hat Mühe, ihm zu folgen, und verflucht seine schlechte Kondition. Gerade in seinem Job müsste er viel besser in Form sein. Doch als Ermittler sitzt man eben auch viel am Schreibtisch, und das geht dann zu Lasten der Fitness. Seine Jeans sind in den letzten Wochen ganz schön eng geworden, und er kann sich nur selbst dafür verantwortlich machen. Er denkt an Emma, die seit fünf Monaten reglos daliegt. Was macht das mit den Muskeln? Wahrscheinlich sind sie ziemlich verkümmert. In wenigen Sekunden wird er sich ein eigenes Bild machen können, wie sehr das Koma seine Kollegin geschwächt hat. Ihm dreht sich der Magen um bei dem Gedanken, wie abgemagert sie sein muss. Schließlich ist sie auch vorher schon sehr schlank gewesen.

»Warten Sie hier«, sagt der Arzt und bleibt vor einem der Krankenzimmer stehen. Dann geht er kurz hinein und kehrt wieder zurück. »Sie können hineingehen.«

Sein Blick fällt als Erstes auf den halbvollen Urinbeutel neben dem Bett. Nyhlén schluckt und begegnet dann Emmas Blick. Zu spät, sie hat ihn schon ertappt. Er geniert sich und flucht innerlich: Kaum ist er hereingekommen, ist das Ganze schon viel zu intim geworden. Am liebsten würde er jetzt schnell das Geschenk überreichen und gleich wieder abhauen, es auf die Arbeit schieben, dass er so schnell wieder losmuss. Doch dann sieht er, wie ein Lächeln auf Emmas Gesicht erscheint, irgendwo hinter all den Apparaten. Und sofort vergisst er alles andere.

»Was hast du bloß angestellt?«, sagt er und schüttelt den Kopf.
Es genügt, dass Emma die Mundwinkel nach oben zieht, und schon schmilzt er dahin. Wie lange ist es jetzt her, dass sie nicht mehr in der Abteilung Gewaltverbrechen arbeitet? Viel zu lang jedenfalls, sie hat einige Wochen vor der Geburt aufgehört, also irgendwann im Sommer. Erst jetzt wird ihm bewusst, wie sehr er sie vermisst hat. Ihre Vertretung ist weder langweilig noch inkompetent, aber Emma ist eben Emma, niemand kann sie ersetzen.

»Hör auf«, murmelt sie, und er ist erleichtert, dass sie sich schon wieder besser artikulieren kann. Am Telefon vorhin klang sie wie seine Großtante, die bereits auf die neunzig zugeht.

Nyhlén zieht sich einen Besucherstuhl heran und setzt sich zu ihr ans Bett. Er überlegt, ob es angemessen wäre, ihre Hand zu nehmen. Vielleicht ist das zu persönlich, sie sind ja nur Kollegen. Emma hat immer sehr darauf geachtet, die Distanz zu wahren. Dass sie ihm nichts von ihrer Schwangerschaft erzählt hat, hat er ihr allerdings immer noch nicht verziehen. Wenn er gewusst hätte, wie es um sie stand und dass es einen Grund hatte, dass ihr ständig schlecht war und sie ohnmächtig wurde, hätte er sich viel Kummer und Sorgen darüber ersparen können, welche Krankheit sie befallen haben könnte. Wie viele Abende hat er nicht dagesessen und Google-Doktor für sie gespielt! Noch immer kann er nicht verstehen, warum sie die freudige Nachricht vor allen geheim gehalten hat.

Nyhlén ertappt sich dabei, nur dazusitzen und sie anzustarren. Kann er das damit entschuldigen, dass er entsetzt ist?

»Ich bin so froh, dass du okay zu sein scheinst«, sagt er schließlich.

Emma senkt den Blick. »Mmmh.«

Sie kratzt sich an der Öffnung in ihrem Hals, wo ein dicker Schlauch montiert ist, der direkt in ihren Körper führt. Nyhlén fasst sich an die eigene Kehle und wechselt schnell das Thema.

»Kannst du dich erinnern, was genau passiert ist?«

Sie schüttelt den Kopf. »Frasse.«

»Genau, das Pferd. Du warst auf einem Ausritt.«

Emma nickt. Eine Maschine neben ihrer Bettnachbarin beginnt zu piepen, und eine Krankenschwester kommt herein, um sie zu überprüfen. Dann verschwindet sie wieder.

»Und dann hattest du einen Unfall«, fährt Nyhlén fort.

Ihre Augen verdunkeln sich, und sie schüttelt den Kopf.

Nyhlén versucht in ihrem Blick zu lesen. »Du glaubst also nicht, dass es ein Unfall war?«

»Nein.«

KAPITEL
17

Sie hat nicht die Kraft, Nyhlén zu erklären, was sie damit meint. Er scheint es zu merken, denn kurz darauf steht er auf und verspricht, bald wiederzukehren. Doch sobald Emma seinen breiten Rücken durch die Tür verschwinden sieht, bricht sie zusammen. Sie will ihn zurückrufen, doch auch dazu reichen ihre Kräfte nicht. Instinktiv versucht sie, sich im Bett aufzusetzen, schafft es jedoch nicht einmal, den Kopf zu heben, ihr Körper ist bleischwer. Schnell verwandelt sich ihre Verzweiflung darüber in Wut. Warum musste das alles gerade ihr passieren? Und warum kommt niemand von der Familie sie besuchen, so dass sie zumindest nicht alleine hier liegt? Sie heult Rotz und Wasser und ist nicht einmal in der Lage, sich das Gesicht wieder zu trocknen. Es ist ihr allerdings auch völlig egal, zumindest, bis eine Krankenschwester hereinkommt. Da fühlt sie sich ertappt und schämt sich; überflüssigerweise, wie sich herausstellt, denn die Person würdigt sie keines Blickes. Als wäre sie gar nicht da. Wenigstens eine kurze Begrüßung wäre nett gewesen, doch die Frau tut gerade so, als wäre sie allein im Zimmer. Dann geht sie wieder hinaus.

Emma fährt sich mit der Hand über den Schädel und überlegt, wie groß wohl die Narbe ist, die sich unter dem Verband verbirgt. Ihr Haar, das sie endlich wieder länger getragen hatte – hat man es ihr komplett abrasiert? Und wenn ja, wie lang wird es dann wohl jetzt wieder sein? Noch traut sie sich nicht, sich im Spiegel zu betrachten, aus Angst, was sie erwartet.

Die Zeit vergeht unglaublich langsam, es ist erst elf Uhr vormittags. Sie kann auch nicht schlafen, obwohl sie so müde ist. Eine gefühlte Ewigkeit starrt sie an die Decke, dann versucht sie, das Telefon auf dem Nachttisch zu erreichen. Jemand muss es verschoben haben, denn sie kommt nicht mehr dran. Am einfachsten wäre es jetzt, nach einer Schwester zu klingeln, doch sie will es unbedingt alleine schaffen. Nach einigen Minuten harten Kampfes gelingt es ihr, und sie hält den Hörer in der Hand. Es ist also nicht unmöglich, ein wenig Hoffnung besteht vielleicht doch. Sie betrachtet die Ziffern auf den Knöpfen und merkt, dass sie keine Nummer auswendig kann, außer der von Nyhléns Diensttelefon. Alle ihre privaten Kontakte sind auf ihrem Handy gespeichert, und wo das ist, weiß sie nicht. Also muss sie doch um Hilfe bitten. Eine Krankenschwester kommt herein und gibt ihr auf ihren Wunsch hin eine Kontaktliste.

»Sie sehen schon viel besser aus«, sagt sie, während sie Emma die Liste überreicht.

Emma nickt dankbar und nimmt den Zettel entgegen. Sobald die Krankenschwester draußen ist, ruft sie Josefin an.

»Hallo?« Ihre Schwester klingt außer Atem.

»Störe ich?«, fragt Emma.

»Emma, hallo! Nein, überhaupt nicht. Ich bin nur gerade draußen beim Laufen.«

Emma sieht vor sich, wie sie über die Gehwege von Bromma jagt, die Pulsuhr am Arm, und nach jedem bewältigten Kilometer ertönt ein Piepen. Sie selbst dagegen liegt hier wie in einem Gipsbett, unfähig, sich zu bewegen. Wieder steigt Wut in ihr auf, doch Emma behält sie für sich. Es wäre ungerecht, sie an Josefin auszulassen. Schließlich ist es nicht die Schuld ihrer Schwester, dass sie hier gelandet ist.

»Okay.«

Emma hört selbst, dass sie eingeschnappt klingt, dabei fühlt sie sich einfach nur einsam. Sie ist jemand geworden, der seinen Angehörigen vor allem Schuldgefühle vermittelt, allein durch ihre Existenz. Wie viel einfacher muss es für alle gewesen sein, als sie noch im Koma lag und keinerlei Ansprüche stellen konnte.

»Ich gehe nur schnell duschen, dann bin ich gleich bei dir«, sagt Josefin.

»Nicht nötig«, sagt Emma. Das war schon fast ein vollständiger Satz, zwei ganze Wörter!
»Okay. Ruf an, wenn du es dir anders überlegst.«
»Mmmh.«
Hinterher bereut Emma ihre abweisende Haltung. Jetzt denkt Josefin, sie wolle keinen Besuch, dabei geht sie hier ein vor Langeweile. Die Ungewissheit ist zu schwer, um sie alleine zu ertragen. Keiner wagt, vor ihr die Frage auszusprechen, die sie alle beschäftigt: Wird sie jemals wieder genesen? Wie groß ist die Chance, dass sie wieder richtig sprechen und ein normales Leben führen kann? Wie stark ist ihr Gehirn geschädigt? Und was ist mit ihrem rechten Bein, an dem sie sich beim Sturz den Oberschenkelhals gebrochen hat? Wird sie für den Rest ihres Lebens hinken? Wird sie für immer von Medikamenten und Reha-Maßnahmen abhängig sein?

Sie ruft die nächste Nummer auf der Liste an, Kristoffer, dessen Stimme sich zu ihrem Ärger völlig erschöpft anhört. So darf er doch jetzt nicht klingen, das ist ihr Part!

»Hallo«, sagt sie. »Wie geht es Ines?«

Gleichzeitig betreten ihre Eltern das Zimmer, und sie lächelt ihnen zu.

»Ach, du bist es! Gut geht es ihr«, antwortet er. »Wie schön, deine Stimme zu hören, du klingst immer mehr wie du selbst.«

»Und du?«

Kristoffer lacht. »Ob ich wie ich selbst klinge?«

»Nein, ich meine …« Das Schweigen dauert etwas zu lange. »… wie geht es dir?«, fragt sie schließlich. Es ist ihr unangenehm, dabei Zuhörer zu haben.

»Mir? Wichtig ist doch jetzt, wie es dir geht«, sagt er ausweichend.

»Ich weiß nicht.«

»Entschuldige, dass wir noch nicht bei dir sind, aber wir machen uns jetzt auf den Weg. Du gehst doch nicht weg?«

»Das ist nicht lustig.«

»Ich weiß. Tut mir leid.«

»Mmmh.«

»Bis gleich, mein Schatz. Schön, dass du wieder bei uns bist. Ines lässt dich grüßen.«
Emma legt auf und wendet sich ihren Eltern zu.

KAPITEL
18

Es ist ein Wunder, dass er dieses Telefonat führen kann, ohne dass Ines lautstark protestiert. Kristoffer rauft sich die Haare. Verdammt, er müsste unbedingt mal wieder zum Friseur. Dann fährt er sich über das Kinn und stellt fest, dass er auch zum Rasieren lange nicht mehr gekommen ist. Alles Dinge, die er nach dem Unfall vernachlässigt hat. In den letzten Monaten ist es meist ums nackte Überleben gegangen. Wie machen die Leute das nur? Wenn Ines mal wieder herumzickt, ist es für ihn immer schwer, herauszufinden warum. Vielleicht ist sie müde oder hungrig. Oder die Windel ist voll. Oder ein Zahn kündigt sich an. Inzwischen versucht er, nach dem Ausschlussverfahren zu arbeiten.

Jetzt zum Beispiel jammert sie, und die Uhr sagt ihm, dass es Zeit für die Zwischenmahlzeit ist.

Er kitzelt sie am Bauch. »Dumm nur, dass deine Schlaf- und Essenszeiten sich ständig ändern.«

Als Antwort strampelt Ines wie verrückt in ihrer Babywippe neben dem Sofa. Inzwischen ist sie schon fast ein bisschen zu schwer dafür, aber sie sitzt so gern darin, auch wenn sie mit dem Popo schon fast den Boden berührt. Er betrachtet seine Sumo-Ringer-Tochter. Das Schöne daran, wenn er mit ihr spricht, ist, dass er von ihr keine Seitenhiebe oder psychologische Spielchen zu erwarten hat, die wiederum eine ausgefeilte Argumentation seinerseits erfordern. Er kann einfach sagen, was er denkt, und erhält von ihr stumme Zustimmung. Und manchmal wird er sogar mit einem Lächeln belohnt. Es ist ungefähr wie mit Emma, zumindest in dem Zustand, in dem sie sich derzeit befindet. Normalerweise weicht sie keiner Diskussion aus, im Gegenteil, sie liebt es, die Dinge hin und her zu drehen, bis ihm ganz schwindlig wird. Meist endet es damit, dass er verwirrter ist als zuvor, oder er verpasst vor Erschöpfung die letzte Pointe.

Er wärmt Wasser in der Mikrowelle und gibt etwas Pulver in die Schüssel. Wie sehr hat er Emma eigentlich vermisst? Manchmal war es fast einfacher ohne sie, dann wiederum auch sehr einsam. Wobei er eigentlich ja nicht allein gewesen ist, wenn er es richtig überlegt. Schnell verdrängt er seine Schuldgefühle und überlegt stattdessen, was wohl passieren wird, wenn Emma wieder nach Hause zurückkehrt. Gut möglich, dass er sich dann um eine weitere Person kümmern muss, die ohne seine Hilfe nicht zurechtkommt.

Als würde ihm das Schicksal nichts anderes gönnen.

»Und hier der Brei, bitte sehr.« Er füttert Ines, ohne sich die Mühe zu machen, sie an den Tisch zu setzen.

Nach fünf Löffeln spuckt sie aus, um zu signalisieren, dass es genug ist. Er sucht nach der Wickeltasche. Die Wohnung sieht aus, als hätte eine Bombe eingeschlagen, doch er kann sich einfach nicht aufraffen, etwas dagegen zu tun, er wüsste auch gar nicht, wo er anfangen sollte. Das muss er irgendwann später tun. Emma wird schon nicht so bald entlassen werden, er hat also noch genügend Zeit, sich darum zu kümmern. In den letzten Monaten hat er gelernt, Prioritäten zu setzen, er hat schließlich nicht wirklich viel Zeit für sich selbst.

Die Wickeltasche liegt unter seiner Jeans vom Vortag. Er hängt sie sich über die Schulter, schaut zweimal nach, ob er Handy und Autoschlüssel dabeihat. Dann öffnet er die Tür, bleibt aber noch einmal stehen und überlegt. Irgendetwas hat er vergessen. Er lacht. Wie dumm von ihm! Ines sollte er wohl doch lieber mitnehmen. Er hebt sie hoch und verlässt mit ihr die Wohnung.

Zunächst kommt er gut durch, doch kurz vor dem Krankenhaus gibt es plötzlich einen Stau. Zum Glück macht es Ines weniger aus als sonst, und bald darauf weiß er auch, warum. Ihre Augenlider flattern, und sie schläft ein. Erleichtert atmet er auf, denn sobald das Auto stillsteht, fängt sie normalerweise an zu heulen. Eigentlich auch, wenn es fährt, weil sie es nicht mag, angeschnallt zu sein, und immer versucht, sich aus ihrem Sitz zu winden. Diese Rastlosigkeit hat sie eindeutig von ihrer Mutter.

Wie muss Emma es hassen, den ganzen Tag im Krankenbett zu verbringen, ohne irgendetwas an ihrer Situation ändern zu können. Sich abzufinden ist überhaupt nicht ihr Ding. Und so kann Kristoffer sich kaum etwas anderes vorstellen, als dass sie bald wieder auf den Beinen sein wird. Und darüber werden alle sich wahnsinnig freuen.

Alle, bis auf eine.

KAPITEL
19

Wenn sie es geschickt genug anstellt, müsste sie es doch irgendwie schaffen, Zutritt zur Intensivstation zu erhalten. Hillevi beobachtet von weitem, wer dort ein und aus geht. Vielleicht nützt ihr diese Information ja etwas. Neben dem Krankenhauspersonal und dem einen oder anderen Patienten im fahrbaren Krankenbett sind es vor allem zivil gekleidete Personen, wahrscheinlich Angehörige. Es wäre sicher gewagt, sich als Verwandte eines Patienten auszugeben, doch unmöglich wäre es nicht. Gerade auf dieser Station dürfte es leicht sein, sich eine Geschichte auszudenken, denn viele Patienten sind gar nicht bei Bewusstsein und können also nicht widersprechen. Am besten wäre es in diesem Fall, sich einen neuen Patienten auszusuchen, von dem das Personal noch nicht so genau weiß, wer zu seiner Familie gehört. Oder sie muss heimlich lauschen, wenn ein Arzt sich mit dem Pflegepersonal unterhält, oder einem von ihnen folgen und Auskunft von ihm erzwingen.

Hillevi hält mitten im Gedanken inne. Jemanden zu bedrohen, um an Informationen zu kommen, wäre nicht ihre erste Wahl. Aber Not kennt kein Gebot.

Plötzlich sieht sie Kristoffers lange schmale Gestalt aus dem Aufzug steigen. Er scheint sich Sorgen zu machen, und Ines windet sich, um von seinem Arm herunterzukommen. So wie das Kind sich gegen ihn wehrt, könnte man meinen, es werde entführt. Um nicht von ihm entdeckt zu werden, weicht Hillevi zurück. Nicht zu schnell, da sie erst recht nicht seinen Blick auf sich ziehen will. Doch zum Glück scheint er völlig mit seiner wütenden Tochter beschäftigt zu sein und achtet nicht auf seine Umgebung. Er muss

Ines geweckt haben, denn sie ist außer sich und windet sich wie ein Regenwurm. Es gelingt Kristoffer nicht, sie zu beruhigen, im Gegenteil.

Ihr Geschrei trifft Hillevi ins Herz.

Der Wunsch, Ines in den Arm zu nehmen und sie zu trösten, ist so überwältigend, dass sie beinahe vorgetreten wäre und damit alles zerstört hätte. Kristoffer wäre entsetzt zurückgewichen und hätte wahrscheinlich sofort gewusst, was hier vorgeht. Schließlich glaubt er, sie sei arbeitslos und kämpfe nach Felicias Tod immer noch um ihre Rehabilitierung. Wenn er wüsste, dass sie als Putzfrau hier im Krankenhaus arbeitet, würde er sofort eins und eins zusammenzählen. Hillevi spürt, wie sich alles in ihr zusammenzieht, als sie ihren Exfreund vor dem Eingang der Intensivstation beobachtet. Früher war er ein selbstverständlicher Teil ihres Lebens, sie gehörten zusammen. Sie konnte ihn umarmen, wann immer sie wollte, in seinen schönen braunen Augen ertrinken und den Anblick seines strahlenden Lächelns mit den perfekten Zähnen genießen. Sex mit ihm haben, neben ihm einschlafen. Mit ihm gemeinsam an dem alten Klapptisch frühstücken, den sie gebraucht gekauft hatten. Mit ihm in der antiken Badewanne baden, in dem Haus, das sie gemeinsam bewohnten.

Jetzt muss sie sich vor ihm verstecken, und sie betet, dass er sich nicht nach ihr umdreht. Wenn er das tut, muss ich mich hinter dem Putzwagen verstecken, denkt sie und macht sich bereit, sich notfalls zu ducken. Er wird doch nicht mit der laut schreienden Ines hineingehen? Doch, genau das hat er offensichtlich vor. Die Tür öffnet sich, und er nickt den Krankenschwestern zu, die ihn mit besorgten Blicken einlassen. Wie angewurzelt schaut Hillevi ihnen hinterher, als betrachte sie die Schlussszene eines bewegenden Theaterstückes. Ein vorübergehender Besucher starrt sie an, und der Zauber zerbricht. Sie sammelt ihre Sachen zusammen und geht, wenn auch widerwillig, in Richtung der Station, die sie eigentlich putzen soll.

KAPITEL
20

Ines' Protestgeheul ist weithin zu hören, und als Kristoffer endlich durch die Tür tritt, ist Emma nahe daran zu explodieren. Nicht weil es ihm nicht gelingt, sie zu beruhigen, sondern weil sie so lange auf ihre Tochter warten musste. Statt sich zu freuen, dass sie endlich da sind, ist sie wütend, und ihren Eltern ist anzusehen, dass ihnen die ganze Situation furchtbar unangenehm ist. Emma begreift einfach nicht, warum Kristoffer einen halben Tag braucht, um endlich hier aufzukreuzen. Und Ines ist noch im Schlafanzug!

»Hallo, mein Schatz«, sagt er übertrieben deutlich und mit mitfühlendem Blick. Als wäre sie geistig zurückgeblieben! Dann begrüßt er ihre Eltern.

Ines sieht aus, als wäre sie geweckt worden, ihre Wangen sind gerötet, und ihre Augen sehen fiebrig aus. Als sie ihre Mutter zwischen all den Schläuchen und Verbänden erblickt, stutzt sie und hört auf zu weinen. Sofort vergisst Emma alles andere, und ihr wird warm ums Herz. Dieses kleine Wesen, ihre Tochter, ist doch das Einzige, was zählt. Alles andere ist nebensächlich.

»Wir gehen mal eine Runde spazieren«, sagt Evert und nickt Marianne auffordernd zu.

»Okay«, sagt diese und erhebt sich.

Kristoffer hält Ines näher zum Bett, und Emma denkt, dass sie wenigstens einen Monat lang einen Kinderwagen schieben durfte, bevor sie selbst in einem fahrbaren Bett gelandet ist. Durch die Tür, durch die ihre Eltern verschwinden, kann sie einen grauen Rollstuhl auf dem Gang erkennen und schluckt. Ausgeschlossen! Und wenn es dazu eines Wunders bedarf, sie wird es schaffen, sich ohne Hilfsmittel fortzubewegen.

»Wie fühlst du dich?«, fragt Kristoffer, als sie alleine sind, und balanciert Ines auf der Bettkante. Seine Muskeln sind angespannt, sie ist kein Leichtgewicht mehr. Ines entdeckt den Schlauch, der an Emmas Handrücken befestigt ist. Fasziniert starrt sie ihn an, dann packt sie ihn und zieht daran. Emma sieht, was geschehen wird, doch ihr Reaktionsvermögen ist so herabgesetzt, dass sie es nicht verhindern kann. Zum Glück ist Kristoffer umso schneller und rettet sie vor einer weiteren kleinen Katastrophe. Ines brüllt wütend los, weil sie den Schlauch nicht mehr festhalten darf, jetzt hat sie keinen Blick mehr für irgendetwas anderes. Auch dass Kristoffer mit seinem Handy vor ihren Augen herumwedelt, vermag sie nicht abzulenken. Emma muss lächeln. Zum ersten Mal bekommt sie etwas Echtes zu sehen, und keiner gibt sich Mühe, sich ihr zuliebe zusammenzureißen. Sie genießt das Schauspiel, auch wenn sie sieht, dass Kristoffer Schweißperlen auf die Stirn treten.

Möge es ewig andauern.

»Sie schafft es noch, deine Zimmernachbarin aus dem Koma zu wecken«, witzelt Kristoffer und linst hinüber, um zu sehen, ob sie nicht tatsächlich aufgewacht ist. Dann rümpft er die Nase. »Ich mache Ines schnell eine frische Windel.«

Wie immer empfindet Emma sofort Leere, als sie das Zimmer verlassen, obwohl sie doch weiß, dass sie bald wiederkommen. Sofort fangen ihre Gedanken wieder an zu kreisen, und leider nicht in positiven Bahnen. Ines' plötzliche Verwandlung von einem Tag auf den anderen gibt ihr Rätsel auf. Gestern noch war sie ordentlich und sauber gekleidet, mit einem kleinen Zopf im Haar, und heute trägt sie einen schmutzigen Schlafanzug mit Breiflecken darauf, obwohl es bereits Nachmittag ist und genug Zeit gewesen sein dürfte, sie umzuziehen.

Irgendetwas stimmt hier nicht.

KAPITEL 21

Kristoffer atmet erleichtert auf, als er Ines die Windel gewechselt hat, es ist ihm sogar gelungen, sie wieder zum Schlafen zu bringen. Er schlürft den letzten Rest seines Kaffees, dann drückt er den Becher zusammen und wirft ihn auf dem Rückweg zu Emmas Zimmer in den Papierkorb. Er hat keine große Lust, sich ihrem offensichtlichen Ärger auszusetzen. Irgendetwas scheint sie aufzuregen, die Frage ist bloß, was. Vielleicht ja nur das Leben im Allgemeinen, aber sicher ist er sich nicht. Wenn es ihm allzu anstrengend wird, wird er einfach gehen, sie kann ihm ja nicht hinterherlaufen. Kaum hat er diesen Gedanken gedacht, bereut er ihn auch schon wieder.

Zum dritten Mal an diesem Tag geht er durch die Tür der Intensivstation und wechselt ein paar Worte mit dem Arzt, der sie ihm öffnet.

»War sie müde?«, fragt Emma, als er eintritt.

Er dreht den Kinderwagen herum, damit sie sich selbst überzeugen kann.

»Sie ist vor fünf Minuten eingeschlafen.«

»Oh.« Emmas grün-braune Augen glänzen.

»Der Arzt sagt, du kannst bald verlegt werden. Hier wollen sie offenbar keine Leute, die ohne Beatmungsmaschine zurechtkommen.«

»Okay«, antwortet sie gleichgültig.

Emma macht einen erschöpften Eindruck auf ihn. Das Sprechen scheint sie sehr anzustrengen. Vielleicht ist es aber auch irgendetwas anderes.

»Der Unfall«, sagt sie. »Was ist eigentlich genau passiert?«

Nicht jetzt, denkt er bei sich.
»Ist es dir wirklich nicht zu anstrengend, darüber zu reden?«, fragt er ausweichend.
Sie sieht ihn fest an. »Nein.«
»Soweit ich weiß, kam Frasse mit leerem Sattel zurück, die Zügel hatten sich um seine Beine gewickelt.«
»War er verletzt?«
Kristoffer schüttelt den Kopf. »Er hinkte nur.«
»Und ich?«
»Sie sind sofort losgegangen, um dich zu suchen, aber keiner wusste, wie lange Frasse schon ohne dich durch den Judar-Wald gestreunt war.«
Emmas Blick wird ungeduldig. »Weiter.«
»Nach einer Viertelstunde haben sie dich bewusstlos in einem Graben neben einer Wiese gefunden.«
»Und dann?«
»Kannst du dich an irgendetwas erinnern?«
Emma schüttelt den Kopf. Dann verzieht sie schmerzvoll das Gesicht.
»Hattest du Angst?«, fragt sie.
Kristoffer schließt die Augen und versetzt sich in die Situation zurück. Er sieht sich selbst, wie er neben Ines schläft, völlig unwissend um Emmas Zustand. Da war sie schon auf dem Weg in die Notfallaufnahme.
»Ich kann es dir gar nicht beschreiben«, sagt er zögernd. »Mir wurde eiskalt, ich wusste nicht, was ich tat, bis ich hinterm Steuer saß, unterwegs zum Karolinska-Krankenhaus.«
»Karolinska?«, fragt Emma erstaunt.
»Der Krankenwagen ist direkt dorthingefahren. Sie haben dein Gehirn schichtweise geröntgt und Blutungen bemerkt. Dann stellten sie fest, dass du dir den linken Oberschenkel gebrochen hattest und die Lunge verletzt war. Also haben sie dich sofort in den OP gebracht. Nach Danderyd bist du dann später verlegt worden, aus Platzgründen.«
Emma fingert an einem der Schläuche auf ihrem Handrücken herum, sagt aber nichts.

»Wie die Ärzte mir erklärt haben, mussten sie abwarten, bis die Schwellungen in deinem Gehirn zurückgingen, bevor sie einen Versuch machen konnten, dich zu wecken«, erklärt Kristoffer.
Eine Weile sehen sie sich schweigend an.
Dann sagt Emma: »Es war kein Unfall.«
»Wie meinst du das? Du hast doch gesagt, du kannst dich an nichts erinnern?«
Sie antwortet nicht, weicht seinem Blick jedoch weiterhin nicht aus.
Wenn man bedenkt, was sie durchgemacht hat und wie viele Monate sie im Koma lag, ist es vielleicht kein Wunder, dass die Erinnerung sich verzerrt, denkt Kristoffer. Es muss schwer für sie sein, zwischen Dichtung und Wahrheit zu unterscheiden. Die Ärzte haben ihn darauf vorbereitet, dass es zu solchen Reaktionen kommen kann. Manche Patienten wachen angeblich sogar auf und sprechen eine völlig andere Sprache.
»Zerbrich dir darüber nicht den Kopf, konzentriere dich lieber darauf, wieder gesund zu werden«, sagt er schließlich. »Die Hauptsache ist doch, dass du am Leben bist.«
Ines murmelt etwas im Schlaf und bewegt sich, dann liegt sie wieder still.
»Ich muss mich ausruhen«, sagt Emma und dreht den Kopf zur Seite, um zu signalisieren, dass das Gespräch beendet ist.

KAPITEL 22

Nyhlén kommt sich vor wie ein Fremdkörper, als er den Stall der Reitschule Äppelviken in Bromma betritt. Ein strenger Geruch nach Pferdeäpfeln schlägt ihm entgegen, und weit und breit sieht er keinen Menschen. Dafür eine ganze Reihe von Pferden, die mitten in ihrer Bewegung innehalten und ihn neugierig mustern. Ein Ungetüm rechts von ihm wiehert und streckt den Kopf heraus. Erschrocken weicht Nyhlén zurück, um nicht gefressen zu werden. Er hat einen enormen Respekt vor Pferden, weil sie so groß und stark sind und man ihnen nicht trauen kann. Lebensgefährlich sind sie, wie man an Emma gut sehen kann. Jederzeit können sie mit ihren zuckerwürfelgroßen Zähnen zubeißen, und dann gute Nacht!

»Wen suchen Sie?«, fragt eine Stimme hinter ihm, und er dreht sich um.

Er stellt sich vor und erklärt, dass er ein Freund von Emma sei. Wenn er sagt, was er von Beruf ist, wird immer gleich so ein Aufhebens gemacht, deshalb setzt er lieber auf die Freundschaftsschiene. Schließlich ist er ja tatsächlich nicht in seiner Eigenschaft als Polizist hier.

»Sanna«, erwidert sie und nickt, ohne seine Hand loszulassen.
»Wie geht es Emma?«
»Sie ist aufgewacht.«
»Tatsächlich? Und wie wirkt sie so?«
»Ziemlich mitgenommen, aber in Anbetracht der Umstände sehr klar«, sagt Nyhlén. »Ich komme gerade aus dem Krankenhaus.«

Sannas Griff wird etwas weicher. »Wir müssen ihr Blumen schicken. Grüßen Sie sie nächstes Mal bitte von uns.«

»Das mache ich, da wird sie sich sicher freuen«, sagt er, ohne zu wissen, ob es stimmt. »Waren Sie eigentlich da, als der Unfall passierte?«

»Nein, ich hatte frei, aber ich habe viel darüber gehört. Frasse ist normalerweise sehr zuverlässig, keiner kann richtig nachvollziehen, wie das passieren konnte.«

Nyhlén ist verwirrt, dann fällt ihm ein, dass Frasse der Name des Pferdes ist.

»Wo steht er?«, fragt er.

»Hier drüben.« Sanna geht ihm voraus durch den Stall. Vor der Box eines braunen Pferdes mit freundlichen Augen bleibt sie stehen. Es sieht so sanftmütig aus, dass Nyhlén sich beinahe getraut hätte, es zu streicheln.

»Hallo, Brauner«, sagt Sanna und küsst es auf das Maul. »Er ist jetzt meistens drinnen, denn er hinkt noch. Die Verletzung ist immer noch nicht verheilt, und man weiß nicht genau, ob es langfristige Folgen haben wird.«

Nyhlén versucht tatsächlich, das Pferd zu tätscheln, doch sobald er die Hand ausstreckt, weicht es zurück.

»Ich glaube nicht, dass er was Süßes für dich hat«, sagt Sanna zu dem Pferd.

»Ist er bei dem Unfall so schwer verletzt worden?«, fragt Nyhlén.

»Dummerweise hatte sich sein rechtes Vorderbein in den Zügeln verfangen. Der Tierarzt meint, er ist wahrscheinlich gestürzt und hat sich einmal um sich selbst gedreht. An Rücken und Hinterteil war er auch verletzt.«

»Der Arme.«

»Aber Emma hat es ja noch heftiger erwischt«, sagt Sanna. »Bloß gut, dass sie einen Helm aufhatte.«

Nyhlén schaudert, wenn er daran denkt, was hätte passieren können, falls sie keinen getragen hätte. Dann verdrängt er rasch die Bilder seiner Kollegin mit eingeschlagenem Schädel. Sanna geht wieder zum Ausgang zurück, und er folgt ihr wie ein Schoßhund. Er fühlt sich nicht wohl in diesem Milieu und will nicht alleine bleiben. Man braucht schon Mut, um mit so großen Tieren umzugehen. Allein schon diesen Gang entlangzugehen, wo die Pferde

mit der Kehrseite nach außen stehen und einen Vorbeigehenden jederzeit treten könnten …
Nyhlén ist erleichtert, als sie wieder an der frischen Luft sind.
»Ich muss gleich noch die Pferde füttern«, sagt Sanna. »Wollten Sie irgendetwas Bestimmtes?«
»Zum einen hätte ich gern mit jemandem gesprochen, der am Tag des Unfalls hier war, zum anderen würde ich gern den Ort sehen, wo es passiert ist. Können Sie mir dabei behilflich sein?«
Sanna schaut auf die Uhr.
»Wenn Sie einen Augenblick Zeit haben? Ich muss den Pferden nur schnell Heu geben.«
»Ich könnte Ihnen helfen.«
Sie betrachtet ihn abschätzig.
»Ist schon in Ordnung. Setzen Sie sich solange in die Sonne, ich bin in einer Viertelstunde fertig. Marika war dabei, als Emma gefunden wurde. Sie finden ihre Nummer an der Tafel drinnen.«
Nyhlén fotografiert die Infotafel mit dem Handy. Dann setzt er sich vor dem Stall auf eine Bank. Sanna läuft mit Heusäcken hin und her. Die Pferde kommen an den Zaun getrabt, und er genießt es, einfach nur dazusitzen und zuzugucken, ohne zu irgendetwas verpflichtet zu sein. Jetzt kann er nachvollziehen, warum Emma sich im Pferdestall so wohlfühlt. Sie passt einfach hierher.
»So«, sagt Sanna, und Nyhlén zuckt erschrocken zusammen. Sie hält zwei gesattelte Pferde am Zügel.
»Sie können Leo nehmen.«
»Ich dachte, wir laufen?«, sagt er ängstlich und starrt erschrocken den Helm an, den sie ihm gleich darauf auf den Kopf setzt.
Sanna lacht und reicht ihm eine Reflektorweste.
»Das würde mindestens eine halbe Stunde dauern. Steigen Sie auf den Hocker, der Rest findet sich von selbst.«
Nyhlén kann sich nicht erinnern, je so viel Angst gehabt zu haben. Er flucht innerlich, dass er sich darauf eingelassen hat, hierherzufahren, und nimmt zurück, was er gedacht hat: dass er für Emma alles tun würde. Für keine Frau der Welt ist er bereit, sich auf ein Pferd zu setzen, außer vielleicht, wenn man ihm die Pistole vor die Brust setzt. Und doch findet er sich plötzlich in einem schwan-

kenden Sattel wieder. Typisch Emma, dass es ihr immer wieder gelingt, ihn in lebensgefährliche Situationen zu bringen, sogar jetzt, wo sie auf der Intensivstation liegt.

»Entspannen Sie sich, ich halte Leo die ganze Zeit fest. Er ist wirklich sehr lieb.«

Nyhlén registriert kaum, was Sanna sagt, und klammert sich krampfhaft an der Mähne fest. Er überlegt sogar, religiös zu werden, wenn es ihm nur hilft, diesen Tag zu überleben. Nach ein paar Minuten im Schritttempo normalisiert sich seine Atmung allmählich. Was bleibt ihm auch anderes übrig, als sich abzufinden? Sie reiten in den Wald und gelangen zu einer Wiese. Die Pferde scheinen nervös zu werden, und er blickt ängstlich zu Sanna hinüber.

»Normalerweise dürfen sie hier immer galoppieren«, erklärt sie, als wäre dies dazu angetan, ihn irgendwie zu beruhigen.

In einem kleinen Gehölz auf der anderen Seite des Sees halten sie endlich an.

»Hier ist es.«

Nyhlén betrachtet den friedlichen Ort mitten im Naturschutzgebiet des Judar-Waldes. Keine Spur von irgendetwas Unheimlichem, so weit das Auge reicht. Es hätte ihn nicht überrascht, unter der großen Eiche ein picknickendes Liebespaar zu entdecken.

»Können Sie mir runterhelfen?«, fragt er etwas dumm. »Ich würde mich gerne umsehen.«

Sanna zeigt ihm, was er zu tun hat, und er beugt sich über den Pferdehals, hebt das rechte Bein auf die linke Seite hinüber und lässt sich dann heruntergleiten, wobei er mit dem Schritt am Steigbügel hängen bleibt. Er beißt die Zähne zusammen und will lieber gar nicht wissen, in welcher Verfassung sein bestes Stück nach diesem Tag sein wird. Als wäre das noch nicht genug, kommt er falsch auf und knickt um. Rasch schiebt er den Schmerz beiseite, setzt seinen schärfsten Ermittlerblick auf und sucht die Umgebung ab. Drei größere Steine in der Nähe könnten für Emmas Hirnverletzung verantwortlich sein, wenn sie auf einen davon gefallen ist. Der Boden scheint stellenweise aufgewühlt zu sein, doch nach fünf Monaten ist es unmöglich zu sagen, ob es etwas mit dem Unfall zu tun hat.

Nyhlén nimmt sich die Zeit, herumzugehen und nach Details zu suchen. Er geht auf alle viere und tastet über den matschigen Boden, Sanna hält ihn bestimmt für verrückt. Doch seine Hartnäckigkeit wird belohnt. Unter einem Grasbüschel entdeckt er etwas Glänzendes. Vorsichtig löst er eine Halskette, die ein wenig in die Erde hineingedrückt worden ist, und betrachtet sie. Ein Schmuckstück, das möglicherweise etwas mit dem Unfall zu tun hat. Er erkennt es nicht, Emma hat auf der Arbeit niemals Schmuck getragen. Die Frage ist, ob die Kette überhaupt ihr gehört. Der Verschluss ist kaputt, doch der Anhänger, ein kleines goldenes Herz, ist noch da. Er steckt sie ein und steht auf. Sanna sitzt immer noch im Sattel und ist mit ihrem Handy beschäftigt, anscheinend interessiert sie sich nicht für seine Untersuchungen. Er schluckt, als er Leo dastehen und grasen sieht, und muss an seinen lädierten Hodensack denken. Dann beißt er die Zähne zusammen. Er wird wohl oder übel versuchen müssen, da wieder hinaufzukommen.

KAPITEL
23

Ausnahmsweise mal ein traumloser Schlaf, denkt Emma, als sie aufwacht und keine Ahnung hat, wie spät es ist. Dagegen weiß sie sofort, wo sie ist. Sie hat es akzeptiert und verstanden, auch wenn sie jedes Mal wieder darüber enttäuscht ist. Noch immer fühlt sie sich benommen und fragt sich, wie viele schmerzstillende und beruhigende Präparate ihr da eigentlich verabreicht werden. Oder macht diese Hirnverletzung sie so träge? Nach fünf Monaten Dämmerschlaf müsste sie doch eigentlich ausgeruht sein, aber nein, sie fühlt sich müder als je zuvor in ihrem Leben. Es würde sie nicht wundern, wenn sie mehr schlafen würde als Ines. Ihr Tagesrhythmus ist völlig aus dem Takt, allerdings spielt es auf dieser Station auch keine Rolle, ob Tag ist oder Nacht. Egal um welche Uhrzeit, es ist ständig jemand vom Pflegepersonal in ihrem Zimmer, macht sich an ihr zu schaffen, kontrolliert ihre Werte oder verabreicht ihr irgendwelche Medikamente. Die Chance, dass sie aufwacht und kein Augenpaar sie anstarrt, ist etwa so groß, wie im Lotto zu gewinnen.

Auf gut Glück wählt sie Nyhléns Nummer.

»Das kriegst du zurück«, ist das Erste, was er sagt.

»Was denn?«, fragt sie unschuldig. Ihre Erwartungen an dieses Gespräch steigen ins Unermessliche, denn sie merkt, dass er sich keine Mühe macht, freundlicher zu klingen als sonst.

»Ich habe heute mein Leben für dich riskiert!«, sagt er empört.

»Indem du einen Stall betreten hast?«

Nyhlén schnaubt wütend.

»Wenn es das wäre! Ich musste in einen Sattel steigen. Verstehst du? Dabei würde ich lieber sterben, als mich auf einen heimtückischen Gaul zu setzen.«

Der Lachanfall kommt völlig unvermittelt. Es ist der erste, seit sie aufgewacht ist, und Emma tut alles weh, aber sie kann einfach nicht an sich halten. Sie sieht Nyhléns schreckstarre Miene vor sich und wie er sich vergeblich bemüht, in den Sattel zu kommen, bis ihm schließlich ein zwanzig Jahre jüngeres Stallmädchen dabei helfen muss. Hoffentlich ist dieser historische Moment irgendwie festgehalten worden!

»Au, verdammt«, bringt sie schließlich mühsam heraus. »Ich. Darf. Nicht. Lachen.«

»Selbst schuld«, sagt Nyhlén bissig. »Du tust mir kein bisschen leid.«

»Dann bist du also meinetwegen geritten?«, fragt sie, als sie endlich wieder Luft bekommt.

»Ja, so ähnlich.« Er klingt nicht mehr ganz so wütend.

»Und – ist dein Appetit geweckt?«

»Pferde sind am besten zwischen zwei Hamburger-Hälften aufgehoben, das ist meine Überzeugung, und der heutige Tag hat das nur bestätigt. Ketchup und American Dressing plus Zwiebel. Vielleicht auch noch eine Scheibe Schmelzkäse, aber das muss gar nicht sein.«

Emma prustet. »Warum bist du überhaupt geritten?«

»Weil ich mir den Unfallort ansehen wollte«, sagt Nyhlén. »Und der liegt nun mal ein Stück vom Stall entfernt, deshalb kommt man anscheinend am besten per Pferd dorthin.«

Sofort verschwindet der scherzhafte Ton, und Emma wartet auf eine Fortsetzung, doch die lässt auf sich warten.

»Und?«, fragt sie ungeduldig.

»Ich habe eine Halskette gefunden, aber ich weiß nicht, ob sie etwas mit dem Unfall zu tun hat.«

Emma seufzt. »Hör auf, es einen Unfall zu nennen.«

»Im Moment deutet nichts darauf hin, dass es etwas anderes gewesen sein könnte«, beharrt er. »Wie gut du übrigens wieder sprichst. Ist dir das auch schon aufgefallen?«

Emma hat nicht einmal bemerkt, dass sie mehrere Sätze hintereinander bilden kann, ohne sich sonderlich anstrengen zu müssen. Es fällt ihr allerdings gerade schwer, sich darüber zu freuen, dass sie das Sprachniveau eines Zweijährigen hinter sich gelassen hat und jetzt das eines Vierjährigen hat, vor allem, da Nyhléns Stallbesuch nichts Neues gebracht zu haben scheint. Sie hatte fest damit gerechnet, dass er etwas finden würde, auf das bisher niemand reagiert hat. Irgendetwas, das ihre Theorie bestätigen würde, dass es jemanden gab, der hinter dem Ereignis steckte. Das Gefühl, dass Frasse erschreckt wurde, hat sich in ihr festgesetzt und wird immer stärker.

»Was haben die Leute gesagt, die mich gefunden haben?«, fragt sie, um zum Thema zurückzukommen.

»Ich habe Marika noch nicht erreicht, aber ich bleibe dran.«

Emma sieht Marikas abweisenden Blick vor sich.

»Erwarte da mal keine gemütliche Märchentante.«

»Okay«, sagt er vergnügt. »Und wie geht es dir?«

Ihr ist plötzlich wieder zum Heulen zumute, und den Blick durch das unpersönliche Zimmer gleiten zu lassen macht die Sache nicht gerade besser. Helle, kahle Wände, tickende Maschinen, eine stumme Koma-Nachbarin.

»So schlimm wird es doch nicht sein?«, fragt Nyhlén, als sie nicht antwortet. »Du bist aufgewacht, und es geht dir schon so viel besser! Ist das kein Grund, ein bisschen positiv zu denken?«

Seine ungefragte Offenheit ärgert sie. Als hätte er ein Recht, ihr wegen ihres Pessimismus Vorwürfe zu machen! Als hätte er die leiseste Ahnung, wie es ist, ein hilfloses Opfer zu sein, gefangen in einem Krankenhausbett.

»Es könnte wirklich schlimmer sein«, beendet er seine Predigt.

»Jetzt nimm mir das doch nicht auch noch weg«, protestiert sie. »Lass mich wenigstens mit gutem Gewissen mir selbst leidtun.«

Es klingt so falsch. Als hätte eine Fremde sich ihre Stimme angeeignet und würde Dinge sagen, von denen sie nicht möchte, dass irgendwer sie mitbekommt, am allerwenigsten ein Kollege. Und schon gar nicht Nyhlén.

»Emma, ich verstehe ja, dass es für dich die Hölle ist. Aber ich würde mich freuen, wenn ich ein bisschen mehr Gefluche von dir

zu hören bekäme. Wo ist meine alte Emma?« Seine Stimme droht zu kippen. »Meine *Kollegin* Emma?«
Es klingt weich und zärtlich. Wüsste sie es nicht besser, sie würde es liebevoll nennen.

»Ich muss jetzt meine Schwester anrufen. Bis bald«, sagt sie schnell und legt auf, bevor er noch mehr solches Zeug reden kann.

KAPITEL
24

Josefin weiß, wer versucht, sie anzurufen, auch wenn die Nummer ihr bis gestern noch vollkommen unbekannt war. Ihr erster Impuls ist, dranzugehen, dann entscheidet sie sich doch dagegen. Das schlechte Gewissen macht ihr allerdings zu schaffen. Sie hat keine gute Erklärung dafür, warum sie heute nicht zu ihrer Schwester ins Krankenhaus gefahren ist, obwohl Emma ja ohnehin eher abweisend klang. Es ist Samstag, die Kinder sind bei Andreas, und Josefin hätte alle Zeit der Welt gehabt. Dennoch hat sie sich einfach nicht dazu aufraffen können. Nach der allmorgendlichen Laufrunde hat eine abgrundtiefe Müdigkeit sie übermannt, und sie ist wieder ins Bett gekrochen. Wo sie, abgesehen von ein paar Abstechern zum Kühlschrank, geblieben ist.

Josefin wirft einen raschen Blick auf die geöffnete Rotweinflasche auf dem Küchentisch und schenkt sich dann ein Glas ein. Die plötzliche Einsamkeit nach der Scheidung hat sie getroffen wie ein Schlag. Seitdem ringt sie mit diesem Gefühl, hat sich immer noch nicht daran gewöhnt, so viel Zeit für sich zu haben. Manchmal hat sie es sogar vermisst, sich nicht mehr über Andreas aufregen zu müssen. Jetzt kann sie nur noch an sich selbst herumkritisieren. Und seit Emma vom Pferd gestürzt ist, ist ohnehin nichts mehr, wie es einmal war. Fünf Monate Ungewissheit zehren eben doch an der Psyche.

Und so sitzt sie hier in ihrer kleinen Wohnung und trinkt heimlich Alkohol. Versinkt in Selbstmitleid, während ihre Schwester im Krankenhaus liegt und darum kämpft, ins Leben zurückzukehren und ihren Körper wieder zu spüren. Niemand weiß, wie Emmas Zukunft aussehen wird, doch jetzt, da sie endlich aufgewacht ist, braucht sie eigentlich jede Unterstützung, die sie bekommen kann. Es gibt also keinerlei Rechtfertigung dafür, dass Josefin nicht den ganzen Tag an ihrem Bett verbringt. Verächtlich betrachtet sie ihr Gesicht im Spiegel, den missglückten Schminkversuch. Entweder ist das Spiegelbild verzerrt, oder sie hat in letzter Zeit deutlich mehr Falten bekommen. Hohläugig ist sie obendrein, tiefe Schatten liegen unter ihren Augen, hurra.

Sie ist älter und hässlicher geworden, um es kurz zusammenzufassen.

Mit dem Handrücken wischt sie sich den viel zu roten Lippenstift wieder ab und kehrt dem Spiegel den Rücken zu. Dass ein Pony vielleicht nicht ganz die richtige Frisur für eine Dreiundvierzigjährige ist, ignoriert sie geflissentlich. Josefin fragt sich, ob je wieder ein Mann sie attraktiv finden wird, wenn sie sich nicht einmal selbst im Spiegel betrachten kann, ohne dass ihr übel wird. Und dann überkommt sie wieder diese panische Reue: Wie konnte sie Andreas nur verlassen? Sie hätte doch wissen müssen, dass sie dankbar dafür sein musste, dass er sie haben wollte. Wenn sie ihr lächerliches Spiegelbild betrachtet, begreift sie, dass sie einiges tun müsste, um ihre Situation grundlegend zu verändern.

Der erste Schritt wäre, wieder mehr Selbstvertrauen aufzubauen. Danach könnte sie sich aufmachen, um zu schauen, was der Markt noch so hergibt. Doch allein bei dem Gedanken, einen anderen Mann zu küssen, sträubt sich alles in ihr. Man wird ihr anmerken, dass sie verzweifelt auf der Suche ist, und das ist ja wohl das Unattraktivste, was man sich vorstellen kann. Sie schenkt sich noch ein Glas ein, um sich ein bisschen zu benebeln.

Es gibt so vieles, was sie anders hätte machen können. Zum Beispiel Kristoffer häufiger anzubieten, sich um Ines zu kümmern, um ihn zu entlasten. Sie ist wahrlich keine große Hilfe gewesen, außer vielleicht am Anfang, als es für ihn am allerschwersten war. Zwar hat sie angedeutet, sie könne gerne mal einspringen, doch das hat er freundlich, aber bestimmt abgelehnt. Vielleicht hat er es ihr einfach nicht abgenommen. Oder er wusste, dass es ihr eigentlich zu viel war, sich noch einmal um ein Baby zu kümmern.

Jetzt, da Emma wieder wach ist, ändert sich noch einmal alles. Ihre Schwester bestimmt eisern, wo es langgeht, ob sie wach ist oder im Koma liegt. So ist es eigentlich schon immer gewesen, seit sie auf der Welt ist.

KAPITEL
25

»Was für ein köstliches Essen«, lobt Gunnar, nachdem er zuvor feierlich an sein Glas geklopft hat. »Vor allem das grandiose Rinderfilet.«

»Mich musst du nicht angucken«, sagt Evert lächelnd.

»Das tue ich auch nicht«, gibt Gunnar scherzend zurück und nickt Marianne zu. »Unglaublich lecker. Und danke, dass wir heute Abend kommen durften, trotz der anstrengenden Zeit, die ihr gerade hinter euch habt.«

»Wir freuen uns, mit jemandem darauf anstoßen zu können«, sagt Marianne. »Und auch deine Erfolge ein bisschen zu feiern, Gunnar. Ich hoffe, mein Mann hat dir nicht allzu viele ungelöste Probleme hinterlassen.«

Evert lächelt weiter, wundert sich jedoch, dass Marianne sich Gunnar gegenüber so vorlaut zeigt. Zwar kennen sie sich ziemlich gut, aber das scheint ihm doch ein wenig grenzwertig.

Gunnar lacht entwaffnend und zwinkert Marianne zu.

»Ich werde schon noch Ordnung in das Chaos bringen. Auf Emma!«

»Prost«, sagen alle gleichzeitig und nicken sich zu.

Dann entschuldigt sich Marianne, sie müsse noch den Nachtisch vorbereiten. Agneta folgt ihr in die Küche, und die Männer bleiben allein am Tisch zurück.

»Was für tolle Frauen wir doch haben«, sagt Gunnar und gießt den letzten Schluck Wein hinunter.

»Noch einen Whisky vielleicht?«

»Da sag ich nicht nein, Bruder.«

Evert rollt den Getränkewagen herein und nimmt zwei niedrige Gläser heraus. Dann schenkt er großzügig aus der Flasche ein, die er für eine besondere Gelegenheit aufgehoben hatte. Eine bessere könnte es nicht geben.

Gunnar flucht wie gewöhnlich und knallt sein Glas auf den Tisch, nachdem er es geleert hat.

»Der ging runter wie nichts.«

»Aber nicht so gut wie der nächste«, sagt Evert und schenkt nach.

»Jetzt erzähl doch mal von Emma. Wie geht es ihr?«, fragt Gunnar und dreht sein Glas in der Hand. »Kann sie sprechen?«

»Ja, sie kann sich ausdrücken, es geht allerdings noch sehr langsam.«

»Und was sagt sie?«

»Es war wohl ein ziemlicher Schock für sie. Aber wir schauen jetzt von einem Tag zum nächsten.«

Gunnar seufzt. »Das verstehe ich. Der erste Ausritt nach der Geburt ... Ich erinnere mich, dass wir beide an dem Morgen noch telefoniert haben. Unglaublich, dass dann so etwas passieren musste! Ich frage mich, woran sie sich von vor dem Unfall noch erinnern kann, wie viel man wohl vergisst, wenn man so lange bewusstlos ist.«

»Sie hat uns sofort erkannt, das war echt eine große Erleichterung. Und sie macht insgesamt einen gut orientierten Eindruck.«

Evert merkt, dass ihm der Alkohol bereits zu Kopfe gestiegen ist.

»Hat sie etwas zu dem Unfall selbst gesagt?«

»Bisher nicht.«

»Man kann Pferden wirklich nicht trauen«, stellt Gunnar fest. »Diese Tiere sind richtige Nervenbündel.«

»Das sagst du! So viel, wie Emma in ihrem Leben schon geritten ist, habe ich mir überhaupt keine Sorgen gemacht, dass ihr dabei jemals etwas passieren könnte.«

»Siehst du; man kann sich eben nie richtig sicher sein.«

»Auf diese Wahrheit«, antwortet Evert und hebt sein Glas.

Dann kehren die Damen mit Kaffee und Nachtisch ins Wohnzimmer zurück. Beide schütteln den Kopf, als sie den Getränkewagen sehen.

»Was ist das nur immer mit den Kerlen und dem Whisky?«, seufzt Marianne.

SONNTAG
26. April

KAPITEL
26

Ines strahlt mit der Sonne um die Wette, als sie sich dem Elchgehege im Skansen nähern. Fröhlich winkt sie ihnen zu und strampelt vergnügt, statt sich vor den unwahrscheinlich großen Tieren zu erschrecken. Da kann Hillevi sie auch gleich aus dem Wagen heben, damit sie es richtig genießen kann, bevor sie vor Müdigkeit einnickt und den Rest des Tierparkbesuchs verschläft.

Hillevi öffnet den Gurt, hebt das Kind heraus und küsst es auf die runde, weiche Wange. Und dann noch einmal, es fällt ihr schwer, es nicht zu tun. Ines presst ihr Patschhändchen an ihre Wange und drückt sie entschieden von sich.

»Du kleiner Räuber«, sagt Hillevi. Sie genießt diesen Ausflug und verdrängt alle schlimmen Konsequenzen, die er möglicherweise für sie haben wird.

Kristoffer würde wahnsinnig werden, wenn er ahnte, was sie tut. Es gibt für ihr Abkommen nämlich eine einzige Regel: Sie darf die Wohnung nur im Notfall verlassen. Dagegen hat Hillevi allerdings schon sehr häufig verstoßen. Wenn er wüsste, dass sie in der Stadt spazieren geht und sogar einen Mutter-Kind-Kurs besucht! Normalerweise sind es keine langen Ausflüge, nicht wie heute in den Djurgården. Außerdem muss Kristoffer doch begreifen, dass es gut für Ines ist, an die frische Luft zu kommen, trotz des Risikos, dass sie dabei jemandem begegnen, der das Kind möglicherweise wiedererkennt. Wenn sie den ganzen Tag drinnen verbringen, gehen sie irgendwann die Wände hoch. Vor allem wenn die Sonne scheint und die Wohnung sich aufheizt. Es wird irgendwann unerträglich. Außerdem hat Hillevi nichts Schönes mehr zu tun, wenn Ines schläft. Emmas Kleider hat sie schon anprobiert – das war schnell erledigt, denn sie hat einen sehr übersichtlichen Kleiderschrank. Keine ausgefallenen Markenklamotten oder teure Kleider, nicht einmal Strapse. Nein, danach hat Hillevi vergebens gesucht.

Armer Kristoffer, da hat er ja wirklich eine prächtige Frau abbekommen. Eine Runde durchs Bad hat ihren Eindruck noch bestätigt: billige Cremes aus der Apotheke und altes, eingetrocknetes Make-up. Ob sie sich wohl nie schick macht? Vielleicht gibt es in ihrem Beruf einfach nicht viele Gelegenheiten dazu.

Kriminalkommissarin. Hillevi lässt sich das Wort auf der Zunge zergehen. Respekteinflößend, jedoch wenig sinnlich.

Der Skansen ist voller Familien mit Kindern, die sich wahrscheinlich genauso nach dem Sommer gesehnt haben wie sie selbst. Kein Wunder, ist es doch bis in den April hinein kalt und dunkel gewesen. Heute hat das Thermometer achtzehn Grad angezeigt, als sie von zu Hause losgegangen sind. Die Stiefel passen dazu nicht, doch immerhin hat sie unter der Jacke nur ein T-Shirt an, im Unterschied zu vielen anderen, die jetzt im Wollpullover herumlaufen und schwitzen. Genau wie sie gedacht hat, schläft Ines sofort ein, als sie sie wieder in den Wagen gesetzt und die Lehne zum Liegen gestellt hat. Hillevi nutzt die Gelegenheit, um sich die Hände zu desinfizieren und so eventuelle Bakterien abzutöten – sie hätte das Gitter am Elchgehege nicht anfassen sollen.

Anschließend schlendert sie weiter und setzt sich auf eine Bank, um sich die Gegend anzusehen. Fröhliche Kinder, strahlender Sonnenschein und interessante Tiere – besser könnte es gar nicht sein. Ihr Leben ist komplett.

Hillevi genießt den Augenblick und denkt, dass das Ganze vielleicht doch irgendwie einen Sinn hat. Vor einem halben Jahr war sie einer Katastrophe so nahe, wie man es nur sein konnte. Ihre Abteilung in der Anstalt wurde geschlossen, und alle, die dort lebten, mussten ausziehen. Menschen, die eigentlich rund um die Uhr betreut werden mussten, die ernsthafte psychische Probleme hatten, sollten plötzlich allein zurechtkommen. Manchmal fragt sie sich, wie es ihnen wohl ergangen ist, doch sie hat keinen Kontakt zu ihren ehemaligen Mitpatienten, seit sie in ihre Wohnung gezogen ist. Sie würde sich allerdings nicht weiter wundern, wenn sie jemanden von ihnen vor dem ICA entdecken würde, wie er Passanten anbettelte. Der Schritt in die Obdachlosigkeit ist nicht weit, wenn man außerhalb des sozialen Netzes gelandet ist. Wenn nichts mehr funktioniert und es keine Angehörigen gibt, ist ein Schlafplatz auf der Straße wahrscheinlich die einzige Alternative. Sie selbst hat wahnsinnig Glück gehabt, dass sie dank Kristoffer eine Wohnung zur Untermiete bekommen hat.

Er würde alles für sie tun, diese Gewissheit macht sie überglücklich. Das wenigstens kann ihr niemand nehmen.

Alles wäre perfekt gewesen, wenn es Emma nicht gegeben hätte. Wenn Emma Kristoffer nicht umgarnt und gefangen hätte, wäre alles wieder wie früher gewesen.

Ines rekelt sich. Hillevi deckt sie liebevoll zu. Ihr Blick bleibt an ihren perfekt geschwungenen Lippen haften. *Sie hat deinen Mund.* Das hatte doch diese andere Mutter bei der musikalischen Früherziehung gesagt. Ihren Namen hat Hillevi schon wieder vergessen. Sie fährt mit dem Finger über ihren eigenen Amorbogen, um die Konturen zu fühlen. Die Frau hat recht.

Sie träumt sich in eine Welt, in der Ines tatsächlich ihre eigene Tochter ist. Nach allem, was sie durchgemacht hat, hat sie ein Kind wirklich verdient.

KAPITEL
27

Sie hätten längst mit der Besichtigung fertig sein sollen. Kristoffer ist diese Spekulanten so leid, die denken, ein Makler hätte kein Leben neben dem Job. Menschen, die die eventuellen Pläne anderer Leute nicht achten und die vereinbarte Zeit weit überschreiten, ohne auch nur um Entschuldigung zu bitten. Er wirft einen gestressten Blick auf sein Handy, will Hillevi nicht länger als nötig mit Ines alleinelassen. Das Paar, das einfach nicht gehen will, wird die Wohnung sowieso nicht kaufen. Sie kommen zu jedem seiner Besichtigungstermine und geben nie ein Gebot ab. Richtige Waschlappen sind das. Natürlich müsste er jetzt eigentlich an anderes denken als an seine Arbeit, doch dieses Objekt will er einfach keinem anderen überlassen. Mit etwas Glück kann er es dennoch bis zur offiziellen Besuchszeit ins Krankenhaus schaffen, die ohnehin erst um ein Uhr beginnt.

»Ich muss los«, flüstert er seiner Kollegin zu. »Die Babysitterin hat angerufen, es läuft nicht so gut.«

Eine glatte Lüge, doch solange sie ihren Zweck erfüllt, ist es ihm egal.

»Na klar, fahr ruhig. Ich mache dann das Licht aus und schließe ab«, sagt die Kollegin nach kurzem Zögern. Der sogenannte Besichtigungsmord vor einem Jahr hat bei vielen Maklern Spuren hinterlassen.

Sobald er draußen ist, fühlt er sich besser. Endlich kommt die schöne Jahreszeit. Perfektes Timing eigentlich von Emma, denkt er, dass sie gerade jetzt aufwacht.

Er ruft Hillevi an, um ihr zu sagen, dass er gleich da ist, aber niemand nimmt ab. Verblüfft starrt Kristoffer auf sein Handy und fragt sich, ob es nicht funktioniert oder er sich möglicherweise verwählt hat. Noch nie ist es vorgekommen, dass sie nicht abgenommen hat, wenn sie auf Ines aufgepasst hat. Sind sie vielleicht beide eingeschlafen? Es ist kurz nach zwölf, also ist es eher unwahrscheinlich, denn das ist genau zwischen Ines' normalen Schlafzeiten. Sein Herz beginnt zu rasen, er ruft noch einmal an und erreicht wieder nur den Anrufbeantworter. Kristoffer beschleunigt seinen Schritt Richtung Auto und flucht stumm vor sich hin.

Ihm ist vollkommen klar, dass Hillevi nicht die ideale Lösung für sein Dilemma ist, vor allem nicht jetzt, da Emma wieder mit im Spiel ist. Das kann auf Dauer gar nicht gut gehen, doch unmittelbar nach dem Unfall hat er nur die Vorteile darin gesehen. Eine Frau trauerte um ihre Tochter, ein kleines Mädchen brauchte eine Mutter. Da ließen sich zwei Fliegen mit einer Klappe schlagen. Hillevi ist harmlos, nie würde sie ein Kind einer Gefahr aussetzen. Kristoffer erinnert sich an die Zeit vor Emma, die Zeit mit Hillevi. Und wie sich alles auf einen Schlag änderte. Es genügten wenige Sekunden, und die Katastrophe war passiert. Sekunden, die den Unterschied zwischen Leben und Tod bedeuteten. Zeit, die sich niemals zurückspulen ließ.

Ein unbedachter Augenblick. Felicia auf dem Weg zum Bagger, der ihr Haus abreißen sollte. Und Hillevi ganz damit beschäftigt, zu betteln und zu flehen, man möge es doch stehenlassen.

Stattdessen verlor sie beide, sowohl das Haus als auch die Tochter.

Kurz nach dem Unfall wurde Kristoffer klar, dass auch Hillevi verloren war. Nicht physisch, aber mental. Sie weigerte sich zu akzeptieren, dass Felicia tot war, und schließlich gab es keinen anderen Ausweg, als sie in die geschlossene Psychiatrie einzuweisen. Während all dieser Monate hieß es nie, dass sie für andere eine Gefahr darstellen könnte, höchstens für sich selbst. Nie gab es einen Grund, Hillevi infrage zu stellen, sie hat sich in den vergangenen Monaten mustergültig verhalten. Er kann sich über nichts beschweren, außer über sich selbst, weil er einfach seine Finger nicht bei sich behalten konnte. Nach zwei Monaten ohne Emma ist er eines Abends zu weit gegangen. Und nachdem er die Grenze einmal überschritten hatte, passierte es erneut.

Kristoffer steigt ins Auto und fährt nach Hause, wobei er immer wieder versucht, Hillevi zu erreichen – ohne Erfolg. Angst breitet sich in ihm aus, aber ist sie berechtigt? Er überlegt. Drei Stunden ist es jetzt her, seit sie zuletzt miteinander gesprochen haben. An einem Vormittag kann viel passieren. Etwas beginnt in ihm zu rumoren, das Gefühl, Hillevis Absichten falsch eingeschätzt zu haben. Es ist doch schon merkwürdig, dass sie einfach so anbietet, sich um Ines zu kümmern, ohne etwas dafür zu verlangen. Nicht einmal Geld. Manchmal steckt er ihr dennoch ein paar Hunderter zu, weil er weiß, dass sie als Arbeitslose immer knapp dran ist. Sie scheint sich allerdings nicht viel daraus zu machen.

Vielleicht verfolgt sie ja einen geheimen Plan. Wozu wäre Hillevi in der Lage, wie sehr wird sie immer noch vom Verlust ihrer Tochter gesteuert? Bisher hat es den Anschein gemacht, als würde es ihr genügen, mit Ines zu Hause zu sein. Aber vielleicht ist sie nicht ganz ehrlich zu ihm. Vielleicht ist sie berechnender, als er gedacht hat. Vielleicht gibt sie ihm die Schuld an Felicias Tod und will sich rächen, indem sie ihm nun sein Kind wegnimmt.

Es flimmert vor seinen Augen. Ines darf nichts passieren! Er versucht, sich zu beruhigen und sich aufs Fahren zu konzentrieren, um keinen Unfall zu machen. Redet sich ein, dass alles in Ordnung sei, dass Hillevi nur ihr Handy versehentlich auf lautlos gestellt habe. Denn er kann sich nicht vorstellen, dass sie ihre Beziehung riskieren würde, indem sie etwas richtig Dummes anstellt. Etwas, das sie später bereuen würde.

KAPITEL
28

Emma ist sich sicher, dass es Kristoffer ist, der da kommt. Schließlich ist es bereits ein Uhr, und er ist noch nicht aufgetaucht. Doch als sie aufblickt, sieht sie in Nyhléns birnenförmiges Gesicht.

»Einzelzimmer – wow«, sagt er übertrieben munter und pfeift durch die Zähne, als hätte sie sich aus eigenem Antrieb eine Suite mit Jacuzzi gegönnt.

Emma betrachtet die kahlen Wände ihres neuen Zimmers und fragt sich, ob sie wohl lange auf dieser Station Nr. 73 bleiben wird oder ob es sich gar nicht erst lohnt, die Wände mit eigenen Fotos zu schmücken. Bestenfalls darf sie bald nach Hause. Josefins Kinder haben in den vergangenen Monaten einen ganzen Stapel Bilder und Zeichnungen für sie hiergelassen. Schöne Bilder mit aufmunternden Sätzen wie *Für die beste Tante der Welt* oder humoristischen wie *Dornröschen hat 100 Jahre geschlafen – dir fehlen nur noch 99 Jahre und sieben Monate, halte durch!*. Allerdings sind auch eher verzweifelte dabei: *Wach auf, liebe Emma!* Auf den meisten sind bunte Herzen zu sehen und Liebeserklärungen, die es Emma ganz warm ums Herz werden lassen. Sie ist gerührt, wie sehr die drei sich um ihre Tante sorgen, genau wie ihre fürsorgliche Mutter.

»Was für ein toller Blick«, sagt Nyhlén. Er klingt schon wie all die anderen, die ständig betonen müssen, wie unglaublich gut sie es hat. Als wäre es ein Privileg, auf unbestimmte Zeit im Krankenhaus zu liegen.

»Wenn du nicht sofort mit diesem positiven Gequatsche aufhörst, kannst du gleich wieder gehen!«

Nyhlén dreht sich erschrocken zu ihr um.

»Entschuldige, soll nicht wieder vorkommen.«

»Nein, du musst entschuldigen. Ich bin nur all die fröhlichen Gesichter leid, wenn das Leben für mich selbst gerade die Hölle ist.«

»Sei doch nicht so hart! Es ist eben nicht leicht zu wissen, wie man sich verhalten soll. Noch dazu, weil es jetzt eigentlich nicht mehr die Hölle ist, im Gegenteil. Es ist toll, dass du noch am Leben bist.«

Emma seufzt. »Für die anderen vielleicht, aber nicht für mich. Ich kann gar nicht erklären, wie furchtbar es ist, still dazuliegen, während die Zeit einfach vergeht. Mein Leben ist stehengeblieben, als ich aufgewacht bin, während es für alle anderen weitergeht.«

»Vergiss nicht, dass für alle deine Lieben das Leben fünf Monate nicht stillgestanden hat. Eine Zeit, die du verschlafen hast.«

Plötzlich schämt Emma sich für ihr Selbstmitleid. Seit sie aufgewacht ist, hat sie nur an sich gedacht und sich gegrämt über das, was sie von Ines' erster Zeit verpasst hat. Sie hat nicht einmal versucht, nachzuempfinden, wie ihre Familie diese Zeit erlebt hat.

»Okay, ich werde darüber nachdenken«, verspricht sie und wechselt rasch das Thema, um zu etwas deutlich Interessanterem zu kommen. »Wie ist es auf der Arbeit?«

»An der Mordfront nichts Neues«, sagt er in dem vergeblichen Versuch, witzig zu sein. »Flaute.«

Emma weiß, dass das für ihn einerseits Erleichterung bedeutet, ihn andererseits aber auch kribbelig macht.

»Und womit beschäftigst du dich dann, wenn du nicht gerade im Stall abhängst?«

»Sehr witzig«, sagt er und lacht trocken. »Ich sitze an einem ungelösten Fall, ich glaube nicht, dass du ihn kennst. Du warst schon beurlaubt, glaube ich. Es geht um ein junges Mädchen, das tot in Västberga aufgefunden wurde.«

Emma sieht ihn an. »Dann ist der Henke-Fall also gelöst?«

An Nyhléns verlegenem Blick kann Emma die Antwort schon ablesen.

»Nein«, sagt er sichtlich beschämt. »Er wurde zu den Akten gelegt.«

»Zu den Akten?«, fragt Emma empört. »Wie kann ein Fall mit einem toten Polizisten zu den Akten gelegt werden? Ich hatte gedacht, er wäre kurz vor der Aufklärung?«

Der Fall des zivil gekleideten Polizisten Henrik Dahl, der erschlagen neben einem ermordeten Bettler in einem ehemaligen Industriegebiet in Ulvsunda aufgefunden wurde, ist an niemandem spurlos vorbeigegangen. Der Medienrummel war enorm, und es gab zahllose Spekulationen, doch Zeugen meldeten sich keine. Der Druck seitens der Journalisten sowie der Öffentlichkeit war hoch, ganz zu schweigen von seiner Frau, die mit ihren vier Kindern allein zurückblieb. Sie verlangte nach einer Erklärung, doch die Polizei konnte lediglich feststellen, dass Henrik Dahl den rumänischen Bettler wahrscheinlich zu Tode geprügelt hatte. Jedenfalls hatte die Rechtsmedizin Hautreste von Henrik unter den Nägeln des Bettlers gefunden.

»Henke war ein Freund! Ein guter Typ.« Emma sieht Nyhlén vorwurfsvoll an.

»Wir haben das einfach nicht in den Griff bekommen, und dann kam ein neuer Fall, der vorrangig behandelt werden sollte: mit diesem jungen Mädchen, das vergewaltigt und ermordet wurde.«

»Und der ist also auch noch nicht gelöst?«

Nyhlén schluckt. »Nein.«

»Wie hat Lindberg denn begründet, dass du dich etwas anderem widmen solltest als Henke? Ich verstehe das einfach nicht. Wir wissen immer noch nicht, wer ihn getötet hat.«

Emma hat der Fall nicht losgelassen, auch nicht, als sie längst freigestellt war, kurz vor der Geburt. Sie hatte eigenmächtig von zu Hause aus und mit verschiedenen Theorien weitergearbeitet. Eine davon, die sie auch ihrem Vater dargelegt hatte, war, dass die Polizisten, die als Erste vor Ort gewesen waren, sich gegenseitig deckten. Irgendetwas stimmte nicht mit dem Zeitpunkt des Anrufs und ihrer Ankunft am Tatort. Emma kann sich jedoch nicht mehr genau erinnern, was es war. Nur dass ihr irgendetwas merkwürdig vorgekommen war.

»Du musst das noch mal anpacken«, sagt Emma. »Denk an Henriks Familie! Sie müssen eine Antwort bekommen. Ich weiß, dass

Henrik niemals jemanden getötet hätte, es sei denn, er hätte keine andere Wahl gehabt, zum Beispiel, weil ein anderer in Lebensgefahr war. Stell dir doch mal vor, man würde dich unschuldig verdächtigen.«

Nyhlén ist anzusehen, dass ihn die Vorwürfe nicht gleichgültig lassen.

»Was, denkst du, soll ich tun?«

»Mach Überstunden, keine Ahnung. Bring das Voruntersuchungsprotokoll mit, dann habe ich hier wenigstens etwas zu tun. Zusammen finden wir vielleicht heraus, woran es hapert.«

Emmas Verdacht den Kollegen gegenüber war offensichtlich begründet, denn als sie deren Namen im Register nachschlug, stellte sie fest, dass zumindest einer von ihnen schon einmal wegen fahrlässiger Tötung verurteilt worden war. Evert hatte ihre Theorie eines internen Verbrechens abgeschmettert, jedoch versprochen, ihre Überlegungen an seinen Nachfolger weiterzuleiten. An seinem Zögern konnte Emma jedoch ablesen, dass er nicht mit ihr übereinstimmte. Vielleicht hatte er die Sache deshalb auch gar nicht weiterverfolgt.

»Konzentriere dich auf den Bericht der Kollegen am Tatort. Ich weiß, dass es da widersprüchliche Angaben gab, die es lohnt, noch einmal nachzuprüfen. Irgendetwas mit den Zeitangaben stimmte nicht.«

Nyhlén schluckt, ihre Andeutungen scheinen ihm nicht zu gefallen.

»Wird gemacht, Chefin«, sagt er zurückhaltend. »Hast du irgendein Aufputschmittel bekommen, dass du plötzlich so voller Tatendrang bist?«

»Sehr witzig.« Emma verdreht die Augen. »Okay, lassen wir das für den Moment. Muskelkater?«

»Wenn du wüsstest!«, sagt er, schon wieder in Plauderlaune. »Du glaubst gar nicht, welche physischen Schäden ich von diesem Ausritt davongetragen habe.«

Für einen winzigen Moment wandert Nyhléns Blick auf seinen Schritt. »Nein, danke, erspar mir die Einzelheiten«, sagt Emma und grinst. »Hast du Marika erreicht?«

Er nickt.

»Ich treffe mich nachher noch mit ihr.«

»Denk dran, sie kann ziemlich schroff sein«, sagt Emma. »Und danke, dass du das machst, ich weiß es zu schätzen!«

»Was tut man nicht für eine alte Kollegin?«

»Alt? Sehe ich so schlimm aus?«

»Ja«, erwidert er ernst. »Du siehst schrecklich aus.«

»Es hagelt mal wieder Komplimente, wie üblich.« Emma lacht.

»Selbst schuld, du wolltest doch, dass ich ehrlich zu dir bin.«

Emma wünschte, er könnte hier sitzen bleiben und sie den ganzen Tag unterhalten. Ihr ständig ins Wort fallen, wie auf der Arbeit. Sobald er geht, wird sie sich wieder einsam fühlen.

»Ach«, sagt Nyhlén. »Jetzt hätte ich beinahe die Kette vergessen.«

Emma sieht zu, wie er in seiner Hosentasche kramt.

»Hier«, sagt er und reicht ihr eine Goldkette mit einem kleinen, etwas zerdrückten Herz, verziert mit einem Diamanten. »Hast du die schon vermisst?«

Emma nimmt sie, schüttelt jedoch den Kopf.

»Nein, das ist nicht meine.«

Sie legt sie neben sich auf den Nachttisch und überlegt, ob sie die Kette schon einmal gesehen hat. Vielleicht gehört sie ja einem der Stallmädchen.

»Du erkennst sie also nicht wieder?«

»Ich glaube nicht. Aber ich werde Kristoffer noch mal fragen. So ganz kann ich mich auf mein Gedächtnis ja nicht mehr verlassen. Aber an eine Goldkette müsste ich mich eigentlich schon erinnern.«

»Die Kette ist recht hübsch. Irgendjemand muss sie suchen«, sagt Nyhlén und steht auf, denn er merkt, dass Emma müde ist. Niemand kennt sie so gut wie er.

KAPITEL
29

Evert will gerade die Tür zu Emmas Zimmer aufmachen, als diese von innen geöffnet wird. Vor ihm steht Emmas engster Mitarbeiter, Thomas Nyhlén, und sieht genauso überrascht aus, wie Evert sich fühlt. Einerseits, weil die Tür so plötzlich aufgegangen ist, andererseits, weil so früh nach Emmas Erwachen bereits ein Kollege sie besucht. Die Frage, was er hier will, hängt in der Luft, doch es gelingt Evert, seine Überraschung zu unterdrücken.

»Oh, hallo«, sagt Nyhlén und dämpft die Stimme. »Emma ist dabei einzuschlafen, deshalb wollte ich gerade gehen.«

Er hat ein aufgedunsenes Gesicht und ist kräftiger um die Hüften, als Evert es in Erinnerung hat. Sie geben sich kurz die Hand, ein fester Druck. Dann stellt Nyhlén sich Marianne vor und erklärt, in welchem Verhältnis er zu Emma steht.

»Ich habe schon viel von Ihnen gehört«, sagt Marianne und nickt.

»Also nur Gutes. Wie schön, dass Sie vorbeigekommen sind. Wie geht es ihr heute?«

»Den Umständen entsprechend gut, glaube ich. Allerdings war sie gegen Ende unserer Unterhaltung doch recht müde.«

»Worum ging es denn?«, fragt Evert.

Marianne fährt ihm über den Mund. »Das ist ja wohl ihre Sache! Wollen wir einen Kaffee trinken gehen, solange sie schläft? Vielleicht mögen Sie uns Gesellschaft leisten, Herr … Nyhlén?«

Nyhlén sieht beinahe erschrocken aus, lächelt jedoch höflich.

»Vielen Dank, aber ich muss los. Schön, Sie kennengelernt zu haben.«

Er nickt ihnen noch einmal zu und geht dann rasch davon.

»Was sollte das denn jetzt?«, fragt Marianne, als er außer Sichtweite ist. »Man fragt doch nicht, worüber zwei erwachsene Menschen sich unterhalten haben!«

Evert ärgert sich, dass Marianne ihn derart kritisiert. Schlimm genug, dass sie ihn vor Nyhlén abgebügelt hat, so dass er vor ihm sein Gesicht verloren hat. Manchmal ist er sie so leid, seine Frau, vor allem, wenn sie ihn vor wildfremden Leuten herunterputzt. So aufmüpfig ist sie erst, seit er pensioniert ist. Sie denkt, sie wüsste alles besser, dabei hat sie von manchen Dingen überhaupt keine Ahnung. Zum Beispiel, was die Gepflogenheiten bei der Polizei angeht und wo die Grenze zwischen Freunden und Kollegen verläuft.

Sie gehen zum Ausgang zurück, doch Evert spürt, dass er das nicht einfach so auf sich beruhen lassen kann.

»Kommt es dir nicht merkwürdig vor, dass ein Kollege von Emma sie hier besuchen kommt?«, fragt er.

»Wie du das sagst! Nein, im Gegenteil, ich finde es nett von ihm, dass er sich die Zeit nimmt, hier hinauszufahren, um zu sehen, wie es ihr geht. Er zeigt Empathie, das ist manchmal nicht das Schlechteste. Soll ich dir erklären, was das Wort bedeutet?«, fragt sie spitz. Dabei stößt sie ihn mit dem Ellbogen in die Seite, ein bisschen zu fest, als dass man es als freundschaftliche Geste werten könnte.

Statt wütend zu werden, schluckt Evert seinen Stolz herunter und schweigt. Sie kann sagen, was sie will, er findet trotzdem, dass Nyhlén gut noch ein paar Tage hätte warten können, bevor er Emma besucht.

Sie sind gerade in der Cafeteria angelangt, als er ein Pling von seinem Handy hört. Gunnar hat mehrfach versucht, ihn zu erreichen – am besten ruft er schnell zurück, es könnte ja etwas Wichtiges sein.

»Bestell schon mal eine Tasse Kaffee für mich mit, ich muss nur noch schnell telefonieren«, sagt er zu Marianne und geht ein Stück beiseite. Er ist froh, der gereizten Stimmung zwischen ihnen kurzfristig zu entkommen. Gerade jetzt, da sie sich doch freuen sollten, dass sie Emma wiederhaben, sind sie streitsüchtiger als je zuvor. Vielleicht, weil die Anspannung nachlässt, denkt Evert. Er hat jedoch keine Lust, sich eingehender damit zu beschäftigen. Gefühle kann man abschalten, das ist ein Trick, den er gut beherrscht.

Gunnar nimmt sofort ab.

»Ich wollte mich nur noch einmal für den schönen Abend bedanken.«

»Wir haben zu danken, es war nett, euch dazuhaben. Was macht der Kopf?«

»So gut ging es mir noch nie. Und selbst?«

»Ach ja, ich vergesse jedenfalls nicht, dass ich einen Kopf habe«, antwortet er. »Ich bin gerade im Krankenhaus – gibt es irgendetwas Dringendes, oder können wir später noch mal telefonieren?«

»Nichts Besonderes. Ich wollte nur fragen, wie es Emma geht.«

»Ich weiß es nicht, sie schläft gerade, aber laut ihrem Kollegen scheint es ihr besser zu gehen.«

»Welchem Kollegen?«, fragt Gunnar sofort und bestätigt damit seine Skepsis.

»Ich bin eben mit Thomas Nyhlén vom Landeskriminalamt zusammengestoßen. Er war hier und hat meine Tochter besucht.«

»Da sieht man mal wieder. Wir halten zusammen bei der Polizei«, sagt Gunnar und lacht. »Er ist euch zuvorgekommen. Apropos, auf welcher Station liegt Emma eigentlich jetzt? Ich dachte, wir könnten ihr die Woche mal einen Blumenstrauß schicken.«

»Das ist nett. Station 73. Allerdings sind Blumen hier verboten. Einen kleinen Gruß könnt ihr aber bestimmt schicken, da wird sie sich freuen.«

»Das machen wir. Bleibt es bei morgen zum Mittagessen?«

Das hat Evert ganz vergessen.

»Gut, dass du mich daran erinnerst.«

»Pass auf dich auf, Bruder. Und dann bis morgen um zwölf.«

Evert geht in die Cafeteria zurück und setzt sich zu Marianne.

»Jetzt ist der Kaffee bestimmt kalt«, murrt sie.

KAPITEL
30

»Hallo«, ruft Kristoffer, als er in die Wohnung kommt. »Jemand zu Hause?«

Kompaktes Schweigen schlägt ihm entgegen, und der Kinderwagen steht nicht im Flur. Auch Hillevis schwarze Stiefel sind weg. Er flucht und geht mit Schuhen ins Wohnzimmer, doch auch da ist niemand. Dann wirft er einen Blick ins Schlafzimmer, nur um sicherzugehen, dass sie nicht dort liegen und eingeschlafen sind. Natürlich sind sie nicht da, was in gewisser Weise auch eine Erleichterung ist. Es hätte sich merkwürdig angefühlt, Hillevi in seinem und Emmas gemeinsamen Bett zu sehen. Er geht weiter in Ines' Zimmer. Auch ihr Gitterbettchen ist leer. Die Badezimmertür ist angelehnt, also braucht er gar nicht hineinzugehen, um nachzusehen. Das Einzige, was er in der Wohnung findet, sind Spuren von Ines: Reste von Obstbrei auf dem Hochstuhl am Küchentisch, Spielsachen auf dem Wohnzimmerteppich und eine übel riechende Windel im Mülleimer, dessen Deckel nicht richtig schließt.

Ansonsten kein Lebenszeichen.

Kristoffer denkt fieberhaft nach. Vielleicht ist irgendetwas passiert, so dass sie überstürzt aufbrechen mussten. Ein Notfall. Vielleicht ist Ines vom Wickeltisch gefallen und hat sich verletzt. So etwas passiert mit Kleinkindern ja manchmal. Aber dann hätte Hillevi ihn doch angerufen? Vielleicht hat sie es sich aber auch nicht getraut, aus Angst, dann nicht mehr auf Ines aufpassen zu dürfen. Er versucht noch einmal, sie zu erreichen, hofft inständig, dass sie ihre Vernunft zusammennimmt und drangeht. Aber auch diesmal wird er nicht erhört. Er wird immer wütender.

Hillevi ist also mit Ines abgehauen. Scheiße! Er weiß nicht, wo er zuerst suchen soll. Wo könnten sie sein? Bestenfalls sind sie nur kurz etwas einkaufen gegangen. Schon gestern waren kaum noch Windeln da. Natürlich, das wird es sein. Typisch, dass er sich über jede Kleinigkeit aufregen muss, das liegt bestimmt am Schlafmangel.

Kristoffer will gerade aufatmen, als er merkt, dass immer noch etwas nicht stimmt. Wenn sie lediglich einkaufen wären, könnte sie doch ans Telefon gehen! Vielleicht ist es also doch nicht so einfach. Wo könnten sie sein, wo es keinen Handyempfang gibt?

Im Krankenhaus?

Das könnte, darf aber nicht sein.

Hillevi wird doch nicht die Gelegenheit genutzt haben und zu Emma gefahren sein, um ihr zu erzählen, dass sie sich seit dem Unfall um Ines gekümmert hat? Kristoffer versucht, das Bild von Hillevi an Emmas Bett zu verdrängen. Was, wenn sie sich vorgenommen hat, seine Beziehung mit Emma zu zerstören?

Er beißt die Zähne zusammen. Er muss aufhören mit diesen wilden Spekulationen. Bislang hat er Hillevi gar nicht erzählt, dass Emma wieder aufgewacht ist, auch wenn er es fest vorgehabt hat. Es gab einfach noch keine Gelegenheit dazu, und er weiß, dass Hillevi sich dann Sorgen um ihre Zukunft machen wird. Dass sie Angst haben wird, alles zu verlieren.

Noch einmal wählt er ihre Nummer. Keine Antwort.

KAPITEL
31

Jetzt ist sie in jedem Laden der Nordiska Kompaniet gewesen und hat trotzdem nichts gefunden, das zu ihr passt. Vielleicht, weil sie keinen eigenen Stil hat. Die Einsicht trifft Josefin mitten auf der Rolltreppe nach unten. Sie fühlt sich am wohlsten, wenn sie legere Kleidung trägt, die nicht eng anliegt, und deshalb ist sie hier vielleicht einfach nicht am richtigen Ort. Natürlich möchte sie nicht aussehen wie das letzte Wrack, doch hohe Absätze zu tragen, bloß weil es elegant ist, ist für sie undenkbar. Da geht eindeutig die Grenze.

Kurz überlegt sie, sich zusammenzureißen und noch eine letzte Runde zu drehen. Sie muss doch irgendetwas Hübsches mitnehmen, immerhin hat sie bereits mehrere Stunden darauf verschwendet. Doch ausgerechnet jetzt, da sie endlich einmal Zeit zum Bummeln hat, findet sie nichts, was ihr gefällt. Außerdem ist hier alles schweineteuer. Sie ärgert sich, dass sie nicht lieber zu H&M gegangen ist. Es fühlt sich nicht richtig an, mehrere tausend Kronen für einen Mantel auszugeben, wenn es auf Kosten des Ferienlagers für die Kinder geht. Eiskunstlauf ist auch nicht gerade umsonst, ganz zu schweigen vom Reitunterricht. Doch daran hat bei der Festsetzung des Kindergeldes natürlich niemand gedacht. Josefin hat endgültig die Lust am Shoppen verloren, dennoch wagt sie einen letzten Versuch, etwas Schickes für sich zu finden.

Im untersten Geschoss angekommen, fällt ihr Blick auf ein geblümtes Sommerkleid. Zögernd geht sie damit Richtung Umkleiden und stellt fest, dass es eine Nummer zu klein ist. Am Bügel hängend hat es größer ausgesehen, vielleicht hat sie sich selbst aber auch falsch eingeschätzt, gut möglich, dass sie nach der Trennung ein paar Kilo zugenommen hat. Mit dem Training hat es in letzter Zeit auch nicht so gut geklappt, es gab so viel anderes zu tun. Eine Größe größer gibt es das Kleid nicht, da bleibt nur, zu resignieren und mit leeren Händen nach Hause zu gehen.

Als sie den Laden verlässt, sieht sie einen schwarzen Urban Jungle auf der Rolltreppe, denselben Kinderwagen, den auch Ines hat. Sie kann gerade noch einen kurzen Blick auf das Kind erhaschen, dann ist er auch schon weg.

Sie bleibt stehen und überlegt, ob sie richtig gesehen haben kann. Das Kind glich Ines aufs Haar.

Ihre Neugier ist geweckt, und sie geht in die Richtung, in der der Wagen verschwunden ist, um nachzusehen. Dabei kann sie sich eigentlich nicht vorstellen, dass Kristoffer an einem Sonntagvormittag im NK bummeln geht, statt die Zeit bei Emma zu verbringen. Andererseits macht sie selbst es ja auch nicht anders. Vielleicht will er ihr hier ja auch ein Geschenk kaufen.

Josefin fährt ein Stockwerk nach oben, kann aber keinen Kinderwagen mehr entdecken.

Vielleicht sind sie noch weiter hoch gefahren. Plötzlich kommt es ihr albern vor, sie zu verfolgen, und sie nimmt stattdessen ihr Handy heraus und ruft Kristoffer an. Er klingt ganz atemlos.

»Hallo, Josefin hier. Bist du auch gerade in der Stadt?«
»Nein, ich bin zu Hause, wieso?« Er klingt gereizt.
»Mit Ines?«
»Ja, natürlich!«

Josefin wundert sich, weshalb er so beleidigt reagiert, er weiß doch gar nicht, weshalb sie anruft.

»Dann habe ich mich wohl verguckt. Ich dachte, ich hätte den Kinderwagen mit ihr gerade hier auf der Rolltreppe gesehen.« Es fällt ihr schwer, von dem Gedanken abzurücken, sie hätte schwören können, es wäre Ines gewesen. Jetzt kommt sie sich dumm vor, weil sie Kristoffer deswegen angerufen hat.

Doch er scheint plötzlich hellwach zu sein.
»Das ist ja lustig! Wo bist du denn gerade?«

»Im NK. Ich wollte Emma etwas kaufen, bevor ich ins Krankenhaus fahre. Auf Station 73 ist sie jetzt, oder?«

»Ja, genau«, sagt er hastig. »Du, ich muss Ines helfen, die hat sich gerade verheddert. Bis bald!«

Wie eilig er es plötzlich hat! Doch Josefin weiß selbst, wie schwer es ist, zu telefonieren, wenn man ein Kind zu beaufsichtigen hat. Sie sollte Kristoffer anbieten, sich um Ines zu kümmern, damit er auch einmal Zeit hat, sich auszuruhen. Jetzt, da er zwei Mädels hat, die ihn brauchen.

KAPITEL
32

Der Gedanke ist schwindelerregend. Wenn sie jetzt einfach abhauen, Stockholm verlassen und irgendwohin fahren würde. Mal sehen, wie weit sie käme. Vielleicht Richtung Süden, da hat sie entfernte Verwandte, die nicht viel über ihr Leben wissen. Bei denen könnte sie bestimmt ein paar Tage bleiben, bis sie eine andere Lösung findet. Oder nach Norrland, wo sie aufgewachsen ist. Da könnte sie sich gleichzeitig auf Spurensuche machen, nachforschen, welche Verwandte ihre Eltern hinterlassen haben.

Hillevi weiß kaum etwas über ihre Herkunft, und jetzt erscheint es ihr von Vorteil, dass alles so unklar ist. Denn es bedeutet auch, dass niemand etwas Genaues über sie weiß und keiner auf die Idee käme, ihr Fragen zu stellen, etwa wessen Kind sie da bei sich hat. Zumal sie sich auch noch ähnlich sehen. Mal ganz abgesehen vom Mund haben sie beide dunkles Haar und braune Augen. Niemand käme auf die Idee, sie könnte nicht Ines' Mutter sein.

Das kleine Mädchen brabbelt vor sich hin und greift nach der Reiswaffel, die sie ihr reicht. Zusammen mit der Hand landet sie im Mund, Ines sabbert und kaut.

Hillevi vermutet, dass ein Zahn unterwegs ist. Mit viel Fantasie kann man schon einen kleinen weißen Punkt im Unterkiefer erkennen.

Es ist die reinste Freude, durch diese nette Kinderabteilung mit all den Markenkleidern zu bummeln, sie vergisst darüber Zeit und Raum. Hier kann sie träumen und so tun, als wäre dies eine ganz normale Beschäftigung, die zu ihrem Tagesablauf dazugehört. Leider kann Hillevi sich hier nicht einmal ein einfaches Lätzchen leisten, doch davon lässt sie sich nicht unterkriegen. Sie hat kein Problem damit, zwischen all den teuer gekleideten Frauen und ihren Miniaturen herumzulaufen und so zu tun, als gehöre sie hierher. Gedankenspiele kosten nichts. Sie ist sehr zufrieden mit ihrem Programm, erst ein Besuch im Freilichtmuseum Skansen mit Ines, dann Shopping für sie selbst. Auch die Bedürfnisse der Erwachsenen wollen befriedigt werden, und Ines wird ein Umgebungswechsel kaum schaden. Wäre die Situation eine andere, wäre Kristoffer vielleicht sogar beeindruckt, wie viel Energie sie jetzt hat. An freien Tagen könnte sie sich durchaus auch vorstellen, Ines über Nacht zu sich zu nehmen. Dann könnte Kristoffer ordentlich ausschlafen, und alle wären zufrieden.

Aber sie weiß, dass das utopisch ist.

»Meine kleine Prinzessin«, sagt Hillevi extra laut, damit die Frau neben ihr im Geschäft es auch hört.

Niemand soll auf die Idee kommen, sie sei nur ein einfaches Kindermädchen.

KAPITEL
33

Die Frage ist, ob er ins NK fahren soll oder ins Krankenhaus. Kristoffer schüttelt seine Wut ab. Er kann Emma schließlich nicht ohne Ines besuchen, die sich offenbar in einem Kaufhaus mitten in der Stadt befindet. Eine verschwundene Tochter kann er gerade überhaupt nicht gebrauchen, allerdings kann er sich auch nicht vorstellen, dass Hillevi nicht mit Ines zurückkommt. Schließlich hat er sie immer unterstützt, sie niemals im Stich gelassen, egal, wie schlecht es ihr psychisch ging. Selbst nachdem er Emma kennengelernt hatte, hat er den Kontakt zu ihr gehalten, um sicherzugehen, dass es ihr gut ging. Er hat ihr gezeigt, dass er für sie da ist und sich um sie kümmert. Vielleicht sieht sie selbst das jedoch ganz anders? Vielleicht findet sie, sie müsse ihn bestrafen, weil er mit einer anderen Frau ein Kind bekommen hat. Dann ist sie allerdings eine sehr gute Schauspielerin, denn sie hat sich nie auch nur ansatzweise eifersüchtig oder rachelüstern gezeigt.

Auf dem Weg zum NK überlegt er sich eine Strategie. Am besten durchkämmt er das Warenhaus Stockwerk für Stockwerk, ein Kinderwagen dürfte dort nicht allzu schwer zu finden sein. Da Ines laut Josefin auf der Rolltreppe nach oben war, als sie anrief, wird sie dort jetzt wahrscheinlich nicht mehr sein. Daher beschließt er, im Erdgeschoss anzufangen und sich von da aus hochzuarbeiten, in der Hoffnung, sie auf halbem Wege zu treffen. Hillevi wird wahrscheinlich gar nicht versuchen, sich zu verstecken, da sie nicht weiß, dass jemand nach ihr sucht. Schließlich weiß niemand, wo sie sich befindet. Dass Emmas Schwester sie entdecken würde, damit wird sie nicht gerechnet haben.

Kristoffer hat sich noch gar nicht überlegt, was er tun soll, wenn er Hillevi entdeckt. Vor allem darf er ihr vor den anderen Kunden keine Szene machen. Am besten wird es sein, wenn er sie ruhig beiseitenimmt und sie so schnell wie möglich von dort wegbringt. Die Meinung sagen kann er ihr dann zu Hause.

Jedes Mal, wenn er einen schwarzen Kinderwagen sieht, fährt er zusammen und macht sich bereit, Hillevi entgegenzutreten. In letzter Sekunde muss er dann jedoch feststellen, dass das falsche Kind im Wagen sitzt. Er kommt sich vor wie in einer Folge von »Verstehen Sie Spaß«, bei der die Zuschauer sich jedes Mal vor Lachen biegen, wenn er sich dem falschen Wagen nähert. Ihm selbst ist dagegen nicht zum Lachen zumute. Am meisten ärgert er sich über sich selbst, weil er so naiv war, Hillevi für harmlos zu halten. Eine Frau, deren Prognose auf jahrelange psychische Behandlung lautete, die die Kontrolle über ihr Leben verloren hatte. Wer weiß, wie weit sie gehen würde, wenn sie sich erst einmal etwas vorgenommen hat? Vielleicht ist sie ja so verrückt, tatsächlich zu glauben, Ines sei ihr eigenes Kind. Er hat keine Ahnung, was sie vorhat, weiß nur, dass er sie unterschätzt hat. Immerhin hat sie ihn aufgesucht und nicht umgekehrt.

Als Hillevi nach dem Unfall plötzlich vor seiner Tür stand, hat er keine Fragen gestellt, hat nicht einmal gefunden, dass es ein merkwürdiger Zufall war. Was hatte sie da zu suchen gehabt? Normalerweise telefonierten sie einmal im Monat, trafen sich aber niemals, schon gar nicht bei ihm zu Hause. Doch damals war er viel zu verzweifelt gewesen, um Verdacht zu schöpfen, er sah nur das Gute: dass sie sich wieder nach draußen wagte. Hielt es für ein Zeichen dafür, dass sie auf dem Weg zurück in ein normales Leben war. Zugleich wurde sie zu einem Türöffner zu seinem eigenen alten Leben, und er nutzte die Gelegenheit, zur Arbeit zu gehen, wenn sie auf Ines aufpasste. Selbstverständlich hätte er das nie getan, wenn er geahnt hätte, dass es mit Risiken verbunden sein könnte.

Nachdem er das Erdgeschoss vollständig durchsucht hat, fährt er eine Treppe aufwärts. Bestimmt ist Hillevi irgendwo in der Damenabteilung und kann sich nicht losreißen. Leider bedeutet das, dass er auch die Umkleidekabinen nicht außer Acht lassen darf. Er weiß, wie sehr sie Luxuswäsche liebt. Kristoffer sieht sich in der Boutique um. Wenn er Pech hat und sie gerade etwas anprobiert und noch dazu den Kinderwagen mit in die Kabine genommen hat, dann wird er sie verpassen. Seine Hoffnung, Hillevi zu finden, sinkt rapide, hier sind sie jedenfalls nicht. Und auch nicht auf der nächsten Etage. Bleiben noch zwei weitere Etagen sowie das Untergeschoss. Allerdings wird sie sich kaum anstellen, um eine Bratpfanne zu kaufen. Er merkt, wie ihn die Zuversicht verlässt. Er schafft es einfach nicht, auch noch das Untergeschoss zu durchsuchen. Die Kinderabteilung wird er noch machen, dann wird er aufgeben.

Es dauert eine Weile, bis er sich zurechtgefunden hat, und dann stellt sich heraus, dass es vergebens ist. Josefin muss sich versehen haben, oder sie sind längst weg.

Er verlässt das NK und macht sich auf den Heimweg. Hillevi antwortet immer noch nicht, und falls sie gleich nicht in der Wohnung ist, wenn er dort ankommt, wird er die Polizei verständigen müssen. Es gibt keine Alternative.

KAPITEL
34

Kristoffer wirkt völlig aufgelöst, als er zur Tür hereinstürmt. Sein Blick ist pechschwarz und die Ader auf seiner Stirn so geschwollen, als müsste sie jeden Moment platzen.

»Wo warst du?«, zischt er wie eine Schlange und knallt die Tür hinter sich zu.

»Psst, du erschreckst Ines noch«, sagt Hillevi so ruhig sie kann und legt eine beschützende Hand auf den Rücken der Kleinen, die auf dem Boden liegt und mit einem Spiegel auf Rädern spielt. »Wir waren nur auf einen Sprung im Laden, um Windeln zu kaufen. Wieso?«

»Im Laden?« Er scheint ihr nicht zu glauben.

Hillevi wird nervös. So wütend hat sie ihn schon lange nicht mehr erlebt. Dieser Blick könnte töten. Es gilt deshalb, Ruhe zu bewahren, damit sie sich nicht verrät.

»Ist etwas passiert? Du siehst total aufgeregt aus«, sagt sie und spürt, wie der Abstand zwischen ihnen seit Freitag gewachsen ist. Ein beängstigendes Gefühl.

»Warum gehst du dann nicht ans Telefon?«, schnauzt er sie an, »wenn du bloß in den Laden gegangen bist?«

Mit zitternden Händen sucht sie nach ihrem Handy. Er lässt sie keine Sekunde aus den Augen, und sie fühlt sich immer unsicherer. Ganz unten in der Wickeltasche findet sie es. Fünfzehn Anrufe, so ein Mist! Und alle von derselben Nummer.

»Oh, ich hatte wahrscheinlich auf lautlos gestellt, habe wohl vergessen, das nach Ines' Nickerchen zu ändern.«

Hillevi versucht ein kleines Lächeln, doch er ignoriert es. Es scheint ihn sogar noch mehr zu provozieren, dass er feststellen muss, sich unnötig aufgeregt zu haben. Erst jetzt fällt ihr auf, dass er völlig durchgeschwitzt ist. Ist er auf gut Glück herumgerannt, um sie zu suchen? Ines fängt an zu jammern. Hillevi hebt sie hoch und wird plötzlich wie vom Blitz getroffen: Kann es sein, dass sie gerade ihre Beziehung zu dem kleinen Mädchen aufs Spiel gesetzt hat? Wenn sie Ines nun niemals wiedersehen darf ...

»Es wird nie wieder vorkommen, das verspreche ich. Entschuldige bitte.« Sie braucht ihm nicht einmal etwas vorzumachen, denn jetzt tut es ihr wirklich leid. »Ehrlich, Kristoffer. Bitte entschuldige.«

Ihr schnürt sich die Kehle zusammen, und sie sieht ihn reuevoll an. Seine gerunzelte Stirn sowie seine zusammengepressten Kiefer scheinen sich ein wenig zu entspannen, vielleicht bildet sie es sich aber auch nur ein. Vielleicht ist ihre Hoffnung so groß, dass sie sieht, was sie sehen möchte. Nach einer schrecklich langen Pause lässt er sich auf das beigefarbene Sofa fallen und seufzt.

»Du hast mir echt einen Schrecken eingejagt«, sagt er und schiebt ein Kissen hinter seinem Rücken zurecht.

»Das wollte ich nicht, wirklich nicht.« Wütend starrt sie ihr Handy an, um zu signalisieren, dass allein dieses technische Ding schuld ist.

»Schon gut. Lass es nur nicht wieder vorkommen.«

»Das werde ich nicht.« Hillevi starrt ihn ängstlich an und überlegt, ob sie wohl wiederkommen darf. Die Frage hängt in der Luft, sie wagt jedoch nicht, sie laut zu stellen, aus Angst vor einem Nein.

»Okay. Ich gehe dann jetzt«, sagt sie stattdessen und reicht ihm Ines. Noch bevor er etwas antworten kann, was sie nicht hören will, nimmt sie ihre Handtasche, streicht der Kleinen vorsichtig über die Wange und verlässt eilig die Wohnung.

Erst als die Tür hinter ihr ins Schloss fällt, atmet sie auf.

KAPITEL
35

Jeder Idiot konnte sehen, dass sie log, doch man kann nicht jemanden mit Füßen treten, der schon am Boden liegt, der sich entschuldigt und dem es aufrichtig leidtut. Kristoffer wird einfach nicht schlau aus Hillevi. In einem Moment wirkt sie unschuldig, beinahe naiv, im nächsten dagegen kalt und berechnend. Ihm ist bewusst, dass sie eine großartige Schauspielerin ist. Und eine der wenigen, die einen Platz an der Theaterhochschule abgelehnt haben. Stattdessen ist sie schwanger geworden.

Es erscheint Kristoffer merkwürdig, dass der erste schwerwiegende Vorfall mit Emmas Aufwachen zusammenfällt. Bisher hat Hillevi sich niemals irgendwelche Freiheiten genommen. Wenn er es nicht besser wüsste, würde er einen Zusammenhang vermuten, doch das kommt ihm weit hergeholt vor. Er hat mit keinem Wort erwähnt, wie es Emma geht, sie reden nicht über sie. Er selbst meidet dieses Thema, weil er ein schlechtes Gewissen hat, schließlich ist er derjenige, der einfach weitergegangen ist und sich ein neues Leben aufgebaut hat. Und Hillevi tut es wahrscheinlich, weil sie nichts von einer anderen Frau wissen will, obwohl sie weiß, dass es sie gibt. Die ganze Wohnung erinnert an ihre Existenz, es sei denn, Hillevi bildet sich ein, es seien alles ihre eigenen Sachen.

Kristoffer schaudert. Wie kommt er nur auf solche Ideen? Er überlegt, ob Emma sich vielleicht freuen würde, wenn er ihr etwas Persönliches ins Krankenhaus mitbringt. Er blickt sich um, doch ihm fällt nichts ein, was sie dort gebrauchen könnte. Vielleicht das Fotoalbum? Aus dem Regal zieht er das einzige Album mit Bildern von Emmas und Ines' ersten vier gemeinsamen Wochen. Josefin hat es zusammengestellt, als Emma im Koma lag. Er blättert darin und fühlt sich in die Zeit auf der Entbindungsstation und die Tage danach zurückversetzt. Zum ersten Mal schafft er es, sich die Fotos richtig anzusehen, jetzt, da er weiß, dass es nicht bei diesem einzigen Album bleiben wird. Josefins liebevolle Bildunterschriften rühren ihn. Emma wird ihre Tränen kaum zurückhalten können. Er lächelt nostalgisch, Ines gleicht ihm als Neugeborene aufs Haar. Dann fällt sein Blick auf seine Tochter, wie sie jetzt auf dem Boden liegt. Die Ähnlichkeit ist immer noch frappierend. Er fragt sich, ob das so bleiben wird. Für Ines wäre es schön, wenn sie auf Dauer auch ein paar Züge ihrer hübschen Mutter bekäme. Andererseits könnte es dann ganz schön stressig werden mit potenziellen Schwiegersöhnen, die vor ihrer Türe Schlange stehen.

»Dann sieh doch lieber weiter aus wie ich«, sagt er zu Ines, die sofort anfängt zu weinen. Große Tränen rollen über ihre Wangen. Vielleicht begreift sie mehr, als er denkt. Er steckt das Album ein und verlässt mit ihr die Wohnung.

Auf dem Weg zum Krankenhaus versucht Kristoffer, sich die Zukunft auszumalen.

Die Ärzte lassen sich bisher auf keinerlei Prognose ein, wiederholen lediglich ihr »Wir schauen nur von einem Tag zum anderen«. Aber Kristoffer will es wissen, mögen es gute Nachrichten sein oder nicht. Vielleicht müssen sie in eine behindertengerechte Wohnung ziehen, wenn das rechte Bein sich nicht erholt, vielleicht müssen sie sich darauf einstellen, mit einer medizinischen Assistenz als selbstverständlichem Teil ihres Alltags zu leben.

Warum kann niemand ihm sagen, wie es wird, damit er nicht so viel grübeln muss?

Er stellt sich Emma im Rollstuhl vor. Sie ist noch genauso schön wie früher, nur dass ihr Körper nicht mehr mitmacht. Wie schläft man denn da miteinander? Geht das überhaupt noch?

Kristoffer hält inne. Wie kann er an so etwas denken, zwei Tage nachdem Emma aufgewacht ist? Aus dem Kindersitz starrt Ines ihn an. Sie hat etwas Nachdenkliches im Blick, und er fühlt sich ertappt, versucht schnell, an etwas anderes zu denken als an die Zukunft seines Sexuallebens. Die größte Herausforderung im

Moment ist, Emma dabei zu helfen, sich auf ihre Genesung zu konzentrieren, statt sich mit den Umständen ihres Unfalls zu beschäftigen. Sie muss nach vorne schauen, all ihre Kraft in ihre Rehabilitation stecken, statt ihr Ermittlerhirn mit unnötigen Grübeleien zu belasten.

Schließlich ist es definitiv ein Unfall gewesen.

Wer sollte auch ein Interesse daran gehabt haben, Emma zu schaden?

KAPITEL
36

Während er darauf wartet, dass Emma aufwacht, blättert er in einer Klatschzeitung. Ob Nyhlén so geschmacklos war, sie ihr mitzubringen? Evert liest solche Zeitungen selten und stellt fest, dass er keine Ahnung vom Leben der Stars und Sternchen hat. Er kann kaum die Fernsehsendungen zuordnen, um die es in den Artikeln geht. Doch was schert ihn auch das Leben der Berühmtheiten? Er hat genug mit seinem eigenen zu tun. Allerdings stellt sich die Frage, ob er dem zurzeit gerecht werden kann.

Evert blättert weiter und stellt fest, dass man sich doch schnell festliest. Irgendwie ist es schon interessant, Einblicke in das Leben anderer Menschen zu bekommen, wie er widerwillig zugeben muss.

»Papa?«

Das ist Emma. Sofort legt er die Zeitung weg.

»Wo ist Mama?«

»Sie war mehrere Stunden hier, musste jetzt aber gehen«, sagt er. »Zu Gittas Buchclub.«

Beschämt senkt er den Blick. Manchmal ist es nicht leicht, Prioritäten zu rechtfertigen.

»Okay«, sagt Emma nur.

»Wie fühlst du dich?«

»Leer. Verwirrt. Müde.«

Drei schicksalsschwere Worte. Evert weiß nicht, was er sagen soll, wenn Marianne nicht da ist, um seine halbfertigen Sätze zu ergänzen, das Gespräch routiniert und ungekünstelt am Laufen zu halten. Gerade vor seiner jüngeren Tochter fühlt er sich immer so klein, seit ihrer Geburt ist das so. Warum, kann er nicht erklären, sie hat einfach diese Macht über ihn.

»Und wie geht es dir?«, fragt Emma. »Also in Wirklichkeit?«

»Ich bin froh, dass du wieder bei uns bist. Das ist im Moment das Wichtigste.«

»Und sonst? Wie ist es für dich, pensioniert zu sein?«, fragt sie weiter. »Darüber haben wir gar nicht sprechen können, bevor ich im Krankenhaus gelandet bin.«

Evert rückt sein Hemd zurecht und atmet auf. Endlich klingt Emma wieder wie sie selbst.

»Der größte Unterschied ist, dass ich plötzlich so viel Zeit habe, was nicht nur ein Vorteil ist. Da gibt es tagsüber manche Lücke zu füllen.«

»Wie gut, dass du mich hast, um mich besuchen zu können.« Emma lächelt freudlos.

Evert muss erneut an Nyhlén denken.

»Anscheinend bin ich nicht der Einzige, der zu wenig zu tun hat.«

»Meinst du mich?«

»Nein, eher Nyhlén«, sagt er. »Ich habe ihn vorhin auf dem Flur getroffen.«

»Und was versuchst du mir damit zu sagen?«

Emmas Laune scheint sich rapide zu verschlechtern.

Er überlegt, wie er sich ausdrücken soll, um sie nicht noch mehr zu reizen.

»Es kam mir seltsam vor, dass er dich jetzt schon besucht«, sagt er schließlich. »Du bist ja gerade erst aufgewacht.«

»Er ist ein Freund, Papa.«

»Ja, aber dennoch.«

»Hör bitte auf. Dafür habe ich jetzt echt keinen Nerv.«

»Ich mache mir halt Sorgen um dich.«

»Dann solltest du mir am besten mal zuhören.«

»Das tue ich doch.«

»Nein, der Einzige, der mir zuhört, ist Nyhlén. Er wenigstens glaubt mir, dass der Unfall arrangiert war.«

»Ich habe nie gesagt, dass ich dir nicht glaube, dass du es so siehst.«

»Siehst du, das meine ich. Bei dir hört es sich an, als würde ich mir irgendetwas einbilden«, sagt sie müde. »Das hat doch keinen Sinn.«
»Vielen Dank auch!«, sagt er beleidigt. »Und was sagt Herr Nyhlén dazu?«
»Im Augenblick ist er auf dem Weg zum Stall, um mehr herauszufinden.«
Evert kann sein Erstaunen nicht unterdrücken.
»Zum Stall? Wieso das denn?«
»Wie ich schon gesagt habe, um mehr herauszufinden. Ich habe ihn gebeten, hinzufahren, und er hat sich dazu bereiterklärt.«
Evert merkt, dass Emma alles tut, um ihn zu reizen. Das Leben im Krankenhaus ist bestimmt furchtbar langweilig, da muss er es ihr wohl nachsehen. Arme Emma! Schade, dass sie so schlecht gelaunt sein muss, das hat sie bestimmt von ihrer Mutter.

KAPITEL
37

Nyhlén erkennt sofort, wer Marika sein muss, obwohl er von weitem nur ihre breiten Schultern sieht. Die Stimme der großgewachsenen Frau, die im Stall der Reitschule Äppelviken herumwirtschaftet, erinnert ihn an die seiner Grundschullehrerin. Marika ist so damit beschäftigt, einem Mädchen mit Schubkarre Instruktionen zu erteilen, dass sie ihn zunächst gar nicht bemerkt. Nach kurzem Zögern tritt Nyhlén näher.

»Marika?«, fragt er, und die Frau dreht sich um. Dass sie nicht lächelt, passt ausgezeichnet zu Emmas Beschreibung von ihr.

»Hallo, mein Name ist Thomas Nyhlén. Ich bin ein Freund von Emma Sköld.«

»Herzlich willkommen«, sagt sie, und ihre Stimme klingt etwas freundlicher. »Möchten Sie reiten?«

»Ach, ich glaube, davon habe ich erst mal genug«, sagt er und zeigt auf die Innenseite seiner Oberschenkel. Er hofft inständig, sie möge nicht glauben, er zeige irgendwo anders hin.

»Aber ich muss mich noch bei Leo bedanken. Ich habe Muskeln entdeckt, von denen ich gar nicht wusste, dass ich sie habe.«

Marika lacht trocken, ohne jedoch zu lächeln. Vielleicht weiß sie einfach nicht, wie das geht.

»Kaffee?«, fragt sie.

»Ja, gerne.«

Er folgt ihr ins Büro und setzt sich auf den erstbesten Stuhl.

»Bitte«, sagt sie und reicht ihm eine Tasse dampfend heißen Kaffee. Sie sieht schon viel weniger einschüchternd aus.

»Danke.« Er nimmt die Tasse entgegen.

Sie setzt sich ihm gegenüber.
»Wie geht es Emma?«
»Den Umständen entsprechend gut, aber sie hat noch viel zu verarbeiten.«
»Das kann ich mir denken. Vojne, vojne.«
Diesen Ausdruck hat Nyhlén seit dem Tod seiner Großmutter vor zweiundzwanzig Jahren nicht mehr gehört, und er muss sich zusammenreißen, um nicht in weitere Kindheitserinnerungen abzugleiten. Grundschullehrerin und Großmutter reichen fürs Erste.
»Sie waren es also, die sie gefunden haben?«, fragt er.
Marika nickt.
»Ich und eins der Mädels, wir sind gleich zum Judar-Wald, als Frasse ohne Reiter zurückkam.«
»Erzählen Sie mir bitte von dem Tag. Ich möchte alles wissen, damit ich Emma genau sagen kann, wie es war. Sie fragt sich nämlich, wie das alles passieren konnte.«
Marika zögert.
»Ich weiß nicht, wo ich anfangen soll.«
»War Emma wie immer, als sie morgens zum Stall kam?«, fragt er, um ihr den Einstieg zu erleichtern.
»Soweit ich mich erinnern kann, war sie sehr aufgekratzt. Emma und ich unterhalten uns meistens ein bisschen, aber an dem Morgen wirkte sie außergewöhnlich mitteilsam.«
»Hat sie irgendetwas Bestimmtes gesagt?«
Marika scheint zu überlegen.
»Sie hat von ihrem Leben als Mutter erzählt, dass sie sich nie hätte vorstellen können, wie viel Zeit so ein Baby in Anspruch nimmt und dass sie die Pferde vermisst. Es war beinahe, als wollte sie sich entschuldigen, dass sie so lange nicht im Stall gewesen war.«
»Das klingt, als wäre sie ganz wild darauf gewesen, endlich mal wieder im Sattel zu sitzen.«
»O ja«, sagt Marika und nimmt sich einen Keks. »Ich habe sie losreiten sehen. Sie hat sich selbst fotografiert, wie sie auf dem Pferd saß.«
Das blonde Haar, das unter dem Helm hervorlugte, und dieses wunderschöne Lächeln. Nyhlén erinnert sich gut an das Foto,

Emma hatte es ihm damals geschickt, Minuten vor dem Unfall. Er hatte sich gewundert, dass sie es ausgerechnet ihm schickte.

»Gab es sonst noch etwas, das Ihnen damals ungewöhnlich vorkam?«

»Nein, sonst war alles wie immer … bis Frasse allein zurückkam.«

»Wie viel Zeit war da ungefähr vergangen?«

»Eine Viertelstunde, vielleicht auch zwanzig Minuten. Ich bin sofort hinausgerannt und habe nach Emma gerufen, konnte sie aber nirgends entdecken. Da wir an dem Tag zu mehreren waren, konnten die einen sich um Frasse kümmern, während wir anderen losritten, um sie zu suchen.«

»Hat es lange gedauert, bis Sie sie gefunden haben?«

»Zehn Minuten etwa, denke ich.«

»Und bis dahin hatte niemand anderes sie entdeckt?«

Marika schüttelt den Kopf.

»Nein, sie lag ganz allein auf dem Boden, das eine Bein in einem völlig unmöglichen Winkel abgeknickt. Ich habe sie gerufen, bekam aber keine Antwort. Da bin ich vom Pferd runtergesprungen und zu ihr gerannt, habe ihren Puls gesucht, aber nicht gewagt, sie sonst irgendwie zu bewegen. Ihr Helm hatte einen Sprung, und sie blutete stark am Kopf.«

Nyhlén merkt, dass es Marika schwerfällt, das Ganze noch einmal zu durchleben. Ihr Blick ist abwesend, und die autoritären Züge sind wie weggewischt.

»Was ist dann passiert?«

»Wir haben den Krankenwagen gerufen.«

»Es muss furchtbar für Sie gewesen sein.«

»Ich war mir sicher, dass Emma tot war. In dem Moment ging es nur darum, so schnell wie möglich Hilfe zu rufen. Erst abends habe ich gemerkt, wie fertig ich war. Ich bin um acht Uhr eingeschlafen, und nachts hatte ich Albträume.«

»Gab es irgendetwas, das darauf hindeutete, dass es etwas anderes als ein Unfall gewesen sein könnte?«

Nyhlén will nicht gleich mit Emmas Verdacht kommen, jemand könne hinter dem Ganzen stecken, aber er möchte ihre Meinung hören. Immerhin hat sie den Unfallort mit eigenen Augen gesehen.

»Wie meinen Sie das?«

»Hatten Sie irgendwie das Gefühl, dass etwas ... nicht stimmte?«

Marika sieht ihn verständnislos an.

»Nein, warum? Hat irgendjemand das behauptet?«

»Überhaupt nicht, ich frage nur.«

»Trotzdem eine merkwürdige Frage.«

»Eine Berufskrankheit wahrscheinlich.«

»Sind Emma und Sie Kollegen?«

»Ja, genau. Hatte ich das nicht gesagt?«

»Sie sagten *Freunde*.«

»Freunde *und* Kollegen.«

Marika wirkt skeptisch, trinkt den Kaffee in einem Zug aus und steht auf.

»Die Pflicht ruft«, entschuldigt sie sich.

Nyhlén erhebt sich ebenfalls.

»Nur eins noch.«

»Okay, wenn es schnell geht.«

Sie klingt wieder deutlich abweisender. Aber Nyhlén will nicht von hier weggehen, bevor er seinen Auftrag erledigt hat.

»Gibt es irgendetwas, das Ihnen merkwürdig vorkam, etwas, das anders war, vielleicht nicht am Tag des Unfalls selbst, aber in den Tagen davor oder danach?«

»Nicht, dass ich wüsste«, sagt Marika, ein wenig zu schnell, als dass Nyhlén ihr glauben könnte.

»Denken Sie nach, es könnte wichtig sein.«

»Die Pferde brauchen rechtzeitig Futter, das ist genauso wichtig«, erwidert sie brüsk.

»Danke, dass Sie sich die Zeit genommen haben«, sagt Nyhlén. Er weiß, dass es sinnlos ist, etwas von jemandem herauszubekommen zu wollen, der keine Lust mehr zu reden hat.

»Rufen Sie mich an, wenn Ihnen doch noch etwas einfällt«, sagt er noch und reicht ihr seine Visitenkarte.

KAPITEL
38

Langsam legt sich ihr Zorn wieder, auch wenn Emma sich immer noch über die überlegene Haltung ihres Vaters ärgert. Sicherlich hat er es gerade diesem Charakterzug zu verdanken, dass er im Leben so weit gekommen ist, vor allem in seiner beruflichen Karriere, doch ein bisschen mehr Bescheidenheit könnte ihm manchmal nicht schaden. Vor allem seiner bettlägrigen Tochter gegenüber. Emma kann nicht verstehen, dass er immer den Besserwisser geben muss. Es verletzt sie. Alles, was sie von ihm möchte, ist, dass er ihr einmal zuhört und nicht alles abtut, was sie sagt. Schnell schiebt sie den Gedanken an seinen Besuch beiseite und betrachtet stattdessen eingehend die Kette, die Nyhlén gefunden hat.

Wer wohl dieses kleine Herz mit dem Diamanten vermissen mag? Vielleicht jemand, der es als Liebesgabe bekommen hat. Ist es möglicherweise gar ein Geschenk von Kristoffer an sie gewesen, an das sie sich nur einfach nicht mehr erinnern kann? Dann müsste es doch irgendein Gefühl in ihr wecken. Sie hält sich das Herz mit der kaputten Kette an den Hals, spürt aber überhaupt nichts.

Es kann nicht ihres sein.

Emma betrachtet, was sie von sich selbst im Bett sehen kann, zwei Beine mit einer Wolldecke darüber, und fragt sich wieder einmal, ob es ein Geschenk oder eine Strafe ist, in diesem Zustand weiterleben zu sollen. Das würde sie natürlich niemals laut sagen, aber wenn sie sich richtig niedergeschlagen fühlt, kommen ihr solche Fragen. Und sie kann sich nur vorstellen, wie es ihren Eltern, Josefin, Kristoffer und den anderen Verwandten in all den Monaten ergangen ist, als sie gar nicht bei Bewusstsein war. Sie bekommt beinahe Schuldgefühle. Ungewissheit ist viel schlimmer als ein klarer Bescheid und ein Ende mit einer hübschen Gedenkstunde. Jetzt ist sie so lange lebendig begraben gewesen, dass ihre nächsten Angehörigen in der Zwischenzeit bestimmt mehrmals jede Hoffnung aufgegeben hatten.

Und just in dem Moment ist sie aufgewacht. Es muss wirklich ein Schock für sie gewesen sein.

Die Tür zu ihrem Zimmer öffnet sich, und sie sieht als Erstes Ines' Kinderwagen. Sogleich schiebt sie alle negativen Gedanken beiseite. Wie kann sie so etwas denken, wenn ein Kind mit im Spiel ist!

»Hallo«, sagt sie und erwidert Kristoffers Umarmung schwach.

»Ein Einzelzimmer, wie schön«, sagt er und kramt in der Wickeltasche. »Ich habe dir das Fotoalbum mitgebracht, das Josefin gemacht hat.«

»Danke«, sagt sie und legt es neben sich. Lieber will sie später darin blättern, wenn sie wieder allein ist und unendlich viel Zeit totzuschlagen hat.

Ines ist mit einem Spielzeug im Kinderwagen beschäftigt und Kristoffer setzt sich auf den Besucherstuhl.

»Wie war dein Tag?«, fragt er.

»Lang. Und einsam.«

Er schlägt die Augen nieder.

»Tut mir leid, dass es so lange gedauert hat, bis wir hierhergekommen sind.«

»Ist irgendetwas passiert?«

»Ach, es war einfach nur so viel.«

»Für Josefin scheint es ähnlich zu sein«, sagt Emma. »Also, viel los.«

Kristoffer holt tief Luft.

»Wir sind wahrscheinlich alle ganz schön fertig. Wir haben die ganzen Monate immer abwechselnd an deinem Bett gesessen, alles andere musste zurückstehen. Das war nicht immer ganz einfach.«

»Das tut mir wirklich furchtbar leid«, sagt Emma, die ihre Befürchtungen damit bestätigt sieht.

»So meine ich das doch gar nicht«, sagt Kristoffer. »Ich versuche es nur zu erklären. Ich glaube, bei allen war irgendwie die Luft raus, als du endlich aufgewacht bist. So schön das auch ist, hat es uns doch total überrumpelt. Wir waren so lange in ständiger Anspannung, dass wir es selbst gar nicht mehr richtig gemerkt haben. Jetzt im Nachhinein kommt die Erleichterung und damit eben auch die Erschöpfung.«

Emma kann ihm ansehen, dass seine Worte von Herzen kommen. Ihr Unfall hat Spuren in seinem Gesicht hinterlassen. Die Falten sind tiefer, als Emma sie in Erinnerung hat, und sein braunes Haar hat graue Einsprengel bekommen. Die Tränensäcke sind größer – wenn es sie früher überhaupt gegeben hat, und er muss mehrere Kilo abgenommen haben. So viele fast, dass man auch für ihn einen Tropf bereitstellen könnte.

»Tut mir leid, dass ich euch so viel Arbeit gemacht habe«, sagt sie. »Fahr nach Hause und ruh dich aus, und dann kommt ihr morgen wieder.«

»So eilig haben wir es auch wieder nicht.«

Dennoch bleiben sie lediglich eine knappe Stunde. Emma hat die Uhr genau im Blick. Lieber kurz als gar nicht, redet sie sich selbst ein. Allein die beiden gesehen zu haben genügt schon, um sie über eine weitere einsame Nacht zu retten. Dennoch spürt sie, wie die Einsamkeit sie überfällt, sobald sich die Tür hinter ihnen schließt.

Das Klingeln des Telefons reißt sie aus ihrer Niedergeschlagenheit.

»Ja, hallo, hier ist Emma«, sagt sie und erwartet die Stimme ihrer Mutter oder Josefins am anderen Ende.

»Stallspion hier«, hört sie stattdessen Nyhlén sagen. »Frasse lässt grüßen.«

Wärme breitet sich in ihr aus, sie sehnt sich wirklich danach, sich an Frasses weiches Fell zu kuscheln.

»Grüße zurück«, sagt sie. »Wie geht's?«

»Das ist meine Replik, halte dich bitte ans Drehbuch.«

Sie lacht. »Du kannst also gar nicht genug davon kriegen, im Stall herumzuhängen?«

»Sieht ganz so aus«, sagt er und wird ernst. »Ich habe Marika getroffen.«
»Nette Frau, oder? Ich kann dir nichts versprechen, aber ich glaube, sie ist Single.«
Nyhlén prustet.
»Ach, nein! Wirklich eine sehr charmante Frau. Mit weit geöffneten Armen, um darin zu ertrinken.«
»Jetzt mal ernsthaft, was hat sie gesagt?«
Nyhlén erzählt der Reihe nach, was am Tag des Unfalls passiert ist. Er klingt, als befänden sie sich mitten in einer Tatermittlung. Doch als er sich der Auflösung nähert, kommt die Enttäuschung.
»Hast du sie nicht gefragt, ob ihr irgendetwas seltsam vorkam?«
»Doch, natürlich.«
»Aber?«
»Sie hat die Frage nicht einmal verstanden.«
»Und damit hast du dich zufriedengegeben?« Emma ist frustriert, dass sie hier im Krankenhaus herumliegen muss, statt selbst zur Reitschule gehen und den Umständen um ihren sogenannten Unfall nachgehen zu können.
»Was denkst du denn von mir? Natürlich habe ich ihr erklärt, was ich damit meinte!«
Nyhlén klingt beleidigt.
»Bitte, komm zur Sache«, sagt Emma. »Was hat sie gesehen?«
»Nichts.«
»Wie, nichts?«
»Ihr ist nichts Ungewöhnliches aufgefallen. Ich schwöre dir, dass ich mich nicht habe abwimmeln lassen.«
Da rede noch einer von Luftschlössern! Am liebsten würde sie den Hörer auf die Gabel werfen. Bestimmt macht es ihm auch noch Spaß, sie zu ärgern!
»Vielen Dank«, sagt sie förmlich.
»Bitte sehr«, antwortet er. Ausnahmsweise einmal scheint er ihre Ironie nicht zu verstehen.

MONTAG

27. April

KAPITEL
39

Höchste Zeit zu schlafen, stellt Kristoffer fest. Es ist halb sieben Uhr morgens, und Ines fallen nach einer Nacht, in der sie ständig wieder aufgewacht ist, endlich die Augen zu. Jetzt zuckt sie nicht einmal mit der Wimper, als er aufsteht und das Doppelbett unter seinem Gewicht zu schaukeln beginnt. Nachts hatte es schon genügt, dass er sich umdrehte, schon fing sie an zu weinen. Nicht einmal mit einem Breifläschchen konnte er sie wieder zur Ruhe bringen.

Kristoffer streckt und rekelt sich, er mag gar nicht ausrechnen, wie wenige Stunden er diese Nacht wieder geschlafen hat. Dass Hillevi für ein paar Nächte mit Ines verschwinden könnte, wie er befürchtet hatte, erscheint ihm jetzt geradezu als reizvoll. Er würde alles dafür geben, einmal ohne Unterbrechung schlafen zu können, dafür würde er sogar mit Emma tauschen. Fünf Monate schlafen, das würde ihm gerade gut passen. Er sieht sich noch einmal zu seiner Tochter um, wie sie friedlich auf dem Rücken liegt, die Arme weit ausgebreitet. Sie nuckelt im Schlaf, wahrscheinlich träumt sie von einer vollen Brust.

Da sind wir ja schon zwei, denkt er.

Klein-Ines, so unschuldig und klein. Sie hat ja keine Ahnung, was sie ihrem Vater nachts antut und wie zermürbend es für ihn ist, nicht genug schlafen zu können. Einem so winzigen Menschen kann man einfach nichts übelnehmen, und doch steht er hier und malt sich aus, seine Ex könnte seine Tochter entführen.

»Entschuldige«, flüstert er. Er liebt seine Tochter, zumindest wenn sie schläft.

Am Abend steht eine Zweitbesichtigung an, bis dahin kann er es ruhig angehen lassen. Eigentlich sollte er so bald wie möglich ins Krankenhaus fahren, doch nicht jetzt, da Ines gerade eingeschlafen ist. Wenn er versuchen würde, sie in den Autositz hinüberzulegen, wäre das Risiko groß, dass sie aufwacht, und dann ist sie den ganzen Tag über quengelig. Er kriecht zurück zu Ines ins Bett, spürt ihre leichten, kurzen Atemzüge. Dann muss er an Hillevis panischen Gesichtsausdruck denken, als er drauf und dran war, sie zur Hölle zu schicken. Seitdem hat sie sich nicht mehr gemeldet, und auch er hat keine Anstalten gemacht, sie anzurufen und sich zu entschuldigen. Was, wenn sie tatsächlich nur Windeln kaufen war, wie sie behauptet hat. Er ist selbst nie in dem Laden gewesen und kann sich nicht sicher sein, dass sie gelogen hat. Sie muss riesige Angst haben, dass sie Ines nie wiedersehen darf, doch in der derzeitigen Situation wagt er nicht, ihr sein Kind zu überlassen, selbst wenn er die Wohnungstür mit einem Sicherheitsschloss von außen zusperren würde. Allerdings muss er eine Lösung für den Abend finden.

Kristoffer dreht sich im Bett um und versucht, eine bequeme Stellung einzunehmen. Sein Herz schlägt viel zu schnell, obwohl er vollkommen erledigt ist. Und wenn sein Puls erst einmal so hoch ist, kann er nichts tun, um wieder herunterzukommen. Völlig egal, ob er die Augen schließt und versucht, Schäfchen zu zählen, sein Körper bleibt in Alarmbereitschaft. Diesen Reflex nach monatelanger Ungewissheit auszuschalten ist gar nicht einfach. Dunkelheit und Angst haben sein Leben geprägt. Er weiß nicht, wie viele Artikel er in dieser Zeit über Koma-Patienten gelesen hat. Über einen Amerikaner, der einen Autounfall überlebt hatte und nach neunzehn Jahren aus dem Koma erwacht war. Über eine Dreiundfünfzigjährige, die nach einer Operation ins Koma fiel und vierzehn Monate später aufwachte, als die Familie bereits ihr Haus und ihre Möbel verkauft hatte. Über eine Frau, die am Steuer eingeschlafen war und dreizehn Monate später die Augen wieder aufschlug und dann ihre eigene Tochter nicht wiedererkannte. Vor allem dieser Fall hatte sich Kristoffer tief eingeprägt.

Eine Mutter mit einem einmonatigen Baby. Genau wie Emma.

Vielleicht sollte er Josefin fragen, ob sie ihm heute Abend aushelfen kann. Emmas Koma hätte sie einander näherbringen sollen, es scheint jedoch umgekehrt zu sein. Obwohl sie sich regelmäßig getroffen haben, weil sie sich monatelang an ihrem Krankenbett abgelöst haben, sind sie sich immer reservierter begegnet. Und nach ein paar Wochen waren alle Höflichkeitsfloskeln aufgebraucht. Der Fokus lag ständig auf Emma, und niemand kam darauf, einmal die einfache Frage zu stellen: *Wie geht es dir eigentlich?* Es schien in diesem Zusammenhang immer völlig sekundär. Vielleicht wird es Zeit, Josefin jetzt einmal zu fragen. Und sie gleichzeitig zu bitten, sich heute Abend um Ines zu kümmern.

KAPITEL
40

Obwohl Emma beim Aufwachen allein ist, ist sie überzeugt, dass sie eben noch beobachtet wurde. Sie sieht immer wieder dasselbe Gesicht vor sich, das erschrockene Gesicht einer Frau. Sehnig, groß und schmal, beinahe männlich. Dieser Blick lässt sie einfach nicht los. Manchmal taucht dieses Gesicht auf, kurz bevor Emma einschläft, ist jedoch fort, wenn sie wieder erwacht. Emma schließt die Augen und sieht die fremde Gestalt neben einer Eiche stehen, ganz still.
Was will sie von ihr? Ihr Angst machen? Vielleicht ist sie ja nur ein Hirngespinst, hervorgerufen durch die starken Medikamente? Vielleicht will sie ihr aber auch etwas sagen.

Eine schwere Hirnverletzung kann große neuropsychologische Folgen haben, das haben die Ärzte ihr erklärt. Deshalb ist es vielleicht gar nicht so verwunderlich, dass Emma die Frau nicht erkennt. Ihr Gedächtnis könnte beeinträchtigt sein. Allerdings hat Emma selbst eigentlich den Eindruck, dass sie ziemlich gut orientiert ist. Auch hat sie noch keine größeren Überraschungen erlebt, außer dass alle ein halbes Jahr älter geworden sind. Es fällt ihr schwer, damit zurechtzukommen, dass so viel Zeit einfach vergangen ist. Sie fühlt sich betrogen, vor allem um Ines' erste Zeit. Ob in der Welt irgendetwas Umwälzendes geschehen ist, hat sie bisher noch nicht geschafft zu fragen. Es ist ja ohnehin ein einziges Elend. Früher oder später wird sie es schon mitbekommen, ob sie will oder nicht.

Die Zimmertür öffnet sich für das übliche Morgenritual. Ein Krankenpflegeschüler betritt den Raum, den sie bisher noch nicht gesehen hat. Verlegen erklärt er, es sei Zeit für die tägliche Wäsche. Sofort fühlt Emma sich gedemütigt. Sein ausweichender Blick sagt ihr, dass ihm die Situation mindestens ebenso unangenehm ist. Am liebsten würde sie im Boden versinken. Sie mag gar nicht daran denken, wie viele hier sie schon nackt gesehen haben und Gelegenheit hatten, ihren Intimbereich zu untersuchen, ohne dass sie davon etwas mitbekommen hat. Während ihrer Zeit im Koma konnte alles Mögliche passiert sein, auch im Krankenhaus gibt es bestimmt perverse Leute. Ein unheimlicher Gedanke, den sie lieber nicht zu Ende denken möchte, vor allem nicht, während sie gewaschen wird.

Sie erkennt ihren eigenen Geruch nicht mehr, wie ihr plötzlich auffällt. Er hat sich verändert, ist irgendwie klinisch geworden. Schweiß vermischt mit antiseptischen Mitteln. Ihre Haut riecht nach Krankenhaus. In den vergangenen Monaten ist sie selbst immer weniger und zu jemand anderem geworden.

Ihre Sehnsucht nach Ines wird plötzlich übermächtig, und sie richtet sich nicht auf dieses große Baby, das sie jetzt besuchen kommt, sondern auf das vier Wochen alte kleine Mädchen, das es nicht mehr gibt. Das sie dem Schicksal überlassen hat, als sie von Frasses Rücken flog und eine Bruchlandung hinlegte.

Der Pflegeschüler fährt mit seiner Arbeit fort, begleitet von einer Art Summen. Es klingt furchtbar, doch Emma versucht, nicht darauf zu achten und sich in seine Lage zu versetzen. Eigentlich müsste er eine Medaille bekommen für die Arbeit, die er macht. Auch wenn er die ganze Zeit unsicher vor sich hin grinst, als wäre das Ganze irgendwie komisch, tut er ihr leid. Ihr selbst ist nicht zum Lachen zumute, vor allem nicht, als er beginnt, sie zwischen den Beinen zu waschen. Emma schließt die Augen und hofft, dass es bald vorbei ist. Als sie die Lider wieder aufschlägt, ist der Pfleger weg. Sie hat nicht einmal gehört, dass er sich verabschiedet hat, vielleicht ist er panisch hinausgelaufen, froh, keinen Blickkontakt haben zu müssen.

Um sich zu trösten, greift Emma nach dem Fotoalbum.

Man merkt, dass Josefin sich viel Mühe gegeben hat. Neben den Fotos von Ines, sind es vor allem ihre handschriftlichen Texte, die

Emma berühren. So liebevoll, beinahe wie eine Beerdigungsrede. Sie wartet auf die Tränen, doch sie hat keine mehr. Als sie die letzte Seite aufschlägt, sieht sie sich selbst mit ihrem Baby im Arm. Mit dem Datum vom Tag ihres Unfalls, dem 22. November. Ein kalter Morgen mit dem ersten Schnee des Jahres.

Nach diesem Bild wird es für immer eine Lücke von fünf Monaten bis zum nächsten gemeinsamen Foto geben.

KAPITEL
41

Hillevi betrachtet liebevoll das Foto von Ines und verdrängt damit ihr Unwohlsein vor der anstehenden Dienstbesprechung. Das kleine Gesicht weckt so viele Gefühle in ihr, dass sie vollkommen vergisst, dass sie auf der Arbeit ist. Jedes Mal, wenn sie das Handy herausholt und dieses Lächeln auf dem Hintergrundbild sieht, weiß sie wieder, dass es etwas gibt, für das es sich zu kämpfen lohnt. Jemanden, der sie braucht. Als ihr Chef hereinkommt, steckt sie das Telefon hastig weg, als hätte er sie bei etwas Unschicklichem ertappt. Bei der Neugestaltung des Dienstplans muss sie um jeden Preis versuchen, Station 73 zugeteilt zu bekommen. Alles andere ist ihr völlig egal. Um putzen zu dürfen, wo Emma liegt, würde sie sogar unentgeltlich arbeiten, was sie im Grunde ja ohnehin schon tut. Ihre sogenannte Wiedereingliederungsmaßnahme bringt ihr peinlich wenig ein. Für sie wäre es sogar günstiger, weiterhin arbeitslos zu sein, denn dann bräuchte sie keine Monatskarte für den Öffentlichen Nahverkehr, die für ihre Arbeit im Krankenhaus in Danderyd unerlässlich ist.

Doch sie ist ja nicht des Geldes wegen hier.

»Wie Sie bereits wissen, muss auf einigen Stationen das Personal aufgestockt werden«, beginnt der Chef. »Für einige von Ihnen heißt das aber auch, dass es keine Veränderungen geben wird.«

Nach ein paar weiteren Floskeln verteilt er den neuen Dienstplan. Hillevi überfliegt ihn rasch und bleibt bei ihrem eigenen Namen stehen: Entbindungsstation. Sicherheitshalber liest sie es noch einmal, doch es bleibt dabei. Die liegt ja nicht einmal im selben Gebäude wie Station 73! Ausgerechnet jetzt, da sie ihre Antidepressiva nicht mehr regelmäßig nimmt, kann sie solche Rückschläge überhaupt nicht gebrauchen. Sie sackt innerlich zusammen, dann rappelt sie sich schnell wieder auf. Strategisch gesehen wäre es besser, abzuwarten, doch sie kann nicht an sich halten, sondern muss es sofort ansprechen.

»Entschuldigung«, sagt sie, und das Gemurmel um sie herum verstummt. »Könnte ich eventuell mit jemandem tauschen?«

Der Chef runzelt die Stirn.

»Ich möchte gerne, dass wir es erst mal so probieren, bevor wir wieder Veränderungen vornehmen.«

»Aber ...«

»Hillevi, richtig?«, fragt er gereizt.

Sie nickt kurz.

»Darf ich fragen, was das Problem ist?«

Plötzlich ist sie eingeschüchtert. Sie hat nicht damit gerechnet, vor den Kollegen, deren Namen sie kaum kennt, eine Erklärung abgeben zu müssen.

»Ich kann kein Blut sehen«, sagt sie zögernd und löst damit vereinzeltes Gelächter aus. Sie spürt, wie sie ganz klein wird, es fühlt sich an wie in der Grundschule, wenn die anderen Kinder sie geärgert haben.

»Dann sind Sie hier am falschen Ort«, sagt der Mann, der den Dienstplan erstellt hat. »In einem Krankenhaus ist nun einmal mit Blut zu rechnen.«

»Auf der Entbindungsstation allerdings deutlich mehr als zum Beispiel ... bei den Schlaganfällen«, verteidigt sie sich.

»Würden Sie lieber dort putzen?«

»Ja, oder auf irgendeiner vergleichbaren Station«, sagt Hillevi ausweichend. Wenn sie zu sehr insistiert, wird er vielleicht misstrauisch, und das wäre ungünstig für sie.

»Ich schreibe es mir auf, Hillevi. Noch jemand, der kein Blut sehen kann?«, fragt er mit schiefem Lächeln.

Ihr dröhnen die Ohren und sie beeilt sich hinauszukommen. Zugleich fühlt sie sich unglaublich beschämt. So ein Idiot! Dass Menschen so gemein sein können. Kein Schulterklopfen oder freundlicher Blick von den Kollegen. Sie scheinen ihr eher auszuweichen

und schadenfroh zu grinsen. Hillevi überlegt, wie sie es anders hätte anstellen können. Als Neuling kann sie keine Ansprüche stellen, das hat sie daraus jedenfalls gelernt. Vielleicht ist sie schon zu weit gegangen, indem sie einen Wunsch geäußert hat. Hier ist es anscheinend eher Sitte, den Mund zu halten und die Zähne zusammenzubeißen. Dankbar zu sein, dass man überhaupt einen Job hat, auch wenn dieser beinhaltet, die Scheiße anderer Leute wegzumachen.
Sie sollte abhauen und niemals wiederkommen.
Hillevi ist so in Gedanken versunken, dass sie gar nicht merkt, dass sie direkt auf jemanden zugeht. In letzter Sekunde hebt sie den Blick und kann sich daher gerade noch mit ihrem Putzwagen hinter einem Pfeiler verstecken, ehe Kristoffer sie entdeckt. Ihr zittern die Knie, und ihr Puls ist bestimmt bei hundertachtzig. Ines scheint sie erkannt zu haben, denn sie lächelt freudig und scheint darauf zu warten, dass Hillevi ihren Kopf hervorstreckt und *Kuckuck! ruft.* Hoffentlich fängt sie nicht auch noch an zu winken! Hillevi nimmt den Wagen und geht in die entgegengesetzte Richtung, um nicht doch noch aufzufliegen.

KAPITEL
42

Kristoffer betrachtet seine Tochter, die ganz still im Wagen sitzt, und fragt sich, warum sie eben so gelächelt hat. Es ist niemand zu sehen, außer einer Putzfrau hinter einem Pfeiler etwas weiter den Gang hinunter.

»Nach wem guckst du denn da?«, fragt er Ines.

»Mam mam«, antwortet sie.

Kristoffer ist fassungslos. Hat er richtig gehört? Hat sie Mama gesagt? Verblüfft starrt er seine Tochter an.

»Mama, ja genau, die besuchen wir jetzt«, sagt er und klatscht in die Hände.

Das Wort kam wie aus dem Nichts! Hat sie wirklich erkannt, wo sie sind, und begriffen, dass sie auf dem Weg zu Emma sind?

Emma wird überglücklich sein, wenn er ihr das erzählt. Zugleich versetzt es ihm einen leisen Stich, dass das erste Wort seiner Tochter Mama ist und nicht Papa. Emma ist schließlich überhaupt nicht zu Hause präsent. Und eine kleine Auszeichnung hätte er schon erwartet, nachdem er seit dem Unfall alles für dieses kleine Wesen getan hat. Ganz schön undankbar, wenn man einmal darüber nachdenkt. Er schüttelt den Kopf.

»Kannst du auch Papa sagen?«, fragt er und hört selbst den verletzten Unterton in seiner Stimme.

Ines schüttelt ebenfalls den Kopf.

»Mam, mam, mam, mam.«

Und als wäre das nicht genug, klatscht sie dabei auch noch vergnügt in die Hände. Da muss Kristoffer lachen. Er schiebt den Kinderwagen weiter zu den Fahrstühlen. Heute hat er seinen Besuch besser vorbereitet, mit Blumen und einem Buch für Emma. Ein Roman von Jojo Moyes, von dem er hofft, dass er ihre Laune hebt. Auch wenn sie sich jetzt vielleicht noch nicht genügend konzentrieren kann, um zu lesen, hat sie ihn dann schon mal daliegen, wenn es ihr besser geht. Deutlich leichter ums Herz betritt er Emmas Zimmer, doch er muss feststellen, dass sie schläft.

Er setzt sich an ihr Bett und hofft, dass sie bald aufwacht, geht jedoch wieder hinaus, als Ines anfängt zu quengeln. Wecken will er Emma nun auch wieder nicht.

Plötzlich überfällt ihn die Müdigkeit. Wenn er doch auch einfach die Augen zumachen und für einen kleinen Moment einnicken könnte. Einfach mal schlafen, ohne ständig auf ein Baby aufpassen zu müssen. Er hat jetzt schon Angst, wie es werden wird, wenn sie erst läuft. Jetzt bleibt sie ja wenigstens noch, wo er sie absetzt. Die meisten Eltern ermuntern ihre Kinder, stehen und laufen zu lernen, er selbst dagegen bebt beim Gedanken daran. Es geht alles so schnell, und die arme Emma verpasst so viel davon.

Eine Krankenschwester kommt ihnen auf dem Gang entgegen und schäkert ein wenig mit Ines. Kristoffer nutzt die Zeit, um endlich Josefins SMS zu beantworten. Sie hat gefragt, ob er an diesem Abend Hilfe mit Ines braucht. Das nennt man Gedankenübertragung! Wirklich klasse, dass sie ausgerechnet heute fragt. Manchmal hat er also doch das Glück auf seiner Seite.

Zehn Minuten später kehrt er zu Emmas Zimmer zurück. Es macht ihn ratlos, mit Buch und Blumen für jemanden dazustehen, der doch nur daliegt und schläft.

KAPITEL
43

Evert spürt, wie sich Wohlbehagen in ihm ausbreitet, sobald er das »Tranan« am Odenplan betritt, auch wenn hier die Tische für seinen Geschmack etwas zu eng beieinanderstehen. Hier kann man keine dienstlichen Gespräche führen oder heikle Fälle besprechen, in denen man gerade ermittelt, zu viele Ohren könnten etwas mitbekommen. Die Stimmung ist intimer als in vielen anderen Mittagsrestaurants, allerdings sind auch die Preise entsprechend. Evert setzt sich an den Tisch, der auf seinen Namen reserviert ist, und rückt die rotweiß karierte Tischdecke wieder zurecht, die dabei verrutscht ist. Die Kerze ist dabei zu erlöschen, flackert aber noch.

Die Tür wird geöffnet, und Evert steht auf, um Gunnar zu begrüßen. Ein heftiger Schmerz durchfährt seine Hüfte, und er schneidet eine Grimasse. Physische Beschwerden – das hat ihm gerade noch gefehlt, dafür hat er jetzt überhaupt keine Zeit!

»Hallo«, sagt Gunnar und sieht ihn fragend an. »Wie geht's?«

»Ärger mit der Hüfte, schon seit einiger Zeit, aber nichts Ernstes«, antwortet Evert. »Und selbst?«

Gunnar setzt sich ihm gegenüber und nimmt die Speisekarte entgegen, die der Kellner ihm reicht.

»Danke, gut.«

Evert studiert das reichhaltige Angebot.

»Für mich ein Wallenberger, bitte.«

»Und für mich Beefsteak Tatar und ein alkoholfreies Bier.«

»Ein alkoholfreies Bier nehme ich auch. Danke.«

Der Kellner verschwindet, und Gunnar beugt sich vertraulich zu Evert hinüber.

»Hast du deine Hüfte mal untersuchen lassen?«
»So schlimm ist es auch wieder nicht.«
»Nun denn ja, vielleicht jetzt noch nicht, aber manchmal sind das böse Vorankündigungen«, sagt Gunnar. »Apropos, wie geht es Emma?«
»Besser, das war gestern deutlich zu erkennen. Sie konnte sich schon wieder mit mir streiten.«
Gunnar lächelt und streicht sich über den kahlen Schädel.
»Schön zu hören.«
»Ich weiß nicht.«
Der Kellner bringt das Bier, und Evert trinkt einen Schluck. Er fragt sich, wie viel von seiner und Emmas Diskussion er preisgeben darf. Sie würde ihm nie verzeihen, wenn sie wüsste, dass er mit Gunnar über sie spricht, aber er muss sich einfach mal mit einem vernünftigen Menschen über seine Tochter austauschen. Marianne hält sowieso immer zu Emma, von ihr kann er daher keine Unterstützung erwarten.
»Denkst du an irgendetwas Bestimmtes?«, fragt Gunnar. »Du siehst bekümmert aus, Bruder.«
»Es ist merkwürdig«, sagt Evert nachdenklich. »Emma ist überzeugt, dass jemand hinter ihrem Reitunfall steckt.«
Gunnar lehnt sich zurück, der Stuhlrücken knarrt.
»Und womit begründet sie das? Kann sie sich an irgendetwas erinnern?«
»Soweit ich weiß, nicht, aber sie hat mir klar und deutlich gemacht, dass sie mir in dieser Hinsicht nicht mehr vertraut. Was das angeht, zählt bei ihr jetzt anscheinend nur noch Nyhlén.«
»Der schon wieder«, seufzt Gunnar. »Der taucht jetzt wohl überall auf.«
Evert muss lachen.
»Sie hat sich furchtbar aufgeregt, als ich sein intensives Um-sie-Kümmern kritisiert habe, aber es ist doch klar, dass man sich fragt, warum er sie ständig besucht. Schließlich sind die beiden nicht verheiratet.«
»Wie oft ist er denn bei ihr gewesen?«, fragt Gunnar und sieht dabei misstrauisch aus.

»Soweit ich weiß, zwei Mal. Aber sie ist ja auch gerade erst aufgewacht.«

Das Essen kommt, und Evert widmet sich mit Appetit dem Fleisch und dem Kartoffelpüree, die Erbsen dagegen lässt er links liegen. Gemüse ist nicht so sein Ding.

»Und das ist ja auch längst noch nicht alles. Sie hat ihn dazu gebracht, Nachforschungen anzustellen, ob ihr Verdacht berechtigt ist. Gestern ist er offenbar im Stall gewesen, um mit den Leuten dort zu sprechen.«

Gunnar verschluckt sich und muss so stark husten, dass die Kerze ausgeht.

»Entschuldige, ich habe was in den falschen Hals bekommen. Ich glaube, ich muss mal mit Lindberg, Nyhléns Chef, reden. Der soll mal darauf achtgeben, dass er dieser Nebenbeschäftigung nicht zu viel Zeit widmet.«

»Die Alternative wäre, eine offizielle Untersuchung einzuleiten, um Emma zufriedenzustellen«, schlägt Evert vor.

»Einen Unfall untersuchen, der fünf Monate her ist?«, fragt Gunnar und schüttelt den Kopf. »Da liegt ein ganzer Winter dazwischen. Aber gut, ich werde sehen, was ich tun kann.«

»Soweit ich weiß, habt ihr den Unfall damals überhaupt nicht untersucht, obwohl Emma nicht die erste Polizistin wäre, der so unvermittelt etwas zugestoßen ist«, sagt Evert. »Ich denke da zum Beispiel an Henrik und den Mord im Ulvsunder Industriegebiet.«

Gunnar kratzt sich nachdenklich am Kinn.

»Was willst du von mir, Bruder? Es gab keinerlei Hinweise auf ein Verbrechen, ein Pferd ist unglücklich gestolpert, das war alles, das weißt du ebenso gut wie ich. Aber ich verstehe, dass du etwas für deine Tochter tun willst.«

Der halbe Wallenberger liegt noch auf dem Teller neben den Erbsen, doch Evert hat plötzlich keinen Appetit mehr. Auf Widerstand ist er nicht vorbereitet, er merkt zum ersten Mal, dass sich die Machtverhältnisse zu Gunnars Gunsten verschoben haben. Und es gibt nichts, was er dagegen tun könnte.

»Denk bitte wenigstens einmal darüber nach. Vielleicht fällt Emma ja auch noch etwas ein.«

KAPITEL
44

Als Emma aufwacht, befindet sich wieder jemand neben ihrem Bett, diesmal aber eine sehr kleine Person.

»Ines, meine Süße«, sagt sie, und ihr wird ganz warm ums Herz.

Sobald sie ihre Tochter sieht, schwinden all ihre düsteren Gedanken, auch wenn es ihr schwerfällt, zu akzeptieren, dass Ines nicht mehr so aussieht wie früher. Dass ihr kleines Baby jetzt doppelt so groß ist und sie so viel von ihrer Entwicklung verpasst hat.

»Ich bin auch da«, murmelt Kristoffer irgendwo im Hintergrund, und Emma stellt erschrocken fest, dass sie vergessen hat, ihn zu begrüßen.

»Hallo, mein Schatz«, sagt sie entschuldigend. »Danke, dass ihr gekommen seid.«

Er küsst sie zärtlich auf die Stirn, während Ines versucht, sich aus den Gurten ihres Kinderwagens zu befreien. Diesmal wird Emma gut aufpassen, dass sie an keinem der vielen Schläuche zieht, mit denen sie noch immer verbunden ist. Die Schmerzen wären unerträglich, doch Ines reicht zum Glück nicht so nah heran.

»Und so schöne Blumen«, sagt Emma, ohne auf das Blumenverbot hinzuweisen. Sie nickt zu dem Strauß hinüber, den Kristoffer in der Hand hält. »Darf ich mal riechen?«

Er streckt ihn ihr entgegen, und sie muss einfach eine der Rosen berühren, um sich zu erinnern, wie sie sich anfühlen. Weich, zart und empfindlich. Die Blätter sind viel dünner, als sie gedacht hat, und von dem Geruch bekommt sie Gänsehaut.

»Wie schön sie sind«, sagt sie träumerisch, und ihre Gedanken schweifen in die Ferne. Die Blumen erinnern sie an einen hübsch komponierten Hochzeitsstrauß, und sie fragt sich, ob sie selbst wohl jemals vor dem Altar stehen wird. Auf eigenen Beinen. Bisher hat Kristoffer ihr noch keinen Antrag gemacht, und so scheint der Weg dorthin ihr aus vielerlei Gründen weit. Dennoch erlaubt sie sich, davon zu fantasieren, wie sie in einem perlmuttfarbenen Kleid neben dem Mann ihres Lebens nach vorne schreitet. Sie versucht, sich Kristoffer an ihrer Seite vorzustellen, doch da stößt Ines auf, und Emma kehrt in die Wirklichkeit zurück. Ihr Blick fällt auf das Stativ mit dem Tropf, der sie versorgt, und eine Hochzeit erscheint plötzlich wieder unendlich fern.

»Ich habe dir auch ein Buch mitgebracht«, sagt Kristoffer zufrieden und reicht ihr erwartungsvoll das Taschenbuch hinüber.

»*Ein ganzes halbes Jahr* – was für ein aufmunternder Titel, vor allem, wenn ich hier so liege«, sagt Emma belustigt.

Ein Schatten gleitet über sein Gesicht.

»O Gott, entschuldige bitte!«

»Ich habe nur Spaß gemacht.« Emma lacht. »Vielen Dank.«

Er wendet sich beschämt ab, holt eine leere Karaffe von der Fensterbank und geht zur Toilette. Ines sitzt immer noch im Wagen, allerdings ist es bestimmt nur eine Frage der Zeit, bis sie es geschafft hat, sich zu befreien. Schließlich kämpft sie schon mit den Schnallen, seit sie angekommen sind. Kristoffer beeilt sich, die Karaffe zu füllen, und stellt die Blumen hinein. Dann platziert er sie auf dem Tischchen neben Emmas Bett. Emma merkt, wie er plötzlich zusammenzuckt.

»Was ist?«, fragt sie. »Du siehst so erschrocken aus.«

Sein Blick ist auf die Kette gerichtet, die unter einer Zeitung hervorlugt, und Emma wird neugierig.

»Nichts«, antwortet er. »Mir ist nur gerade etwas eingefallen.«

Er lächelt angestrengt.

»Komm, hör auf. Sag mir lieber, was wirklich los ist«, protestiert sie.

Auch Ines sitzt plötzlich still und sieht ihren Vater aufmerksam an, als warte sie auf eine Fortsetzung.

»Ich habe eine Kette gesehen, die ich vielleicht nicht hätte sehen sollen?«

Ist er eifersüchtig? Emma kann es kaum glauben. Doch wer würde nicht misstrauisch, wenn er ein goldenes Kettchen mit einem Herz neben dem Bett seiner Partnerin entdeckte? Sie zieht es hervor und hält es ihm entgegen.
»Nyhlén hat es am Unfallort gefunden« erklärt sie. »Siehst du, es ist kaputtgegangen. Jemand muss es dort verloren haben.«
Kristoffer scheint nicht wirklich beruhigt zu sein.
»Am Unfallort?«
»Ja, im Judar-Wald. Er war dort und hat es gefunden.«
»Nyhlén ist im Stall gewesen? Und hier bei dir?«
Emma nickt. »Was ist so seltsam daran? Er ist mein engster Kollege.«
»Ja, trotzdem«, sagt er und sieht immer noch misstrauisch aus. »Er scheint ja sehr viel Zeit zu haben.«
»Hör auf damit, du klingst schon genauso wie mein Vater! Nyhlén dachte, die Kette würde vielleicht mir gehören, und hat sie mir mitgebracht, als er das letzte Mal hier war.«
»Wie meinst du das? Ist er schon mehrmals hier gewesen?« Kristoffer wirkt nun verärgert.
»Ach komm, lass das«, sagt Emma und wendet sich stattdessen Ines zu. »Papa kann ganz schön anstrengend sein, oder?«
»Man darf ja wohl mal fragen«, murmelt Kristoffer beleidigt.
»Das stimmt, du musst dir echt Sorgen machen, dass ich hier liege und den ganzen Tag nichts anderes tue, als irgendwelche Männer aufzureißen«, sagt Emma spitz. »Mich will niemand anfassen, außer dem Pflegepersonal, das dafür bezahlt wird – und das auch nur mit Gummihandschuhen.«
Kristoffer scheint jeden Sinn für Humor verloren zu haben, jedenfalls sieht er immer noch genauso verkniffen aus.
»Immerhin kann ich ja zumindest ausschließen, dass die Kette ein Geschenk von dir war, das ich vergessen habe«, sagt sie und sieht, wie er blass wird.
»Von mir?«
Emma seufzt. Was ist denn nur los mit ihm? Sie kann sich nicht erinnern, dass er schon immer so schwer von Begriff war.
»Von dir für mich.«

»Ach so, nein. Es muss von jemand anderem sein«, sagt er und scheint dabei ganz in seinen eigenen tiefsinnigen Gedanken versunken zu sein.

KAPITEL
45

Kristoffer muss dringend frische Luft in das kleine Zimmer lassen, das Fenster lässt sich jedoch nur einen Spaltbreit öffnen. Er blickt auf das Ulriksdal-Schloss und einen Golfplatz hinunter und versucht, sich wieder zu sammeln. Schon toll, dass Emma ein Zimmer zur schönen Seite hin bekommen hat und nicht eins, das auf die E18 hinausgeht. Natürlich ist ihm klar, dass Emma nicht auf ihren Trottel von Kollegen steht, er musste sie nur irgendwie ablenken. Was macht Hillevis Kette hier auf Emmas Tisch? Er kann sich nicht täuschen, schließlich hat er selbst sie ihr gekauft, als Geburtstagsgeschenk vor drei Jahren.

Wenn Emma wüsste!

»Ich gehe schnell und hol mir einen Kaffee«, sagt er.

»Nimm gleich zwei, du scheinst es zu brauchen«, sagt Emma, ohne den Blick von Ines zu wenden. »Und mach dir keinen Stress, wir gehen nicht weg.«

Immerhin scheint sie ihren Sinn für Humor nicht verloren zu haben, das tröstet ihn. Wobei sie kaum solche Scherze machen würde, wenn sie wüsste, wessen Schmuck sie da in ihren abgemagerten Händen hält.

Er verlässt das Zimmer und atmet erleichtert auf, doch dann merkt er, wie sich die Schlinge um seinen Hals erneut zusammenzieht. Im Aufzug nach unten fallen nämlich die Puzzleteile an ihren Platz. Erst jetzt, da der erste Schock sich legt, begreift er, dass die Situation noch weit schlimmer ist, als er bisher befürchtet hat.

Hillevi muss am Unglücksort gewesen sein.

Der Aufzug hält im Erdgeschoss, und er stolpert auf unsicheren Beinen hinaus. Jetzt muss er sich erst mal beruhigen und versuchen, eine natürliche Erklärung zu finden. Allein der Gedanke, Hillevi könnte etwas mit Emmas Reitunfall zu tun haben, lässt ihn außer sich geraten. Dass sie sich darüber hinaus auch noch um ihr Kind gekümmert hat, während Emma im Koma lag, schlägt dem Fass den Boden aus.

Kann man so eiskalt und berechnend sein?

Scheiße, Scheiße, Scheiße! Kristoffer sieht, wie eine Frau schnell den Blick senkt. Hat er etwa laut geflucht? Am besten holt er sich schnell seinen Kaffee und sieht zu, dass er wieder hinauskommt. Was hat Hillevi eigentlich für Absichten? Plötzlich erscheint alles wahnsinnig gefährlich. Emma liegt auf Station Nr. 73, was Hillevi möglicherweise bereits weiß. Was, wenn sie hinter der nächsten Ecke lauert, bereit zum Angriff, jetzt, da sich zeigt, dass Emma überleben wird? Sie ist das wehrloseste Opfer, das man sich denken kann, schließlich kann sie keinerlei Widerstand leisten.

Er versucht, Hillevi anzurufen, erreicht sie jedoch nicht. Nach Minuten der Angst probiert er es noch einmal und hinterlässt ihr eine Nachricht, dass sie sich so schnell wie möglich bei ihm melden soll. Dann blickt er sich um. Was, wenn sie wirklich hier ist? Vielleicht weiß sie ganz genau über Emmas Zustand Bescheid. Seine Nackenhaare stellen sich auf. Emma und Ines sind allein im zwölften Stock! In der Zeit, in der er seinen Kaffee geholt hat, kann Hillevi längst zur Tat geschritten sein.

Er beeilt sich zurückzukommen und betritt ganz außer Atem das Krankenzimmer. Emma stockt mitten in dem Kinderlied, mit dem sie Ines in ihrem Wagen ganz gefangen genommen hat.

»Immer mit der Ruhe«, sagt Emma.

Er geht hin und nimmt sie beide in die Arme.

»Meine Familie! Was auch immer passiert, ihr seid das Kostbarste, was ich habe.«

Emma macht sich los und sieht ihn fragend an.

»Was haben sie dir denn in den Kaffee getan?«

KAPITEL
46

Als ihr Handy vibriert hat, hat Hillevi gleich gewusst, wer dran war. Es gibt nur einen Menschen, der diese Nummer hat, und mit dem will sie gerade nicht reden. Außerdem darf sie während der Arbeitszeit keine Privatgespräche annehmen. Soll Kristoffer doch eine Nachricht hinterlassen, wenn es etwas Wichtiges gibt. Immerhin besteht die Gefahr, dass er zu dem Schluss gekommen ist, sie sollten sich lieber nicht wiedersehen, und das könnte sie nicht ertragen. Sie muss sich später mit ihm auseinandersetzen, jetzt muss sie sich auf ihre Arbeit konzentrieren.

Im Gemeinschaftsraum auf der Entbindungsstation steht ein Wagen mit einem schlafenden Baby. Hillevi wischt lustlos die Tische ab, den Blick fest auf das Kind gerichtet. Was, wenn es aufwacht und anfängt zu weinen? Was soll sie dann tun? Die Mutter muss zur Toilette gegangen sein, denn außer ihr selbst ist kein Erwachsener in der Nähe. Sie sind ganz allein hier. Vorsichtig nähert sie sich dem kleinen Wesen und versucht, herauszufinden, ob es ein Junge oder ein Mädchen ist. Wie wäre es, das Baby einfach herauszunehmen und zu verschwinden? Jetzt ist sie dem Wagen so nahe, dass sie das Kind anfassen kann, und als ihr Finger gerade die weiche Wange berührt, hört sie eine empörte Stimme hinter sich: »Was machen Sie denn da?«

Hillevi fährt herum und begegnet dem warnenden Blick einer Krankenschwester.

»Ich wollte nur schauen, ob alles in Ordnung ist.«

Ihre Erklärung hält nicht stand, die Schwester sieht sie ungnädig an.

»Süß«, fügt Hillevi hinzu und beißt sich auf die Zunge. Jetzt bloß nichts mehr sagen. Wenn sie zu viel redet, geht es meistens schief.

»Tun Sie das nie wieder«, sagt die Frau, nimmt den Wagen und geht hinaus.

Hillevi senkt den Kopf und macht sich sofort wieder an die Arbeit. Sie spürt, wie ihr das Blut ins Gesicht schießt. Nicht nur Kristoffer ist gegen sie, die ganze Welt scheint ihr Böses zu wollen. Was sie auch tut, sie bekommt nur Ärger und Zurechtweisungen. Sie kann ihren Zorn kaum zurückhalten und wischt fluchend über die Tischoberfläche. Es ist ja nichts passiert, dennoch hat diese Schwester sie angefaucht. Und das nur, weil sie bloß die Putzfrau ist.

Dabei hängt das Wohlbefinden hier im Krankenhaus ganz massiv davon ab, dass geputzt wird. Die Leute sollten dankbar sein, dass jemand bereit ist, ihren Dreck wegzumachen. Dennoch bekommt Hillevi selten einen anerkennenden Blick für gute Arbeit, dafür umso mehr Klagen, wenn es einmal nicht zur Zufriedenheit ist.

Ihr Zorn will einfach nicht verrauchen, und sie muss innehalten, um etwas herunterzukommen. Eine Tür ist nur angelehnt, und sie geht klopfenden Herzens hinein, um ihre Mailbox abzuhören. Es ist, wie sie befürchtet hat. Kristoffer klingt sogar fast noch ärgerlicher als am Tag zuvor.

Hillevi begreift es nicht. Was ist nur passiert? Bloß gut, dass sie das Gespräch nicht angenommen hat. Sie schaut sich genauer um und stellt fest, dass sie in einem Medikamentenlager gelandet ist.

KAPITEL
47

Schon beim Eintreten merkt Josefin, dass die Stimmung gedrückt ist. Kristoffer sieht aus, als würde er am liebsten wieder gehen, und Emma scheint erleichtert über ihre Ankunft. Das neue Zimmer ist eine deutliche Verbesserung, denn Emma muss es mit niemandem teilen, allerdings wirkt sich das offenbar nicht wesentlich auf die Grundstimmung aus. Ines lächelt sie aus dem Kinderwagen vorsichtig an, und so geht sie als Erstes zu ihrer Nichte, um sie zu begrüßen.

»Hallo, wie geht es euch?«, fragt Josefin und sieht Emma und Kristoffer abwechselnd an.

Emma räuspert sich.

»Ach ja.«

Kristoffer zeigt auf den Besucherstuhl.

»Setz dich doch.«

»Danke.« Josefin hängt ihre Jacke auf. »Haben die Ärzte irgendetwas Neues gesagt?«

»Es scheint voranzugehen, sonst hätten sie mich nicht hierher verlegt«, sagt Emma, ohne deshalb besonders glücklich auszusehen. »Aber sonst halten sie sich bedeckt.«

Kristoffer zieht sein Handy heraus und runzelt die Stirn. Dann entschuldigt er sich und verlässt das Zimmer.

Josefin beugt sich vor.

»Was ist denn los?«

»Nichts Besonderes.«

Emma streckt die Hand aus, und Ines greift nach ihrem Finger und hält ihn fest. Josefin kann sich noch genau erinnern, wie sich

das anfühlt und wie ihre eigenen Kinder in dem Alter waren. Kaum zu glauben, dass das bei ihrem Jüngsten auch schon wieder sechs Jahre her ist. Und zehn Jahre seit der Geburt ihrer ältesten Tochter. Die Sehnsucht nach ihren Kindern ist ein physischer Schmerz. Wenn sie sie nicht bald wieder spüren kann, geht sie unter.
Stattdessen schnallt sie Ines los und nimmt sie auf den Arm.
»Wie groß sie geworden ist«, sagt Josefin. »Kannst du sie noch halten?«
»Ich warte lieber noch, sie ist zu schwer«, sagt Emma und schlägt die Augen nieder.
Was sie auch sagt, es scheint immer falsch anzukommen. Dennoch möchte Josefin wissen, was passiert ist, bevor sie hereinkam.
»Was war denn gerade mit Kristoffer?«
Emma deutet mit dem Kinn auf eine Goldkette auf dem Nachttisch.
»Es geht um dieses Ding da.«
»Hast du dich nicht darüber gefreut?«
»Es war kein Geschenk.«
Josefin will gerade fragen, wem die Kette denn gehört und was sie in Emmas Zimmer zu suchen hat, als Kristoffer wieder zurückkehrt.
Sofort wechselt Emma das Thema.
»Ich habe gehört, du passt heute Abend auf Ines auf.«
»Ja, das wird bestimmt schön. Ich dachte, wir fahren zu Mama und Papa nach Saltsjöbaden raus und essen mit ihnen zu Abend«, sagt Josefin und lächelt Kristoffer an, der auf seine Uhr guckt.
»Ich glaube, ich muss los. In der Wickeltasche ist alles, was du brauchst.«
»Und falls nicht, finde ich schon eine Lösung«, sagt Josefin.
»Bis dann«, sagt Emma, ohne nachzufragen, was denn plötzlich so eilig ist.
Kristoffer umarmt sie kurz und dankt Josefin, dass sie sich kümmert, dann ist er weg. Ines scheint es nichts auszumachen, was ja schon einmal ein guter Anfang ist. Emma dagegen sieht umso niedergeschlagener aus.
Josefin blickt ihr fest in die Augen.

»Und jetzt sagst du mir bitte, was los ist!«
»Das würde ich ja gerne, wenn ich es nur selber wüsste«, erklärt Emma matt. »Hier vom Bett aus hat man gar keinen Überblick, ich bin völlig abgeschnitten von dem, was draußen vorgeht.«
»Aber was ist denn nun mit der Kette? Ich verstehe das nicht.«
»Ich auch nicht.«
»Wer hat sie hierhergebracht, um mal ganz vorne anzufangen?«
»Nyhlén. Er hat sie am Unglücksort gefunden«, sagt Emma. »Und das hat Kristoffer irgendwie in den falschen Hals bekommen, er dachte, es sei ein Geschenk von Nyhlén. Hast du die Kette schon mal irgendwo gesehen?«
Josefin schüttelt den Kopf.
»Nein, ganz bestimmt nicht.«

KAPITEL
48

Marianne kommt Evert an der Tür entgegen, als er ihr stilvolles Haus in Saltsjöbaden betritt.

»Wie war das Essen?«, fragt sie.

»Danke, gut«, antwortet er und küsst sie auf die Stirn.

»Josefin und Ines sind auf dem Weg hierher, sie bleiben zum Abendbrot«, sagt Marianne. »Ich gehe dann mal wieder in die Küche.«

»Das ist ja schön«, sagt er zerstreut und schaut auf sein Handy.

»Es gibt Wallenberger Steak«, sagt sie.

Er blickt kurz auf und will etwas einwenden, beschließt dann aber, dass es besser ist, wenn er für sich behält, was er zu Mittag gegessen hat. Sonst muss er wieder los und einkaufen, und dazu hat er keine Lust. Er geht auf die Terrasse. Kurze Zeit später kommt Marianne ebenfalls heraus und bringt ihm ein Glas Rotwein.

»Danke! Bleib doch hier und leiste mir Gesellschaft.«

»Ich habe noch zu tun«, antwortet sie und geht wieder hinein.

Immer so höflich und doch abweisend, seine liebe Frau. Plötzlich wird ihm klar, dass der Abstand zwischen ihnen seit seiner Pensionierung rapide gewachsen ist. Schließlich musste sie den Raum, den sie zu Hause hatte, auf einmal mit ihm teilen. In einem großen Haus müsste es eigentlich genügend Möglichkeiten geben, sich aus dem Weg zu gehen, vielleicht aber reicht Marianne schon das Wissen, dass sie nicht mehr allein zu Hause ist, um ihr Territorium bedroht zu sehen. Vielleicht ist es jedoch auch eine Veränderung, die schrittweise mit Emmas Unfall einhergegangen ist. Seltsamerweise konnten sie ihre Sorgen nicht miteinander teilen.

Statt zu reden, hat jeder für sich gelitten, obwohl sie doch unter einem Dach leben.

Manchmal denkt Evert, es hat damit zu tun, wie er erzogen worden ist. Er trinkt einen Schluck Wein und fragt sich im Stillen, wie es sein kann, dass die unbarmherzige Autorität seines Vaters sein ganzes Leben beeinflusst hat.

Als Kind hat er immerzu nach Anerkennung gelechzt und sich gewünscht, sein Vater würde sich für ihn interessieren oder ihm zumindest ein Zeichen von Zuneigung schenken. Doch das hat er nie getan, und darunter hat Evert sehr gelitten. Aber statt sich dieser Enttäuschung zu erinnern und zu versuchen, als Vater selbst etwas zugewandter zu sein, ist er genauso geworden. Ebenso reserviert und dickfellig. Er begreift selbst nicht, wie das geschehen konnte. Warum hat er blind auf seine Karriere gesetzt, statt darauf, die Herzen seiner Kinder zu gewinnen?

Gerade als er das denkt, sieht er Josefin das schmiedeeiserne Tor öffnen und den Kinderwagen hereinschieben. Er wischt die düsteren Überlegungen beiseite und steht auf, um ihnen entgegenzugehen.

»Schön, dass ihr da seid«, sagt er und umarmt Josefin. »Hallo, Ines!«

Das kleine Mädchen lächelt kurz, verzieht dann aber das Gesicht und wird knallrot. Dann fängt sie laut an zu weinen. Vielleicht liegt es an seinem Bart oder an der Brille, dass sie sich immer so erschreckt. Es passiert jedes Mal, wenn sie sich sehen. Josefin streichelt sie, bis sie sich beruhigt hat.

»Es war wirklich eine dumme Idee, mit dem Auto hier rauszufahren, mitten im Berufsverkehr, und dann noch mit einem Baby, das es hasst, stillsitzen zu müssen«, sagt Josefin und schüttelt den Kopf.

»Möchtest du ein Glas Wein?«

Josefin nickt.

»Ja, ein Glas geht wohl, auch wenn ich noch fahren muss.«

Die Sonne scheint auf die Terrasse, und er schlägt vor, dass sie sich noch einen Moment dorthinsetzen, um im doppelten Sinne noch ein bisschen Frühling zu tanken. Josefin geht zur Hollywoodschaukel und er selbst in die Küche.

»Sie sind da«, sagt er zu Marianne und nimmt ein Weinglas aus dem Schrank. »Kommst du mit, um anzustoßen?«
»Sofort«, sagt sie. »Ich muss nur noch das Kartoffelpüree fertigmachen.«
Als Evert wieder auf die Terrasse kommt, jauchzt Ines in der Hollywoodschaukel vor Vergnügen. Vergeblich sucht er nach Sköld-Zügen in ihrem Gesicht.
»Wie war es im Krankenhaus?«, fragt er und schenkt Josefin ein Glas Amarone ein.
»Emma ging es besser, aber die Stimmung war ein bisschen gedrückt, Kristoffer schien irgendwie gestresst«, sagt sie und nimmt einen großen Schluck. »Als er weg war, habe ich versucht, Emma zu fragen, was los ist.«
Evert setzt sich wieder auf seinen Stuhl. In der Hollywoodschaukel Wein zu trinken ist ihm zu heikel.
»Und was hat sie gesagt?«
»Es ging irgendwie um eine Kette, die Nyhlén ihr mitgebracht hat. Er hat sie an der Stelle gefunden, wo Emma vom Pferd gefallen ist. Als Kristoffer sie sah, wurde er eifersüchtig.«
»Verständlicherweise«, sagt Evert und fragt sich, was Nyhlén eigentlich im Schilde führt. Was hatte er im Judar-Wald zu suchen?

KAPITEL
49

Der Arbeitstag ist zu Ende, doch Nyhlén sitzt immer noch an seinem Schreibtisch, obwohl er gerade keinen aktuellen Fall zu bearbeiten hat. Er ist irgendwo mitten in dem Tausende Seiten langen Voruntersuchungsprotokoll des Henke-Falles steckengeblieben. Nyhlén schämt sich, dass er ihn so lange hat liegenlassen. Emma hat natürlich recht, die Familie des toten Polizisten verdient eine Aufklärung, zumal der Kollege in den Medien als Mörder dargestellt worden ist. Wie Emma glaubt auch Nyhlén nicht, dass Henke den Bettler getötet hat. Irgendetwas stimmt bei dieser Sache nicht. Obwohl das Protokoll sehr umfangreich ist, scheinen gewisse Teile der Ermittlung äußerst schlampig durchgeführt worden zu sein. Es hätten verschiedene Theorien durchgespielt werden müssen, doch hier stand von Anfang an Henke als der Schuldige fest. Konnte es Notwehr gewesen sein? Wer hatte dann aber Henke umgebracht? Nyhlén schiebt es auf den Koffeinmangel, dass sein Denkvermögen gerade auf dem Nullpunkt ist.

In diesem Moment schaut Lindberg zu ihm herein.

»Hast du einen Moment Zeit?«

»Ja, natürlich, komm rein.«

Der Chef deutet auf den Papierstapel auf seinem Schreibtisch.

»Was ist das?«

Nyhlén zuckt mit den Schultern.

»Der Henke-Fall. Irgendwie lässt er mich nicht los.«

»Ihr kanntet euch, oder?«

»Als Kollegen«, antwortet Nyhlén zögernd. »Es erscheint mir einfach völlig absurd. Henke hätte niemals jemanden getötet.«

Lindberg schüttelt den Kopf.

»Leider deutet dennoch alles darauf hin, deshalb wurden die Ermittlungen ja auch eingestellt.«

»Aber der Fall ist nicht gelöst«, wendet Nyhlén ein.

»Ich weiß, dass es einen bitteren Nachgeschmack hinterlässt, aber wir können nichts tun, solange die da oben den Fall nicht wieder eröffnen.«

»Ich habe tatsächlich einige Ungereimtheiten gefunden. Emma hat mich darauf aufmerksam gemacht. Es ist seltsam, wie schnell der Streifenwagen am Tatort war. Zwischen dem bei der Landeskommunikationszentrale registrierten Anruf und der von den Polizisten angegebenen Ankunftszeit liegen wenige Minuten«, sagt Nyhlén.

Lindberg seufzt.

»Vielleicht waren sie zufällig in der Nähe, oder sie haben sich bei der Zeitangabe vertan. Es kann alle möglichen Gründe geben.«

»Das ist aber noch längst nicht alles«, sagt Nyhlén und greift nach dem Protokoll. »Zwar gab es Hautreste von Henrik unter den Fingernägeln des Opfers, ebenso allerdings auch andere DNA von bisher nicht identifizierten Personen. Warum hat darauf bisher niemand reagiert?«

»Das kann ich dir nicht sagen«, meint Lindberg nachdenklich. »Aber ich gebe zu, dass das wirklich merkwürdig klingt.«

»Was willst du unternehmen?«

»Was denkst denn du?«

»Rede noch mal mit dem Boss.«

»Okay. Aber bis dahin brauche ich dich in einem anderen Fall. Kannst du dieses Verhör bitte bis morgen früh lesen?«, fragt Lindberg und reicht ihm einen Stapel Papier.

Nyhlén nimmt den Ausdruck entgegen, ohne ihn näher anzusehen. Es fällt ihm schwer, sich jetzt auf etwas anderes zu konzentrieren als den Henke-Fall. Warum wollen die da oben nicht, dass in diesem Fall weiter ermittelt wird? Und weshalb hat bisher niemand die Fehler in den Ermittlungen gesehen? Natürlich kann es ebenso gut sein, dass Emma und er Henke völlig falsch eingeschätzt haben. Hinter seinem freundlichen Lächeln konnte sich durchaus eine dunkle Seite verborgen haben. Vielleicht hat die Polizei etwas über ihn in Erfahrung gebracht, das sie den Angehörigen lieber ersparen möchte. Etwas, das nicht ins Protokoll aufgenommen worden ist.

»Es gibt da nicht möglicherweise noch einen anderen Fall, an dem du nebenbei arbeitest und von dem ich vielleicht wissen sollte?«, fragt Lindberg nach kurzem Schweigen.

»Was meinst du damit? Woher hast du das?«

Lindberg betrachtet ihn und hält seinem Blick eisern stand.

»Nirgendwoher. Ich habe nur nicht gewusst, dass du dich wieder mit dem Henke-Fall beschäftigst.«

»Ich verspreche, dass es sich nicht auf meine Arbeit auswirken wird.«

»Gut, mehr wollte ich gar nicht wissen«, sagt Lindberg und geht hinaus.

Nyhlén packt seine Sachen zusammen und folgt seinem Beispiel. Sobald er draußen ist, klingelt er Emma an, um zu hören, ob sie in Plauderlaune ist.

»Hallo«, sagt sie matt, und er stellt sich darauf ein, dass es ein eher kurzes Gespräch werden wird.

»Passt es gerade schlecht?«, fragt er, ohne überhaupt seinen Namen zu nennen. Dazu kennen sie sich einfach zu gut.

»Nein, alles gut«, sagt sie und klingt schon wieder munterer.

»Wie ist es auf der Arbeit?«

»Im Moment ziemlich ruhig.«

»Dann hast du also nichts Interessantes zu berichten? Es macht mich wahnsinnig, nur dazuliegen und die Decke anzustarren. Gib mir etwas, womit ich mich beschäftigen kann!«

Nyhlén schaut auf das Voruntersuchungsprotokoll des Henke-Falles, das er im Karton unter dem Arm trägt.

»Bist du allein?«

»Ja, meine Schwester ist gerade gegangen.«

»Soll ich vorbeikommen?«, fragt er und geht hoffnungsvoll zu seinem Auto.

»Ja, gerne.«

Zwanzig Minuten später sitzt Nyhlén in Emmas Zimmer, ein bisschen außer Atem, aber deutlich besser gelaunt als zuvor.
»Wie geht es dir?«, fragt er und stellt den Karton ab. Emma scheint es jedoch nicht zu registrieren, sie wirkt abgelenkt.
»Geht so«, sagt sie. »Ich hätte gern mein altes Leben zurück.« Nyhlén merkt, dass sie gerade doch nicht in der Stimmung ist, Polizeiarbeit mit ihm zu besprechen. Vorsichtig schiebt er den Karton mit dem Protokoll zur Seite. Es kann warten.
»So schlimm?«, fragt er und merkt auf einmal, wie hungrig er ist. Kein Wunder, das bisschen Krabbensalat, das er zu Mittag gegessen hat, hat ihn kaum für den Moment satt gemacht.
Emma seufzt.
»Mir ist so langweilig hier.«
Sie räuspert sich und zögert kurz. Dann spricht sie weiter: »Irgendetwas mit Kristoffer fühlt sich seltsam an. Ich weiß nicht mehr, was ich für ihn empfunden habe, bevor ich ins Koma gefallen bin, und jetzt weiß ich überhaupt nicht mehr, wie ich dazu stehe.«
»Zu eurer Beziehung, meinst du?« Plötzlich fällt ihm auf, wie weit sie sich von dem eher rauen Ton entfernt haben, der üblicherweise zwischen ihnen herrscht.
»Ja«, sagt sie zögernd. »Er wirkt so zerstreut und scheint sich kaum darüber zu freuen, dass ich noch lebe. Ich weiß auch nicht. Natürlich ist es eine schwierige Zeit für ihn gewesen. Ich darf wahrscheinlich nicht so hart sein. Aber irgendetwas verbirgt er vor mir, das spüre ich.«
»Beziehungen sind nun mal kompliziert«, sagt Nyhlén vage, ohne zu wissen, was er damit eigentlich meint. »Aber ich bin natürlich kein Experte.«
Emma lacht.
»Immerhin bist du verheiratet gewesen.«
»*Gewesen*. Ganz genau.«
»Tut mir leid, dass es nicht gehalten hat«, sagt sie und sieht ihn an. »Würdest du gern jemand Neues kennenlernen?«
»Auf jeden Fall«, erwidert er aufrichtig. »Aber das ist nicht so einfach, wenn das eigene Selbstwertgefühl gerade am Boden ist.«
Einen Moment schweigen sie beide.

Zum ersten Mal seit seiner Scheidung hat Nyhlén seine Gefühle in Worte gefasst. Erst jetzt wird ihm klar, wie sehr er darunter leidet, allein zu sein.

»Jeder möchte geliebt werden«, sagt er mit Nachdruck und berührt Emmas Hand.

Einen Moment sehen sie sich in die Augen, ohne zu ahnen, dass sie nicht allein im Raum sind.

KAPITEL
50

Was passiert da denn gerade? Sie werden sich doch wohl nicht küssen? Hillevi sucht nach ihrem Handy, das muss sie unbedingt festhalten! Kristoffer hat ein Recht zu erfahren, was hier läuft, wie Amors Pfeile hier umherschwirren, dass man sich ducken muss, um nicht getroffen zu werden. Emma und ihr Kollege sind so ins Gespräch vertieft, dass sie gar nicht bemerken, wie Hillevi sich hereinschleicht. Sie muss es tun, denn von der Tür aus kann man nur das Fußende des Bettes sehen. Schließlich möchte sie sich mit eigenen Augen überzeugen, was hier drinnen passiert und warum der Besuch so lange dauert. Vorsichtig lugt sie hinter der Badezimmertür hervor, um alles zu sehen und keine Silbe zu verpassen. In der Hand hält sie einen Lappen, falls jemand vom Personal vorbeikommen sollte, was um diese Tageszeit eher unwahrscheinlich ist. Sie könnte behaupten, sie sei zum Extraputzen hergerufen worden, obwohl das abends eher ungewöhnlich ist. Bemerkenswert ist dagegen, dass Emmas Kollege immer noch da ist, schließlich ist die Besuchszeit längst vorbei.

Jetzt beugt er sich zu Emma hinüber. Was hat er vor? Hillevi muss es unbedingt dokumentieren. Der Moment kann gleich schon wieder vorbei sein, und dummerweise hat ihr Handy sich ausgerechnet jetzt in ihrer Tasche verkeilt. Der Stress macht sie noch ungeschickter, sie hat Angst, dass die raschen Bewegungen sie verraten. Endlich hat sie es und knipst vorsichtig ein paar Bilder, während sie zugleich versucht, ihr Gespräch zu belauschen. Es ist dämmrig im Zimmer, so dass man die Personen kaum erkennen kann, doch das spielt keine Rolle. Dass dieser Mann in Emma verliebt ist, ist nicht zu übersehen. Was für eine Frechheit, Kristoffer aus dem Feld zu schlagen, wo Emma doch noch nicht einmal aus dem Krankenhaus ist!

Etwas in der Stimme des Mannes lässt Hillevi aufhorchen, es klingt, als sei er dabei aufzubrechen, was bedeuten würde, dass sie schleunigst abhauen muss. Vorsichtig bewegt sie sich rückwärts zur Tür und versucht, dabei jedes Geräusch zu vermeiden. Sie weiß selbst nicht, ob sie es mutig oder wahnsinnig nennen soll, dass sie es gewagt hat, hierherzukommen. Doch jetzt hat sie bekommen, was sie brauchte, also ist es das Risiko wert gewesen. Jetzt muss sie nur noch aufpassen, dass die Tür sie nicht verrät. Das geringste Quietschen kann die beiden auf sie aufmerksam machen. Und da sie dem Gespräch entnehmen konnte, dass der Mann Polizist ist, wird ihre Nervosität noch größer. Wie schnell ist er wohl auf den Beinen, wenn es sein muss? Vermutlich hat er ein Spezialtraining absolviert und kann blitzschnell reagieren, auch wenn er nicht besonders sportlich aussieht.

Hillevi hält kurz inne, dann holt sie tief Luft, öffnet vorsichtig die Tür und schlüpft hinaus. Am liebsten würde sie rennen so schnell sie kann, zwingt sich jedoch, normal zu gehen. Schon überlegt sie, was sie sagen könnte, falls der Mann ihr folgt. Es sind nur wenige Meter bis zum nächsten Zimmer, doch sie wagt nicht aufzuatmen, solange sie nicht dort ist.

KAPITEL
51

Als Emma eben sagen will, wie sehr sie sich freut, dass Nyhlén sie besucht, hört sie ein Geräusch. Ihr ist, als hätte sie die Tür schlagen gehört.

»Hallo?«, ruft sie prüfend, als niemand hereinkommt. »Ist da jemand?«

»Mit wem sprichst du?«, fragt Nylén verwundert.

»Ich habe etwas an der Tür gehört, kannst du bitte mal nachsehen?«, fragt sie und überlegt gleichzeitig, wer auf die idiotische Idee kommen mochte, das Bett so zu stellen, dass der Patient die Tür nicht sehen kann. So kann sie gar nicht überblicken, wer kommt und geht. Das ist unangenehm.

»Hier ist niemand«, sagt Nyhlén.

»Seltsam, ich bin mir sicher, dass jemand an der Tür gewesen ist.«

Emma fragt sich allmählich wirklich, ob sie ein wenig wunderlich wird und Dinge hört, die es gar nicht gibt.

»Soll ich noch ein bisschen bleiben?«, fragt Nyhlén.

Emma weiß, dass sie aus verschiedenen Gründen nein sagen sollte. Zum einen haben sie einander schon jetzt viel zu viel gesagt, zum anderen ist Nyhlén ihr Kollege, nichts weiter, doch das Unbehagen will einfach nicht weichen.

»Ja, wenn es dir nichts ausmacht. Ich fühle mich irgendwie nicht ganz sicher.«

»Du brauchst keine Angst zu haben«, tröstet er sie. »Niemand will dir hier etwas Böses. Im Gegenteil, sie sind da, um sich um dich zu kümmern.«

Emma senkt die Stimme ein wenig: »Ich kenne das Personal hier noch nicht.«

»Ich finde, sie machen einen netten Eindruck«, sagt er. »Aber ich bleibe, solange du willst.«

Nach der Unterbrechung ist es schwierig, wieder in dieselbe Stimmung zurückzufinden. Beide versinken in ihren eigenen Gedanken, und Emma schämt sich, dass sie so über Kristoffer geredet hat. Warum konnte sie das nicht für sich behalten? Es ist so leicht, hier zu liegen und ihre Beziehung zu analysieren, Seiten an Kristoffer zu finden, die nachteilig für ihn sind. Sich eine Meinung zu bilden, die dann zu ihrer Wahrheit wird. Sie hat keine Ahnung, wie schwer es für ihn gewesen ist, als sie fort war. Jetzt hat sie auch noch Nyhlén mit hineingezogen. Und was für ein Bekenntnis auch von seiner Seite! Es verblüfft sie, dass er so offen darüber spricht, wie es ist, geschieden zu sein. Josefin empfindet es sicherlich ähnlich. Dieselbe Angst, allein zu bleiben und keine Chance mehr zu bekommen, das Leben mit jemandem zu teilen. Zugleich steht ihnen die ganze Welt offen. Sie haben alle Möglichkeiten.

Sie selbst dagegen hat keine große Wahl. Wenn Kristoffer sie jetzt verlassen würde, sähe es für sie ziemlich düster aus, pechschwarz, um genau zu sein. Schließlich kann sie schlecht mit Tropf und Rollator auf den Flur gehen und mit irgendwelchen Männern flirten.

»Soll ich den Fernseher anmachen?«, fragt Nyhlén.

»Ja, von mir aus«, sagt sie gleichgültig. Ihretwegen könnte es auch still bleiben im Zimmer. Sie hat sich an das Surren der Lampe gewöhnt, an das Ticken der Apparate, die Schritte auf dem Flur, die Stimmen des Personals, Alarmsignale, mächtige Türen, die aufgehen und sich wieder schließen. Während hier drinnen stundenlang nichts passiert, geht draußen das Leben einfach weiter. Am besten wäre es, die Langeweile schlichtweg zu verschlafen, doch der Schlaf will sich nicht einstellen. Natürlich könnte sie um ein Mittel bitten, doch sie zögert es lieber hinaus. Ohnehin wird sie mit Medikamenten vollgepumpt, und sie hat keine Ahnung, was ein zusätzliches Mittel für Konsequenzen hätte.

DIENSTAG
28. April

KAPITEL
52

Eine Hand rüttelt ihn an der Schulter, und Nyhlén erwacht. Sein Nacken schmerzt, und er versucht sich zu orientieren. Es muss mitten in der Nacht sein, denn es ist dunkel im Zimmer. Dann sieht er das Krankenbett.

»Was tun Sie hier?«, fragt der Nachtpfleger empört. »Die Besuchszeit ist längst vorbei.«

Seine brüske Art ärgert Nyhlén. Er hat es nicht verdient, so unfreundlich behandelt zu werden, nur weil er eingeschlafen ist. Kann er Emma seiner Aufsicht überlassen? Zumal sie an ihrer Sicherheit auf dieser Station zu zweifeln scheint.

»Soll ich den Wachdienst rufen?« Er sieht aus, als würde er seine Drohung ernst meinen.

»Nicht nötig«, sagt Nyhlén. »Ich bin schon weg.«

»Wer sind Sie?«, fragt der Mann noch streng.

»Thomas Nyhlén, Emmas Kollege«, antwortet er. Dann steht er auf und verabschiedet sich leise von Emma, obwohl sie schläft. Es fällt ihm schwer, den Blick von ihr zu wenden. Es fühlt sich nicht gut an zu gehen. Doch der Pfleger scheint wirklich drauf und dran, ihn aus dem Zimmer zu zerren, deshalb beeilt er sich, um weiteren Körpereinsatz zu vermeiden. Zu spät, der Mann packt ihn erneut an der Schulter, bevor er ihm ausweichen kann.

Wenn er mich wirklich abführen will, dann soll er es eben tun, denkt Nyhlén. Vielleicht ist das Nachtpersonal einfach robuster als die Leute, die tagsüber hier arbeiten. Und eigentlich ist es ja auch gut, wenn sie Unbefugte von hier fernhalten, damit die Patienten keine Angst zu haben brauchen.

Der Flur ist menschenleer. Die ganze Station scheint zu schlafen. Am Ausgang bleibt Nyhlén stehen, er hat das Bedürfnis, sich zu erklären.

»Ich bin nicht irgendein Irrer, falls Sie das glauben.«

»Ich sorge hier nur dafür, dass die Regeln eingehalten werden«, antwortet der Mann ungerührt und zeigt auf die Tür.

KAPITEL
53

Sobald der Nachtpfleger weg ist, schleicht Hillevi sich in das Zimmer zurück. Das Herz schlägt ihr bis zum Hals, als sie Emma mit geschlossenen Augen daliegen sieht. Völlig hilflos, einsam und unwissend um ihren nächtlichen Gast, eingelullt in die Gewissheit, das Krankenhaus wäre ein sicherer Ort.

Vielleicht träumt sie von ihrem dicklichen Polizeikollegen.

Der Impuls, ein Kissen zu nehmen und es Emma ins Gesicht zu drücken, damit sie ein für allemal aufhört zu atmen, ist so groß, dass sie ihm nur schwer widerstehen kann. Dass sie so unschuldig aussehen kann, obwohl sie mit dem falschen Mann vertraulich geredet und zudem Kristoffer vor ihm schlechtgemacht hat! Doch Emmas größtes Verbrechen ist noch weit schlimmer. Dass sie ihr Kristoffer gestohlen hat, ist wirklich unverzeihlich. Vor allem in Anbetracht der damaligen Umstände: Emma nutzte die Gelegenheit, als sie selbst zu schwach war, um sich zu verteidigen. Weil sie so tief in ihre Trauer um Felicia versunken war, dass man sie in die geschlossene Psychiatrie eingewiesen hatte.

Jetzt jedoch sind die Rollen vertauscht, jetzt ist Emma diejenige, die auf Pflege angewiesen ist.

Dein Schicksal liegt in meiner Hand, denkt Hillevi. Mit Abscheu und dennoch fasziniert betrachtet sie Emmas Gesicht. Obwohl sie so zerbrechlich ist, ist sie schön, auch wenn es ihr wehtut, das zuzugeben. Hillevi missgönnt ihr die ebenmäßigen Züge, die Nase, die weder zu groß noch zu klein ist, die perfekten Augenbrauen, dazu die langen, dichten Wimpern, die geschwungenen Lippen und die glatte Haut. Sie ist eine Naturschönheit. Kein Wunder, dass

Kristoffer sich in sie verliebt hat. Wahrscheinlich war er Brünette leid und hat sich von Emmas blondem Haar verzaubern lassen. Hillevi kann sich lebhaft vorstellen, wie Emma ihm den Hof gemacht hat, so dass er sich auserwählt fühlte, obwohl er doch längst gebunden war. Dieser Gedanke überzeugt Hillevi mehr als alles andere, dass alles Emmas Schuld ist.

Es wäre fatal, wenn Emma ausgerechnet in diesem Moment aufwachen würde und eine Putzfrau an ihrem Bett stehen sähe. Doch Emma verzieht keine Miene, sie scheint tief und fest zu schlafen. Jetzt heißt es nur noch, sich diskret aus dem Zimmer zu schleichen, ohne Aufmerksamkeit zu erregen. Solange draußen auf dem Flur keine Schritte zu hören sind, hat sie allerdings noch keine große Eile. Solange gibt es nur sie beide. Sie sieht sich gründlich um, ob sie auch keinen Putzlappen vergessen hat, dann schlüpft sie zur Tür hinaus.

Zweieinhalb Minuten später steht sie vor dem Haupteingang und stellt fest, dass sie noch immer ihre Arbeitsuniform trägt. Wie konnte sie so vergesslich sein! Doch jetzt noch einmal umzukehren und sich umzuziehen, dazu hat sie nicht die Kraft. Sie zieht das Handy heraus und betrachtet noch einmal die Fotos. Mit etwas gutem Willen kann man erkennen, dass der Polizist Emmas Hand hält. Kollegen – na klar! Hillevi schnaubt. Das kann man nicht ohne weiteres weglügen. Jetzt braucht sie nur noch ein paar Stunden Schlaf, dann wird sie Kristoffer die Bilder zeigen. Sie kann es jetzt schon kaum erwarten.

KAPITEL
54

Die Nacht ist besser gewesen als erwartet, auch wenn Ines ein paarmal aufgewacht ist und Josefin ab und zu einen kleinen Fuß im Gesicht hatte. Sie ist froh, dass sie sich doch ein breites Bett gekauft hat. Und sei es nur, damit die Kinder nachts bei ihr unterkriechen können, wenn sie sich im Dunkeln fürchten oder Nähe brauchen. Ein Einzelbett zu kaufen war ihr doch zu deprimierend vorgekommen. Ein großzügig bemessener Schlafplatz ließ dagegen wenigstens ein bisschen Hoffnung, dass die Zukunft etwas Neues bringen würde. Sie bleibt noch ein wenig liegen und kuschelt mit Ines. Denkt an früher und wie es war, ein eigenes Baby zu haben. Dass sie die schlaflosen Nächte und vollgepinkelten Windeln vermissen würde, kann sie allerdings auch nicht behaupten. Viele sagen ja, die erste Zeit vergehe viel zu schnell, plötzlich stünden die Kinder mit einem Schulranzen auf dem Rücken im Flur. So hat sie selbst es dagegen nie empfunden, eher findet sie es mit jedem Tag, der vergeht, schöner, Mutter zu sein.

»Komm zu deiner Tante«, sagt sie und hebt den kleinen Mini-Kristoffer hoch. Nichts an ihr erinnert an Emma. Eher sieht Ines ihr selbst ein wenig ähnlich.

Heute hat Josefin alles andere abgesagt, um sich ausschließlich auf Ines und Emma konzentrieren zu können. Sogar ihren Termin beim Therapeuten hat sie gestrichen, was sie wirklich nur im Notfall tut. Nach dem Frühstück will sie gleich ins Krankenhaus, und dort wird sie dann warten, bis Kristoffer kommt und sie ablöst. Es fühlt sich befreiend an, ihre eigenen Probleme einmal hintanzustellen und sich stattdessen auf Emma zu konzentrieren.

Die Fahrt zum Krankenhaus erweist sich als äußerst zäh, sie brauchen über eine halbe Stunde allein bis zum T-Centralen. Vielleicht war es doch keine so gute Idee, mit öffentlichen Verkehrsmitteln nach Dandery zu fahren, doch als sie erst mal in der Roten Linie sitzen, ist es doch ganz nett. Ines will partout nicht im Kinderwagen sitzen bleiben, also balanciert Josefin sie auf ihrem Schoß und lässt sie hinausschauen. Ines ist anscheinend so fasziniert, dass sie beim Aussteigen enttäuscht anfängt zu weinen. Josefin muss sie unter Protest in den Wagen setzen und atmet erleichtert auf, als sie alle Sperren, Türen und Treppen hinter sich haben und endlich auf Station 73 angelangt sind.

Im Flur wimmelt es nur so von Leuten, und sie hört Panik in der Stimme einer Krankenschwester. Es muss etwas Ernstes passiert sein, und man scheint es gerade erst bemerkt zu haben. Als Josefin feststellt, dass die größte Aufregung unmittelbar an Emmas Zimmertür herrscht, wird ihr eiskalt. Ines kämpft, um loszukommen, doch sie hält sie gut fest. Sie geht in das Krankenzimmer und sieht Emma leblos im Bett liegen. Der Unterkiefer hängt herab, und sie ist totenblass.

Tot. Emma ist tot.

Josefin fängt an zu hyperventilieren, und es ist geradezu ein Wunder, dass sie Ines nicht fallen lässt. Eine Krankenschwester entdeckt sie und führt sie auf den Flur hinaus. Die Frau sagt irgendetwas, was sie nicht versteht, und mit zitternder Hand stützt Josefin sich an der Wand ab, lässt sich langsam daran heruntersinken. Plötzlich erinnert sie sich, dass sie ein Baby auf dem Arm hat. Sie hält das kleine Mädchen gut fest und flüstert immer wieder, dass alles gut wird, alles gut werden muss.

Dann ruft sie ihren Vater an.

KAPITEL
55

Evert kann nicht deuten, was Josefin ihm zu sagen versucht, doch es bedarf auch keiner vollständigen Sätze, um den Ernst der Lage zu erkennen. Vergeblich sucht er den Lautsprecherknopf am Telefon, um ihn auszuschalten und zu verhindern, dass Marianne die aufgeregte Stimme am anderen Ende hört.

»Josefin, eins nach dem anderen«, bittet er. »Atme erst mal tief durch.«

»Emma ... o Gott, sie ist tot!«, ruft Josefin unter heftigem Schluchzen.

Evert erstarrt.

»Was sagst du da?«

»Sie lag einfach da«, flüstert Josefin. »Totenblass.«

Im Hintergrund jammert Ines, und Evert kann Bruchstücke des Durcheinanders hören, das im Krankenhaus ausgebrochen ist. Er selbst sitzt noch im Schlafanzug auf dem Bett, seine verängstigte Frau neben sich. Marianne gestikuliert und versucht, sich einzumischen, während er wiederum herausfinden muss, was Josefin genau sagen will. Er kann es einfach nicht glauben, er muss noch mehr dazu wissen.

»Josefin, was sagen denn die Ärzte?«

»Sie sind gerade bei ihr, mehrere von ihnen. Ich sitze mit Ines auf dem Flur. O Gott, was soll ich nur machen?«

»Dann haben die Ärzte dir also noch nichts gesagt?«

»Ich war selbst drinnen und hab sie gesehen, sie lag ganz still da! Was ist daran so schwer zu verstehen!« Ihre Stimme steigt ins Falsett.

Evert begreift, dass Josefin unter Schock steht. Zugleich spürt er, wie ein Fünkchen Hoffnung sich in ihm breitmacht. Solange die Ärzte nicht sagen, dass sie tot ist, besteht noch eine winzige Chance, dass sie Emma retten können. Er gibt Marianne ein Zeichen, dass sie sich anziehen soll.

»Wir sind auf dem Weg ins Krankenhaus«, sagt er zu Josefin und knöpft mit einer Hand seinen Pyjama auf. »Ruf an, sobald du mehr weißt.«

»Papa, ich weiß nicht, ob ich das schaffe, ich glaube, ich werde ohnmächtig!«

»Du schaffst mehr, als du denkst«, sagt er mit fester Stimme. »Wir sind gleich bei dir.«

Er legt auf und begegnet Mariannes Blick.

»Sag mir, was Josefin erzählt hat. Und keine Beschönigungen!«

»Emmas Zustand ist kritisch. Die Ärzte sind bei ihr drinnen, und Josefin wartet draußen mit Ines. Wir sollten uns beeilen, zu ihr zu kommen, sie klang ziemlich aufgewühlt.«

Er sieht, wie Mariannes Hände zittern, als sie versucht, sich anzuziehen, und merkt gleichzeitig, wie ihm der Sauerstoff aus dem Gehirn weicht. Eigentlich weiß er, dass es bei Emmas Zustand gleichgültig ist, wie schnell sie bei ihr sind. Sie können ohnehin nichts tun. Ihr Schicksal liegt in den Händen der Ärzte.

»Können wir los?«, fragt Marianne, als sie angezogen ist, dabei ist klar, dass er noch nicht so weit ist. Schließlich kann er nicht in Boxershorts zur Klinik fahren.

Mechanisch streckt er sich nach den beigefarbenen Chinos, die er am Tag zuvor getragen hat.

»Sofort.«

»Es ist okay, Gefühle zu zeigen«, sagt sie. »Ich sehe doch, dass du dir Sorgen machst.«

Evert erwacht aus seinem Schockzustand und sieht die Angst in den Augen seiner Frau. Er umarmt sie fest, die Muskeln tun ihm weh vor Anspannung, und sein Herz kämpft, um standzuhalten.

»Wenn ich ehrlich sein soll, klang es ziemlich dramatisch«, sagt er. »Vielleicht ist es besser, wenn wir uns diesmal auf das Schlimmste gefasst machen.«

KAPITEL
56

Hillevi muss ihren Putzwagen zur Seite reißen, um nicht von Ärzten und Krankenschwestern auf dem Weg in Emmas Zimmer umgerannt zu werden. Kein Zweifel, die Lage scheint kritisch zu sein. Selbst aus der Entfernung ist die Körpersprache der Ärzte nicht schwer zu deuten. Und draußen vor dem Zimmer sitzt eine Frau mit gehetztem Blick und hält Ines im Arm. Eine Frau, die kurz zuvor in ihr Handy gebrüllt hat, Emma sei tot. Hillevi hat Schmetterlinge im Bauch und kann kaum atmen. Hat sie richtig gehört? So etwas wird man ja wohl kaum sagen, wenn es keinen Grund dazu gibt.

Emma ist tot.

Sie überlegt, in welchem Verhältnis die Frau am Boden wohl zu Emma steht und ob sie sich Sorgen machen muss. Hillevi hat sie schon einmal gesehen, und jetzt scheint sie sich um Ines zu kümmern. So leicht ist es also, einen Ersatz für mich zu finden, denkt Hillevi und schluckt. Wobei diese Frau kaum eine Bedrohung für sie darstellen dürfte, so ramponiert, wie sie aussieht. Sie muss deutlich älter sein als Kristoffer. Jedenfalls hat sie Falten im Gesicht und Tränensäcke unter den Augen.

Hillevi sieht sich nach Kristoffer um. Zum Glück kann sie ihn nirgends zwischen den aufgeregten Menschen entdecken. Da er die meisten um einen ganzen Kopf überragt, wäre er ihr sonst längst aufgefallen. Allerdings wird es wohl nicht mehr lange dauern, bis er hier auftaucht, und er ist der Einzige, der weiß, wer sie ist. Niemand hat bisher Notiz von ihr genommen, nicht einmal jetzt, da sie nur dasteht und schaut. Als würde sie gar nicht existieren, was ihr heute zumindest gut zupasskommt.

Eine Welle freudigen Schreckens durchströmt Hillevi. Das hier will sie auf keinen Fall verpassen. Dennoch ist es wohl besser, sie verschwindet, bevor Ines sie entdeckt.

Nach kurzem Zögern geht sie zu den Aufzügen hinüber und drückt den Knopf. Die Wahrscheinlichkeit, dass Kristoffer gerade in diesem Moment ausgerechnet diesen Aufzug benutzt, ist eher gering. Und wenn es doch so sein sollte, dann ist es eben Schicksal, denkt sie. Dennoch versucht sie sich hinter dem Putzwagen zu verstecken und tut, als müsse sie etwas vom Boden aufheben. Die Türen öffnen sich, und zu ihrer Erleichterung ist der Aufzug leer.

KAPITEL
57

Ob Emma sich tagsüber wohl so fühlt wie er jetzt? Sein Kopf dröhnt, und die Augen sind geschwollen. Jetzt, da er endlich einmal die Gelegenheit hatte, mehrere Stunden am Stück zu schlafen, reagiert Kristoffers Körper mit noch größerer Erschöpfung. Das ist doch unlogisch! Aber wahrscheinlich hat er so viel Schlaf nachzuholen, dass eine ungestörte Nacht es für den Augenblick eher noch schlimmer macht. Er streckt die Hand nach seinem Handy aus. Es ist später, als er gedacht hat, halb zehn, und wie er sieht, hat er bereits mehrere Anrufe verpasst, sowie eine SMS von Josefin. Das schlechte Gewissen meldet sich sofort, weil er so tief geschlafen hat, dass er es nicht gehört hat. Bleibt nur zu hoffen, dass Ines nicht die ganze Nacht geweint hat. Er ruft sofort zurück und versucht einen Sinn aus ihrem Gestammel zu ziehen. Ihre Stimme bricht immer wieder, und das nicht aufgrund einer schlechten Verbindung.

»Es ist etwas passiert. Du musst herkommen«, versteht er endlich.

Kristoffer sieht vor sich, wie Josefin sich im Schlaf versehentlich auf Ines legt, so dass sie keine Luft mehr bekommt. Sie ist erstickt, was Josefin erst beim Aufwachen bemerkt hat. Nein. Ines darf nichts passiert sein, das würde er sich nie verzeihen! Kurz erscheint das Bild von Felicia am Unfallort vor seinem inneren Auge, und ihm bleibt die Luft weg.

»Sag mir, was los ist, Josefin«, bittet er und versucht, seine Angst zu unterdrücken. »Seid ihr bei dir zu Hause?«

Die Antwort ist ein Schluchzen.

»Hallo, Josefin?«
»Ihr Kiefer hing ganz schlaff herunter«, stammelt sie.
Er wird dieses Bild einfach nicht los: Ines im Bett, ganz still und reglos. Tot.
»Bitte, sag, dass es nicht wahr ist«, sagt er gepresst und hört im selben Moment einen grellen Kinderschrei. Eine Stimme, die er sofort erkennt.
»Sie bringen sie weg, du musst sofort herkommen!«
Kristoffer ist schon auf dem Weg, er hat sich während des Gesprächs halb angezogen. Noch einmal hört er ein Kind im Hintergrund und versucht, die Zusammenhänge zu begreifen.
»Sag, wo du bist, dann bin ich sofort bei euch.«
»Ich bin noch auf der Station.«
Kristoffer hält inne, das Bein schon halb in der Jeans.
»Bist du im Krankenhaus?«
»Ja«, sagt sie. »Ich weiß nicht, was ich machen soll!«
»Josefin, jetzt rede endlich Klartext!«
Diese häppchenweise Information macht ihn wahnsinnig.
»Ich weiß nicht, was los ist«, schreit Josefin hysterisch. »Sie versuchen, Emmas Leben zu retten, das ist das Einzige, was ich sicher sagen kann. Wann kommst du?«
»In zehn, fünfzehn Minuten bin ich da«, sagt er und legt auf. Er zittert am ganzen Körper.
Kristoffer versucht logisch zu denken. Ines ist also unversehrt. Und während er noch darüber aufatmet, kehrt die Angst zurück, Emma doch noch zu verlieren. Wieder allein zu sein.

KAPITEL
58

Die angekündigte Viertelstunde fühlt sich eher an wie drei, dann endlich taucht Kristoffers verstörtes Gesicht in dem kahlen Wartezimmer auf. Er nimmt Ines auf den Arm, küsst sie zärtlich auf die Wange und streicht ihr über das Haar. Dann hilft er Josefin auf, und sie umarmt ihn, zitternd und in Tränen aufgelöst. Die Beine versagen ihr den Dienst, und sie muss sich wieder setzen, sie hat keine Kraft mehr und auch keinen Mut. Am liebsten würde sie sich auf den Boden legen und schreien oder irgendein Beruhigungsmittel nehmen. Was auch immer ihr helfen kann, alles zu vergessen, und sei es für einen kurzen Moment.

»Meine Eltern müssten auch jeden Moment hier sein«, sagt sie. »Ich habe ihnen gerade eine SMS geschickt, dass die Lage unverändert ist.«

»Du hast also noch mit keinem Arzt gesprochen?«

»Nein«, sagt sie und schluckt. »Als ich ins Zimmer kam, haben sie gerade versucht, sie wiederzubeleben. Es sah wirklich nicht aus, als ob ...«

Kristoffer unterbricht sie.

»Wir sollten nicht immer gleich das Schlimmste annehmen.«

»Es ist so seltsam, sie war doch auf dem Weg der Besserung!«

Er legt Ines in den Wagen und greift nach Josefins Händen.

»Wir müssen weiter hoffen, bis jemand uns etwas anderes sagt.«

»Ich weiß nicht, ob ich mich noch zu hoffen traue.«

»Bitte«, sagt er, und sein flehender Blick lässt sie verstummen. Sie bereut, was sie gesagt hat.

»Entschuldige.«

Er hat ja recht. Emma muss es schaffen, es darf nicht anders sein. Kristoffers Gesicht ist ganz starr. Wie viel kann er wohl noch ertragen? Das letzte halbe Jahr muss die Hölle für ihn gewesen sein. Er tut ihr so leid, und richtig schlimm wird es, als sie Ines im Wagen anschaut. Armes Kind, soll sie ohne Mutter aufwachsen? Josefin versucht, sich zusammenzureißen und den Teufel nicht an die Wand zu malen.

»Ich hätte sie in den letzten Tagen nicht so viel alleinlassen sollen«, sagt sie laut.

»Mach dir jetzt keine Vorwürfe, es wird gut gehen.«

»Aber ich kann nicht mehr, ich glaube, ich muss schreien!«

»Es wird gut gehen«, wiederholt er beinahe manisch.

Josefin steht auf und läuft hin und her. Wann kommen ihre Eltern endlich? Jemand muss sie sofort beruhigen, sonst geht sie kaputt!

Sie zwingt sich, positiv zu denken. Die Ärzte tun schließlich ihr Bestes, um Emma zu retten, und es gibt keinen Hinweis darauf, dass sie es nicht schaffen. Je länger sie nichts sagen, desto größer die Wahrscheinlichkeit, dass Emma zumindest noch am Leben ist. Sonst hätten sie doch längst etwas gesagt. Eine Todesbotschaft zögert man doch nicht hinaus.

Vielleicht warten sie aber auch nur auf die Eltern.

KAPITEL
59

Marianne und Evert trennen sich nach einer kurzen Umarmung am Krankenhauseingang. Nachdem Josefin ihnen mitgeteilt hat, dass Emmas Zustand unverändert und zurzeit kein Arzt zu sprechen sei, hat Evert beschlossen, als Erstes auf die Station 73 zu gehen. Vielleicht kann das Personal dort ihm genauer erklären, was eigentlich passiert ist. Josefins bruchstückhafte Informationen nutzen ihm überhaupt nichts, er braucht Fakten. Zügig geht er dorthin und erklärt einer Schwester sein Anliegen.

»Es tut mir leid, was passiert ist«, sagt sie.

Dann bittet sie ihn, auf dem Flur zu warten. Wenige Minuten später kommt ihm ein sonnengebräunter Arzt entgegen, den er zu seiner Überraschung gut kennt.

»Mats! Hier arbeitest du also?«, fragt Evert erstaunt. Es ist sein Nachbar vom Sommerhäuschen in Roslagen. Jetzt fällt ihm auch wieder ein, dass Mats erwähnt hat, dass er im Danderyder Krankenhaus arbeitet, doch dass er ausgerechnet auf dieser Station ist, hatte er vergessen.

Mats schüttelt ihm die Hand.

»Ich bin gerade aus dem Urlaub gekommen, da habe ich gehört, dass deine Tochter hier liegt. Komm mit in mein Sprechzimmer, dann reden wir dort.«

»Warst du heute Morgen hier?«, fragt Evert, nachdem sie sich hingesetzt haben.

Mats nickt.

»Ich war als erster Arzt bei ihr. Vermutlich hatte sie eine Hirnblutung.«

Evert ist fassungslos.

»Wie kann so etwas ohne Vorwarnung passieren? Wird sie nicht rund um die Uhr überwacht?«

»Eine Hirnblutung ist schwer vorauszusehen«, sagt Mats ausweichend. »Obwohl wir sie überwachen, kann es zu solchen Zwischenfällen kommen.«

»Wie lange kann sie dagelegen haben, bevor jemand etwas gemerkt hat?«

»Wir sind noch dabei, das zu untersuchen, aber wir glauben nicht, dass es besonders lange war, höchstens ein paar Minuten. Heute früh ist sie zum ersten Mal aufgestanden, und die Morgenvisite hat nichts notiert, was darauf hinweisen würde, dass irgendetwas nicht in Ordnung war.«

»Aber dann ist irgendetwas passiert«, sagt Evert. »Kann es damit zusammenhängen?«

Mats weicht seinem Blick aus.

»Wie gesagt, wir müssen das untersuchen, bevor ich mich dazu äußern kann. Das Positive ist, dass sie sehr schnell im OP gelandet ist.«

Für Everts Geschmack liegen viel zu viele Unklarheiten in der Luft. Mats in allen Ehren, aber bisher hat er nur die Buchsbaumhecke mit ihm geteilt, er hat keine Ahnung, wie fähig er als Arzt ist.

»Es gibt da etwas, worüber du nicht richtig reden willst, oder?«

»Es ist tatsächlich etwas Ungewöhnliches vorgefallen«, bestätigt Mats schließlich. »Ich habe eben erfahren, dass der Nachtpfleger gestern einen Mann hinauswerfen musste. Eine Person, die lange nach Ende der Besuchszeit in Emmas Zimmer war. So etwas darf natürlich nicht vorkommen, und es tut mir wirklich leid.«

»Wie konnte das passieren?«, fragt Evert. So eine offensichtliche Sicherheitslücke kommt ihm bemerkenswert vor.

»Es ist mir wirklich unbegreiflich«, sagt Mats und schüttelt bedauernd den Kopf. »Da muss etwas richtig schiefgegangen sein. Das Personal ist angehalten, regelmäßig nach den Patienten zu schauen, und da ich erst heute Morgen zum Frühdienst kam, ist mir noch nicht ganz klar, was genau passiert ist. Wie gesagt, es tut mir aufrichtig leid.«

Evert ist nahe daran zu explodieren.

»Ich werde dafür sorgen, dass das aufgeklärt wird, darauf kannst du dich verlassen!«

»Es wird als Lex-Maria-Fall gemeldet«, erwidert Mats. »Wir müssen über alle eventuellen Zwischenfälle hier genauestens Bericht erstatten.«

Bürokratie. Zwischenfälle. Mats' Förmlichkeit bringt Evert nur noch mehr gegen ihn auf. Die Pfleger können angezeigt werden, so oft sie wollen, so etwas geschieht allerdings doch immer erst, wenn ein Patient aufgrund von Fehlbehandlungen ernsthaft zu Schaden gekommen ist. Im schlimmsten Fall kann der Betroffene aufgrund des menschlichen Faktors sogar verstorben sein: mangelnde Fürsorge oder Inkompetenz. Und dann ist es zu spät, keine Anzeige der Welt kann mehr etwas daran ändern. Gewisse Fehler dürfen einfach nicht passieren, schließlich geht es um Leben und Tod! Wehrlosen Patienten muss rund um die Uhr Sicherheit und Geborgenheit garantiert werden, sie müssen ein Recht darauf haben. Da darf es einfach keine unfähigen Pfleger geben, die sich irgendwie durch ihre Schicht mogeln.

»Wer war denn dieser Besucher?«, fragt Evert.

»Darauf kann ich nicht eingehen«, sagt Mats bestimmt.

»Du weißt also seinen Namen?«

Ein kurzes Zögern genügt, und er weiß Bescheid.

»Pass auf, es ist meine Tochter, die hier betroffen ist, nicht deine«, sagt er deshalb. »Es ist meine Emma, die hier mit dem Tod ringt und die diesen Vorfall vielleicht nicht überleben wird. Als Vater und Polizist habe ich das Recht zu wissen, wer dafür möglicherweise verantwortlich ist.«

Mats überlegt. Dann liest er von einem gelben Post-it-Zettel auf seinem Schreibtisch ab:

»Thomas Nyhlén.«

Evert seufzt ärgerlich und steht auf. Als er hinausgehen will, bittet Mats ihn, noch einen Moment zu warten, dann reicht er ihm einen Karton und eine Halskette.

»Emmas Sachen.«

KAPITEL
60

Es klopft an der Tür von Nyhléns Büro, und Lars Lindberg steckt seinen Kopf herein. Sein Blick verheißt schlechte Nachrichten.

»Hast du eine Minute Zeit?«

Nyhlén schaltet den Bildschirm aus, damit Lindberg nicht sieht, dass er mit anderen Dingen beschäftigt ist als denen, für die er bezahlt wird.

»Komm rein.«

Dass sein Chef die Tür hinter sich zuzieht, lässt ihn Böses ahnen. Schnell überlegt er, ob er sich etwas zuschulden kommen lassen oder seine Arbeit in letzter Zeit vernachlässigt hat. Nein, deswegen kann Lindberg nicht hier sein. Alles, was er in Emmas Auftrag getan hat, hat er außerhalb der Arbeitszeit erledigt, und er hat dabei auch kein einziges Mal seinen Status als Polizeibeamter missbraucht, obwohl die Versuchung manchmal groß war. Es muss sich also um etwas anderes handeln.

»Es geht um Emma«, sagt Lindberg ohne weitere Umschweife, und Nyhlén ist sofort hellwach. Er sieht Trauer in den Augen seines Chefs, und ihm zieht sich der Magen zusammen.

»Ich habe sehr schlechte Nachrichten.«

»Das ist jetzt nicht wahr, oder? Ich habe sie gestern erst gesehen, und da war sie auf dem Weg der Besserung.« Nyhlén versucht die aufsteigende Panik zu unterdrücken.

»Das Krankenhaus hat soeben mitgeteilt, dass sie gestorben ist.«

Lindgren tupft sich verschämt die Augen, versucht, seine Tränen zu verbergen.

Nyhlén starrt ihn ungläubig an, unfähig, irgendetwas zu sagen. Dann kommt Bewegung in ihn.

»Das kann nicht sein«, stammelt er. »Sie ... sie war so lebendig, das ist erst wenige Stunden her!«

»Es ist wirklich ein großer Verlust«, sagt Lindberg, doch Nyhlén hört ihm kaum zu. Emma kann nicht tot sein!

Lindberg redet und redet, Nyhlén ignoriert ihn jedoch. Er will allein sein, kann seinen Chef aber schlecht hinauswerfen. Er müsste es von sich aus verstehen. Warum lässt er ihn nicht in Ruhe? Kann er nicht einfach die Klappe halten? Die Antwort folgt auf dem Fuße.

»Sie können noch nichts Genaueres zu den Umständen um ihren Tod sagen, aber es gibt da ein paar Fragezeichen, die ich gern sofort mit dir ausräumen würde.«

Selbst in seinen wildesten Fantasien hätte Nyhlén sich nicht ausdenken können, was jetzt folgt.

»Den Ärzten zufolge warst du einer der Letzten, die Emma lebend gesehen haben. Ein Nachtpfleger behauptet sogar, er habe Mühe gehabt, dich spät in der Nacht zum Gehen zu bewegen. Stimmt das?«

Nyhlén fröstelt, obwohl es dreiundzwanzig Grad warm ist und er Schweißflecken unter den Armen hat. Er schüttelt den Kopf, merkt dann aber, dass er eigentlich nicken müsste.

»Nein oder ja, ich war dort, aber was wollen die Ärzte damit sagen?«

»Erst einmal nichts.« Lindberg fasst sich bekümmert an die Stirn. »Aber was hattest du mitten in der Nacht dort zu suchen, wenn ich fragen darf?«

Mehr braucht er nicht zu sagen, Nyhlén kann gut zwischen den Zeilen lesen. Plötzlich überwältigt ihn eine wahnsinnige Wut. Er steht auf und schlägt mit der Faust auf den Tisch, so dass die leere Kaffeetasse herunterfällt und auf dem Boden zerschellt.

»Nein, darfst du nicht«, brüllt er. »Was wirfst du mir eigentlich vor?«

Lindberg zuckt überrascht zusammen, bewahrt jedoch die Fassung.

»Ich finde, das ist eine berechtigte Frage.«

»Finde ich nicht«, sagt Nyhlén, wieder mit einigermaßen normaler Stimme, dann geht er hinaus. Er will kein Wort mehr hören. Soll Lindgren sich doch zum Teufel scheren. Und sein Job ebenfalls.

Das Leben übrigens auch, wenn er genauer darüber nachdenkt.

KAPITEL
61

Die Telefonnummer von Emmas Chef herauszufinden war nicht weiter schwierig. Die größere Herausforderung war eher, das Gespräch glaubhaft durchzuführen, in bedauerndem Tonfall, obwohl sie sich eigentlich viel zu sehr darüber freute, die Erste zu sein, die diese Nachricht aussprach. Ihre wahren Gefühle wären in dieser Situation geschmacklos erschienen, die durfte sie sich auf keinen Fall anmerken lassen! Doch es scheint geklappt zu haben, zumindest klang Lindberg, als würde er ihr glauben. Und warum auch nicht?

Hillevi eilt aus dem Schwesternzimmer, wo sie sich eigentlich gar nicht aufhalten darf. Sie kann sich nicht erinnern, wann sie zuletzt so voller Adrenalin gewesen ist und so erwartungsvoll in die Zukunft geschaut hat. Vielleicht ist es dumm gewesen, die Dinge einfach so vorwegzunehmen, aber sie musste es einfach tun, als sich ihr die Chance bot.

Wie lange es wohl dauern wird, bis sich Kristoffer bei ihr meldet und sie auf Knien anfleht, zu ihm zurückzukehren? Sie wird für ihn da sein, obwohl er sie so schlecht behandelt hat. Inzwischen kann sie sich vorstellen, ihm alles zu verzeihen, solange sie dadurch in Ines' Nähe sein darf. Beziehungen sind immer irgendwelchen Prüfungen ausgesetzt, warum sollte das bei ihr und Kristoffer anders sein? Krisen sind dazu da, sie zu überwinden, und manchmal braucht es besondere Herausforderungen, damit die Voraussetzungen sich ändern. Im besten Falle stärken sie sogar die Beziehung.

Falls Emmas Tod untersucht werden würde, gibt es jetzt einen passenden Verdächtigen, der eine enge Verbindung zu Emma hatte. Mehrere Personen können bezeugen, dass ihr Kollege mehrmals im Krankenhaus herumgeschlichen ist, vor allem vergangene Nacht. Und jetzt weiß es auch sein Chef.

Hillevi klopft auf das Handy in ihrer Tasche und denkt an die Beweisfotos, die sie geschossen hat. Die werden Kristoffer überzeugen, dass es sich nicht lohnt, um seine Freundin zu trauern.

Heute vergisst sie nicht, sich umzuziehen, bevor sie nach Hause geht. Es ist eine Befreiung, die Uniform auszuziehen und den klappernden Putzwagen abzustellen. Wenn alles gut geht, braucht sie ihren Fuß nie mehr hierherzusetzen, nie wieder für andere Leute zu putzen. In Anbetracht dessen, wie sehr sie sich vor Schmutz ekelt, sind das rosige Aussichten. Vielleicht kann sie stattdessen endlich ihre Schauspielpläne verwirklichen. Sie kann die Umzugskartons schon vor sich sehen und wie Kristoffer ihr hilft, sie in sein Auto zu laden, um sie dann in seine Wohnung zu bringen. Es fällt ihr nicht schwer, sich das Leben auszumalen, das sie dann wieder führen kann und von dem sie immer geträumt hat. Das sie gehabt hätte, wenn Felicia hätte leben dürfen. Wenn ihr Haus hätte stehen bleiben können. Wenn sie nicht für einen winzigen Augenblick ihr Kind aus den Augen gelassen hätte.

Sie kann die Zeit nicht zurückdrehen, aber sie kann nach vorne blicken.

Sie muss sich anstrengen, gemäßigten Schrittes das Gebäude zu verlassen, statt vor Freude zu hüpfen. Draußen angekommen, dreht sie sich um und starrt den Eingang an.

»Ich hoffe, wir sehen uns nie wieder«, flüstert sie theatralisch. Dann geht sie zu den Rolltreppen, die zur U-Bahn-Station führen. Sie wird jetzt nach Hause fahren und auf Kristoffers Anruf warten.

KAPITEL
62

Erst hat Nyhlén überlegt, gleich zum Krankenhaus zu fahren, um Abschied von Emma zu nehmen. Doch zunächst muss die Familie in Ruhe trauern dürfen, ohne dass ihre Privatsphäre gestört wird. Er stellt sich einen Abschiedsraum mit brennenden Kerzen neben dem leblosen Körper vor. Nyhlén schließt die Augen, um dieses Bild zu verdrängen. Dann versucht er, Josefin anzurufen, doch natürlich antwortet sie nicht. Sie muss ebenso am Boden zerstört sein wie er selbst. Bald ist er am Schloss Karlberg angekommen. Das prachtvolle weiße Gebäude blendet ihn. Er hat keine Ahnung, wie er hierhergekommen ist. Er muss den ganzen Weg von der Arbeit bis hierher zu Fuß zurückgelegt haben, ohne sich dessen überhaupt bewusst zu sein. Die letzte halbe Stunde liegt wie in einem Nebel, er weiß nur noch, dass er aus dem Präsidium gerannt ist. Er musste einfach weg von dort.

Die Sonne scheint hoffnungsfroh, was ihn selbst noch düsterer stimmt. Sosehr er es auch versucht, kann er sich nicht vorstellen, dass Emma jetzt irgendwo da oben ist. Er kann nicht begreifen, dass sie tot sein soll, nachdem sie gestern noch so lebendig war. Er hätte ihr noch so viel mehr sagen wollen, doch jetzt ist es zu spät.

Nyhlén bleibt am Kanal stehen und setzt sich ins Gras. Sofort beginnt sich alles zu drehen. Er legt sich auf den Rücken und merkt, wie die Feuchtigkeit durch seine Kleidung dringt. Dann geht er in Gedanken noch einmal ihr Gespräch vom Vortag durch, erinnert sich an jedes einzelne Wort und versucht, die Stimmung wieder heraufzubeschwören. Er wird nie vergessen, wie nackt er sich gefühlt hat.

Nach einer Weile steht er auf und geht heimwärts durch die Stadt. Er schließt die Tür zu seiner Wohnung in der Torkel Knutssonsgatan in Söder auf. Steigt über einen Haufen Rechnungen und Reklame, legt sich auf das schwarze Ledersofa und versucht, den etwas abgestandenen Geruch zu ignorieren, der sich in seiner Zweizimmerwohnung ausgebreitet hat. Er weiß nicht, was er tun soll. Wahrscheinlich wird der Fernseher seine Gesellschaft, sein Trost und sein Halt im Leben werden.

Dann überkommt ihn die Rastlosigkeit, und er zieht sein Handy heraus, um das Foto zu suchen, das Emma ihm im November vom Stall aus geschickt hat. Er weiß, dass er es in seinem Bildarchiv gespeichert hat, und scrollt die Fotos durch, von den Schlittschuhwanderungen im Winter bis zu den Hockeyspielen im Zinken. Ein Selfie seiner Friseurin ist auch dabei, Nyhlén löscht es sofort. Weihnachten bei seinem Vater, eine Nahaufnahme des geschmückten Baumes. Ein Pfefferkuchen, auf dem ein Großneffe den Buchstaben h in seinem Namen vergessen hat. Nyhlén will schon aufgeben und übersieht dabei fast das gesuchte Bild. Lange betrachtet er es und überlegt zugleich, warum er sich das eigentlich antut, jetzt, da er sie ohnehin verloren hat. Emma sieht so unbeschwert aus, wie sie im Sattel sitzt. Im Hintergrund ist ein Stallmädchen mit Schubkarre zu sehen, und auf der abgezäunten Wiese ein weiteres Pferd. Ansonsten ist es vor allem Emmas Lächeln, welches das ganze Bild ausfüllt. Nyhlén würde alles tun, um sie in den Armen halten zu dürfen, und weiß doch genau, dass es dazu niemals kommen wird.

Ein Leben ohne Emma.

Wie soll er je wieder von diesem Sofa aufstehen?

KAPITEL

63

Grelles Licht blitzt hinter ihrer Stirn auf, und sie spürt einen starken Druck auf ihren Schädel, als würde ihr etwas Hartes ins Gehirn gedrückt. Sie kann sich nicht wehren, sosehr sie auch möchte, denn sie kann sich nicht bewegen, ihr Körper reagiert einfach nicht. Nicht einmal die Augen kann sie öffnen, und sie fragt sich, was los ist, ob dies nur ein weiterer ihrer vielen Albträume ist. Der Druck wird immer stärker, sie fühlt sich unwohl, spürt jedoch keinen Schmerz. Ihr Mund ist taub, und irgendetwas sitzt fest auf ihrem Gesicht. Etwas, das ihren Kopf eisern fixiert. Emma wird zwischen Bewusstsein und dem Gefühl völligen Stillstandes hin und her geworfen. Frieden. Sie kämpft darum, in diesen Zustand zurückkehren zu dürfen, um dem Unwohlsein zu entgehen. Das grelle Licht verschwindet wieder, und es braust in ihren Ohren. Von irgendwoher hört sie leise, undeutliche Stimmen. Eine Frau und ein Mann murmeln kaum hörbar vor sich hin. Dann sind sie fort, und das Gesicht einer Frau erscheint vor ihren Augen. Es ist dieselbe Frau, die sie in letzter Zeit immer wieder heimgesucht hat.

Warum taucht sie ständig in ihren Träumen auf?

Die fremde Frau geht eine asphaltierte Straße hinunter, und Emma folgt ihr, um zu sehen, wohin sie will. Nach einer Weile kommt die Gegend ihr bekannt vor, sie kann sie jedoch nicht zuordnen. Es muss irgendwo in Bromma sein. Ähnlich dem Ort, an dem der Unfall passiert ist. Der Judar-Wald. Emma versucht, einen Blick auf das Gesicht der Frau zu erhaschen, doch sie hat etwas auf dem Kopf, eine Kapuze. Ein paar dunkle Strähnen flattern im Wind, das ist alles, was sie erkennen kann. Emma muss schneller gehen, um mithalten zu können. Sie will sie nicht aus den Augen verlieren. Die Frau hält nicht an, in gleichbleibendem Tempo geht sie weiter durch den Wald. Nachdem sie eine sehr befahrene Straße entlanggegangen sind, befinden sie sich in einem großen Park. Dann geht die Frau unter einer Brücke hindurch und hält an einer Ampel an. Emma kann nicht mehr, sie wird bald aufgeben müssen. Vielleicht hat die Frau ja gar kein Ziel, obwohl sie so entschlossen wirkt. Vielleicht spielt sie nur mit ihr und genießt das Gefühl, verfolgt zu werden.

Endlich biegt sie in die Hälsingegatan ab.

Vor Emmas Haus bleibt sie stehen und gibt einfach so den Türcode ein.

Emmas Müdigkeit ist wie weggeblasen, denn sie begreift, dass sie angekommen sind. Sie folgt der Frau ins Haus und die Treppe hinauf. Sind sie Nachbarn? Weiß sie etwas, das sie Emma erzählen will? Die dunkelhaarige Frau bleibt vor Emmas Wohnungstür stehen und holt ein Schlüsselbund hervor. Dann steckt sie den Schlüssel ins Schloss und dreht sich zum ersten Mal auf diesem langen Marsch um.

»Was wollen Sie?«, fragt sie unfreundlich.

Emma bringt kein Wort heraus.

»Hören Sie auf, mich zu verfolgen«, sagt die Frau, schließt auf und verschwindet in Emmas Wohnung.

Emma bleibt draußen stehen und begreift überhaupt nichts mehr. Als die Tür vor ihrer Nase zufällt, sieht sie, dass ein Name auf dem Schild am Briefkasten fehlt.

Es ist ihr eigener.

KAPITEL
64

Die Zeit steht still. Josefin hat keine Ahnung, wie viele Stunden vergangen sind, seit sie Emma in den OP gefahren haben. Danach ist alles verschwommen, doch es muss eine ganze Weile her sein, ihr ist schon ganz schwindlig vor Hunger. Die Ärzte kommen und gehen, aber keiner sagt etwas, und als endlich ein blau gekleideter Mann auf die kleine Gruppe, bestehend aus ihren Eltern, Kristoffer, Ines und ihr selbst, zukommt, hält sie den Atem an. Sie hat das starke Gefühl, dass Emma es diesmal nicht schaffen wird. Nicht noch einmal. Was kann so ein Körper überhaupt aushalten? Ein Körper, der zudem ein knappes halbes Jahr nur still dagelegen hat und gar keine Kräfte mehr hat? Der Arzt, der jetzt vor ihnen steht, macht ein ernstes Gesicht.

Das sagt doch schon alles.

»Sind Sie die Angehörigen von Emma Sköld?«, fragt er und stellt sich namentlich vor, nachdem Evert genickt hat. »Würden Sie mir bitte folgen?«

Jetzt mach es doch nicht so spannend, denkt Josefin vor Angst wie gelähmt. Sag einfach, was los ist. Jetzt. Egal, ob es gut oder schlecht ist.

Doch der Arzt führt sie in ein anderes Zimmer, und alle folgen ihm gehorsam, ohne zu protestieren. Wie sie so gefasst sein können, ist ihr selbst ein Rätsel. Der Arzt wirft ihr einen beruhigenden Blick zu, aber Josefin weiß nicht, wie sie ihn deuten soll. Tut er das, weil Emma lebt oder weil es ohnehin nicht eilt, weil sie es nicht geschafft hat?

»Emmas Zustand ist kritisch, aber stabil«, sagt er schließlich.

»Sie lebt also?«, fragt Josefin. »Ist es das, was Sie sagen wollen?«
»Ja.«
Zwei winzige Buchstaben.
»Ja« muss das schönste Wort der Welt sein. Meine Schwester lebt, denkt Josefin und nimmt nur noch Bruchstücke der Erklärung des Arztes wahr. Das Wichtigste hat er ja bereits gesagt. Emma ist wie eine Katze mit neun Leben, nichts kann sie umbringen. Josefin sieht sich um, betrachtet ihre Familie. Die Gesichtsmuskeln ihrer Mutter entspannen sich allmählich, auch bei ihr scheint die gute Botschaft langsam anzukommen. Ihr sonst so perfekter grauer Pagenkopf ist zerzaust, ihre Bluse knittrig und falsch geknöpft. Josefins Blick wandert zu ihrem Vater, und sie sieht einen Funken Lebensfreude in seine Augen zurückkehren, obwohl er immer noch sehr erschöpft aussieht. Emmas Unfall hat ihn ganz schön mitgenommen.

»Wissen Sie, was diese Hirnblutung verursacht haben könnte?«, fragt Kristoffer gepresst.

Der Arzt runzelt die Stirn.

»Wir haben uns erst mal nur darauf konzentriert, die Blutung zu stoppen, nicht, die Ursache zu suchen. Blut, das ins Hirn dringt, zerstört dort Nervenzellen und -bahnen, deshalb ist es äußerst wichtig, so schnell wie möglich zu operieren.«

»Das glauben wir Ihnen«, sagt Evert. »Aber was denken Sie selbst? Kann die Blutung indirekt noch von dem Unfall herrühren, etwas, das unterschwellig die ganze Zeit da war und aktiviert wurde, als sie heute Morgen zum ersten Mal aufgestanden ist?«

»Sie ist aufgestanden?«, fragt Kristoffer verwundert.

Der Arzt verschränkt die Arme vor der Brust.

»Darüber möchte ich nicht spekulieren, aber es klingt nicht ganz abwegig. Das Positive ist jedenfalls, dass sie es schaffen wird und die Situation jetzt wieder unter Kontrolle ist.«

Kristoffer nickt.

»Müssen wir uns Sorgen machen, dass so etwas noch einmal passieren kann?«

»Die Wahrscheinlichkeit ist sehr gering«, sagt der Arzt. »Aber dass es überhaupt geschehen konnte, war ebenfalls vollkommen unerwartet, deshalb kann ich Ihnen keine Garantien geben.«

»Wann können wir sie sehen?«, fragt Marianne.

»Sobald wir sie geweckt haben«, sagt er. »Wir wollen kein Risiko eingehen und irgendetwas überstürzen, deshalb lassen wir sie noch im künstlichen Koma.«

»Wie lange etwa?«

»Auf jeden Fall noch bis morgen.«

»Woher sollen wir denn wissen, dass die Operation wirklich gelungen ist?«, flüstert Josefin. Sie hat gedacht, Emma wäre schon wieder wach.

»Sie wird wieder zurückkommen«, verspricht der Arzt und riskiert ein zuversichtliches Lächeln.

KAPITEL
65

Es ist stickig hier drinnen. Kristoffer muss dringend weg, sonst klappt er noch zusammen. Während der quälend langen Wartezeit auf den Bescheid hat ihn der Gedanke nicht losgelassen, dass er selbst eine alte Beziehung wieder aufgenommen hat, während Emma wehrlos im Krankenhaus lag. Und dass er eine unzurechnungsfähige Frau auf Ines hat aufpassen lassen.

Er schämt sich so sehr, dass er nicht einmal seine Tochter ansehen kann, ohne dass ihm schlecht wird. Er schluckt. Es ist alles seine Schuld, von Anfang bis Ende. Er kann Emmas Familie nicht länger in die Augen sehen. Wenn sie wüssten, was in seinem Kopf vor sich geht!

Nachdem der Arzt sich bemüht hat, all ihre Fragen so ausführlich wie möglich zu beantworten, steht er auf und sagt, er müsse leider gehen. Kristoffer schüttelt dem Arzt die Hand und umarmt Josefin und seine Schwiegereltern, dann nimmt er den Kinderwagen.

Evert ruft ihn zurück.

»Warte! Schau mal, was ich von den Ärzten auf Station 73 bekommen habe.«

Kristoffer dreht sich um und sieht Hillevis Kette in Everts Hand. Er schluckt und nimmt sie entgegen.

»Danke«, sagt er, dann geht er rasch davon.

Sobald er draußen ist, wird ihm klar, was er tun muss. Emma kann er ohnehin nicht vor morgen sehen, also wird es auch keiner übelnehmen, dass er so eilig aufgebrochen ist.

Er schnallt Ines im Kindersitz fest, setzt sich hinter das Steuer und atmet zum ersten Mal seit dem frühen Morgen tief durch. Er fährt zu Hillevis Wohnung. Er biegt in ihre Straße in Mariehäll ein und parkt achtlos direkt vor der Haustür. Dann nimmt er die Babyschale mit der schlafenden Ines heraus, geht die Treppen hinauf und klopft an ihre Tür, fest und bestimmt, dabei fordert er sie auf, ihm zu öffnen. Er wartet darauf, dass sich etwas in der Wohnung rührt, vergeblich. Er klopft noch fester, diesmal mit der Faust. Und noch einmal.

»Mach auf, Hillevi, ich weiß, dass du da bist!«, ruft er durch den Briefschlitz. »Wir müssen reden.«

Ines zuckt zusammen, weil er so laut ruft, und er schaukelt sie hin und her, damit sie wieder einschläft. Dann klopft er noch ein letztes Mal, schon beinahe resigniert, ohne dass jemand antwortet. Die Kette brennt in seiner Hand. Er spürt Hillevis Anwesenheit hinter der braunen Holztür und stellt sich vor, wie sie dort steht, ohne sich zu trauen, auch nur zu atmen. Voller Angst, dass die geringste Bewegung sie verrät.

KAPITEL
66

Hillevi hört seine Schritte im Treppenhaus verklingen. Verlegen sieht sie sich in ihrem Flur um, alle Wände sind voll von Fotos von Kristoffer und ihr. Sowie seit neuestem auch ein paar Vergrößerungen von Ines. Sie hat gedacht, Kristoffer würde sie erst einmal anrufen, nicht einfach herkommen, und jetzt hat sie sich wegen der Fotos nicht getraut, ihm zu öffnen. Und dann hat sie gehört, wie kalt seine Stimme klang. Sein vorwurfsvoller Ton hat ihr klar gemacht, dass er nicht gekommen ist, um getröstet zu werden. Wegen irgendetwas ist er ihr immer noch böse, das war unüberhörbar. Die Frage ist nur, weshalb. Sie geht zum Bett in dem winzigen Schlafzimmer zurück, kann jetzt aber unmöglich einschlafen. Ihr Herz klopft, als hätte sie gerade ein Training absolviert, und sie ist hellwach. Sie greift nach ihrem Handy, um nachzuschauen, ob er versucht hat, sie zu erreichen, doch sie hat keine entgangenen Anrufe oder Nachrichten. Soll sie ihm ein paar Zeilen schreiben, die Hand ausstrecken, um zu sehen, ob er sie nimmt, und versuchen, den Konflikt auszuräumen, bevor er eskaliert?

Es ist nur so merkwürdig, Hillevi hat gedacht, er würde am Boden zerstört sein und eher Trost suchen als Streit. Ob er immer noch wütend ist, weil sie mit Ines die Wohnung verlassen hat, oder ist es irgendetwas anderes? Vielleicht hat er sie an jenem Tag doch im Krankenhaus gesehen, als Ines sie entdeckt hat. Was, wenn er die ganze Zeit gewusst hat, dass sie dort arbeitet, und sich bewusst vorgenommen hat, sie erst bei der nächsten Gelegenheit zur Rede zu stellen? Oder er wartet darauf, dass sie ihm von sich aus erzählt, was Sache ist.

Nie im Leben!

Hillevi weiß nicht, wie lange sie dieses anstrengende Versteckspiel noch aushält. Vielleicht ist es einfach nicht vorgesehen, dass sie so ein Leben haben soll? Sie zieht sich die Decke über den Kopf, um sich vor der Wirklichkeit zu verbergen. Wohin sie auch geht und was sie auch tut – sie kann ihrem eigenen Schatten nicht entkommen. Ihrem Körper. Ihrem Bewusstsein. Man kann nicht vor sich selber fliehen. Den schlimmsten Dämon trägt sie Tag und Nacht mit sich herum, denn er sitzt in ihrem Kopf und lässt einfach nicht los. Vergeblich versucht sie, sich an irgendetwas Gutes in ihrer Kindheit zu erinnern.

Ihr ganzes Leben ist von Misserfolgen und Enttäuschungen geprägt gewesen. Von einer dysfunktionalen Pflegefamilie ist sie in die nächste weitergereicht worden. Alles hat sie ertragen, und das Einzige, was sie verlangt, ist ein halbwegs erträgliches Leben.

Ein einfaches, aber sinnvolles Leben.

Ein Leben, das sie mit jemandem teilen kann.

Morgen muss sie weitere Schritte unternehmen. Es nützt nichts, hier zu liegen und darauf zu warten, dass irgendetwas besser wird. Sie muss sich ein Herz fassen und Kristoffer von Angesicht zu Angesicht gegenübertreten. Das Schlimmste, was passieren kann, ist, dass er sie hinauswirft, was sie sich allerdings nicht recht vorstellen kann, schließlich hat sie ihm sehr geholfen. Hat sich um Ines gekümmert, wann immer er sie brauchte. Hat sich nie beschwert oder abgesagt, sondern war immer pünktlich zur Stelle.

Das kann er nicht vergessen haben, wie wütend er auch sein mag. Eigentlich müsste er sie jetzt besonders brauchen, wo Emma doch tot ist. Sie muss sich nur beruhigen und dann die Chance bekommen, vernünftig mit ihm zu reden, dann wird sich schon alles finden. Vielleicht können sie mit der Zeit sogar zueinander zurückfinden und sich ein neues rotes Haus mit weißen Giebeln kaufen, dann wäre alles wieder wie früher.

MITTWOCH
29. April

KAPITEL
67

Josefin wird eingelassen und erfährt, dass Emma auf der Intensivstation wieder im selben Zimmer liegt wie das letzte Mal. Das Frühstück dreht sich ihr im Magen um, als ihr Blick auf die bleichen Lippen ihrer Schwester fällt. Sie sieht noch dünner und zerbrechlicher aus als zuvor. Ihre Haut ist durchscheinend und gerötet. Ob sie jemals wieder die Alte sein wird? Wieso hat man sie überhaupt schon auf Station 73 verlegt, wenn ihr Zustand doch offensichtlich so labil war? Doch es bringt wenig, dies im Nachhinein infrage zu stellen, das Unglück ist schließlich bereits geschehen. Jetzt muss das Krankenhaus untersuchen, wie es dazu kommen konnte, und dann wird man sehen, wer dafür zur Verantwortung gezogen werden kann. Wie Josefin ihren Vater kennt, wird niemand seiner gerechten Strafe entgehen. Für sie wie wohl für alle Angehörigen wiegt die Tatsache am schwersten, dass sie lebenswichtige Entscheidungen nicht beeinflussen können. Vor allem in kritischen Phasen nicht, weil dann alles routinemäßig abläuft. Wenn ein Arzt in so einer Situation falsch entscheidet, bekommt er einen Vermerk in seine Akte, der Patient dagegen landet im Sarg.

Josefin setzt sich neben Emma und sucht ihren Puls. Sie anzusehen genügt ihr nicht, um glauben zu können, dass sie noch lebt.

»Was musst du eigentlich noch alles durchmachen?«, flüstert sie und streichelt ihrer Schwester über den Arm.

Emma reagiert nicht auf die Berührung, doch Josefin weiß, dass sie schrittweise zurückkommen wird, genau wie beim letzten Mal. Der Arzt hat gemeint, es wäre gut, wenn beim Aufwachen jemand Vertrautes bei ihr sein könnte. Josefin begreift nur nicht, wieso Kristoffer sich heute nicht wenigstens kurz gemeldet hat. Das lässt sich auch mit Erschöpfung oder Schlafmangel nicht mehr entschuldigen. Wer von ihnen wäre nicht müde? Natürlich hat er es wegen Ines noch einmal schwerer als sie, aber auch das würde niemand als Ausrede gelten lassen, wenn er eine Frau wäre. Es ist unglaublich, wie viel Verständnis man Männern entgegenbringen muss, die sich um ihre eigenen Kinder kümmern. Als wären sie in diesem Bereich per se inkompetent und überfordert. Josefin nimmt ihm das einfach nicht mehr ab, ihr Ärger über Kristoffer wird immer größer. Seit Emma vor fünf Tagen erwacht ist, hat er sich einfach nur sonderbar verhalten, das wird ihr jetzt erst richtig bewusst. Irgendetwas daran scheint ihn furchtbar zu stressen, und Josefin wird eiskalt bei dem Gedanken, er könnte eine andere haben. Doch genau das wird es sein! Es würde zumindest erklären, warum er sich in den letzten Tagen so merkwürdig benommen hat. Allerdings will ihr nicht in den Kopf, dass er sich so hätte gehenlassen können.

Ist es das Gewissen, das ihn plagt? Kann er sich deshalb nicht richtig freuen, dass Emma über den Berg ist?

Josefin spürt, wie ihr das Blut in die Wangen schießt, genau wie damals, als ihr klar wurde, dass Andreas sie betrog. Ein totaler Schock, dass so etwas ausgerechnet ihr passieren konnte. Und wie es ihr den Boden unter den Füßen wegzog. Ihr, die sie allem Anschein nach ein perfektes Leben führte, dabei wurde sie längst hintergangen. Dieser Verrat ist wie ein Stachel in ihrem Fleisch, den sie niemals loswerden wird, und sie kann nur hoffen, dass Emma nicht dasselbe erleben muss. Es wäre zu viel, wenn sie so etwas in einer Situation erfahren müsste, in der sie zwischen Leben und Tod schwebt.

Dennoch lässt der Gedanke Josefin keine Ruhe. Kristoffer wirkt einfach so wenig präsent. Sie schluckt und betrachtet ihre Schwester, der vom Schicksal so übel mitgespielt wird. Arme Emma! Gut, dass wir wenigstens einander haben, denkt sie, auch wenn wir nicht immer einer Meinung sind und uns manchmal wie Kinder benehmen. Die Verbundenheit als Schwestern wird uns immer erhalten bleiben, mögen andere Menschen kommen und gehen.

»Ich bin für dich da«, sagt Josefin und hofft, dass sie ihre Zuneigung vermitteln kann, auch wenn Emma sie vielleicht nicht hört.

KAPITEL
68

Ein stechender Kopfschmerz bringt Emma in die Wirklichkeit zurück. Sie ist vollkommen ausgelaugt, und ihr Hals ist trocken. Sie ist traurig, ohne zu wissen, warum, fürchtet sich vor irgendetwas, ohne sagen zu können, was es ist. Es fühlt sich an, als wäre sie federleicht und schwebe kreisend durch die Luft.

»Wir sind bei dir«, hört sie jemanden sagen, und es gelingt ihr halbwegs, den Kopf zu drehen. Ganz vage erkennt sie die Umrisse ihrer Schwester.

»Wie geht es dir?«, hört sie ihren Vater sagen, der offenbar danebensitzt – aber ist das wirklich ihr Vater? Emma versucht zu fokussieren, konzentriert sich. Sie sucht nach Worten, ohne sie zu finden.

»Du hattest wieder eine Hirnblutung«, sagt eine weitere Stimme, dieses Mal von der anderen Seite des Bettes.

Emma bewegt mühsam den Kopf. Ihre Mutter. Die Arme, sie sieht aus wie sieben Jahre Elend. Allmählich kann sie ihre Umgebung besser erkennen, und es bleibt kein Zweifel, wie beunruhigt alle sind.

»Du bist wieder auf der Intensivstation«, erklärt ihre Mutter langsam, damit Emma sie auch ja versteht. »Die Operation ist gut verlaufen, und laut den Ärzten wirst du dich bald besser fühlen.«

Operation? Emma ist den Tränen nahe. Was ist passiert? Sie will fragen, ihre Kehle ist jedoch wie zugeschnürt.

»Jetzt musst du dich erst mal gut ausruhen«, sagt ihr Vater. »Wir sind hier, wenn du uns brauchst.«

Und Kristoffer und Ines? Emma will wissen, warum sie nicht da sind. Ihr Herz brennt vor Sehnsucht, doch sie bringt die Frage nicht heraus. Allein zu atmen tut schon weh, es fühlt sich an, als müsste sie die Luft dabei durch einen dünnen Strohhalm pressen. Eine neuerliche Hirnblutung? Dann wird sie noch länger hierbleiben müssen und darf ewig nicht zu ihrer Tochter nach Hause. Die Sehnsucht zerreißt sie förmlich. Wie soll sie da zuversichtlich bleiben? Sie versinkt erneut im Nebel, und als sie wieder aufwacht, fühlt sie sich etwas klarer. Jetzt sitzt nur noch ihr Vater bei ihr.

»Hallo«, sagt sie.

»Bist du wach?«, fragt er. »Mama und Josefin sind kurz rausgegangen, um etwas zu essen, aber sie kommen bestimmt gleich wieder. Wie geht es dir?«

»Bin verwirrt«, sagt sie und ist froh, dass sie sich ausdrücken, verständlich machen kann.

»Das sind wir auch«, sagt er. »Die Ärzte können ebenfalls nicht sagen, wie das passieren konnte. Aber jetzt zählt vor allem, dass es dir besser geht.«

»Wo sind Kristoffer und Ines?«, fragt sie und versucht gleichzeitig, die aufsteigende Übelkeit zu unterdrücken.

Ihr Vater lässt sich nicht anmerken, was er davon hält, dass Kristoffer nicht da ist.

»Kristoffer war ziemlich fertig, als er gestern ins Krankenhaus kam.«

»Ja, aber ...«

» ... ich weiß. Er hätte heute früh als Erster hier sein müssen. Du hast vollkommen recht.« Evert legt tröstend seine Hand auf ihre. »Er kommt gewiss gleich.«

KAPITEL
69

Nyhlén ist froh, dass er sich krankgemeldet hat. Er kann sich nicht einmal dazu aufraffen, aufzustehen. Sein Körper hat sich der Matratze angepasst, seine Muskeln sind bleischwer, und ihm brennen die Augen. Durch das Schlafzimmerfenster fällt ein wenig Tageslicht auf die hell gestrichenen Wände. Er muss vergessen haben, am Abend das Rollo herunterzulassen. Tatsache ist, dass er sich nicht einmal erinnern kann, wie er vom Sofa aufs Bett gekommen ist. Nicht vergessen dagegen hat er den Grund, weshalb er drei Bier in sich hineingeschüttet hat. Jetzt merkt er den bitteren Nachgeschmack, und sein Schädel dröhnt. Emmas Tod darf nicht dazu führen, dass er gänzlich den Halt verliert. Er muss aufstehen und sich dem Leben stellen, alle losen Enden zusammensammeln, die sie hinterlassen hat. Klarheit in ihren Reitunfall sowie in den Henke-Fall bringen, der sie so gar nicht losgelassen hat. Nyhlén versucht sich einzureden, dass er das schafft, fühlt sich gleich darauf jedoch wieder vollkommen kraftlos. Und so bleibt er liegen und starrt die Deckenlampe an. Auf dem Boden der Glaskugel haben sich tote Fliegen gesammelt.

Sein Handy klingelt. Eine Nummer, die er noch nie zuvor gesehen hat. Weil es manchmal vorkommt, dass Leute, die er festgenommen oder verhört hat, seine private Nummer ausspähen, überlegt er zuerst, nicht dranzugehen. Weiteren Ärger kann er gerade überhaupt nicht gebrauchen. Am besten meldet er sich nur mit einem formlosen »Hallo«, statt gleich seinen Namen zu nennen.

»Spreche ich mit Thomas Nyhlén?«, fragt ein älterer Herr, dessen tiefe Stimme ihm vage bekannt vorkommt.

»Wer ist denn dort?«, fragt Nyhlén abwartend.
»Evert Sköld.«
Der ehemalige Polizeihauptmeister. Emmas Vater. Nyhlén spürt einen heftigen Druck auf der Brust.
»Ja, Thomas Nyhlén hier«, sagt er und hört selbst, wie kläglich er klingt. Er hat stets großen Respekt vor Evert Sköld gehabt.
»Haben Sie eine Minute Zeit?«
Plötzlich begreift Nyhlén, was Emmas Vater auf dem Herzen hat. Er ruft an, weil er wissen will, wieso ausgerechnet ein Kollege der Letzte war, der Emma lebend gesehen hat. Ein merkwürdiges Zusammentreffen, in der Tat, genau wie Lindberg schon gesagt hat.
»Es tut mir so leid«, sagt Nyhlén, um es hinter sich zu bringen.
»Womit kann ich dienen?«
»Danke«, antwortet Evert. »Ich habe gehört, dass Sie Emma regelmäßig im Krankenhaus besucht haben.«
»Ja, das stimmt.«
Nyhlén wartet auf die Fortsetzung und bereitet sich auf das Schlimmste vor.
»Gab es irgendetwas, das Ihnen merkwürdig vorkam, in Ihren Unterhaltungen mit ihr?«, fragt Evert Sköld. »Sie hat behauptet, der Reitunfall könnte arrangiert worden sein. Hat Sie auch mit Ihnen darüber geredet?«
Nyhlén ist sich unsicher, wie viel er erzählen kann. Alles, was Emma ihm gesagt hat, soll unter ihnen bleiben, und er möchte ihren Vater nicht in die zweifelhafte Stall-Spionage einbeziehen. Zumal die einzige Grundlage für den Verdacht Emmas vages Gefühl gewesen ist, dass etwas nicht stimmte.
»Ich glaube, sie wollte einfach nicht akzeptieren, dass es ein Unfall war«, sagt er zögernd. »Vielleicht, weil sie sich irgendwie schuldig fühlte, weil sie ihre Tochter alleingelassen hat, um reiten zu gehen, und dann ist es so böse ausgegangen.«
»So etwas hatte ich mir auch gedacht«, sagt Evert nachdenklich. »Hat sie denn irgendetwas erzählt, was ihren Verdacht bestätigen würde?«
Merkwürdigerweise klingt Evert nicht so verstört, wie er sein müsste. Eher formell, als ginge es um irgendwelche ermittlungs-

technischen Belanglosigkeiten. Dabei hat er doch seine Tochter verloren! Aber vielleicht sitzt der Schock einfach zu tief. Ja, das wird es sein. Evert ist gerade im Stadium der Verleugnung und tut so, als wäre nichts geschehen. Eine Überlebensstrategie.

»Wir hatten gestern noch ein sehr schönes Gespräch«, sagt Nyhlén behutsam, um ihm ein bisschen herauszuhelfen. »Im Nachhinein fühlt sich das ein bisschen an wie ein Trost.«

»Und was hat das mit dem Unfall zu tun?«

»Eigentlich gar nichts«, gibt Nyhlén zu. »Wir standen uns nahe, aber natürlich muss es für Sie als Vater noch sehr viel schwerer sein. Haben Sie sich schon Gedanken über die Beerdigung gemacht?«

»Die Beerdigung?«

»Entschuldigung, es war taktlos von mir, diese Frage zu stellen, so kurz danach. Ich bitte vielmals um Entschuldigung.«

»Aber wovon reden Sie denn?«, fragt Evert aufgebracht. »Welche Beerdigung meinen Sie überhaupt?«

Oje, es scheint schlimmer zu sein, als er gedacht hat.

»Emmas natürlich«, sagt er. Deutlicher kann er es nicht sagen.

»Ich weiß nicht, woher Sie das haben, aber Emma wird nicht beerdigt.«

»Dann bedaure ich, dass ich voreilige Schlüsse gezogen habe«, sagt Nyhlén. »Aber irgendeine Art Trauerfeier wird es doch geben?«

»Jetzt hören Sie mir mal gut zu, Nyhlén: Es wir keine Trauerfeier für Emma geben, und das hoffentlich noch lange nicht. Sie lebt.«

Nyhlén setzt sich kerzengerade im Bett auf und bittet Evert, das zu wiederholen.

Dann fällt ihm das Telefon aus der Hand.

KAPITEL
70

Evert bleibt noch eine Weile vor der Intensivstation stehen und schüttelt den Kopf. Das war wirklich ein merkwürdiges Telefonat. Nyhlén scheint total verwirrt zu sein! Nicht, dass sie sich sonderlich gut kennen würden, sie sind sich allenfalls im Präsidium kurz begegnet, und da schien er ihm eigentlich ganz normal. Evert fragt sich, was Nyhlén da zusammenschwadroniert hat, es ergibt doch gar keinen Sinn! Irgendwie muss er falsch informiert worden sein, wie auch immer das geschehen konnte. Dass jemand herumtelefoniert und Leute grundlos für tot erklärt, kommt ihm ziemlich absurd vor. Soweit Evert das überblicken kann, gibt es nur zwei Möglichkeiten: Entweder steht Nyhlén total neben sich, oder er war es, der versucht hat, Emma zu töten, und geht jetzt davon aus, dass es ihm auch gelungen ist. Wobei Letzteres ihm weit hergeholt erscheint. Da das Gespräch so jäh abgebrochen wurde, ist Evert auch nicht dazu gekommen, ihn zu fragen, was das Voruntersuchungsprotokoll in Emmas Zimmer zu suchen hatte. Er spürt die wohlbekannte innere Starre im Körper, die ihn immer überkommt, wenn irgendetwas nicht stimmt. Am besten spricht er gleich mit Gunnar darüber, um dieses Unbehagen aus der Welt zu schaffen.

Obwohl ihm die Hüfte zu schaffen macht, nimmt Evert die Treppe hinunter ins Erdgeschoss. Er weigert sich, sein Leben von physischen Beschwerden beeinflussen zu lassen, und hat fest vor, Treppen zu steigen, bis er irgendwann im elektrischen Rollstuhl sitzt. Wenn niemand hinguckt, verzieht er vor Schmerzen das Gesicht, geht aber tapfer hinunter, ohne zwischendurch aufzugeben. Heikle Gespräche führt er lieber draußen, wo niemand zuhören kann.

Langsam schlendert er zu seinem Auto auf dem Parkplatz.
Gunnar nimmt ab, klingt aber gestresst.
»Störe ich gerade?«, fragt Evert. Er weiß, dass der andere seinen Namen im Display lesen kann.
»Aber nein, Bruder«, sagt Gunnar. »Allerdings muss ich in fünf Minuten zu einer Besprechung. Was gibt es?«
»Emma hat eine weitere Hirnblutung gehabt«.«
»Was sagst du da?«
Gunnar klingt entsetzt.
»Die Ärzte konnten sie retten.«
»Um Gottes willen, was muss sie nicht alles mitmachen! Ein Glück, dass es noch mal gut gegangen ist.«
»Ja. Allerdings rufe ich nicht deshalb an. Was weißt du eigentlich über Thomas Nyhlén?«
»Soweit ich informiert bin, ist er ziemlich gut«, sagt Gunnar, ohne zu zögern. »Ist noch etwas passiert?«
Evert schließt die Autotür auf und setzt sich hinein. Dann klappt er die Sonnenblende herunter.
»Wahrscheinlich hat es nichts zu sagen, aber er wirkte irgendwie seltsam am Telefon«, sagt Evert und berichtet Gunnar von Nyhléns Behauptung, Emma sei tot.
Gunnar klingt bekümmert.
»Meinst du, er hat etwas damit zu tun?«
»Emma vertraut ihm blind, deshalb kann ich es mir eigentlich nicht vorstellen.«
»Aber?«
»Eigentlich möchte ich nur, dass du es weißt und vielleicht ein Auge auf ihn hast. Es ist immer ungünstig, einen labilen Polizisten im Dienst zu haben. Außerdem scheint er sich sehr in den Henke-Fall verbissen zu haben. Das gesamte Voruntersuchungsprotokoll lag in Emmas Zimmer.«
»Ach, wirklich? Da muss ich mich dringend drum kümmern«, sagt Gunnar. »Grüß Emma, sie soll sich gut erholen. Ich muss jetzt los.«
»Danke, dass du dir die Zeit genommen hast.«
Evert legt auf und seufzt.

Das vage Gefühl, überstürzt gehandelt zu haben, überkommt ihn und legt sich dann schnell wieder. Das Wichtigste ist doch, dass seine Tochter in Sicherheit ist, er hat ihre Worte nicht vergessen, dass jemand hinter ihr her sei. Der Reitunfall, dann die erneute Hirnblutung ... Unmöglich ist es nicht. Und vielleicht ist er schon näher an der Wahrheit, als er denkt. Höchste Zeit, sich einmal gründlich über Nyhlén zu informieren, der sich ständig auf den Krankenhausfluren herumtreibt. Angesichts der Tatsache, dass sie eng zusammengearbeitet haben, ist es nicht unmöglich, dass es zwischen ihnen zum Konflikt gekommen ist. Rache oder unerwiderte Liebe wären denkbare Motive. Und nicht selten erweisen sich die nettesten Menschen als Täter.

Evert muss selbst zugeben, dass er wahrscheinlich voreilige Schlüsse zieht. Er darf Emmas Gespür für Menschen nicht unterschätzen. Sie würde ihm nie verzeihen, wenn sie wüsste, dass er ihren Kollegen beim höchsten Chef angeschwärzt hat. Zugleich ist sie gerade aus verständlichen Gründen nicht ganz bei sich, und da ist es seine Verantwortung, sich einzumischen. Mit einem harten Knall schließt er die Tür und geht wieder zum Krankenhaus zurück.

Alles, was er tut, tut er nur zu ihrem Besten. Das Letzte, was er will, ist, ihr zu schaden. Er hat sich nie gescheut, alles zu tun, um seine Familie zu schützen, egal, was es für Konsequenzen haben mochte.

Beliebt machen kann er sich in einem anderen Leben.

KAPITEL
71

Es klingelt an der Tür, kurz und schrill. Ines scheint gleich zu wissen, was das bedeutet, und blickt neugierig Richtung Flur. Dann versucht sie, dorthinzurobben, gibt aber schnell wieder auf, sie kommt nicht recht vorwärts. Wahrscheinlich ist sie genauso erschöpft wie Kristoffer, denn es war wieder einmal eine schwierige Nacht, in der sie ihn zwischen eins und halb fünf wach gehalten hat. Dann sind sie zum Glück beide noch einmal eingeschlafen und erst um halb zehn wieder aufgewacht. Kristoffer öffnet die Tür, und vor ihm steht Hillevi. Nervös fährt sie sich durch das lange braune Haar, sie ist womöglich noch blasser als sonst. Kristoffer kann nichts mehr von der Anmut erkennen, die ihn früher so zu ihr hingezogen hat. Nichts an ihr spricht ihn an, obwohl es noch gar nicht lange her ist, seit sie leidenschaftlich übereinander hergefallen sind und er sich gegen jede Vernunft von seinen Gefühlen hat mitreißen lassen.

»Du wolltest mit mir sprechen«, sagt Hillevi, als wäre nichts passiert.

Kristoffer lässt sie ein, und sie stürzt sofort zu Ines. Instinktiv will er sie aufhalten, doch dann lässt er sie gewähren.

»Zeit für eine frische Windel«, sagt sie, und Kristoffer spürt, wie Wut in ihm aufsteigt. Wie kann sie es wagen, hierherzukommen und herumzukommandieren, als hätte sie auch nur irgendetwas zu sagen? Da er so viel für sie getan hat, könnte sie ihm zumindest ein bisschen mehr Respekt entgegenbringen! Ihre Art, einfach hereinzuplatzen und das Ruder zu übernehmen, macht ihn sprachlos.

»Ich mach das schnell«, sagt sie forsch.

Kristoffer steht wie angewurzelt da, während Hillevi seine kleine Tochter mit geübtem Griff hochhebt und mit ihr im Badezimmer verschwindet. Eigentlich dürfte er sie nicht eine Sekunde mit Ines alleinlassen. Dennoch protestiert er nicht, er ist völlig handlungsunfähig. Hillevis falsches Summen hinter der geschlossenen Tür tut ihm in den Ohren weh, und er empfindet plötzlich Angst wie vor einem finsteren Abgrund, obwohl die Wohnung lichtdurchflutet ist. Es würde ihn nicht wundern, wenn Hillevi hinter Emmas Reitunfall steckte. Er zieht die Kette aus der Hosentasche und hält sie ihr entgegen, als sie mit Ines ins Wohnzimmer zurückkehrt.

»Hast du die hier vermisst?«, fragt er, gespannt auf ihre Reaktion.

Das kleine Herz mit dem Diamanten baumelt hin und her.

Ihr Blick wird ganz weich, und sie kommt zu ihm, um sie entgegenzunehmen.

»Oh, vielen Dank! Wo hast du sie gefunden? Ich habe überall danach gesucht!«

Damit schwindet auch der letzte Zweifel, dass es tatsächlich ihre Kette ist.

»Was denkst du denn, woher ich sie habe?«

Als sie seinen Blick sieht, erstirbt ihr Lächeln.

»Wie meinst du das?«

»Deine Kette wurde im Judar-Wald gefunden, wo Emma vom Pferd gestürzt ist. Der Unfall, der zu ihrer Hirnblutung und zum Koma führte – aber das weißt du ja vermutlich alles schon.«

Ihr ohnehin blasses Gesicht wird kreideweiß, und sie weicht vor ihm zurück. Die Kette gleitet ihr aus der Hand, und er hat Angst, dass sie Ines fallen lässt, die leise jammert und sich in ihren Armen windet.

»Setz sie in die Babywippe«, sagt er kalt. »Sofort.«

Hillevi gehorcht, ohne etwas zu sagen, dann sieht sie ihn flehend an.

»Es ist nicht so, wie du denkst.«

»Wie ist es denn dann?«, fragt er. »Ich bin gespannt, wie du dich da herausreden willst.«

»Ich gebe zu, dass ich da gewesen bin«, sagt Hillevi, die Augen zu Boden gerichtet.

»Guter Versuch, aber das ist ja wohl auch ziemlich offensichtlich«, schnaubt er und wirft einen Blick auf die kaputte Kette auf dem Teppich zwischen ihnen.

»Ich musste es mir vor Ort ansehen, um zu verstehen.«

»Du wolltest sehen, wo sie verunglückt ist?«, fragt er höhnisch.

»Du hältst mich wohl für bescheuert, oder? Woher wusstest du überhaupt, dass Emma an dem Tag zum Stall wollte?«

Hillevi scheint den Tränen nahe.

»Ich bin auch in der Reitschule Äppelviken. Kristoffer, tu mir das bitte nicht an, denk an Ines!«

»Genau das tue ich ja«, brüllt er. »Ich will, dass sie mit ihrer Mutter aufwachsen darf. Begreifst du das nicht?«

»Aber Ines kennt mich doch viel besser als Emma. Ich werde mich gut um sie kümmern und ihr alles geben, was sie braucht. Mach dir keine Sorgen.«

Kristoffer traut seinen Ohren nicht. Was erlaubt Hillevi sich da! Glaubt sie ernsthaft, sie könnte die Mutterrolle übernehmen, sobald Emma aus dem Spiel ist? So wie man den Zahnarzt wechselt oder den Steuerberater? Hillevi ist kranker, als er gedacht hat. Wer ist sie überhaupt? Je länger er sie betrachtet, desto unsicherer wird er. Ihr Gesicht scheint sich immer mehr zu verzerren, je länger sie spricht; die Augen werden schmaler, die Nase wird größer, und am Ende sieht sie aus wie eine böse Hexe. Eine Hexe, die er vertreiben muss, bevor sie mit seiner Tochter auf dem Besenstiel durch das Fenster davonfliegt.

»Das meinst du jetzt nicht ernst, oder?«, sagt er. »Bitte, Hillevi, sag mir, dass das ein Witz ist!«

Sie sieht verstört aus, als würde sie gar nichts mehr begreifen.

»Wir gehören zusammen, du und ich. Das kannst du doch nicht ernsthaft leugnen! Außerdem hat Emma sich im Krankenhaus mit einem anderen getroffen, wenn du nicht da warst.«

Hillevi sucht nach ihrem Handy und hält es ihm hin, um ihm etwas zu zeigen. Das Einzige, was er erkennen kann, ist eine verschwommene Aufnahme von Emma und einem breiten Rücken, von dem er nicht weiß, wem er gehört. Dazu ist die Bildqualität viel zu schlecht.

»Er hat versucht, sie zu küssen«, behauptet Hillevi.

Nun bekommt Kristoffer es wirklich mit der Angst zu tun. Dann ist Hillevi also im Krankenhaus gewesen, in Emmas Zimmer, und hat sie *fotografiert?* Sie scheint überhaupt keine Hemmungen zu haben. Als sie auf ihn zustolpert, steht er erst einmal nur da und starrt sie an. Was hat sie vor, will sie ihn schubsen oder ihn umarmen? Plötzlich wird ihm klar, was es bedeuten würde, wenn ihm jetzt etwas zustieße.

Dann würde sie für immer mit Ines verschwinden.

KAPITEL
72

Sie will nichts weiter als für immer in seinen Armen versinken. Erstaunlich, dass er ihre Umarmung annimmt, sie war sich nicht sicher, ob sie es überhaupt wagen sollte. Aber die Sehnsucht nach ihm ist in den letzten Tagen so stark gewesen, dass es ihr physisch wehtat. Und jetzt stehen sie da und halten einander umschlungen, nur sie beide, mit Ines neben sich auf dem Boden.

Das Trio ist wieder komplett, und alles ist beinahe wie früher, nur dass Felicia durch ein anderes Mädchen ersetzt worden ist. Nicht ideal, aber doch die beste Alternative. Jetzt sind sie wieder zu dritt, für immer und ewig, und nichts kann mehr zwischen sie treten. Hillevi genießt den Augenblick und schließt die Augen, als Kristoffers Hände zu ihrem Nacken wandern und ihr Haar beiseiteschieben. Sie macht sich bereit, seinen Kuss zu erwidern. Doch dann merkt sie, wie sein Griff fest wird und er seine groben Finger um ihren Hals schließt. Verblüfft lässt sie ihn los und begegnet seinem Blick. Der ist nicht so liebevoll, wie sie sich ausgemalt hat. Eher hasserfüllt.

»Wie konntest du nur?«, zischt er. »Nach allem, was ich für dich getan habe?«

Hillevi begreift nicht, was er meint, und bekommt nicht genügend Luft, um etwas einwenden zu können.

»Aber es ist dir nicht gelungen«, fährt er fort.

Sein Griff um ihren Hals brennt wie eine pulsierende Wunde. Sie hustet und fragt sich panisch, was in ihn gefahren ist. Der einzige Fluchtweg ist die Wohnungstür, und von der ist sie mehrere Meter entfernt – wenn es ihr überhaupt gelingen würde, sich loszureißen.

Und auch dann würde er sie sofort einholen. Aus dem Fenster kann sie auch nicht springen, das wäre ihr Tod. Und solange er sie so festhält, kann sie ohnehin nichts tun. Die Hoffnung, dass es gut ausgehen wird, sinkt rapide.

»Nur dass du es weißt: Emma hat überlebt!«

Hillevi kann ihre Überraschung nicht verbergen. Zu spät begreift sie, dass genau das sie verrät. Und als sie einsieht, dass er fest entschlossen ist, sie ihrer gerechten Strafe zuzuführen, wird sie panisch. Es kann sich nur noch um Minuten, vielleicht sogar Sekunden handeln, dann wird er dafür sorgen, dass sie ihre letzten Atemzüge tut. Verzweifelt versucht sie, um Hilfe zu rufen, bringt jedoch keinen Ton heraus.

Das Zimmer beginnt sich immer schneller zu drehen.

Kristoffer drückt fester zu und weicht ihrem Blick nicht aus, er ist wie festgenagelt. Das kann nur eines heißen: dass er es genießt, sie verschwinden zu sehen. Sie muss ihn überzeugen, dass das alles ein Missverständnis ist. Plötzlich niest Ines, und Kristoffer verliert die Fassung, allerdings nur kurz, sie kann nicht einmal Luft holen. Ihre Finger und Zehen kribbeln. Was wird Kristoffer mit ihrer Leiche machen? Wird er sie im Mälaren versenken oder in der Badewanne zersägen? Sie in einen Teppich wickeln und auf die Müllkippe werfen?

Was auch immer er tun wird – er wird vermutlich damit davonkommen. Der einzige Zeuge ist schließlich erst sechs Monate alt.

KAPITEL
73

Emma bereut es sofort, die Augen geöffnet zu haben. Sie fühlt sich wahnsinnig müde, beinahe wie auf Drogen. Am liebsten würde sie einfach nur schlafen, doch ihr Körper sträubt sich, und dann fängt ihr Herz plötzlich an zu rasen. Das Letzte, an das sie sich vom Montagabend erinnern kann, ist, dass Nyhlén an ihrem Bett saß und sie vertraulich miteinander redeten. Er bot ihr an, noch eine Weile zu bleiben, dann muss sie eingeschlafen sein. Vage erinnert sie sich auch noch an den darauf folgenden Morgen, wie sie aufgestanden und ein paar wacklige Schritte gegangen ist. Oder täuscht sie sich? Es pulsiert beängstigend in ihrem Kopf, und sie hat das Gefühl eines schrecklichen Albtraums, wagt aber nicht, sich mit ihren Ängsten auseinanderzusetzen.

Ein Arzt taucht neben ihrem Bett auf.

»Wie geht es Ihnen?«

Emma muss sich anstrengen, um die Augen offen zu halten.

»Blinzeln Sie, damit ich weiß, ob Sie mich hören«, bittet er freundlich.

Emma fährt es wie ein Blitz durchs Gehirn, und sie bittet um mehr Schmerzmittel. Dann versinkt sie in einen Dämmerzustand. Als sie das nächste Mal aufwacht, fühlt sie sich etwas klarer im Kopf.

»Ihre Eltern haben mich gebeten, Ihnen auszurichten, dass sie morgen wiederkommen«, sagt eine Krankenschwester und rückt ihr das Kissen zurecht. »Sie mussten nach Hause, um sich ein wenig auszuruhen, genau wie Ihre Schwester.«

Emma erinnert sich kaum, dass sie da gewesen sind. Es juckt so schrecklich an den Haarwurzeln, und sie versucht sich zu kratzen, doch ihre Hand stößt auf etwas Weiches, das die Wunde verdeckt. Wie groß die Narbe wohl werden wird? Ob ihr wohl noch etwas von dem wenigen Haar geblieben ist, das ihr nach der ersten Operation wieder gewachsen war? Ihr ganzer Kopf scheint verbunden zu sein.

Ihr Blick fällt auf die Telefonliste neben ihrem Bett. Sie weiß nicht, ob sie genügend Kraft hat, um den Hörer abzunehmen, doch sie fühlt sich so einsam. Warum ist Kristoffer nicht bei ihr? Nach ein paar vergeblichen Versuchen gelingt es ihr, seine Nummer zu wählen, doch er nimmt nicht ab. Auch Josefin ist nicht zu erreichen. Bleibt nur noch Nyhlén. Wie immer wird er ihr Retter in der Not sein.

»Komm her«, bringt sie mühsam heraus.

»Emma?«

»Ja.«

»Gott sei Dank, dann stimmt es also!«

Sie hört einen seltsamen Laut, wie ein Schluchzen durchmischt von Räuspern. Endlich begreift sie, dass er hemmungslos weint, dann erklärt er auch warum.

»Ich bin zunächst falsch informiert worden. Sie haben mir gesagt, du seist tot.«

KAPITEL
74

Den Weg nach Danderyd legt Nyhlén in Rekordzeit zurück, ohne sich im Geringsten um Verkehrsregeln oder Geschwindigkeitsbegrenzungen zu kümmern. Er ist viel zu aufgeregt, um sich besonnen zu verhalten. Mögen die Leute auch glauben, dass Polizisten immer gesetzestreu handeln – das Gegenteil ist der Fall! Sein Herz hüpft vor Freude darüber, dass Emma lebt, dennoch kann er es nicht recht glauben, bevor er sie nicht mit eignen Augen gesehen hat. Allerdings wird seine Euphorie ein wenig gebremst, weil sich offenbar jemand die Mühe gemacht hat, Lindberg per Telefon über ihren Tod zu informieren und ihn zugleich bei seinem Chef anzuschwärzen. Das Gespräch ist bereits zurückverfolgt worden, und ihm wurde bestätigt, dass es vom Krankenhaus aus geführt wurde. Merkwürdig nur, dass keiner dort sich zu dieser fatalen Fehlmeldung bekennt. Es scheint beinahe, als hätte es die entsprechende Person auf ihn abgesehen oder darauf, sein Leiden bewusst zu verstärken. Möglicherweise jemand, der Emma den Tod wünscht und sich voreilig erfolgreich wähnte.

Ein beängstigender Gedanke.

Als der Eingang der Intensivstation in Sicht kommt, schiebt er diese Gedanken beiseite. Die Hauptsache ist, dass Emma lebt. Er klingelt und wird eingelassen. Der Arzt erkennt ihn wieder und grüßt ihn freundlich, dann zeigt er ihm den Weg zu Emmas Zimmer. Er geht hinein und sieht den dicken Verband um ihren Kopf. Ihre Augen sind geschlossen, und er schleicht sich auf Zehenspitzen zum Besucherstuhl.

»Hallo«, sagt er leise, um sie nicht zu erschrecken.

Sie bewegt sich nicht, hebt aber den Blick.

»Ach, hallo!«

»Bist du allein?«, fragt er und setzt sich neben sie. »Wie oft willst du uns eigentlich noch erschrecken? Wenn du so weitermachst, trifft mich irgendwann selbst noch der Schlag.«

Emma verzieht die Lippen, vielleicht ein Versuch zu einem Lächeln.

»Tut mir leid«, bringt sie mühsam heraus.

»Ich bin ja so froh«, unterbricht er sie. »Du lebst, ich kann kaum glauben, dass es wirklich wahr ist!«

»Wer hat denn behauptet, ich wäre tot?«

Nyhlén schüttelt den Kopf.

»Das ist mir immer noch ein Rätsel. Lindberg bekam einen Anruf aus dem Krankenhaus.«

»Wie bitte?«

»Ich weiß auch nicht, es muss ein Missverständnis gewesen sein. Die Hauptsache ist doch, dass du lebst!«

Er bemüht sich gar nicht erst zu verbergen, wie glücklich er ist. Es spielt keine Rolle, wenn sie merkt, wie viel sie ihm bedeutet. Sobald sie sich erholt hat, wird sie es ohnehin begreifen, und dann wird die Zukunft zeigen, wohin das alles führt.

»Danke …«, flüstert sie.

»Ich habe zu danken!«

» … dass du gekommen bist.«

Er rutscht auf dem Stuhl hin und her und fragt sich, wo die anderen alle sind. Was könnte in diesem Augenblick wichtiger sein, als hier bei ihr zu sein? Zumindest Kristoffer müsste an ihrer Seite sitzen. Ihr Lebensgefährte. Der Vater ihres gemeinsamen Kindes.

»Wo ist Kristoffer eigentlich?«, fragt er.

»Keine Ahnung. Er geht nicht ans Telefon.«

Emma wirft einen Blick auf den Apparat neben ihrem Bett.

Nyhlén fällt plötzlich auf, dass er Kristoffer kein Mal begegnet ist, wenn er Emma besucht hat. Was macht er nur, warum ist er nicht ständig bei ihr? Dafür gibt es keine Entschuldigung, Emma braucht Liebe und Unterstützung.

»Irgendetwas stimmt nicht«, sagt Emma. »Mit Kristoffer. Ich spüre es.«
»Wie meinst du das?«
»Das weiß ich selbst nicht. Aber er müsste hier sein.«
»Das finde ich auch. Was soll ich tun?«
»Fahr zu mir nach Hause. Sieh nach, ob etwas passiert ist.«
Nyhlén wundert sich über ihre Bitte.
»Meinst du nicht, dass es ein bisschen voreilig ist?«
»Bitte, ich muss wissen, was los ist.«
Nyhlén schluckt. Ob das wirklich eine so gute Idee ist? Was hat er für ein Recht, Emmas Lebensgefährten zur Rede zu stellen? Noch dazu in ihrer gemeinsamen Wohnung. Es ist von vorneherein zum Scheitern verurteilt. Andererseits kann er Emma diese Bitte nicht abschlagen, es scheint ihr wirklich ein Anliegen zu sein. Und sie selbst kann ja nichts tun.
Er hat also gar keine Wahl.

KAPITEL
75

Josefin hat sich gerade in ihr breites Doppelbett gelegt, um endlich einmal auszuruhen, da blinkt der Bildschirm ihres Handys auf.

»Habe ich dich geweckt?«, fragt Emma.

»Macht nichts«, sagt Josefin und gähnt. »Ich habe nur in letzter Zeit nicht so viel geschlafen.«

»Ich weiß«, sagt Emma und klingt sehr angespannt. »Nyhlén war gerade hier, ich habe ihn gebeten, zu mir nach Hause zu fahren und mit Kristoffer zu reden.«

»Warum?«

»Ich habe das Gefühl, dass etwas nicht stimmt. Deshalb rufe ich dich auch an. Wann hattest du das letzte Mal Kontakt mit ihm?«

Josefin muss überlegen. Die Tage haben die Tendenz, ineinanderzufließen, und es fällt ihr schwer, sie auseinanderzuhalten. Soweit sie weiß, hat sie heute noch nicht mit ihm gesprochen.

»Gestern, glaube ich«, sagt sie zögernd. »Seit dem Gespräch mit dem Chirurgen gestern habe ich nichts mehr von ihm gehört.«

»Und hier ist er heute auch noch nicht gewesen, er hat nicht einmal angerufen, obwohl schon Nachmittag ist. Kommt dir das nicht auch ein bisschen seltsam vor?«

»Doch, ja.«

»Ist er gestern irgendwie anders gewesen als sonst?«

»Niemand war gestern wie sonst«, sagt Josefin aufrichtig. »Es war hart, so lange auf den Bescheid der Ärzte warten zu müssen und zu wissen, dass du zwischen Leben und Tod schwebst. Wahrscheinlich war er deshalb ziemlich fertig, als er endlich gegangen ist, genauso wie Mama und Papa und ich.«

»Aber Ines und er können doch nicht bis ein Uhr mittags schlafen!«, sagt Emma. »Ich verstehe nicht, warum er nicht ans Telefon geht. Er müsste doch darauf warten, etwas von mir zu hören?«

»Ja, das stimmt«, sagt Josefin. »Vielleicht ist es ganz gut, dass Nyhlén zu ihm gefahren ist.«

Dennoch bereitet es ihr ein wenig Kopfschmerzen. Es wäre besser gewesen, sie wäre dorthingefahren. Kristoffer wird es wahrscheinlich nicht besonders angenehm finden, dass Emma einen Kollegen von der Polizei vorbeischickt, zumal, wenn es um ihn selber geht. Gut möglich, dass er es als Schnüffelei empfindet und Nyhlén die Tür vor der Nase zuknallt. Aber jetzt ist es zu spät, um noch etwas dagegen zu tun.

»Ich habe solche Angst um Ines, dass ich nicht weiß, wohin mit mir«, sagt Emma. Ihre Stimme überschlägt sich fast.

»Es ist bestimmt alles gut. Mach dir keine Sorgen«, sagt Josefin, um sie auf andere Gedanken zu bringen. »Als sie neulich bei mir übernachtet hat, ging das übrigens auch richtig gut. Sie ist so ein süßes kleines Mädchen, fröhlich und aufgeweckt. Es gab überhaupt keine Probleme, obwohl sie ab und zu aufgewacht ist.«

»Netter Versuch, aber so leicht kannst du mich nicht ablenken«, sagt Emma. »Ich versuche jetzt, Nyhlén anzurufen, um zu hören, wie es aussieht.«

»Soll ich auch zu deiner Wohnung fahren? Oder lieber zu dir ins Krankenhaus?«

»Komm bitte her.«

Josefin wirft einen sehnsüchtigen Blick auf ihr Kissen.

»Ich komme, so schnell es geht.«

KAPITEL
76

Nyhlén bricht seinen eigenen Rekord, indem er noch schneller als zuvor ins Krankenhaus zurück in die Innenstadt fährt. Unterdessen überlegt er, was er sagen soll, wenn Kristoffer die Tür öffnet und ihn fragend anschaut. Emma will wahrscheinlich, dass er ihn zur Rede stellt, doch das fühlt sich irgendwie falsch an. Er kann nicht einfach bei ihm hereinplatzen und ihm irgendwelche Vorwürfe machen. Was er allerdings tun kann, ist, sich ein Bild davon zu machen, was eigentlich vor sich geht, und mit hoffentlich guten Nachrichten ins Krankenhaus zurückzufahren. Allerdings wäre ein mögliches Szenario, dass Kristoffer eine andere hat. Kein völlig abwegiger Gedanke, auch wenn es für Emma schrecklich wäre. Was sonst könnte ihn davon abhalten, bei ihr im Krankenhaus zu sein?

Ines. Vielleicht ist Kristoffer ja auch einfach nur so sehr mit dem Kind beschäftigt, dass er es nicht schafft, längere Zeit bei Emma zu verbringen. Wobei es natürlich auch wiederum ganz schön gemein wäre, wenn er sie ihre Tochter nicht so oft wie möglich sehen lassen würde, nachdem sie schon so viel gemeinsame Zeit verpasst haben.

Endlich taucht das Haus auf, in dem Emma wohnt. Zwischen zwei Autos vor der Tür findet er eine enge Parklücke und zwängt sich mit gewohnter Präzision hinein. Wenn es etwas gibt, das er kann, dann seitwärts einparken.

Er steigt aus dem Auto und geht zum Eingang, wobei er immer noch nicht weiß, was er sagen soll. Schlimm genug, dass er überhaupt hierhergekommen ist. Jetzt gilt es, sich etwas auszudenken, das nicht allzu vorwurfsvoll klingt. Er wird sich wohl auf seinen Instinkt verlassen müssen.

Sobald er auf der richtigen Etage angekommen ist, klingelt er an der Tür. Doch Kristoffer macht nicht auf. Er klingelt noch einmal. Es scheint niemand da zu sein. Damit hat er nun überhaupt nicht gerechnet. Er unternimmt einen letzten Versuch und klopft energisch an die Tür, da sieht er, dass sie nur angelehnt ist. Kristoffer muss es sehr eilig gehabt haben, wenn er nicht einmal die Tür ordentlich hinter sich geschlossen hat.

Die inneren Alarmglocken schrillen immer lauter.

»Hallo?«, ruft er zögerlich, erwartet jedoch keine Antwort. Ob er lieber wieder umkehren soll?

Oder einfach dort hineingehen?

Emma hat ihn schließlich gebeten, hierherzufahren, da darf er sich wohl als legitimen Besucher betrachten? Es könnte nur unangenehm werden, wenn Kristoffer nach Hause kommt und er einfach bei ihnen im Wohnzimmer steht. Was soll er dann sagen? Dass er für Emma etwas abholen soll? Einen Augenblick bleibt er ratlos stehen, dann geht er hinein. Er könnte Emmas enttäuschten Blick nicht ertragen.

»Ist jemand da?«, fragt er sicherheitshalber.

Kompaktes Schweigen schlägt ihm entgegen. Nyhlén zieht die Tür hinter sich zu und bleibt einen Moment im Flur stehen, um seine Gedanken zu sortieren. Dann sieht er sich um, ohne etwas Auffälliges zu entdecken. An der Garderobe hängen Jacken und Mäntel in verschiedenen Größen, und auf dem Boden liegen Schuhe durcheinander. Nyhlén geht weiter hinein und rümpft die Nase, es riecht muffig und auch ein bisschen streng. Er kommt an der luxuriösen Küche im Landhausstil vorbei und entdeckt sofort, woher der unangenehme Geruch kommt. Das Abwaschbecken steht voller benutzter Teller, Schüsseln und Besteck, und über die Essensreste kriechen zahllose Fliegen. Pizzakartons mit Teigrändern stehen aufeinandergestapelt, und leere Milchtüten liegen herum. Das spricht eigentlich gegen die Theorie, Kristoffer könnte eine andere haben, keine Frau würde so ein Chaos dulden.

Er dreht sich zum Durchgang zum Wohnzimmer um und erstarrt.

Auf dem Boden, mitten zwischen Babyspielzeug und Glasscherben, liegt ein lebloser Körper.

KAPITEL
77

Warum meldet Nyhlén sich nicht? Wenn sie ihn anruft, ist entweder besetzt, oder der automatische Anrufbeantworter geht an. Emma wälzt sich rastlos hin und her, die wundgelegenen Stellen reiben gegen das Laken. Die medizinische Untersuchung zieht sich hin, und sie ist nahe daran, den Arzt anzubrüllen, er solle sie in Ruhe lassen. Bevor sie an ihre eigene Gesundheit denken kann, muss sie wissen, was zu Hause los ist. Dass Kristoffer nicht bei ihr ist, muss eigentlich gar nichts bedeuten, aber inzwischen hat sie sich selbst so verrückt gemacht, dass die Fantasie einfach immer wieder mit ihr durchgeht. Und alle Szenarien, die sie dabei durchspielt, haben eines gemeinsam: Sie enden böse.

Sie stellt sich darauf ein, dass Kristoffer eine andere hat. Das scheint am naheliegendsten, geradezu folgerichtig und würde erklären, warum er in letzter Zeit so distanziert gewesen ist. Und auch wenn das schlimm wäre, wäre es noch viel schlimmer, wenn Ines etwas zugestoßen wäre. Ein winziger Moment der Unachtsamkeit und ein kleines Kind kommt zu Schaden. In Anbetracht dessen, wie erschöpft Kristoffer in den vergangenen Tagen ausgesehen hat, kann sie sich durchaus vorstellen, dass er nicht immer ganz genau auf sie aufpasst. Ja, das wird es sein. Kristoffer kann nicht ans Telefon, weil Ines sich verletzt hat. Es macht Emma wahnsinnig, nicht zu wissen, was los ist, und selbst nichts tun zu können. Bewegungsunfähig in einem Krankenbett liegen zu müssen ist an sich schon eine Qual; sich darüber hinaus auch noch große Sorgen zu machen ist nahezu unerträglich.

Eines ist jedenfalls sicher: Sie wird nie wieder so sein wie zuvor, bevor sie ins Krankenhaus eingeliefert wurde, falls sie überhaupt überleben sollte. Wenn sie an die neuerliche Hirnblutung denkt, scheint nichts mehr gewiss. Die Ärzte können sich immer noch nicht erklären, wie es dazu kommen konnte. Es kam ihnen merkwürdig vor, dass sie einen hohen Anteil eines Präparates im Blut hatte, das für eine Person, die gerade eine Hirnverletzung erlitten hat, geradezu lebensgefährlich ist. Ein Präparat, das in ihrer Patientenakte nicht vorkommt und das dazu beigetragen haben könnte, dass es zu dieser Hirnblutung gekommen ist.

Doch niemand hat bisher zugegeben, ihr ein falsches Medikament verabreicht zu haben. Was, wenn sie verwechselt worden ist und der, dem dieser Fehler unterlaufen ist, jetzt fürchten muss, seinen Job zu verlieren? Ein Feigling, der lieber schweigt, als zu seinem Fehler zu stehen? Ein erschreckender Gedanke. Vielleicht ist sogar der Arzt, der gerade bei ihr ist, derjenige, dem das passiert ist. Oder hat er es sogar absichtlich getan? Hat jemand ihn beauftragt, sie umzubringen, und wird er es noch einmal versuchen?

Emma spannt alle Muskeln an, bereit, die Klingel zu drücken.

Als der Arzt sie endlich in Ruhe lässt, schließt sie erschöpft die Augen. Sie wünscht sich nichts sehnlicher, als dass das Telefon klingelt oder Nyhlén hereinkommt.

Doch nichts davon geschieht.

KAPITEL
78

Nachdem er festgestellt hat, dass für die Person am Boden jede Hilfe zu spät kommt, ruft Nyhlén eine Streife. Dass es sich hier um keinen natürlichen Tod handelt, ist eindeutig. Ursache ist ein kräftiger Schlag auf den Hinterkopf. Die Wunde kann nicht von einem Sturz herrühren, denn das Opfer liegt auf dem Bauch. Der Schock sitzt tief, doch Nyhlén versucht sich zu sammeln, während er auf die Kollegen wartet, die jede Minute eintreffen müssten.

Glasscherben. Blutspritzer. Eine kaputte Bierflasche. Nyhlén kann sich nicht erklären, wie es zu diesem tragischen Ende kommen konnte. Er fühlt sich vom Unglück verfolgt und wagt gar nicht daran zu denken, dass jeder glauben wird, es gäbe einen Zusammenhang zwischen seinem Besuch bei Emma am Abend vor ihrer Hirnblutung und dem Todesfall in ihrer Wohnung. Er fragt sich ja beinahe selbst, ob er dabei ist, durchzudrehen, auch wenn alles nur Zufälle sind – ein Wort, für das Nyhlén nicht viel übrighat. Zumindest nicht, wenn es um Mord geht.

Er sieht sich noch einmal im Zimmer um und versucht sich verschiedene Szenarien vorzustellen. Die Fliegen haben den toten Körper zum Glück noch nicht entdeckt, was bedeutet, dass er noch nicht lange hier liegen kann. Alles deutet auf eine persönliche Abrechnung hin, denn offensichtlich ist es im Wohnzimmer passiert und nicht schon im Flur. Ein Besuch eines Bekannten, der irgendwie aus dem Ruder gelaufen ist? Aber warum und vor allem: Wer könnte es gewesen sein?

Vermutlich handelt es sich nicht um einen geplanten Mord. Also Notwehr? Vielleicht. Er versucht, sich den Ablauf vorzustellen, verliert jedoch den Faden, als er sich bewusst macht, in wessen Wohnung er sich befindet. Ihm schnürt sich die Kehle zusammen, wenn er an Emma denkt, die daliegt und wartet, dass er ihr Bericht erstattet.

Wie soll er ihr das erzählen? Nyhlén hat von Anfang an Angst gehabt, es könne etwas Schlimmes vorgefallen sein. An einen brutalen Mord hatte er dabei allerdings nicht gedacht. Und was soll Lindberg von ihm denken, wenn er ihn mit einer Leiche auf dem Boden in Emmas Wohnung findet?

Er flucht. Aus der Perspektive seines Chefs betrachtet, muss er ja verdächtig wirken: ein möglicher Täter. Dabei ist er nur auf Emmas Wunsch hin hierhergefahren, um mit Kristoffer zu reden.

Nyhlén geht vorsichtig zur Wohnungstür und lauscht auf ein Zeichen, dass die Kollegen auf dem Weg nach oben sind.

Noch ist alles still.

Erneut sucht er den Flur mit den Augen ab. Er hat das Gefühl, irgendetwas übersehen zu haben. Ines' Jacken sind so klein, als gehörten sie einer Puppe. Sein Blick hält bei einem geblümten Mäntelchen inne. Und da begreift er, was fehlt. Es braust in seinen Ohren. Er stürzt ins Wohnzimmer und starrt die leere Babywippe an. Dann durchsucht er rasch Schlafzimmer und Bad.

Nichts. Es ist totenstill.

Wo ist Ines?

KAPITEL
79

Krampfhaft hält sie die kaputte Kette in der einen Hand, während sie mit der anderen den Kinderwagen schiebt. Hillevi weiß nicht, wo sie hinsoll, sie muss einfach nur fort. Ununterbrochen sieht sie das jetzt vaterlose Mädchen an. Dann fasst sie sich an den Hals, es brennt und pocht abwechselnd, und es fällt ihr nicht sonderlich schwer, sich die rote Schwellung vorzustellen, sie muss schrecklich aussehen. Noch immer spürt sie Kristoffers steinharten Griff um ihren Hals.

Immer wieder sieht sie die unwirkliche Szene aus der Wohnung vor sich.

Dabei war sie doch hingefahren, um sich wieder mit Kristoffer zu vereinen. Sie begreift immer noch nicht, was vorgefallen ist, dass sie lebt und er tot ist. Eigentlich müsste sie außer sich sein vor Verzweiflung, doch sie spürt überhaupt nichts.

Als sie den Norra Mälarstranden hinuntergeht, sieht sie einen Mann, der sich ins Gras gesetzt hat, um den Sonnenuntergang zu betrachten. Ohne seinem Blick zu begegnen, läuft sie weiter, überlegt, was sie jetzt tun soll. Eigentlich müsste sie diejenige sein, die tot im Wohnzimmer liegt. Bis zuletzt hat es ganz danach ausgesehen, doch dann hat ihr Körper so merkwürdig reagiert, als sie kaum noch Luft bekam. Ohne es recht zu begreifen, verfügte sie plötzlich über ungeahnte Kräfte.

In weniger als einer Minute war alles vorbei.

Sie rammte ihm das Knie zwischen die Beine, so dass er vor Schmerz zusammenklappte und ihren Hals losließ. Im selben Moment entdeckte sie die Bierflasche auf dem Wohnzimmertisch.

Und ehe Kristoffer reagieren konnte, zog sie ihm die Flasche mit aller Kraft über den Schädel. Feige, aber notwendig, um selbst zu überleben. Vor den Augen seiner kleinen Tochter ging er zu Boden. Hillevi selbst stand daneben und zitterte. Ines war mucksmäuschenstill und starrte sie mit großen Augen an, die sich kurz darauf mit Tränen füllten. Dann brach sie in lautes Weinen aus. Hillevi hob sie hoch und tröstete sie, alles werde wieder gut.

Doch vor allem versuchte sie, es sich selbst einzureden.

Sie kann sich nicht daran erinnern, die Kette vom Boden aufgehoben zu haben, bevor sie ging. Und sie weiß auch nicht mehr, wie sie aus der Wohnung gekommen ist, ob sie dabei irgendjemandem begegnet ist. Sie schaudert. Niemand weiß, in welchem Verhältnis sie zu Kristoffer gestanden hat. Die Wahrscheinlichkeit, dass er Emma von ihr erzählt hat, ist äußerst gering.

Niemand wird sie finden. Oder Ines.

KAPITEL 80

Das wurde aber auch Zeit, denkt Nyhlén, als die Kollegen vom Landeskriminalamt endlich in Begleitung der Sanitäter im Treppenhaus auftauchen. Wenn man bedenkt, wie nah es von Emmas Wohnung zum Präsidium ist, hätte es deutlich schneller gehen können.

Nyhlén führt sie in die Wohnung, das Absperrband wird bereits angebracht. Ein neugieriger Nachbar bleibt stehen und fragt, was los ist. Nyhlén überlässt es dem Kollegen zu antworten und zieht sich wieder in den Flur zurück. Lindberg legt die Stirn in tiefe Falten.

»Was haben wir hier?«, fragt er.

Nyhlén räuspert sich.

»Wahrscheinlich einen Mord und …«

»Ist die Wohnung gesichert?«, unterbricht ihn Lindberg.

»Ich bin durch alle Zimmer gegangen, in den Schränken und unter den Betten habe ich allerdings noch nicht nachgeguckt. Aber es gibt ein großes Problem …«

Lindberg dreht sich um, um die anderen anzuweisen, die Wohnung zu durchsuchen, dann wendet er sich wieder Nyhlén zu.

»Erzähle, wie du das hier entdeckt hast.«

»Ich habe Emma im Krankenhaus besucht, und sie bat mich, hierherzufahren und mit ihrem Lebensgefährten zu reden«, sagt Nyhlén. »Die Tür war nicht abgeschlossen …«

»… und das ist also er, der dort liegt«, folgert Lindberg und zeigt auf den Mann am Boden.

»Genau. Er heißt Kristoffer, aber …«

»Es ist sonst niemand hier«, bestätigt ein Kollege, und Lindberg bedankt sich mit einem Nicken. »Was ... oder sagen wir so: Wie bist du hereingekommen, wenn niemand zu Hause war?«

»Die Tür war nicht abgeschlossen, daher bin ich reingegangen. Sobald ich die Leiche entdeckte, habe ich dich angerufen«, antwortet er. »Vielleicht können wir die Details später besprechen, es gibt nämlich ein viel größeres Problem. Etwas, das wichtiger ist als alles andere.«

»Was denn?«, fragt Lindberg.

»Emmas Tochter«, sagt Nyhlén. »Wenn Kristoffer tot ist – wer hat dann das Kind?«

Lindberg erbleicht.

»Warum hast du das nicht gleich gesagt?«

»Ich habe es versucht.«

»Kann sie nicht bei irgendjemand anderem sein?«

»Laut Emma war sie bei Kristoffer. Es gibt nur eine andere Person, die sich gelegentlich um sie kümmert, und das ist ihre Schwester.«

Irgendwo im Innern der Wohnung knurrt ein Hund. Es dauert eine Weile, bis sie herausfinden, dass es das Klingeln eines Handys ist und dass es aus der Kleidung des Opfers kommt. Ein Kriminaltechniker zieht es aus Kristoffers Hosentasche, und Nyhlén sieht den Namen »Josefin« im Display.

»Nicht drangehen«, sagt Nyhlén. »Sonst wird sie vielleicht panisch. Ich rufe sie gleich zurück.«

Als es aufhört zu klingeln, zieht er sein eigenes Handy heraus. Josefin nimmt sofort ab.

»Hier ist Emmas Kollege, Thomas Nyhlén«, sagt er. »Wir sind uns schon mal begegnet, ich weiß nicht, ob Sie sich noch daran erinnern?«

»Hallo. Ja, ich erinnere mich.«

»Ich wollte fragen, ob Sie gerade im Krankenhaus sind.«

»Ja. Emma hat versucht, Sie anzurufen. Was ist denn los? Sie stirbt fast vor Angst, weil Sie sich nicht melden. Bitte sagen Sie mir, dass alles in Ordnung ist!«

»Ich müsste wissen, ob Ines ...« Weiter kommt er nicht.

»Ja, genau darum geht es. Emma wundert sich, warum Kristoffer nicht mit ihr hierherkommt. Jetzt glaubt sie, ihr sei etwas zugestoßen und dass sie deshalb nicht kommen können.«

Nyhlén versucht, nicht zu der leeren Babywippe hinüberzuschauen, aber sein Blick kehrt immer wieder dorthin zurück. Genauso unmöglich ist es, die Blutlache zu ignorieren, die sich unter Kristoffers Kopf gebildet hat. Ein dunkelroter Fleck auf dem weißen Teppich. Nyhlén überlegt, Emmas Schwester zu sagen, wie es ist, entscheidet sich dann jedoch dagegen. So etwas kann man nicht am Telefon erzählen.

»Kommen Sie bitte zum Kiosk im Krankenhaus herunter, in sagen wir zehn, fünfzehn Minuten. Ich rufe an, wenn ich da bin.«

»Das können Sie nicht tun«, protestiert Josefin. »Sie machen mir Angst! Bitte geben Sie mir wenigstens einen Hinweis!«

»Das geht leider nicht. Ich möchte Sie gerne persönlich sprechen.«

Sie seufzt.

»Dann beeilen Sie sich, Emma ist schon ganz verrückt vor Sorge.«

»Ich tue mein Bestes.«

Er beendet das Gespräch und nickt Lindberg zu.

»Versprich mir, dass du alle Einsatzkräfte mobilisierst. Und ruf mich an, sobald du etwas weißt, dann fahre ich ins Krankenhaus und sage es Emma.«

»Bist du dir sicher, dass du das willst?«

»Natürlich. Ich muss es tun«, sagt Nyhlén und deutet das Schweigen seines Chefs als Zustimmung.

KAPITEL
81

Nyhléns unheilverkündende Stimme hallt in ihr nach. Wie soll sie es schaffen, sich vor Emma unbekümmert zu geben? Emma, die vor Sorge jetzt schon außer sich ist. Die sich so kurz nach ihrer Operation eigentlich ausruhen sollte, um keine Überanstrengung zu riskieren. Wahrscheinlich wäre es das Beste, wenn sie eine Krankenschwester um Rat bitten und sie fragen würde, ob sie Emma nicht erst einmal ein Beruhigungsmittel geben könnte. Aber es ist niemand zu sehen, alle scheinen irgendwo anders beschäftigt zu sein. Bevor sie zu Emma zurückgeht, versucht sie noch ein letztes Mal, Kristoffer zu erreichen. Wieder keine Antwort.

»Wer war es?«, fragt Emma, noch ehe Josefin die Tür hinter sich geschlossen hat. »Wer hat dich angerufen?«

»Die Schule«, lügt sie und hört selbst, wie falsch es klingt.

»Die Schule?«

»Ja, Sofies Lehrerin wollte mich sprechen«, antwortet Josefin ausweichend.

»Hör auf, ich sehe doch, dass du mich anlügst.«

Josefin gibt sich verletzt.

»Du brauchst mich nicht so zu behandeln. Ich mache mir genauso viele Sorgen wie du.«

»Sag mir die Wahrheit, egal, wie schlimm es ist.«

»Ich kann dir aber noch nichts sagen. Und jetzt muss ich runter und mir etwas zu essen holen, sonst überlebe ich diesen Tag nicht«, sagt Josefin und kämpft mit den Tränen.

Sie hasst es, lügen zu müssen, vor allem Emma gegenüber, die sich in einer so furchtbaren Situation befindet und sich ganz auf andere verlassen muss. Aber sie kann ihr auch nicht vor die Brust knallen, dass Nyhlén sie angerufen hat und sich mit ihr treffen will, erst muss sie herausfinden, was er ihr zu sagen hat. Sie geht wieder zur Tür, bleibt aber stehen, als sie Emmas verzweifeltes Schluchzen hört.

»Das kannst du nicht mit mir machen«, flüstert Emma. »Lass mich nicht allein, ich habe solche Angst! Hast du versucht, Kristoffer anzurufen?«

Josefin nickt.

»Mindestens zehn Mal.«

»Und Nyhlén?«

Sie zögert kurz, dann nickt sie erneut.

»Er geht auch nicht dran.«

»Dann ist irgendetwas mit Ines nicht in Ordnung. Ich spüre das bis ins Herz.«

»Jetzt male dir doch nicht gleich das Schlimmste aus.«

»Ich kann an nichts anderes denken, bevor ich nicht mit Nyhlén gesprochen habe.«

»Ich auch nicht«, sagt Josefin. »Ich bin gleich wieder zurück.«

»Geh nicht!«

»Ich muss.«

»Aber warum? Ich brauche dich doch hier!«

»Ich bin ganz schnell wieder zurück, versprochen!«

Josefin geht weiter. Da hört sie einen lauten Schrei.

KAPITEL
82

»Hör auf, mich wie eine Hirntote zu behandeln!«, brüllt Emma. »Und mich aus allem raushalten zu wollen! Wenn du jetzt gehst, brauchst du gar nicht mehr wiederzukommen. Nie mehr. Verstanden?«

Josefin bleibt wie angewurzelt stehen. Emma kann gar nicht an sich halten, es strömt nur so aus ihr heraus.

»Gib doch zu, dass du es genießt, die Macht zu haben«, ruft sie aufgebracht. »Im Gegensatz zu mir kannst du gehen, wann du willst, wenn es dir gerade mit mir nicht passt.«

»Das ist doch …« Josefins Augen füllen sich mit Tränen.

»Lass mich einfach mal ausreden«, sagt Emma. »Nur weil ich verletzt bin und hier herumliege, heißt das noch lange nicht, dass ich dumm bin. Und ich will wissen, was passiert ist, so schlimm es auch ist. Du hast kein Recht, mir Informationen vorzuenthalten. Nicht, wenn es um meine Familie geht.«

»Das tue ich auch nicht«, sagt Josefin.

»Und warum hast du es dann so eilig? Warum kannst du mir nicht sagen, wer angerufen hat?«

»Ich habe doch gesagt, es war die Schule.«

»Du lügst! Denk bloß nicht, dass du mir etwas vormachen kannst. Glaubst du, ich merke es nicht, wenn man mich anlügt? Das gehört gewissermaßen zu meinem Job! Und in dir, meine liebe Schwester, kann ich lesen wie in einem Buch.«

»Es gibt aber einen Unterschied, den du anscheinend vergessen hast: Dies ist kein Polizeiverhör. Ich muss mir das von dir nicht anhören, nicht nach allem, was ich für dich getan habe.«

»Lauf doch weg, sobald es anstrengend wird«, ruft Emma. »So wie du es schon immer getan hast.«

Josefin wirft ihr einen wütenden Blick zu.

»Verstehst du nicht, dass ich hier bin, um dir zu helfen? Wenn du wüsstest, wie viele Stunden ich an deinem Bett gesessen habe, während du im Koma lagst. Zeit, in der ich hätte arbeiten gehen oder mich um meine Kinder kümmern können.«

»Soll ich jetzt auch noch ein schlechtes Gewissen haben? Oder bist du auf einen Dank aus?«

Auch als Josefin schluchzt, kann Emma sich nicht zurückhalten. Es hat sich so viel in ihr angestaut, und Josefin ist nun einmal gerade in der Schusslinie.

»Gib zu, dass du gelogen hast. Es war nicht die Schule.«

Ein kurzes Zögern Josefins genügt ihr, um zu wissen, dass sie recht hat.

»Also sag mir, wer es war.«

»Nyhlén«, flüstert Josefin. »Wir treffen uns gleich, und deshalb muss ich jetzt los.«

Emmas Herz setzt kurz aus.

»Was hat er gesagt?«

»Nichts, außer dass er mich treffen und mit mir reden will.«

»Bevor ihr mir dann sagt, was los ist? Damit ich die Letzte bin, die es erfährt?«

Nicht auch noch Nyhlén! Von ihm hat Emma wirklich Besseres erwartet. Sie sackt in sich zusammen, denn nun weiß sie, dass es schlechte Nachrichten sind. Sonst hätte er nicht Josefin angerufen statt ihrer.

»Ich weiß nicht, was er sich dabei gedacht hat«, sagt Josefin und sieht endlich einmal ehrlich aus. »Aber jetzt weißt du, warum ich es so eilig habe.«

»Bring ihn lieber hierher«, ruft Emma ihr nach.

Diesmal bleibt Josefin nicht stehen. Emma sieht sie hinter der nächsten Ecke verschwinden.

»Josefin«, ruft sie verzweifelt, »lass mich nicht im Stich!«

KAPITEL
83

Mit Tränen in den Augen verlässt Josefin die Intensivstation. Sie hat wahnsinnige Angst vor dem, was Nyhlén ihr zu sagen hat, und fühlt sich gleichzeitig ungerecht behandelt und zutiefst verletzt. Typisch Emma, dass sie alles an ihr auslassen muss. Sie ist es gewohnt, alles im Griff zu haben, und leidet wahrscheinlich furchtbar darunter, nichts tun zu können. Es muss schrecklich für sie sein, und Josefin kann ihre Beschuldigungen ein Stück weit verstehen. Dennoch sind es sehr harte und ungerechte Worte gewesen.

Josefin fährt mit dem Aufzug ins Erdgeschoss und sieht Nyhlén schon von weitem. Sie beschleunigt den Schritt und winkt, um ihn auf sich aufmerksam zu machen. Sobald er sie entdeckt hat, läuft er ihr entgegen.

»Entschuldigen Sie die Verspätung«, sagt Josefin. »Emma hat mich aufgehalten.«

»Kein Problem, ich bin auch gerade erst gekommen«, sagt er und weicht ihrem Blick rasch aus. Es ist ihm anzusehen, dass er schlechte Nachrichten hat, genau wie Emma vermutet hat. Josefin spürt, wie der Boden unter ihren Füßen wankt.

»Wollen wir uns hier irgendwo setzen oder in der Cafeteria?«

»Das geht nicht, Emma würde mich umbringen.«

Nyhlén runzelt die Stirn.

»Wie meinen Sie das?«

»Sie ist sich sicher, dass etwas passiert ist, und will es gleichzeitig mit mir erfahren, sonst verzeiht sie mir nie und Ihnen auch nicht, soweit ich das verstanden habe.«

»Glauben Sie, sie hält das aus? Wegen ihrer neuerlichen Hirnblutung, meine ich«, fragt er. »Ich wollte es gern zuerst mit Ihnen besprechen, um zu überlegen, wie wir am besten vorgehen.«

Josefin würde am liebsten laut schreien. Wie soll sie das beantworten, wenn sie gar nicht weiß, worum es geht? Sie begreift nicht, warum alle wichtigen Entscheidungen immerzu bei ihr landen müssen. Wo sind ihre Eltern, wenn sie sie am dringendsten braucht? Sie will doch nur Emma vor unnötigem Kummer bewahren. Und was ist der Dank? Eine Gardinenpredigt, die sich gewaschen hat.

»Wir haben keine Wahl«, sagt Josefin. »Kommen Sie.«

Auf dem Weg zu den Aufzügen legt Nyhlén vorsichtig einen Arm um ihre angespannten Schultern. Einen warmen und zuverlässigen Arm, der sie ein wenig entspannen lässt. Sie kann sich gar nicht erinnern, wann sie zuletzt ein Mann so gehalten hat. Ein Wohlbehagen breitet sich in ihr aus, von dem sie jedoch weiß, dass es in wenigen Minuten wieder vorbei sein wird.

KAPITEL
84

Als sie am Nachmittag von ihrem Spaziergang in Saltsjöbaden nach Hause kommen, klingelt Everts Handy. Die Putzfrau gibt ihnen ein Zeichen, vorsichtig zu sein, weil sie gerade erst den Boden gewischt hat. Marianne geht daraufhin wieder hinaus, und Evert folgt ihrem Beispiel. Ein Telefonat in der Frühlingssonne passt ihm ausgezeichnet.

»Evert«, meldet er sich und setzt sich in einen bequemen Lehnstuhl auf der Veranda.

Er genießt den Ausblick auf den Garten, der allmählich wieder Leben zeigt, die Kirschbäume blühen schon. Der Frühling ist wirklich eine schöne Jahreszeit, schade nur, dass er so kurz ist. Kaum da, fallen die rosa Blütenblätter schon wieder zu Boden, und dann dauert es ein ganzes Jahr, bis sie wiederkommen.

»Bruder«, hört er Gunnars betrübte Stimme am anderen Ende. »Ich habe gerade schlechte Nachrichten bekommen, von denen ich glaube, dass sie dich noch nicht erreicht haben.«

Evert hat nicht die geringste Ahnung, worum es sich handeln könnte. Etwas weiter weg sieht er Marianne, wie sie sich zu den Frühlingszwiebeln in einem der Beete hinunterbückt. Wird er ihr wieder den Tag mit bösen Neuigkeiten verderben müssen?

»Lass hören«, sagt er steif und sieht sich nach etwas um, worauf er den Blick richten kann.

»Wir haben eine Einsatzgruppe an die Adresse deiner Tochter in der Hälsingegatan geschickt.«

Die Gedanken gehen mit ihm durch, Evert bekommt keinen von ihnen zu fassen, bevor Gunnar auch schon weiterredet:

»Emmas Lebensgefährte ist ermordet worden. Mein Beileid.«
»Was sagst du da?«, fragt er und versucht zugleich, diese Information zu verarbeiten.
»Es tut mir sehr leid«, sagt Gunnar. »Und besonders leid, dass ich es dir am Telefon sagen muss, aber ich wollte, dass du es so schnell wie möglich erfährst.«
Marianne ist mitten in der Bewegung erstarrt, als könne sie auf die Entfernung spüren, dass etwas Schreckliches geschehen ist. Langsam dreht sie sich zu ihm um und sieht ihn fragend an, doch er lässt sich nichts anmerken. Erst muss er mehr erfahren. Die Putzfrau kommt heraus und verabschiedet sich mit einem »Danke, bis nächstes Mal«. Er bringt kein Wort als Entgegnung heraus, und bevor er überhaupt den Mund öffnen kann, ist sie schon verschwunden. Dann wird ihm klar, dass Gunnar immer noch am Telefon ist. Er räuspert sich.
»Ich weiß nicht, was ich sagen soll.«
»Das verstehe ich.«
»Wo hat man ihn gefunden?«
»Zu Hause in seinem Wohnzimmer.«
»Was genau ist passiert?«
»Das lässt sich noch nicht sagen, aber fest steht, dass die Tatwaffe eine Bierflasche war.«
Eine Bierflasche? Das hört sich an, als wäre ein Streit aus dem Ruder gelaufen, nicht, als handele es sich um einen geplanten Mord. Sein Schwiegersohn, der in den letzten Tagen ganz schön mitgenommen ausgesehen hat. Hat ihn außer Emmas Zustand noch etwas anderes bedrückt?
»Wie hat man ihn gefunden?«
»Nyhlén hat ihn entdeckt.«
Ein Schauer läuft ihm den Rücken hinunter.
»Zu Hause? In Kristoffers Wohnung?«
»Ja, genau«, sagt Gunnar. »Ich weiß, dass es merkwürdig klingt, und verspreche, herauszufinden, wie das zusammenhängt.«
»Ich begreife nicht, was er dort zu suchen hatte«, sagt Evert. »Sie kannten sich doch nicht einmal.«
Gunnar seufzt.

»Nicht, dass es ein Trost wäre, aber ich verspreche dir, mich persönlich darum zu kümmern.«

»Danke«, sagt Evert.

Gunnar legt immer noch nicht auf.

»Ich muss dir leider noch etwas mitteilen. Emmas Tochter war nicht mehr in der Wohnung.«

»Wie meinst du das? Wo ist sie?«

»Das wissen wir noch nicht«, sagt Gunnar. »Wir tun alles, was in unserer Macht steht, um sie zu finden. Sobald ich mehr weiß, melde ich mich bei dir.«

Das Gespräch wird unterbrochen, und Evert lehnt sich zurück und schließt die Augen. Wie soll er das Marianne erklären? Oder noch schlimmer: Emma? Er weiß nicht, ob sie die Nachricht von Kristoffers Tod schon bekommen hat. Oder dass Ines verschwunden ist. Wie soll sie das ertragen? Schlimmer kann es kaum werden.

»Möchtest du einen Kaffee?«, fragt Marianne. Es hört sich an, als wäre sie ganz weit weg, dabei steht sie direkt neben ihm.

Im Gegenlicht kann er die Tasse kaum erkennen, die sie ihm hinhält. Er würde die Zeit gerne einfrieren, denn sobald er den Kaffee genommen hat, wird sie sich neben ihn setzen. Und dann muss er ihr das Unfassbare erzählen, das ihrer jüngsten Tochter zugestoßen ist.

KAPITEL
85

Obwohl Nyhlén durchaus Erfahrung damit hat, Todesnachrichten zu überbringen, kann er sich nichts Schlimmeres vorstellen, als dies ausgerechnet seiner engsten Kollegin gegenüber tun zu müssen. Andererseits kann er es keinem anderen überlassen, so schwer es ihm auch fallen mag.

»Hallo, Emma«, sagt er und sieht schon die Angst in ihren Augen.

»Nyhlén«, sagt sie, »ich habe mir solche Sorgen gemacht, weil ich dich nicht erreichen konnte.«

»Ich erzähle dir alles, sobald wir uns hingesetzt haben.«

Ein Besucherstuhl steht bereits neben dem Bett, und als Gentleman überlässt er ihn Josefin, die immer noch wie angewurzelt in der Tür steht. Ihre Furcht ist mit Händen zu greifen, es scheint, als wage sie es nicht, sich ihrer eigenen Schwester zu nähern, doch dann folgt sie seiner einladenden Geste. Anschließend holt Nyhlén einen weiteren Stuhl und stellt ihn auf die andere Seite des Bettes. Er hat das Pflegepersonal informiert, damit sie Hilfe leisten können, falls es nötig werden sollte. Bis dahin hat er sie gebeten, draußen zu warten.

Emma hält es nicht länger aus.

»Ist Ines etwas passiert?«

»Ich weiß nicht so recht, wo ich anfangen soll«, sagt Nyhlén und sucht nach den richtigen Worten, obwohl er weiß, dass es sie nicht gibt. »Es gibt keine gute Art, es zu sagen. Du weißt, wie schwierig es ist und dass man am besten direkt zur Sache kommt.«

»Bitte, Nyhlén!«

Emma sieht ihn flehend an.

»Entschuldige. Ich bin auf direktem Weg zu deiner Wohnung gefahren, so wie du es mir aufgetragen hast. Und du hattest recht, es ist etwas passiert.«

Emma starrt ihn an. Er schluckt und atmet tief durch.

»Kristoffer ist tot.«

Er lässt ihren Blick nicht los. Aus dem Augenwinkel kann er erahnen, wie Josefin in sich zusammensackt und das Gesicht in ihren Händen verbirgt.

»Tot? Ich verstehe nicht ...«, stammelt Emma.

Josefin murmelt etwas und greift nach ihrer Hand. Nyhlén folgt ihrem Beispiel und nimmt die andere, die kraftlos herunterhängt.

»Ich weiß nicht, wie es passiert ist. Die Wohnungstür war nicht abgeschlossen, und ich habe ihn auf dem Boden liegend gefunden.« Nyhlén spürt, wie sich ihm der Magen umdreht, wenn er sich an Kristoffers Anblick erinnert. »Wir sind noch dabei, die Wohnung zu sichern.«

Emma starrt ihn mit großen Augen an.

»Warum?«

»Um sichergehen zu können, dass es sich nicht um ein Verbrechen handelt«, sagt er und beißt sich auf die Zunge. Es wäre zu viel für Emma, wenn er ihr sofort sagen würde, dass ihr Lebensgefährte offensichtlich ermordet worden ist. Das kann sie später erfahren, es muss nicht gleich als Erstes sein.

Nyhlén sieht, wie entsetzt Emma ist und wie sehr sie kämpfen muss, um es zu begreifen. Dabei hat er ihr noch gar nicht alles gesagt.

KAPITEL
86

Ein halbes Jahr hat Emma zwischen Leben und Tod geschwebt und ist mehrmals kurz davor gewesen, den Halt in diesem Leben zu verlieren. Die Ärzte haben sich bemüht, sie zu retten, und sie hat um ihr Überleben gekämpft. Alle Angehörigen haben den Atem angehalten und gebetet, dass es gut gehen möge. Sie haben sich viele Monate Sorgen gemacht und haben dann endlich die frohe Botschaft erhalten, dass sie wieder bei Bewusstsein ist. Und dann stirbt nur wenige Tage später Kristoffer. Emma kann es einfach nicht glauben, sooft sie es sich auch wiederholt. Es darf nicht wahr sein! Doch Nyhlén ist deutlich anzumerken, dass es keinen Raum für Zweifel gibt. Der Tote in ihrer Wohnung ist ihr Mann. Darüber hinaus spürt sie, dass Nyhlén gewisse Details für sich behält. Wahrscheinlich will er sie vor einer neuerlichen Panikattacke schützen. Als läge das in seiner Macht. Die Wirklichkeit ist nun einmal unbarmherzig.

Emma versucht, sich ihre letzte Begegnung mit Kristoffer zu vergegenwärtigen. Wirkte er gestresst? Unruhig? Liebevoll? Hat er geahnt, was geschehen würde? War es Selbstmord? Vielleicht hatte er schwere Depressionen, das würde zumindest sein merkwürdiges Verhalten in den letzten Tagen erklären. Wobei es ihr schwerfällt zu glauben, er könnte sich das Leben genommen haben. Dazu ist er viel zu selbstverliebt gewesen. Sie hat gar kein richtiges Bild mehr von ihm, sein Gesicht ist verschwommen, als würde er sich auch aus ihren Erinnerungen schon verabschieden.

Dann versucht sie, die Wohnung vor sich zu sehen, doch die Farben erscheinen nur ganz blass, wie auf einer alten Schwarzweiß-

Fotografie mit vergilbten Rändern. Sie weiß nicht einmal mehr, wie die gemusterte Tapete aussieht.

»Wo hast du ihn gefunden?«, fragt sie nach quälend langem Schweigen.

»Auf dem Teppich im Wohnzimmer.«

Emma stellt sich die Sitzgarnitur vor, den Teppich und den Couchtisch. Und einen toten Körper. Vielleicht auch Blutflecken. Es braust in ihren Ohren, und ihr wird schwindlig. Lange kann sie die Augen nicht mehr offen halten. Warum sollte sie auch? Am besten wäre es, wenn sie für immer einschlafen würde.

Josefin schluchzt auf.

»Arme Ines! Sie muss ja dabei gewesen sein und alles mit angesehen haben. Armes Kind!«

»Ines«, ruft Emma, plötzlich wieder hellwach. »Wo ist Ines?«

Nyhlén schließt die Augen und holt tief Luft.

»Dazu wollte ich gerade kommen. Ich wollte nur eins nach dem anderen sagen.«

Emma sieht ihn an. Will er ihr verbergen, was mit ihrer Tochter ist? Das würde sie ihm niemals verzeihen!

»Ist sie auch tot?«, schreit Emma.

»Nein, ganz ruhig«, sagt er. »Zumindest nicht, soweit wir wissen.«

»Du meinst, ihr wisst nicht, wo sie ist?«, fragt Emma mit zitternder Stimme.

»Ja, genau das ist das Problem«, sagt er und schluckt. »Sie war nicht in der Wohnung, aber wir fahnden natürlich nach ihr.«

Emma versucht aufzustehen.

»Ich muss mein Kind suchen!«

KAPITEL
87

Ines liegt ganz ruhig im Wagen, in glücklicher Unwissenheit um das Chaos, das um sie herum herrscht. Es ist gar nicht leicht gewesen, den sperrigen Kinderwagen die Treppe hinaufzubekommen, einen Lift gibt es in ihrem Haus nicht. Verträumt betrachtet Hillevi das kleine Mädchen und beneidet es ein bisschen. Gerne würde sie mit ihr tauschen, so dass nicht sie die Erwachsene wäre und Verantwortung für ihr Handeln übernehmen müsste. Vorsichtig hebt sie die Kleine hoch und trägt sie ins Bett, in der Hoffnung, dass sie nicht aufwacht. Ines sieht so winzig aus, wie sie da auf der Matratze liegt, und Hillevi deckt sie sorgsam mit ihrer eigenen Decke zu. Es macht ihr wirklich Mühe, den Blick von ihr zu wenden.

Jetzt gibt es nur noch sie beide.

Sie genießt den Augenblick, obwohl es ihr schwerfällt, ihre Panik in Schach zu halten.

Irgendetwas sagt ihr, dass dies keine Dauerlösung sein kann, dass man ihr Ines früher oder später wieder wegnehmen wird. Sie schiebt den Gedanken beiseite und versucht, sich zunächst noch ein bisschen zu entspannen, ganz im Hier und Jetzt zu sein und die Zukunft egal sein zu lassen. Nach allem, was sie durchgemacht hat, hat sie sich ein bisschen Glück verdient, wenigstens für einen kurzen Moment.

Plötzlich merkt sie, wie erschöpft sie ist. Die Ereignisse des Tages holen sie ein, sie wird von Müdigkeit übermannt und kann nicht anders, als neben Ines ins Bett zu kriechen, um sich auszuruhen. Sie legt sich dicht neben sie, und die Härchen auf ihren Unterarmen stellen sich auf, als sie den zarten Babygeruch wahrnimmt.

Ein unverdorbenes Baby ist hundertmal besser als ein unberechenbarer Mann, versucht sie sich einzureden. Und so gesehen hätte es gar nicht besser kommen können, auch wenn sie sich eigentlich darauf eingestellt hatte, dass es am Ende sie, Kristoffer und Ines sein würden.
Die perfekte Familie.
Sie hat ihn völlig falsch eingeschätzt. Erst hat er sie wieder in sein Leben eingelassen, und dann hat er ihr erneut die Tür vor der Nase zugeschlagen. Als es ihm nicht mehr passte, zeigte sich gleich, was für ein Feigling er war. Um ihn lohnt es sich wirklich nicht zu trauern. Mit seinem ständigen Manipulieren hat er ohnehin nur Schaden angerichtet.
Jetzt wird die Polizei nach Ines suchen und dabei im Dunkeln tappen.
Kindesentführung. Hillevi lässt sich das Wort auf der Zunge zergehen.
Sie kann sich vorstellen, wie ratlos die Untersuchungskommission dasteht und überlegt, wer der Täter sein könnte. Bestimmt suchen sie nach Motiven und haben Krisentreffen. Sie freut sich geradezu diebisch bei dem Gedanken, dass man sie niemals finden wird. Oder unterschätzt sie die Polizei? Sie muss an Kristoffers Handy denken, das wahrscheinlich noch in der Wohnung liegt. Können sie eingehende Anrufe zurückverfolgen? Würde das irgendetwas beweisen?
Ihre Müdigkeit ist plötzlich wie weggeblasen.
Panisch schaltet sie ihr Handy aus und fragt sich gleichzeitig, ob es eine Rolle spielt, ob es an- oder ausgeschaltet ist. Vielleicht kann man es trotzdem orten? Sie muss sofort die SIM-Karte loswerden, das hätte ihr schon viel früher einfallen müssen. Sie braucht nur rauszugehen und sie wegzuwerfen, dann kann die Polizei sie nicht mehr finden. Oder sind sie schon auf dem Weg? Hillevi setzt sich im Bett auf und versichert sich, dass Ines immer noch genauso daliegt wie zuvor. Sie überlegt, ob sie das Kind mitnehmen soll, doch dann bestünde das Risiko, dass sie zusammen gesehen werden. Vielleicht wird Ines bereits in den Medien gesucht? Sie betrachtet das Kind. Wenn die Kleine einmal eingeschlafen ist, wird

sie die Nacht doch wohl durchschlafen? Zur Sicherheit legt Hillevi ein paar Kissen um sie herum, damit sie nicht über die Bettkante rollen kann.

Dann zieht Hillevi ihren langen schwarzen Mantel an und verlässt die Wohnung. Nach ein paar Minuten Fußweg wirft sie die SIM-Karte in einen Mülleimer und geht dann wieder nach Hause, in der Hoffnung, dass Ines in der Zwischenzeit nicht aufgewacht ist. Das Letzte, was sie möchte, ist, das Kind noch mehr Traumata auszusetzen.

KAPITEL
88

Während Nyhlén versucht, Emma zu beruhigen, und aufpasst, dass sie sich nicht verletzt, geht Josefin hinaus, um Hilfe zu holen. Er ist überrascht, wie viel Kraft Emma hat, obwohl sie sich seit einem halben Jahr fast nicht bewegt hat. Ihre Muskeln müssten eigentlich völlig verkümmert sein, doch ihm gelingt es kaum, sie festzuhalten. Sie zerkratzt ihm die Arme wie eine Raubkatze, die weiß, dass sie ihren Meister gefunden hat, und kein Mittel scheut, um sich dennoch loszumachen. Sie weiß nicht mehr, dass sie ihm wehtut, dass er auf ihrer Seite ist. Ärzte und Krankenschwestern stürmen herein und erkennen sofort den Ernst der Lage. Es braucht mehrere Personen, um Emma im Bett festzuhalten, und Nyhlén leidet mir ihr. Es ist doch klar, dass sich alles in ihrem Kopf nur darum dreht, ihre Tochter zu retten. Wenn niemand Emma hindern würde, ist er überzeugt, dass es ihr gelungen wäre, sich mit dem Tropf im Schlepptau auf den Weg zu machen.

Endlich hört Emma auf, sich zu wehren, und ihre Wut verwandelt sich in Verzweiflung. Josefin tut ihr Möglichstes, um sie zu beruhigen, indem sie ihr den Arm streichelt und beruhigend auf sie einredet. Doch es fällt ihr offensichtlich schwer, weil es gar nichts Positives zu sagen gibt. Es klingt, als rede sie mit einem verängstigten Kind. Dass Nyhlén nicht mehr weiterweiß, geschieht selten, doch der Anblick der hilflosen Emma erschüttert ihn zutiefst. Sein Handy vibriert, und er verlässt das Zimmer, um den Anruf entgegenzunehmen. Er sieht, dass es Lindberg ist, und betet zu Gott, dass sie Ines lebend gefunden haben. Er möchte gern derjenige sein, der diese Nachricht überbringt.

»Ich stehe direkt vor der Intensivstation, es ist also schwierig zu reden«, sagt er.

»Hast du es ihr gesagt?«, fragt Lindberg.

»Ja«, antwortet Nyhlén und betrachtet die Kratzwunden an seinem Arm. »Deswegen ist hier ja gerade so ein Chaos.«

»Verstehe. Ist irgendjemand von der Familie vor Ort?«

Er wird doch nicht noch mehr schlechte Nachrichten haben? Nyhlén schließt die Augen und hofft, dass sie in der Wohnung nicht die Leiche des Kindes gefunden haben. Was, wenn sie in einem der Schränke oder in der Anrichte lag? Oder im Abfallraum? Nyhlén dreht sich von Emmas Tür weg.

»Sag nicht, ihr habt Ines tot aufgefunden.«

»Nein, zum Glück nicht, aber wir haben sie auch nicht lebend gefunden. Und da du einer unserer besten Ermittler bist, möchte ich dich bitten, unmittelbar hierherzukommen. Wir brauchen dich.«

Nyhlén seufzt erleichtert auf. Dann gibt es also etwas, für das er konkret kämpfen kann. Doch die Zeit ist knapp.

»Ja, natürlich, ich komme sofort.«

»Wir haben Befehl von ganz oben, dass Emma bis auf weiteres unter Polizeischutz gestellt werden soll, eine reine Sicherheitsmaßnahme. Zumindest bis wir Gewissheit bezüglich des Mordes an ihrem Lebensgefährten haben und ausschließen können, dass sie in Gefahr ist.«

»Sehr gut, danke.«

Bruchstücke der Ereignisse der vergangenen Tage schwirren ihm durch den Kopf. Alles, was Emma scheinbar verwirrt zusammengestammelt hat, kommt wieder hoch: dass der Reitunfall arrangiert gewesen sei, Kristoffers plötzlicher Tod und Ines' Verschwinden. Es könnte einen Zusammenhang geben, was er mit Lindberg diskutieren wird, wenn er erst auf dem Präsidium ist. Nyhlén schaut noch einmal zu Emma herein und ist erleichtert, dass sie jetzt unter Polizeischutz stehen wird. Er informiert Josefin darüber, die nur schweigend nickt. Sie sieht aus, als könne sie eine Stärkung gebrauchen, immerhin ist es ihr gelungen, Emma zu beruhigen.

Eine Krankenschwester kommt auf ihn zu und greift nach seinem Arm.

»Lassen Sie mich das desinfizieren.«
»Nicht nötig. Ich muss los.«
»Es dauert nur eine Minute, warten Sie hier.«

Nyhlén will nicht unhöflich sein und wartet auf die Frau, die ihm ja im Grunde nur Gutes will. Sie hat keine Ahnung, was im Präsidium los ist, dass die Uhren dort wie Zeitbomben ticken. Nyhlén kann den Blick nicht von Emma wenden. Jetzt sieht sie wieder so ruhig aus wie zuvor, als wäre nichts passiert. Von ihrem Ausbruch ist keine Spur zu sehen, außer an seinem Arm. Am liebsten würde er sie halten und ihr sagen, dass er alles tun wird, um Ines zu finden. Und Kristoffers Mörder. Wenn ihm nur eines davon gelingt, ist die Chance groß, dass ihm auch das andere glückt.

KAPITEL 89

Vor dem Haupteingang des Krankenhauses stößt Evert mit Nyhlén zusammen und merkt, wie sein Zorn neu entflammt. Wie kann er es wagen, hierherzukommen? Er zerrt ihn nach draußen, Marianne folgt ihnen auf den Fersen.

»Mit Ihnen habe ich noch ein ernstes Wörtchen zu reden«, sagt Evert und notiert zugleich Mariannes besorgten Blick.

»Was hast du vor?«, fragt sie nervös.

»Geh schon mal rein zu Emma«, sagt er, und es klingt wie ein Befehl. Sie wagt nicht zu widersprechen, doch ihr ist anzusehen, dass ihr das Ganze furchtbar unangenehm ist. Und Nyhlén, dieser Heuchler, versucht gar nicht erst zu fliehen, sondern bleibt ergeben stehen wie ein Hund, den Schwanz zwischen die Beine geklemmt. Evert nickt Richtung Tür, damit Marianne endlich geht, und schließlich dreht sie sich um und geht hinein. Als sie verschwunden ist, sucht Evert Nyhléns Blick.

»Jetzt sagen Sie mir ein für alle Mal, was hier vorgeht«, fordert Evert. Es macht ihn ganz kribbelig, dass Emmas Kollege nur dasteht und unschuldig dreinsieht.

»Bei allem Respekt, ich verstehe nicht, worauf Sie hinauswollen«, erwidert Nyhlén und zieht sich den Pullover wieder zurecht. »Mein Beileid übrigens zu Kristoffers Tod, es muss Sie sehr getroffen haben.«

»Wie bitte schön kam es, dass ausgerechnet Sie ihn gefunden haben?«, fragt Evert. »Was hatten Sie in Emmas Wohnung zu suchen?«

»Emma hatte mich gebeten, hinzufahren«, sagt Nyhlén wahrheitsgemäß.

»Jetzt schieben Sie die Schuld nicht auf meine Tochter, sagen Sie mir lieber, was Sie dort vorhatten!«
»Wie gesagt, Emma wollte, dass ich in ihre Wohnung fahre.«
»Warum?«
Nun scheint auch Nyhlén verärgert zu sein. Er schaut auf die Uhr, als könnte es irgendetwas Wichtigeres geben.
»Sie hat sich Sorgen gemacht, weil Kristoffer nicht ans Telefon ging, und wollte, dass ich nachsehe, ob etwas passiert ist.«
Evert schüttelt den Kopf.
»Warum hat Emma Sie damit beauftragt? Sie hätte genauso gut mich hinschicken können oder Josefin.«
»Das müssen Sie sie schon selbst fragen«, erwidert Nyhlén unfreundlich.
»Und woher soll ich wissen, dass nicht Sie ihn umgebracht haben?«
»Das können Sie natürlich überhaupt nicht wissen.«
»Passen Sie bloß auf!«
»Drohen Sie mir etwa?«
Nyhlén sieht halb belustigt aus.
Evert holt tief Luft und reißt sich zusammen.
»Sie werden da nie wieder rauskommen, das ist Ihnen schon bewusst, oder?«
»Wissen Sie, ich finde es ziemlich traurig, dass Sie als Emmas Vater hier stehen und meine kostbare Zeit in Anspruch nehmen, während Ines verschwunden ist«, sagt Nyhlén ruhig. »Sie ziehen voreilige Schlüsse und hindern mich daran, meine Arbeit zu tun.«
Evert packt Nyhlén am Kragen und presst ihn gegen die Wand.
»Seien Sie gewiss, dass man ganz oben ein Auge auf Sie haben wird.«
Ein Passant blickt erschrocken zu ihnen herüber, und Evert lässt Nyhlén los, um kein weiteres Aufsehen zu erregen. Für viele ist er schließlich immer noch ein bekanntes Gesicht, und er hat keine Lust, sich nur wegen eines Lügners zum Gerede zu machen. Heutzutage genügt es ja schon, ein unscharfes Handykamerabild zu knipsen, schon meinen die Zeitungen, Grund für missverständliche Schlagzeilen zu haben.

»Sind Sie jetzt fertig, kann ich gehen?«, fragt Nyhlén.
Evert antwortet mit einem letzten warnenden Blick. Dann macht er auf dem Absatz kehrt und betritt, ohne sich noch einmal umzudrehen, das Krankenhaus.

KAPITEL
90

Nyhléns Atmung normalisiert sich wieder, sobald Evert außer Sichtweite ist. Dennoch bleibt er einen Moment vor dem Krankenhaus stehen, statt zu seinem Auto zu laufen. Er hat einen wichtigen Job zu erledigen, doch die heftigen Vorwürfe des ehemaligen Polizeichefs haben ihn völlig aus dem Konzept gebracht. Er begreift nicht, wieso es so schiefgehen konnte, schließlich wollte er Emma nur einen Gefallen tun. Im Nachhinein sieht er ein, dass es dumm von ihm war, nicht abgelehnt zu haben. Dann wäre ihm das alles nicht passiert. Er hätte darauf bestehen müssen, jemand anderen hinzuschicken, und sei es nur zu seinem eigenen Schutz. Jetzt muss er damit rechnen, dass Emmas Vater alles tun wird, um ihn als den Schuldigen an Kristoffers Tod darzustellen. Gut, dass Evert keinen Einfluss mehr im Präsidium hat.

Nyhlén setzt sich ins Auto und versucht vergeblich, sich einzureden, dass er sich keine Sorgen zu machen braucht. Dazu hat Evert dann doch noch zu viele Kontakte auf allen Ebenen der Polizeiarbeit. Viele halten nach wie vor große Stücke auf ihn, einschließlich seines Nachfolgers Gunnar Olausson. Es ist daher auch nicht weiter schwierig, sich auszurechnen, wer Evert gesteckt hat, dass er, Nyhlén, die furchtbare Entdeckung gemacht hat.

In seiner gesamten Laufbahn hat Nyhlén sich bisher nichts vorwerfen lassen müssen. Natürlich ist auch er auf die eine oder andere Finte hereingefallen oder hat entscheidende Hinweise ignoriert, genau wie jeder andere Ermittler auch. Aber er ist vollkommen straffrei, was Evert eigentlich wissen müsste. Und das können nicht alle Polizisten von sich behaupten, auch bei ihnen gibt es schwarze Schafe, dessen ist Nyhlén sich bewusst. Manche ergreifen den Polizeiberuf, um Macht über andere zu gewinnen, andere haben ihre eigenen Pläne oder kooperieren im schlimmsten Fall sogar mit Kriminellen. Doch die allermeisten ergreifen den Beruf, um der Gesellschaft zu dienen und dafür zu sorgen, dass die Menschen sich sicher fühlen können. Ohne selbst dabei etwas gewinnen zu wollen. Nie würde Nyhlén seinen Status als Polizist missbrauchen.

Er ist enttäuscht von Evert, von ihm hat er wirklich Besseres erwartet. Zumindest hätte er doch Emmas Menschenkenntnis trauen können. Vielleicht geht es hier aber auch um etwas ganz anderes? Eifersucht zum Beispiel? Vielleicht findet Evert, dass er Emma zu nahesteht und ihm seine Rolle als ihr Beschützer wegnimmt? Und zugegebenermaßen macht es sich ja auch wirklich schlecht, dass Nyhlén immer dort auftaucht, wo gerade wieder etwas passiert. Von außen betrachtet, kann er durchaus verstehen, dass es verdächtig erscheint, dass ausgerechnet er es war, der Kristoffer gefunden hat.

KAPITEL 91

»Wie geht es Emma?«, fragt Evert, als er mit zerknittertem Hemd und Schweißperlen auf der Stirn ihr Zimmer betritt. Es sieht beinahe aus, als hätte er sich geprügelt.

»Nicht besonders – nach der Nachricht von Kristoffer und Ines«, sagt Josefin, beschließt aber, ihm die Details zu ersparen. »Jetzt schläft sie.«

Evert kratzt sich den Bart.

»Ich habe nicht auf ihre Konspirationstheorie gehört, habe sie einfach abgeschmettert. Dabei hat sie die ganze Zeit gesagt, der Reitunfall sei arrangiert gewesen. Was, wenn sie recht hatte?«

»Mach dir keine Vorwürfe, niemand von uns wollte auf sie hören, außer Nyhlén«, tröstet Josefin.

»Wie meinst du das?«

»Er hat sie ernst genommen und ist ein paarmal in Emmas Auftrag unterwegs gewesen, nachdem sie aus dem Koma erwacht ist.«

Evert sieht skeptisch aus.

»Ich verstehe dennoch nicht, warum er das getan haben soll.«

»Weil er nett ist?«, schlägt Josefin vor.

Ihr Vater kommentiert es nicht weiter und verlässt das Zimmer mit dem Handy in der Hand. Sie selbst bleibt mit der schlafenden Emma und ihrer verzweifelten Mutter zurück.

Marianne klagt: »Was sollen wir machen? Es ist so schrecklich! Wo kann Ines nur sein?«

»Die Polizei wird sie schon finden«, sagt Josefin. »Ein so kleines Kind kann ja doch nicht als Augenzeuge betrachtet werden, den man unschädlich machen müsste, um nicht entdeckt zu werden.«

»Aber ich mache mir solche Sorgen!«

»Ich auch«, gibt Josefin zu und umarmt kurz ihre Mutter. Dann legt sie ihre Hand wieder auf Emmas.

Marianne schüttelt den Kopf.

»Ich erinnere mich, wie wir dich auf den Kanarischen Inseln mal verloren haben. Von einer Sekunde auf die andere warst du plötzlich weg. Wir haben dich überall am Strand gesucht, und ich war schon drauf und dran zu glauben, dass du ertrunken wärst. Ich war wie gelähmt vor Angst. Zwei Stunden später warst du wieder da. Aber bis dahin ... Ich kann mir gut vorstellen, wie Emma sich fühlt, und sie kann nicht einmal dabei sein und selbst nach ihrem Kind suchen. Meinem Enkelchen.«

Josefin schaudert.

»Es war ganz schlimm, als Nyhlén es erzählt hat. Er sollte doch nur in ihre Wohnung fahren und mit Kristoffer reden, herausfinden, warum er nicht ins Krankenhaus kam. Und dann hat er ihn dort tot aufgefunden.«

»Ich kann es immer noch nicht fassen«, sagt Marianne. »Was tut die Polizei denn jetzt?«

»Sie konzentriert sich vor allem auf die Suche nach Ines. Und dann werden sie wohl eventuelle Spuren in der Wohnung sichern. Nyhlén meinte übrigens, sie würden auch ein paar Beamte hierherschicken, um Emma zu beschützen.«

Marianne sieht sie erschrocken an.

»Warum das? Ist sie denn in Gefahr?«

»Laut Nyhlén eigentlich nicht, doch in Anbetracht dessen, was Kristoffer und Ines geschehen ist, wollen sie auf Nummer sicher gehen.«

»O mein Gott«, flüstert Marianne. »Hört das denn niemals auf?«

KAPITEL
9 2

»Gibt es irgendwelche Fortschritte bei der Suche nach meiner Enkeltochter?«, fragt Evert den Ermittlungsleiter Lindberg, dessen Telefonleitung bis eben noch besetzt war.

»Hallo, Evert, es tut mir sehr leid, was passiert ist«, sagt Lindberg. »Wir haben einen Stab gebildet und alle verfügbaren Kräfte mobilisiert, um das Mädchen zu finden. Und wir werden sie finden.«

»Sie ist erst sechs Monate alt«, erinnert Evert ihn mit einem Kloß im Hals.

»Ich weiß, und ich verstehe deine Sorge. Der einzige Trost, den ich dir geben kann, ist, dass wir unsere besten Leute auf den Fall angesetzt haben.«

»Ist Nyhlén auch dabei?«, fragt Evert mit verächtlicher Stimme.

»Ja, genau. Er ist auf dem Weg hierher«, erwidert Lindberg.

»Findest du das angebracht, wenn er doch so engen Kontakt mit Emma zu haben scheint?«

»Genau deswegen habe ich ihn gerufen. Gut möglich, dass ihm mehr dazu einfällt als uns anderen.«

Evert kann nicht anders, als seinen Verdacht zu äußern.

»Allerdings muss man sich schon fragen, was er mit seinen derart häufigen Krankenbesuchen bei ihr bezweckt. De facto war er es, und zwar er ganz allein, der Emmas Lebensgefährten gefunden hat. Bin ich der Einzige, dem das seltsam vorkommt?«

»Du meinst, er könnte etwas damit zu tun haben?«

»Ich sage nur, dass es nicht ausgeschlossen ist.«

»Ich kenne meine Leute gut genug, um behaupten zu können, dass er niemals unbegründet zu Gewalt greifen würde«, sagt Lindberg nachdrücklich. »Er ist der besonnenste Mann auf der ganzen Etage, vielleicht sogar im ganzen Haus.«

Evert ist immer noch nicht überzeugt.

»Ich glaube ja auch nicht, dass er Kristoffer vorsätzlich getötet hat, aber vielleicht ist irgendetwas passiert, als er dort eingetroffen ist. Etwas Unvorhergesehenes, so dass er die Situation nicht mehr unter Kontrolle hatte.«

»Das ist deine Sicht. Ich dagegen habe ihn kurz nach seiner Entdeckung in der Wohnung getroffen, und er machte nicht den Eindruck, als wäre er in eine Schlägerei verwickelt gewesen.«

»Das behauptest du, aber ich habe da meine Zweifel«, sagt Evert. »Dann findest du also nicht, dass sich Nyhlén in letzter Zeit anders verhalten hat als sonst?«

»Evert, ich kann ja gut verstehen, dass du Fragen hast, weil es deine eigene Tochter betrifft. Aber du bist nicht mehr Landeskriminalkommissar. Du weißt, dass ich dir gegenüber nicht auf Details über meine Mitarbeiter eingehen kann.«

»Du weigerst dich also, mir eine einfache Frage zu beantworten?« Lindberg seufzt. »Nein.«

»Wie, nein?«

»Nyhlén hat sich nicht auffällig verhalten.«

Evert würde eine Menge dafür geben, wenn er den Kommissar jetzt sehen und an seiner Miene ablesen könnte, ob er lügt oder die Wahrheit sagt. Er ist sich sicher, dass sein Blick flackert und dass es etwas gibt, das er ihm vorenthält. Etwas, das Nyhlén in ein sehr schlechtes Licht rücken würde, wenn es publik würde.

»Wir tun alles, was in unserer Macht steht, um das Mädchen zu finden«, beendet Lindberg das Gespräch.

KAPITEL
93

Als Hillevi gerade einschlafen will, rollt Ines sich auf den Bauch und fängt an zu brabbeln. Hillevi setzt sich auf und schaltet das Licht an.

»Bist du wach, obwohl es schon acht Uhr abends ist, du Räuber?«, sagt sie und spürt einen Freudenschauer, weil sie nicht allein in der Wohnung ist. Dass sie das Leben mit jemandem teilen darf, der sie braucht, und dass sie etwas anderes hört als immer nur ihre eigene Stimme.

Ines greift nach Hillevis Haar und zieht kräftig daran. Dass Babyhände aber auch immer so klebrig sind, dass man sie gar nicht vom Haar losbekommt!

»Au«, sagt Hillevi und lacht. Sie fühlt sich schon wieder munterer. Eine kurze Ruhepause war wohl alles, was sie brauchte, damit es ihr besser geht. Sie spürt das Adrenalin in ihrem Körper und stellt sich auf eine lange schlaflose Nacht ein. Ines hat mehrere Stunden am Stück geschlafen, daher wird es wohl eine Weile dauern, bis sie sich erneut die Augen reibt. Sie kann also genauso gut aufstehen. Hillevi setzt sich Ines auf die Hüfte und geht mit ihr in die spartanisch eingerichtete Küche. Dort stehen ein Herd, ein kleiner Kühlschrank und eine Mikrowelle. Viel mehr braucht man nicht, wenn man alleine lebt. Da sie schon lange davon geträumt hat, Ines einmal zu sich zu nehmen, hat sie einen Vorrat mit dem Notwendigsten angelegt: Brei, Milchpulver, ein paar Babygläschen sowie Windeln. Sie gibt Ines eine Flasche Milchbrei, und als sie ausgetrunken hat, zeigt sie ihrer neuen Mitbewohnerin die Wohnung. Viel gibt es allerdings nicht zu sehen, denn sie besteht nur aus einem einzigen Zimmer mit einem kleinen Schlafalkoven und einem engen Flur. Sie war bereits möbliert, als Hillevi eingezogen ist, und sie hat bisher weder Zeit noch Geld und Energie gehabt, irgendetwas zu verändern. Lediglich Fotos hat sie aufgehängt. Die Arbeit im Krankenhaus hat sie sehr erschöpft, und den Rest der Zeit hat sie bei Kristoffer zu Hause verbracht. Wenn sie an ihn denkt, sieht sie ihn wieder tot auf dem Boden liegen. Und dann spürt sie wieder seine Hände um ihren Hals und bekommt keine Luft mehr. Dieses Unbehagen wird sie nie wieder loswerden. Sie weiß jetzt schon, was in ihren Albträumen geschehen wird und wie erleichtert sie sein wird, wenn sie aufwacht und begreift, dass er nicht mehr am Leben ist.

Noch immer verspürt Hillevi keine Trauer über Kristoffers Tod.

Dass er bereit war, sie zu töten, hat alles verändert. Erst da ist ihr aufgegangen, dass sie ihm nicht länger etwas bedeutet.

Hillevi lächelt Ines zu.

Das Wichtigste ist, dass sie Ines hat, es ist das Einzige, was zählt. Vielleicht sollten sie ins Bett zurückgehen und noch einmal versuchen, sich auszuruhen – damit ihr Tag- und Nachtrhythmus nicht völlig durcheinandergerät. Hillevi stockt, als ihr einfällt, dass sie gezwungen sein werden, sich in der Wohnung aufzuhalten, damit niemand sie entdeckt. Sie werden also genauso eingesperrt sein wie zuvor. Obwohl Kristoffer nicht mehr da ist, liegt sein Fluch noch über ihr. Die Polizei wird alles tun, um Ines zu finden. Hillevis Freude verfliegt, und sie überlegt, ob es wirklich so klug war, ausgerechnet das Kind einer Polizistin zu entführen.

KAPITEL
94

Als ihre Eltern und Josefin endlich gegangen sind, öffnet Emma die Augen. Sie hat jedes Wort gehört. Jedes Streicheln von Josefin gespürt. Die rauen Hände ihrer Schwester sind ihren Arm hinauf und hinunter gefahren und haben sie vor Unbehagen schaudern lassen. Dennoch hat sie sich nichts anmerken lassen, sondern getan, als würde sie schlafen. Sie kann das Mitleid ihrer Familie einfach nicht ertragen und muss die Informationen erst einmal für sich verarbeiten, ehe sie jemanden in ihr chaotisches Gefühlsleben einlassen kann. Am schwersten fällt es ihr, sich damit abzufinden, dass sie hier nicht wegkann. Sie will ins Präsidium und die Fahndung koordinieren, aktiv an der Suche nach Ines teilhaben. Stattdessen ist sie auf Nyhlén als Sprachrohr angewiesen. Er ist der Einzige, der über ihre bruchstückhaften Erinnerungen an eine fremde Frau Bescheid weiß. Er ist zum Stall gefahren, und er ist es auch gewesen, der Kristoffer gefunden hat. Im Grunde ist er der Einzige, der ihr wirklich zugehört hat, und Emma weiß, dass er alles für sie tun würde. Dennoch will sie selbst am Geschehen beteiligt sein, über jeden Schritt in der Ermittlungsarbeit informiert sein. Dieses kleine Extra beisteuern, das nötig ist, damit sie zum Erfolg führt.

Jedes Mal, wenn sie sich vorzustellen versucht, wo Ines sein könnte, blockieren ihre Gedanken. Dass sie entführt worden ist, kommt ihr unbegreiflich vor. Und sie traut sich auch nicht, weiter darüber nachzudenken, aus Angst, dass sie mit dem Ergebnis nicht umgehen könnte.

Nach der Dunkelheit draußen zu schließen, ist es schon später Abend, vielleicht sogar Nacht. Sie fragt sich, ob Ines wohl Angst hat oder ob sie gar nicht begreift, was geschieht. Am besten wäre es, wenn sie alles verschlafen würde. Wie viel bekommt so ein sechs Monate altes Baby überhaupt mit? Sie muss jedenfalls noch am Leben sein, sonst hätte man sie wohl ebenfalls in der Wohnung oder in deren Nähe finden müssen. Warum sollte jemand ein Opfer liegenlassen und das andere mitnehmen? Solange nichts dagegenspricht, dass Ines lebt, will Emma fest daran glauben, dass sie es tut. Das ist reiner Selbstschutz.

Sie versinkt in einen träumerischen Zustand, kommt aber sofort wieder zu sich, als ihr Ines' Zöpfchen und die sorgfältig ausgewählte Kleidung einfallen, die sie am ersten Tag in der Klinik getragen hat. Ein geblümter Mantel. Wahrscheinlich wäre es ihr im Nachhinein gar nicht merkwürdig vorgekommen, hätte Kristoffer sie nicht beim nächsten Besuch im Schlafanzug mit ins Krankenhaus gebracht.

Es muss eine andere Frau im Spiel sein, davon ist Emma mehr und mehr überzeugt. Und das muss sie sofort Nyhlén mitteilen. Sie greift nach dem Telefon. Glücklicherweise nimmt er ab, obwohl er vollauf zu tun hat.

»Hallo, Emma, ich habe leider noch nichts Neues für dich«, sagt er bedauernd. »Aber ich verspreche dir, sofort anzurufen, wenn ich etwas weiß.«

»Ich glaube, es ist eine Frau, die Ines entführt hat.«

»Wie kommst du darauf?«, fragt er skeptisch.

»Die Kette und dann die Frau in meinen Träumen. Sie kommt mir immer so echt vor. Es gibt da draußen jemanden, der versucht, meinen Platz einzunehmen«, sagt Emma. »Außerdem hatte Ines einen Zopf im Haar, als sie mich das erste Mal im Krankenhaus besuchen kamen.«

»Einen Zopf? Ich verstehe den Zusammenhang nicht ganz.«

»Kristoffer wäre nie auf den Gedanken gekommen, ihr die Haare zu flechten.«

»Du glaubst also, jemand hat ihn bei Ines unterstützt?«, fragt Nyhlén so nachdenklich, dass sie förmlich vor sich sieht, wie seine Stirn sich in tiefe Falten legt.

»Ich bin mir sogar ziemlich sicher. Er hat es abgestritten, aber ich glaube, er hat gelogen.«

Emma erzählt ihm von dem Traum, in dem sie der mysteriösen Frau bis zu ihrer eigenen Haustür gefolgt ist.
»Ich weiß, es klingt verrückt. Aber es fühlte sich so echt an.«
»Danke, Emma. Du kannst mich jederzeit anrufen, wenn dir noch etwas einfällt.«
»Ich danke dir«, sagt Emma und legt auf, um Nyhléns kostbare Zeit nicht unnötig in Anspruch zu nehmen.
Wenn sie jetzt von Emmas Theorie ausgehen und es ihnen gelingt, Frauen aus Kristoffers Bekanntenkreis aufzuspüren, ist es vielleicht nur noch eine Frage der Zeit, bis sie den Fall gelöst haben. Das Problem ist, dass Emma selbst von keiner anderen Frau weiß. Außer derjenigen, die immer in ihren Träumen auftaucht.

KAPITEL
95

»Das war Emma«, teilt Nyhlén Lindberg mit, der neben ihm in dem langgestreckten Flur der Abteilung Gewaltverbrechen im Landeskriminalamt steht. »Sie hat das Gefühl, es könnte eine andere Frau sein, die ihre Tochter an sich genommen hat.«

Dann erklärt er ihm Emmas Gedanken, und Lindberg hört zu, wenn auch mit zweifelndem Gesichtsausdruck.

»Und diese Informationen gründen sich auf dem Traum einer hirnverletzten Patientin, die mit Medikamenten vollgepumpt wird«, fasst er anschließend skeptisch zusammen, so dass Nyhlén selbst merkt, wie seltsam es klingt.

»Es könnte sich trotzdem lohnen, ein Phantombild zu erstellen«, schlägt er dennoch vor, erkennt aber an der gerunzelten Stirn seines Chefs, dass dieser nicht zustimmen wird.

»Nicht zu diesem Zeitpunkt«, sagt Lindberg dann auch. »Wir verfolgen vor allem die Spur von Kristoffers Handy. Wenn eine unbekannte Frau im Spiel ist, werden wir sie sicher auch darüber finden. Ein Analytiker geht bereits die Kontaktliste durch.«

»Gibt es sonst noch etwas?«, fragt Nyhlén, um eventuelle Missverständnisse möglichst frühzeitig auszuräumen.

Lindberg nimmt ihn zur Seite.

»Evert Sköld.«

»Ja, vielen Dank auch!«, sagt Nyhlén. »Er hat mich mit den verrücktesten Vorwürfen konfrontiert, als ich ihn eben vor dem Krankenhaus getroffen habe.«

»Und mich hat er angerufen, um zu fragen, ob du eventuell durchgedreht bist.«

Nyhlén kann seine Überraschung nicht verbergen. »Ich? Er ist es doch, der verrückt geworden ist. Was hat er dir gesagt?«

»Es hörte sich an, als glaubte er, du könntest etwas mit dem Mord an Kristoffer und dem letzten Zwischenfall mit Emma im Krankenhaus zu tun haben. Ihm zufolge bist du ständig im Krankenhaus gewesen.«

Nyhlén sieht Lindberg fest die Augen.

»Schau mich an. Du kennst mich. Glaubst du allen Ernstes, ich würde Emma irgendeiner Gefahr aussetzen? Du weißt doch, wie sehr ich sie schätze.«

»Vielleicht ja ein bisschen zu sehr?«, meint Lindberg, und Nyhlén schüttelt den Kopf über diese Provokation.

»Dann nimm mich doch fest«, sagt er. »Oder wir kümmern uns stattdessen darum, Emmas Tochter zu finden. Du entscheidest, du bist der Chef.«

Lindberg schnaubt. »Ich habe niemals Grund gehabt, an dir zu zweifeln, und ich habe Evert gegenüber auch nicht erwähnt, wie du neulich reagiert hast.«

»Danke«, sagt Nyhlén und erinnert sich wieder an die Verzweiflung, die er bei der falschen Todesnachricht empfunden hat. »Wissen wir inzwischen, wer vom Krankenhaus angerufen hatte?«

»Leider nicht«, erwidert Lindberg. »Es hörte sich nach einer jungen Frau an, aber bisher hat sich niemand dazu bekannt.«

Nyhlén schüttelt den Kopf.

»Sehr merkwürdig. Wer tut so etwas?«

»Ich habe nicht die geringste Ahnung.«

»Was hältst du von Emmas Theorie, es gebe eine andere Frau?«

»Sie könnte recht haben. Was in der Wohnung passiert ist, sieht nicht nach einem geplanten Mord aus, im Gegenteil, es könnte Notwehr gewesen sein. Angreifer und Opfer kannten sich wahrscheinlich«, sagt Lindberg. »Ein Handelsvertreter jedenfalls geht normalerweise nicht mit ins Wohnzimmer.«

»Und er stiehlt auch keine Kinder«, ergänzt Nyhlén. »In den Abfallräumen ist auch nichts gefunden worden?«

Die Frage jagt ihm einen Schauer über den Rücken.

»Bisher nicht, sie sind allerdings noch dabei zu suchen.«

Lindbergs Handy klingelt, und er gibt Nyhlén ein Zeichen, dass es wichtig ist.

Die Frustration steigt, und Nyhlén fühlt sich nicht in der Lage, sich an den Rechner zu setzen. Stattdessen geht er in sein Büro und zieht die oberste Schreibtischschublade heraus, schluckt ein paar Koffeintabletten und hofft auf den Effekt. Er fühlt sich rastlos, doch bevor er nicht den Bericht der Spurensicherung und der Analytiker hat, kann er nichts Sinnvolles ausrichten. Stockholm ist viel zu groß, um auf gut Glück zu suchen, und wer sagt, dass Ines überhaupt noch in der Stadt ist? Inzwischen kann sie längst auf dem Weg nach Norrland oder Skåne sein. Er geht in die Küche, um sich noch einen Kaffee zu holen, obwohl er den Geschmack der Koffeintabletten noch auf der Zunge hat. Im Küchenschrank entdeckt er ganz in der Ecke Emmas Kaffeebecher. Verstaubt, aber nicht entsorgt, obwohl es ewig her ist, seit sie zuletzt hier gewesen ist. Aus irgendeinem Grund flößt der Anblick ihm Hoffnung ein, dass sie irgendwann zurückkehren wird.

Und dass sie Ines finden werden.

Wenn ein kleines Kind verschwindet, loggt niemand sich einfach aus und geht nach Hause. Niemand kommt auf die Idee, die Suche könne auch bis zum nächsten Tag warten. Alle arbeiten weiter, bis der Fall gelöst ist. Das Schweigen auf den Fluren ist gespenstisch und schicksalsschwanger, alle sitzen im Stabsraum und arbeiten. Eine Leuchtröhre an der Decke flackert. Keine vereinzelten Stimmen oder gar laute Gespräche sind zu hören, lediglich das Knattern der Tastaturen. Sie warten auf einen Bescheid, der sie weiterführt. Die Stimmung ist kurz vor dem Siedepunkt. Natürlich ist auch der Mord an Kristoffer eine furchtbare Sache, doch was ihn angeht, ist bereits alles gelaufen. Ines dagegen können sie möglicherweise noch retten.

Wenn sie die Chance haben, eine Katastrophe zu verhindern, ist dies der Moment, an dem ihre Arbeit sich wirklich sinnvoll anfühlt.

Jetzt kommt es auf sie alle an.

DONNERSTAG

30. April

KAPITEL
96

Nach einer schlaflosen Nacht wacht Evert in aller Frühe auf. Er hat wegen seiner steifen Hüfte jedoch Schwierigkeiten, aus dem Bett zu kommen. Früher oder später wird er etwas unternehmen müssen, das sieht er allmählich ein. Im Augenblick hat er jedoch Wichtigeres zu tun. Er zieht das Rollo hoch und blickt in einen verregneten Morgen hinaus. Den Liegestuhl neben der Hollywoodschaukel hat der Wind umgeblasen, die Sicht beträgt wenige Meter. Das Thermometer zeigt lediglich ein paar Grad plus an, und der Regen prasselt wütend gegen die Scheibe. Wie jedes Jahr zu Walpurgisnacht herrscht stürmisches, beinahe winterliches Wetter, es ist immer wieder dasselbe. Doch Evert könnte es nicht gleichgültiger sein, das Wetter hat noch nie seine Stimmung beeinflusst. Vorsichtig schleicht er sich aus dem Zimmer, um Marianne nicht zu wecken, die vielleicht endlich zur Ruhe gekommen ist. Obwohl sie beide fast die ganze Nacht wach gelegen haben, hat keiner von ihnen ein Wort gesagt. Er selbst hat aus purer Rücksicht keine Initiative ergriffen, es hätte ja sein können, dass sie gerade eingeschlafen war.

Evert setzt sich mit seinem Handy ins Wohnzimmer und öffnet die Nachrichtenseiten. Vielleicht haben die Journalisten ja Neuigkeiten, die er noch nicht kennt.

Sofort blinkt eine fette Schlagzeile auf. Die Nachricht von der entführten Polizistinnentochter ist der meistgelesene Artikel, obwohl er noch nicht lange online sein kann. Ein verschwundenes Kleinkind ist nun einmal kaum zu toppen, zumal unter diesen besonderen Umständen. Kriege und Naturkatastrophen treten dahinter zurück, denn mit einem vermissten Baby im heimischen Schweden kann man sich viel leichter identifizieren. Jeder kann den leeren Kinderwagen vor sich sehen, sich die Ängste der betroffenen Mutter vorstellen. Dass diese Mutter seine eigene Tochter ist, erscheint ihm immer noch unfassbar. Ach Emma, denkt er unglücklich, hoffentlich pumpen sie dich mit Beruhigungsmitteln voll, damit du nicht mitbekommst, was hier passiert. Du sollst nicht noch mehr leiden als ohnehin schon.

Das Leben ist ungerecht, aber irgendwann muss es doch einmal genug sein!

Evert wünschte, er könnte mehr tun. Gunnar nimmt nicht einmal mehr ab, wenn er anruft. Schlimmstenfalls gibt es etwas, das er ihm nicht erzählen will, aber jetzt, da die Blicke der gesamten Öffentlichkeit auf sie gerichtet sind, werden sie die Wahrheit nicht lange geheim halten können. Jeder möchte wissen, was passiert ist und was die Polizei tut, um den Fall zu lösen. Noch können sie Ines nicht tot geborgen haben, denn diese Nachricht wäre sofort publik geworden. Evert fällt niemand mehr ein, den er noch anrufen könnte, um mehr zu erfahren. Es ist furchtbar, keinen Einblick mehr in die Ermittlungen zu haben, gerade für ihn, der es gewohnt war, immer genau zu wissen, was los ist, die unterschiedlichen Kräfte einzuteilen und stets das letzte Wort zu haben. Die ungewohnte Ohnmacht schnürt ihm die Luft ab.

Sein Enkelkind ist verschwunden, und es gibt nichts, was er tun könnte.

Als erfahrener Polizist ist es eine Qual für ihn, dasitzen zu müssen und auf das Beste zu hoffen, statt sich aktiv an der Suche zu beteiligen. Die Nacht in den Stockholmer Straßen zu verbringen und mit Lampen und Laternen nach Ines zu suchen. Die Wohnung Verdächtiger zu stürmen. Alles zu tun, um das Kind zu finden. Die Polizei will ihn nicht dabeihaben, und sie haben sich auch noch nicht an die Öffentlichkeit gewandt, um diese um ihre Mithilfe zu bitten.

Er sieht ja ein, dass es schwierig ist, ein Baby zu finden, das offensichtlich entführt worden ist. Die Ausgangslage ist einfach verdammt schwierig, schließlich kann Ines sich überall befinden.

Evert erträgt es nicht, sich auszurechnen, seit wie vielen Stunden seine Enkelin verschwunden ist und wie weit man in dieser Zeit kommen kann. Wahrscheinlich ist es jedoch schon sinnlos, in der näheren Umgebung des Ortes zu suchen, an dem sie sich zuletzt befunden hat. Nun muss er seine ganze Hoffnung in die Arbeit der Spurensicherung setzen. Dass sie in der Wohnung Hinweise finden, die sie zu dem Täter führen.

KAPITEL
97

Nyhlén eilt durch den eisigen Regen. Für acht Grad plus ist er viel zu dünn angezogen. Als Ermittler braucht er keine Uniform zu tragen, deshalb ist er in Jeans und T-Shirt unterwegs. Demselben wie gestern, denn er hatte noch keine Gelegenheit, sich umzuziehen. Auch Lindberg trägt dieselbe Kleidung wie am Vortag, ein dunkelbraunes Cord-Jackett und Blue Jeans. Nyhlén hat ein paar Stunden auf einer der Bänke im Pausenraum geschlafen, ansonsten ist er die ganze Nacht wach gewesen. Bevor er sich hingelegt hat, hat einer der Analytiker ihm eine interessante Telefonnummer in Kristoffers Anrufliste gezeigt. Mit der entsprechenden Person hat Kristoffer anscheinend in engem Kontakt gestanden, sie haben regelmäßig kurz miteinander telefoniert. Die Auflösung schien deshalb nahe, aber natürlich handelte es sich um eine Prepaid-Nummer, die sich nicht weiter zurückverfolgen ließ als bis nach Mariehäll.

Es ist wie die berühmte Suche nach der Nadel im Heuhaufen.

Er hofft nun, dass die Spurensicherung in der Wohnung etwas findet, das sie endlich voranbringt. Ines ist schon seit beinahe vierundzwanzig Stunden verschwunden.

Er schüttelt den Regen ab wie ein nasser Hund und betritt das Haus, in dem Emmas Wohnung liegt. Lindberg scheint das Wetter nichts auszumachen, er zieht lediglich sein Jackett zurecht. Schweigend gehen sie die Treppe hinauf.

Der Techniker, der ihnen die Tür öffnet, sieht erschöpft aus, aber nicht völlig resigniert.

»Kommen Sie rein«, sagt er. »Wir haben ein paar interessante Dinge für Sie.«

Nyhlén weiß, dass sie die ganze Wohnung auf den Kopf gestellt haben, um etwas zu finden, das ihnen weiterhilft. Bei Mordverdacht und Kindesentführung wird nichts dem Zufall überlassen. Da darf man sich nicht zu schade sein, im Abfluss zu graben und die Mülltonnen zu durchwühlen. Der letzte Winkel muss untersucht werden, und so etwas braucht Geduld. Beim Anblick der schwarzen Leisten im Flur, die mit Kohlepulver bedeckt sind, muss Nyhlén schlucken. Denn natürlich wird man hier auch seine Fingerabdrücke finden.

Als sie gerade anfangen wollen, die Ergebnisse durchzugehen, klopft es zaghaft an der Wohnungstür. Der Techniker verliert den Faden und blickt Lindberg fragend an.

»Erwarten wir noch jemanden?«

Lindberg schüttelt den Kopf. »Nicht von unseren Leuten jedenfalls.«

Nyhlén, der dem Türspion am nächsten steht, schaut nach, wer es sein könnte. Draußen steht eine junge Frau mit einem Kinderwagen. Ihr ist anzusehen, dass sie nervös ist. Nyhlén öffnet die Tür.

»Hallo«, kann er gerade noch sagen, bevor ihre Fragen auf ihn einstürmen.

»Wer sind Sie? Warum ist die Tür abgesperrt? Und wo ist Kristoffer?« Ihr Blick flackert beunruhigt hin und her.

Nyhlén bringt keinen Laut heraus, er starrt auf den Kinderwagen. Die Frau stellt immer weitere Fragen, doch jetzt kommt Lindberg ihm zur Hilfe. Wie in Trance schlüpft Nyhlén unter dem blauweißen Absperrband hindurch und fragt, wer da im Kinderwagen sitzt.

»Ines«, erwidert die Frau.

»Ines«, flüstert er und spürt, wie Tränen unter seinen Lidern brennen.

Die Frau nickt verwundert. »Ja?«

»Wir können die Suche beenden«, sagt Nyhlén und dreht sich um. Doch sein Chef hat bereits verstanden. »Emmas Tochter ist wieder aufgetaucht.«

Die Frau sieht ihn schockiert an. »Aufgetaucht? Was geht hier eigentlich vor? Und wo ist Kristoffer? Er geht nicht ans Telefon.«

Nyhlén betrachtet sie von oben bis unten, sie ist groß und schlank und hat glattes dunkles Haar. Er überlegt, ob sie ungefähr der Frau entsprechen könnte, von der Emma immer fantasiert. Aber da fällt ihm ein, dass Emma sie ihm nie beschrieben hat.

»Ich bin Polizist«, erklärt er. »Hier ist ein Unfall passiert, deshalb können wir jetzt nicht in die Wohnung gehen. Wer sind Sie, und wie kommt es, dass Ines bei Ihnen ist?«

»Ich bin Babysitterin und hatte sie von gestern auf heute bei mir zu Hause. Kristoffer hatte irgendetwas Wichtiges vor, deshalb sollte ich sie dieses Mal mit zu mir nehmen. Irgendein Geschäftstermin, glaube ich. Wo ist er?«

Nyhlén versucht, ihre Mimik zu deuten. Das fällt ihm nicht ganz leicht, aber normalerweise kommt die Wahrheit heraus, je länger das Gespräch dauert. Zumal wenn er immer wieder ähnliche Fragen stellt und widersprüchliche Antworten erhält.

»Er hat mich als zusätzliche Hilfe engagiert, nachdem seine Lebensgefährtin ins Krankenhaus musste«, erklärt sie weiter. »Ich glaube allerdings, er hat sich nicht getraut, es ihr zu sagen.«

»Warum?«

Die Frau wirkt verlegen. »Er sagte etwas von Kontrollzwang, dass sie es nicht gut finden würde, wenn er jemand Außenstehenden hinzuzieht. Wobei er es vermieden hat, mit mir darüber zu reden. Ich bin lediglich das Kindermädchen seiner Tochter.«

Nyhlén nickt. »Verstehe.«

»Können Sie mir nicht sagen, wo Kristoffer ist? Sonst weiß ich nicht, wem ich Ines übergeben soll.«

Ines schaut mit großen Augen zu ihr auf, als sie ihren Namen hört.

»Es tut mir leid, Ihnen mitteilen zu müssen, dass Kristoffer tot ist«, sagt Nyhlén.

Die Frau, die immer noch nicht ihren Namen genannt hat, wird blass und muss sich am Wagen festhalten.

»Nein«, murmelt sie. »Wirklich?«

Nyhlén und Lindberg sehen sich an und nicken.

»Ja, leider. Und wir möchten Sie bitten, uns aufs Präsidium zu folgen.«

KAPITEL
98

»Aufwachen«, ruft Josefin und rüttelt Emma ohne Rücksicht auf ihre Verletzungen. »Sie haben Ines gefunden, es geht ihr gut!«
Obwohl ihr Gesicht tränenüberströmt ist, sieht Emma, wie erleichtert Josefin ist. Ihr Gesicht strahlt.
»Nyhlén hat sie gefunden.«
»Wo? Und wie hat er sie gefunden? Geht es ihr wirklich gut?« Emma merkt, wie sie langsam wieder ins Leben zurückkehrt, wie Hör- und Sehvermögen wieder funktionieren.
»Nyhlén hat angerufen und gesagt, er stehe zusammen mit Ines im Treppenhaus vor deiner Wohnung. Die Babysitterin wollte sie wohl wieder zu Hause abgeben.«
»Welche Babysitterin?«
Josefins Lächeln erlischt, als sie Emmas Reaktion sieht. »Das habe ich ihn auch gefragt, aber er bat mich, mich auf das Wesentliche zu konzentrieren, dass Ines unversehrt ist. Alles andere können sie später noch herausfinden. Ich fahre jetzt aufs Präsidium und hole sie ab.«
Ines ist in Sicherheit, und es geht ihr gut. Das ist großartig! Emma spürt, wie sie zittert, als die Anspannung endlich nachlässt. Tränen schießen ihr in die Augen. Dass es doch ausnahmsweise einmal gut gegangen ist, dass sie nicht ihre gesamte Familie verloren hat! Sie drückt ihre Schwester an sich und lehnt sich dann wieder in die Kissen zurück.
»Sei bitte ehrlich, Josefin. Hast du etwas davon gewusst?«
»Wovon?«
»Wusstest du etwas von einer Babysitterin? Für mich klingt es

merkwürdig, dass Kristoffer jemand Fremdes engagiert haben soll, wenn er doch mit Ines zu Hause bleiben wollte.«

»Und dass er uns nichts davon gesagt hat«, ergänzt Josefin zögernd.

»Irgendetwas scheinst du aber doch gewusst zu haben, das sehe ich dir an«, drängt Emma. »Erzähl es mir, ich muss es wissen, um mir ein Bild machen zu können. Was gibt es, das du mir nicht gesagt hast?«

»Kannst du nicht einmal auf Nyhlén hören?«, versucht es Josefin. »Ich finde nämlich, er hat recht.«

»Ich bin ja auch dankbar. Aber Kristoffer ist tot, und ich muss versuchen zu verstehen, wie das alles passieren konnte.«

Josefin verzieht das Gesicht und reibt sich die Schläfen. »Ich kann dir nichts Genaues sagen, aber am Sonntag kam mir etwas merkwürdig vor. Es war zwar nichts Besonderes ...«

»Okay, erzähle.«

»Ich war bei NK und dachte, ich hätte Ines im Kinderwagen gesehen, wie sie die Rolltreppe hochfuhr. Ich bin hinterhergegangen, um hallo zu sagen, konnte sie aber nirgends mehr finden. Dann habe ich Kristoffer angerufen, der ziemlich kurz angebunden war. Er meinte, sie seien nicht in der Stadt, sondern zu Hause. Gleichzeitig wollte er jedoch wissen, wo ich Ines gesehen hatte.«

Emma überlegt laut. »Dann war die angebliche Babysitterin vielleicht shoppen, ohne dass Kristoffer etwas davon wusste.«

»Ich weiß nicht. Er reagierte jedenfalls sehr seltsam«, sagt Josefin. »Und dann hatte er es furchtbar eilig, das Gespräch zu beenden. Ich dachte, es wäre keine große Sache, und wollte dich nicht beunruhigen, deshalb habe ich nichts gesagt.«

»Das war sehr rücksichtsvoll von dir.«

»Aber?«

»Es kann sein, dass es für die Ermittlungen wichtig ist.«

»Ich erzähle es Nyhlén, wenn ich Ines abhole.«

»Kannst du anschließend bitte so schnell wie möglich mit ihr hierherkommen?«

»Natürlich.« Josefin beugt sich vor und küsst ihre Schwester auf die Wange. »Es wird sich schon alles finden.«

Emma greift nach Josefins Hand. »Danke, dass du da bist. Ich weiß nicht, was ich ohne dich anfangen sollte.«

KAPITEL
99

Auf zitternden Beinen geht Josefin zu ihrem nachlässig geparkten Auto. Die Herausforderungen der letzten Tage haben an ihr gezehrt. Sie weiß nicht, wann sie zuletzt etwas gegessen hat, sie hat weder die Zeit noch die Kraft gehabt, darüber nachzudenken. Als sie sich hinter das Steuer setzt, entdeckt sie einen gelben, rechteckigen Zettel unter dem Scheibenwischer. Verärgert öffnet sie noch einmal die Tür, nimmt den Strafzettel, zerknüllt ihn und wirft ihn weg. Sie ist bestimmt nicht die Einzige, die vor lauter Panik ihr Auto irgendwo abstellt, und fragt sich, wie man so herzlos sein kann, auf einem Krankenhausparkplatz Knöllchen zu verteilen. Doch sie hat keine Kraft, sich übermäßig darüber aufzuregen, dazu hat sie viel zu viel damit zu tun, die Eindrücke der vergangenen vierundzwanzig Stunden zu verarbeiten. Sie fährt Richtung Präsidium und findet einen Parkplatz auf der Kungsholmsgatan, nur einen Steinwurf vom Eingang entfernt. Sofort ruft sie Nyhlén an, der sehr erleichtert klingt. Er sagt, er komme sofort herunter, und Josefin wird schon wieder nervös. Was, wenn Ines verletzt ist? Vielleicht hat Nyhlén ihr ja nicht alles gesagt … Sie steigt aus und geht vor dem großen, prachtvollen Portal auf und ab und wartet, dass die Tür geöffnet wird.

Die Zeit vergeht zäh, doch endlich hört sie ein wohlbekanntes Kinderweinen.

Nyhlén kommt heraus, ein wenig atemlos und mit rotgeäderten Augen. Ines versucht, sich aus seinen Armen zu winden.

»Hallo«, sagt er. »Sie war nicht begeistert, von der Babysitterin getrennt zu werden.«

Josefin nimmt ihm ihre Nichte ab, die sich daraufhin schnell wieder beruhigt. Gott sei Dank scheint es ihr gut zu gehen.

»Was für ein Glück!«, sagt sie und sieht Ines in die Augen. »Hallo, mein Schatz.«

Nyhlén verzieht die Mundwinkel nach oben, und Josefin erwidert sein Lächeln. Sie mag ihn.

»Tja, das war eine ganz schöne Aufregung.«

»Emma möchte so genau wie möglich wissen, was passiert ist. Was können Sie über diese Babysitterin sagen?«

»Sie wartet dort drinnen auf mich«, sagt er und zeigt auf das Präsidium. »Ich werde sie verhören. Ich wollte nur abwarten, bis Sie Ines abgeholt haben.«

»Glauben Sie, die Babysitterin hat Kristoffer getötet?«

»Schwer zu sagen, bevor ich sie dazu befragt habe«, erklärt er und sieht ein wenig gestresst aus. »Kommen Sie jetzt zurecht? Ich muss hoch und mit dem Verhör beginnen.«

Josefin nickt und streichelt Ines die Wange. »Wir fahren jetzt auf direktem Weg zu Mama.«

»Grüßen Sie Emma von mir. Und sagen Sie ihr, dass ich komme, sobald ich kann, und dass ich ihr dann bestimmt mehr erzählen werde.«

»Ich werde es ihr ausrichten«, verspricht Josefin und erinnert sich, dass sie ihm noch von dem Vorfall im NK erzählen wollte. Schnell fasst sie für ihn das Wichtigste zusammen.

»Gut, dass Sie das sagen. Man weiß nie, was letztendlich ausschlaggebend ist bei so einer Ermittlung.«

»Viel Erfolg mit dem Verhör.«

»Danke! Und passen Sie gut auf Ines auf«, sagt er. Dann zögert er einen Moment. »Und auf Emma.«

»Das mache ich. Und sehen Sie zu, dass Sie alles aus dieser Babysitterin herausbekommen.«

»Deal«, sagt er und winkt Ines noch einmal zu, bevor er wieder im Gebäude verschwindet.

KAPITEL
100

Endlich kann Evert aufatmen. Sein jüngstes Enkelkind ist in Sicherheit. Das Wenige, das er darüber weiß, genügt ihm: Es ist glücklicherweise kein Verrückter gewesen, der sie gekidnappt hat, sondern eine Babysitterin, die nicht wusste, welches Drama sich in der Wohnung abgespielt hatte. Ines ist niemals in Gefahr gewesen, was sein altes Herz enorm erleichtert. Allerdings verspürt er einen beunruhigenden Druck auf der Brust, vielleicht sollte er sich also doch lieber noch ein bisschen ausruhen. Marianne hat sich vor einer ganzen Weile ins Gästezimmer zurückgezogen, und seitdem hat er keinen Laut mehr von ihr gehört. Er hofft, dass es ihr nach der schlaflosen Nacht endlich gelungen ist, ein wenig zur Ruhe zu kommen. Der Druck will nicht weichen, und Evert setzt sich in die Küche und starrt seine leere Kaffeetasse an. Er weiß sehr gut, was es ist, das ihn bedrückt. Die ganze vergangene Woche über hat er Nyhlén böse Absichten unterstellt, muss jetzt jedoch einsehen, dass er unrecht gehabt hat. Jeder normal begabte Polizist weiß zudem, dass er keinen Menschen in dessen eigener Wohnung erschlagen und ungeschoren davonkommen kann. Dass Nyhlén etwas mit Kristoffers Tod zu tun hatte, ist höchst unwahrscheinlich. Es fällt Evert schwer, zuzugeben, dass er falschgelegen hat, und er weiß, dass es nur eine Möglichkeit gibt, diese Sache aus der Welt zu räumen. Er greift nach dem Telefon, ruft in der Zentrale des Präsidiums an und bittet, weiterverbunden zu werden.

»Nyhlén, Landeskriminalamt Stockholm.«

Evert sammelt sich. »Hallo, Evert Sköld hier.«

»Ist Emma etwas passiert?«, fragt Nyhlén sofort, als wäre er ein besorgter Angehöriger.

»Nein, deshalb rufe ich nicht an. Hat Josefin meine Enkelin abgeholt?«

»Sie ist eben hier gewesen, die Übergabe hat gut geklappt.«

»Schön, das freut mich.«

»Na, dann«, sagt Nyhlén.

Angespanntes Schweigen breitet sich aus.

»Ist sonst noch etwas? Andernfalls müsste ich Schluss machen, die Pflicht ruft.«

»Ja, da ist noch etwas«, sagt Evert steif. »Ich schulde Ihnen eine Entschuldigung.«

Nyhlén klingt überrascht. »Das hätte ich jetzt nicht erwartet.«

»Falls es Sie tröstet: Ich schäme mich für mein Verhalten im Krankenhaus gestern. Mir ist da einiges rausgerutscht, was vollkommen überflüssig war.«

»Ich fand auch, dass es sehr harte Worte waren. Schließlich wollen wir doch beide, dass es Emma gut geht.«

»Wie gesagt, ich möchte mich bei Ihnen entschuldigen«, sagt Evert. Er hat keine Lust, das Ganze weiter auszudehnen. »Und jetzt will ich Sie nicht länger aufhalten.«

»Danke, dass Sie angerufen haben«, sagt Nyhlén.

»Ich danke, dass Sie mir zugehört haben.«

Damit ist das Gespräch beendet. Evert fühlt sich etwas besser und schaltet die Kaffeemaschine ein. Nyhlén hätte jedes Recht der Welt gehabt, den Hörer einfach auf die Gabel zu knallen oder ihn zum Teufel zu schicken, doch das hat er nicht getan.

KAPITEL
101

Mit dieser Wendung hat Nyhlén nicht gerechnet, der ehemalige Landeskriminalkommissar ist doch immer für eine Überraschung gut. Evert ist nicht gerade bekannt dafür, zu Kreuze zu kriechen, eher sagt man ihm nach, dass er einem Streit niemals aus dem Weg geht. Zu behaupten, er gehe über Leichen, wäre vielleicht übertrieben, doch dass er die Dinge gern mal auf die Spitze treibt, ist allgemein bekannt. Im Präsidium ist er beliebt und gefürchtet zugleich. Nyhlén selbst hat immer großen Respekt vor ihm gehabt. Bis gestern. Noch immer ist sein Vertrauen nicht ganz wiederhergestellt, ihrem Gespräch und der Entschuldigung zum Trotz. Es wäre bestimmt nicht leicht, ihn zum Schwiegervater zu haben, überlegt Nyhlén und fragt sich zugleich, wie er auf diesen Gedanken kommt, zwischen Emma und ihm ist schließlich nichts passiert. Zudem sind solche Gedanken geradezu makaber, wenn man bedenkt, dass Kristoffer gerade erst gestorben ist.

Die Babysitterin wartet in einem der Verhörräume. Nyhlén erinnert sich, dass er vor diesem Gespräch noch irgendetwas erledigen wollte, aber was, ist ihm nach dem unerwarteten Anruf entfallen. Was auch immer es gewesen sein mag – es muss jetzt warten. Er geht durch den Flur mit dem gesprenkelten Laminatboden und nickt seinem Chef kurz zu. Lindberg betritt als Erster den Raum und setzt sich der Frau gegenüber. Nyhlén folgt seinem Beispiel. Ausnahmsweise einmal ist er froh über seine Nebenrolle als Beisitzer statt Verhörleiter. Da der Fall Emma betrifft, wäre das Risiko zu groß, dass zu viele Gefühle mit hineinspielen. Da hält er sich lieber so gut wie möglich zurück.

Die Frau ist ordentlich gekleidet, ruhig und gefasst. Die weiße Rüschenbluse mit dem hohen Kragen und den vielen Knöpfen hat sie bestimmt in einer Vintage-Boutique gekauft. Ihre gesamte Erscheinung ist respekteinflößend. Nie wäre Nyhlén von sich aus darauf gekommen, sie könne sich mit Babysitten etwas dazuverdienen, sie sieht eher aus, als arbeite sie in einem Rechnungsbüro oder für eine Maklerfirma. Und irgendwie kommt sie ihm vage bekannt vor.

»Dann beginnen wir mit dem heutigen Verhör«, sagt Lindberg und versichert sich, dass das Aufnahmegerät bereit ist. Er nennt Uhrzeit und Datum, sagt, wer sich im Raum befindet und was der Anlass für dieses Verhör ist: »Anhörung von Frau Anna Pilstedt zum Mord an Kristoffer Andersson, 29. April«, erläutert er und räuspert sich.

»Um halb neun heute Morgen haben Sie an die Tür des Opfers geklopft.«

»Das ist richtig«, sagt sie und klingt nicht mehr ganz so entspannt, doch in dieser Umgebung werden die meisten unsicher.

»Was war der Grund für Ihren Besuch?«

Sie sieht ihn fragend an.

»Ich sollte Ines wieder nach Hause bringen, Kristoffers Tochter, auf die ich regelmäßig aufpasse. Aber dann haben Sie mir an seiner Stelle die Tür aufgemacht.«

Anna starrt Nyhlén an, und Lindberg nickt.

»Wann haben Sie das Mädchen gestern abgeholt?«

»Schon morgens, ungefähr gegen neun«, sagt sie nach einer kurzen Bedenkzeit. »Ich sollte Ines bis zum nächsten Morgen zu mir nehmen, Kristoffer hatte ein paar wichtige Dinge zu erledigen.«

Den ersten Erkenntnissen des Rechtsmediziners zufolge ist Kristoffer irgendwann am Vormittag zu Tode gekommen.

»Hat er gesagt, mit wem er sich treffen wollte?«

Nyhlén versteht nicht, warum Kristoffer, der doch in Elternzeit war, überhaupt beruflich zu tun hatte, zumal er doch bei Emma im Krankenhaus hätte sein müssen. Allerdings ist er ohnehin selten dort gewesen, daher war er vielleicht doch noch in irgendwelche Projekte eingebunden. Er wüsste nur zu gerne, worum es dabei ging.

Anna Pilstedt schüttelt den Kopf. »Ich wusste nur, dass er dabei kein Kleinkind gebrauchen konnte.«

Nyhlén könnte schwören, dass er sie schon einmal gesehen hat. Aber wo?

»Wo sind Sie mit Ines gewesen?«, fragt Lindberg.

»Zu Hause in meiner Wohnung in Mariehäll.«

Das stimmt zwar mit den Telefondaten überein, nützt ihnen jedoch nicht viel. Wenn sie die Wahrheit sagt und regelmäßig als Babysitterin engagiert war, würde es allerdings erklären, dass sie so oft Kontakt miteinander hatten. Kurze Gespräche und SMS. Es erscheint nur folgerichtig.

»Was haben Sie gestern gemacht?«

»Ich war mit Ines auf dem Spielplatz und spazieren, ansonsten waren wir zu Hause. Sie schläft tagsüber noch ziemlich viel.«

»Sind Sie jemandem begegnet?«, fragt Lindberg, um eventuelle Alibis zu sichern.

Sie schüttelt den Kopf. »Wir sind meistens für uns allein.«

»Irgendein Nachbar, der Sie gesehen haben könnte, oder Leute auf dem Spielplatz?«

»Sie meinen, ob jemand bezeugen kann, um welche Uhrzeit wir dort waren?«, fragt Anna Pilstedt. »Da gibt es bestimmt mehrere Augenzeugen, es war einiges los.«

»Wie wirkte Kristoffer an dem Morgen auf Sie?«

»Erschöpft, vielleicht auch, als hätte er zu viel getrunken, wenn ich ehrlich sein soll. Er hat am Abend wohl ein paar Bier getrunken und ist darüber eingeschlafen.«

»Hat er Ihnen erzählt, dass er getrunken hat?«

»Vielleicht habe ich auch voreilige Schlüsse gezogen. Ich habe ein paar leere Bierflaschen bei ihm gesehen. Vielleicht war es auch nur eine, ich weiß es nicht mehr so genau.«

Ganz schön gewagt. Wenn sie es war, muss sie eiskalt und berechnend sein, dass sie es wagt, die Flasche überhaupt zu erwähnen.

»Wo stand die Flasche oder die Flaschen?«

»Im Wohnzimmer auf dem Couchtisch.«

»Dann waren Sie also im Wohnzimmer?«, fragt Lindberg.

Nyhlén sieht erneut den leblosen Körper vor sich, wie er auf dem

Boden liegt. Die Wunde am Kopf und die Glasscherben drum herum. Das Blut. Die leere Babywippe.

Anna Pilstedt starrt Lindberg an. »Ja, wieso?«

Lindberg geht nicht auf ihre Frage ein. »Kam Ihnen irgendetwas merkwürdig vor, oder war Kristoffer wie immer, abgesehen davon, dass er einen erschöpften Eindruck auf Sie machte?«

»In dem Moment selbst ist mir nichts aufgefallen, aber im Nachhinein glaube ich, dass er doch ziemlich gestresst auf mich wirkte. Das wäre allerdings auch kein Wunder, er erwartete nämlich Besuch.«

»Hat er Ihnen gesagt, von wem?«

Anna macht eine Kunstpause, holt tief Luft und scheint sich ihre Antwort gut zu überlegen. »Nein, aber er drängte darauf, dass wir uns sofort auf den Weg machten.«

»Dennoch behaupten Sie, er habe Geschäftstermine gehabt.«

»Ich meine, das hätte er so gesagt. Jedenfalls wollte er Ines nicht dabeihaben«, sagt sie.

»Dass er zu seiner Lebensgefährtin ins Krankenhaus wollte, kann nicht sein?«, fragt Lindberg.

Nyhléns Herz geht schneller, sobald er nur ihren Namen hört.

»Nicht ohne ihre gemeinsame Tochter.«

»Was wissen Sie über Emma?«, fragt Lindberg neutral.

»Nur dass sie seit dem letzten Herbst im Krankenhaus liegt. Damals hat Kristoffer mich engagiert.«

»Wie ist er auf Sie gekommen?«

»Über eine Annonce im *Blocket*.«

»Sie hatten einen Nebenjob gesucht?«

»Als Babysitterin, ja, genau.«

»Was machen Sie sonst beruflich?«

»Ich arbeite in einem Kindergarten in Mariehäll«, sagt Anna, und ihre Augen fangen an zu leuchten. »Ich liebe Kinder.«

»Kommt Ihnen diese Telefonnummer bekannt vor?«, fragt Lindberg und hält ihr einen Zettel mit der Nummer hin, die in Kristoffers Anrufliste regelmäßig auftauchte.

Sie nickt. »Ja, das ist meine. Allerdings habe ich das Handy nicht mehr. Es wurde mir gestohlen.«

Auch diesmal scheint sie nicht zu lügen. So gerne Nyhlén die Sache auch zum Ende bringen würde, gewinnt er doch immer mehr den Eindruck, Anna Pilstedt sei nicht die Person, nach der sie suchen.

»Entschuldigen Sie, ich muss Ihnen auch noch eine Frage stellen«, mischt er sich dann ein. »Haben wir uns irgendwo schon mal gesehen?«

Anna betrachtet ihn neugierig. »Nicht, soweit ich mich erinnere.«

KAPITEL
102

Der Kragen ihrer Bluse spannt und droht Hillevi die Luft abzuschnüren. Wie konnte sie nur so ein Pech haben, ausgerechnet mit Emmas heimlichem Geliebten im Verhörraum zu sitzen? Gibt es denn keine anderen Polizisten? Er starrt sie so nachdenklich an, dass sie es allmählich mit der Angst zu tun bekommt.

Anna Pilstedt arbeitet in der Kindertagesstätte Solbacken in Mariehäll. Sie hat langes dunkles Haar, ist ungefähr in ihrem eigenen Alter und lebt in derselben Gegend wie Hillevi. Ansonsten gibt es keine weiteren Gemeinsamkeiten. Solbacken ist eine der Einrichtungen, die Hillevi sich angesehen hat, als sie einen Betreuungsplatz für Felicia suchte. Hillevi erinnerte sich an Anna, die ihr damals alles gezeigt hatte, und wie sie dachte, dass es gar nicht so schlecht wäre mit den äußeren Ähnlichkeiten, dass es Felicia die Eingewöhnung erleichtern würde. Und so ist Anna ihr als Erstes eingefallen, als sie in der Nacht wach gelegen und überlegt hat, wie sie Ines sicher zurückgeben kann, ohne sich selbst verdächtig zu machen. Da Anna einen Blog unterhält, ist es ihr nicht weiter schwergefallen, sich ihre Identität anzueignen. Die Polizei kann sie ruhig nach allem fragen, Hillevi ist bestens vorbereitet. Sie weiß alles über Annas Haustiere, Verwandte, ihren Bildungsweg sowie ihre berufliche Karriere und sogar über ihre Exfreunde. Kritisch werden könnte es einzig und allein, wenn die Polizei auf die Idee käme, im Solbacken anzurufen und sich nach ihr zu erkundigen. Aller Wahrscheinlichkeit nach wäre Anna vor Ort, und dann ist die Sache für sie gelaufen. Doch warum sollten sie im Kindergarten anrufen? Solange Hillevi sich nicht verplappert, werden sie keinen

Verdacht schöpfen. Sie versucht, ihr Selbstbewusstsein zu stärken, indem sie sich an das große Lob erinnert, das sie bei ihrer Bewerbung an der Theaterhochschule bekommen hat. Die Aufnahmeprüfung damals war die Generalprobe, heute ist die Premiere. Bisher läuft es ausgezeichnet, außer dass dieser Nyhlén sie die ganze Zeit so merkwürdig anschaut. Ob er sie im Krankenhaus gesehen hat?

»Seit wann arbeiten Sie im Kindergarten?«, fragt Emmas Chef, dessen Namen Hillevi sofort wiedererkannt hat; ihn hat sie angerufen, um die Nachricht von Emmas Tod zu überbringen.

Die Fragen der Polizisten scheinen kein Ende zu nehmen, sie wird also noch eine Weile durchhalten müssen. Auf keinen Fall darf sie jetzt zusammenbrechen.

»Seit fast fünf Jahren, es gefällt mir sehr.«

»Dennoch arbeiten Sie nicht in Vollzeit.«

Tue ich das nicht?, denkt sie. »Wie meinen Sie das?«

»Immerhin hatten Sie gestern frei«, erinnert Lindberg sie.

»Das stimmt«, gibt sie zu. Jetzt bloß keine allzu ausführlichen Antworten geben, sonst tappt sie garantiert in eine Falle. Überflüssige Füllsel zwischen den Lügen sind unbedingt zu vermeiden, das ist die wichtigste Regel.

»Wie rechnen Sie Ihren Verdienst bei Kristoffer ab, sind Sie nebenbei selbständig?«

»Nein, ich verdiene damit aber auch nicht viel«, sagt sie verlegen. »Als ich erfuhr, dass er vorübergehend allein ist, wollte ich einfach nur helfen.«

»Gratis?«

»Nein, nicht ganz für umsonst«, gibt sie zu und schluckt. Nächste Frage, bitte!

»Das klingt wie … eine kleine Affäre?«, schlägt Lindberg vor.

Sie lacht und wird rot. »Ach Gott, nein, nicht in meinen wildesten Fantasien!«

»Das sind starke Worte. Warum nicht?«

»Aus Gewissensgründen«, antwortet sie. »So tief würde ich niemals sinken. Seine Lebensgefährtin liegt schließlich im Krankenhaus. Sie muss ja vollkommen verzweifelt sein!«

Keine Gefühlsausbrüche, hat sie sich selbst versprochen. Zugleich möchte sie glaubwürdig erscheinen. Die Polizisten verhalten sich ihr gegenüber beide sehr zurückhaltend, also ist es ihr noch nicht gelungen, ihr Misstrauen ganz und gar zu zerstreuen. Dennoch bereut sie es nicht, dass sie sich entschieden hat, zu Kristoffers Wohnung zu gehen. Niemals hätte sie Ines einfach vor dem Präsidium abgelegt und dann auf das Beste gehofft. Was, wenn die falsche Person sie mitgenommen hätte? Es gab einfach keine andere Möglichkeit, als Ines zurückzugeben, nachdem Hillevi erst begriffen hatte, was sie getan hatte. Man kann eventuell ein Kind stehlen. Aber nicht das Kind einer Polizistin. Sie ist lange genug in der geschlossenen Psychiatrie gewesen, das muss sie nicht noch einmal erleben.

Nyhléns ganze Körpersprache verrät, dass er etwas für Emma empfindet. Jedes Mal, wenn ihr Name fällt, zucken seine Lider. Jetzt ist der Weg ja frei, denkt Hillevi. Kristoffer ist nicht mehr da. Da wäre ein kleines Dankeschön durchaus angebracht. Stattdessen sitzt sie hier im Verhör.

Hillevi stellt sich geduldig den Hunderten von Fragen, die eigentlich nichts mehr mit der Übergabe des Kindes zu tun haben. Kontrollfragen, die andeuten, dass sie jemand anderes sein könnte als diejenige, für die sie sich ausgibt, weil sie keinen Ausweis dabeihat. Wenn sie ihnen nur genügend entgegenkommt, wird sie das hier schon schaffen. Sie muss sich nur zusammenreißen, darf ihrer wachsenden Angst nicht nachgeben. Schließlich, als die Luft im Verhörraum so gut wie verbraucht ist, stehen die Polizisten auf und bitten, später weitermachen zu dürfen. Hillevi hat den Eindruck, der Verhörsleiter sei unsicher, und überlegt, ob das bedeutet, dass sie ihr ihre Geschichte abgenommen haben.

Jetzt wird es sich also entscheiden. Ganz bald wird sie wissen, ob das Publikum ihre Vorstellung glaubwürdig fand oder nicht.

KAPITEL
103

Lindberg und Nyhlén unterbrechen das Verhör für eine kurze Absprache. Nun muss der Staatsanwalt entscheiden, ob die Babysitterin gehen darf oder dableiben muss. Bisher gibt es keine handfesten Beweise gegen sie. Dennoch hofft Nyhlén, dass sie sie noch eine Weile festhalten dürfen, da er sie als Täterin nicht ausschließen kann.

»Sie hat kein Alibi und die Uhrzeit, zu der sie Ines abgeholt hat, kommt als Todeszeitpunkt durchaus infrage«, argumentiert Nyhlén. »Wir können sie nicht gehen lassen, auch wenn es scheint, als würde sie die Wahrheit sagen.«

»Wer wäre so abgebrüht, am Tag nach dem Mord zum Tatort zu kommen und an die Tür zu klopfen?«, hält Lindberg dagegen.

»Vielleicht ist sie ja in ihrer Panik mit Ines abgehauen und brauchte eine Nacht, um sich zu überlegen, wie sie wieder aus der Sache herauskommt.«

»Unwahrscheinlich«, meint Lindberg.

Nyhlén schwankt. Anna Pilstedt macht einen stabilen Eindruck. Wenn sie etwas vor ihnen verbirgt, dann tut sie es sehr geschickt. Ihr ist keine Angst anzumerken, was nur eines bedeuten kann: dass sie von ihrer Unschuld überzeugt ist. Sosehr er auch wünscht, den Fall möglichst schnell zu lösen, muss er doch vernünftig sein. Vielleicht ist Anna allerdings nicht die Person, die sie suchen.

Als Lindberg mit dem Bescheid des Staatsanwalts zurückkommt, sieht Nyhlén seinem finsteren Gesicht sofort an, dass er negativ ist. Ihm ist unwohl bei dem Gedanken, Anna Pilstedt gehen lassen zu müssen.

»Wie bereits vermutet, haben wir keine hinreichenden Beweise, um sie festhalten zu können«, sagt Lindberg. »Allerdings war der Staatsanwalt auch nicht hundert Prozent überzeugt, so dass wir sie schon einmal auf weitere Verhöre vorbereiten können. Sie darf Stockholm nicht verlassen, bis der Fall aufgeklärt ist.«

Zurück im Verhörraum ist Anna anzumerken, dass sie sich doch Sorgen gemacht hat. Zum ersten Mal ist ihr anzusehen, dass sie das Ganze nicht unberührt lässt. Vielleicht hat der kurze Moment des Alleinseins und Nachdenkens sie doch ein wenig aus dem Konzept gebracht. Lindberg bedankt sich bei ihr für die Kooperationsbereitschaft und teilt ihr mit, dass das Verhör beendet sei und sie das Präsidium verlassen könne. Nyhlén sieht, wie erleichtert sie ist, und seine Zweifel wachsen.

»Gut möglich, dass wir gerade einen gewaltigen Fehler gemacht haben«, sagt er zu Lindberg, als sie den Raum verlassen hat.

»Das liegt nicht bei uns«, wehrt sein Chef ab.

»Bis kurz vor der Ziellinie ist es ihr gelungen, die Fassade aufrechtzuerhalten. Aber dann hat sie eine Bruchlandung gemacht.«

Lindberg kneift die Augen zusammen. »Worauf willst du hinaus?«

»Sie war wahnsinnig erleichtert, als du ihr gesagt hast, sie könne gehen. Warum, wenn sie doch unschuldig ist?«

»Vielleicht hat schon allein die Tatsache, verhört zu werden, sie unter Druck gesetzt«, sagt Lindberg. »Ich habe ihren Gesichtsausdruck nicht gesehen, deshalb kann ich dazu nichts sagen.«

»Aber ich habe ihn gesehen. Verdammt!«

Ihn stören zwei Dinge. Zum einen, dass er sich nicht erinnern kann, wo er sie schon einmal gesehen hat, und zum anderen, dass sie keinen Ausweis bei sich hatte. Jetzt fällt ihm auch wieder ein, was er vorhatte, als Evert Sköld ihn unterbrochen hat: Er wollte ihre Personennummer überprüfen. Rasch eilt er in sein Büro.

Natürlich kann er Anna Pilstedt nicht dafür verurteilen, dass sie ihr Portemonnaie nicht bei sich hatte. Sie konnte ja nicht ahnen, was sie erwartete, als sie Ines abgeben wollte. Oder aber sie hat genau deswegen keine Papiere mitgenommen. Wer läuft schon ohne Portemonnaie herum? Nyhlén geht direkt zu seinem Computer und gibt ihre Personennummer in das Polizeiregister ein. Kein

Vermerk, aber die Personennummer stimmt. Er sucht die Telefonnummer des Kindergartens heraus und ruft dort an, um Annas Identität zu überprüfen.

Ein Mann nimmt ab und nennt einen Namen, den Nyhlén sich jedoch nicht merkt.

»Ich hätte gern mit Anna Pilstedt gesprochen.«

»Wer ist denn dort?«

Nyhlén nennt seinen vollständigen Namen sowie den Grund seines Anrufs.

»Hat sie etwas angestellt?«, fragt der Mann abwartend.

»Nein, ich müsste nur kurz mit ihr sprechen.«

»Augenblick, bitte.«

Sein Stresslevel steigt. Heißt das, sie ist dort?

»Sie ist leider gerade nicht da«, sagt der Mann, und Nyhlén ist sich nicht sicher, ob ihn diese Auskunft beruhigt oder eher enttäuscht.

»War sie gestern bei der Arbeit?«, fragt er. Seine Hände sind kalt.

»Ich darf Ihnen keine Auskunft über unser Personal geben«, erwidert der Mann. »Da müssen Sie schon die Leiterin fragen, und die ist gerade nicht im Büro. Am besten, rufen Sie später noch einmal an.«

Nyhlén bedankt sich und legt auf. Noch immer ist er nicht überzeugt, dass es klug war, Anna laufen zu lassen. Im Gegenteil, es fühlt sich total verkehrt an. Er gibt ihre Personennummer beim Passregister ein, druckt die Angaben aus und macht sich bereit, zum Krankenhaus zu fahren.

KAPITEL
104

Ganz allmählich begreift Emma, dass sie Kristoffer niemals wiedersehen wird. Dass sie ihn niemals mehr umarmen und seinen besonderen Geruch einatmen wird, der ihr Herz höher schlagen ließ. Dass sie niemals mehr seine Stimme hören oder ihre eigene Hand in seine große legen kann. Dabei wollten sie doch zusammen alt werden. Zu der großen Leere, die sie bei diesem Gedanken befällt, kommt die Angst vor all dem Praktischen, das jetzt zu erledigen ist. Was mit der Wohnung geschehen soll, ist eine Sache, viel mehr aber macht sie sich Sorgen, wer sich jetzt um Ines kümmern könnte. In diesem Moment ist ihre Tochter bei Josefin, was sich für sie persönlich als die beste Lösung anfühlt. Solange sie selbst im Krankenhaus liegt, kann sie keine Verantwortung für ihre Tochter übernehmen, derzeit ja noch nicht einmal für sich selbst. Es war unglaublich schön, Ines wiederzusehen, sich mit eigenen Augen davon überzeugen zu können, dass es ihr gut geht. Allerdings tat ihr Josefin auch leid, weil sie immer wieder zwischen Stadt und Krankenhaus hin- und herfahren musste. Und das, ohne sich je darüber zu beschweren.

Emma hofft inständig, dass Josefin sich um Ines kümmern wird, bis es ihr selbst gut genug geht, um ihr Kind wieder zu sich zu nehmen. Dumm nur, dass Josefin ihr nichts schuldig ist. Als sie Hilfe mit ihren eigenen Kindern benötigt hätte, ist Emma wegen ihres Jobs nur selten verfügbar gewesen. Wenn sie gerade an einem Fall arbeitete, musste sie ihrer Schwester immer absagen. Doch jetzt ist die Situation eine ganz andere, man kann es eigentlich gar nicht vergleichen. Wenn Emma ihre Schwester richtig einschätzt, wird sie einfach nur das Beste für Ines wollen. Andernfalls müsste sie ihre Eltern fragen, doch die sind im Grunde schon zu alt und zu müde für ein Baby.

Es war gar nicht leicht, Josefin heute zu überreden, nach Bromma zu fahren und mit ihren Kindern Walpurgisnacht zu feiern. Dabei muss sie nun wirklich nicht mehr hier sein, jetzt, da die kritische Phase vorbei und Ines in Sicherheit ist. In den letzten Tagen hat Josefin wahrlich oft genug an ihrem Bett gesessen, um sie zu trösten.

Emma überlegt, was hinter Kristoffers Tod stecken könnte, und versucht, ein Motiv zu erkennen. Ein Makler kann sich leicht Feinde machen, das ist ihr bewusst, doch Kristoffer war beliebt. Jetzt, da er nicht mehr da ist, fühlt sie sich unvollständig. *Niemals* ist ein Wort, das keinen Spielraum für Hoffnungen lässt. Emma spürt, wie geschwollen Augen und Nase von all den Tränen sind. Sie schläft für eine kleine Weile ein, erwacht jedoch, als es an die Tür klopft.

»Ich bin's nur«, hört sie Nyhléns Stimme. »Darf ich hereinkommen?«

Er sieht erschöpft aus und doch auch erwartungsvoll.

»Du störst nie. Aber willst du das Maifeuer verpassen?«, fragt sie.

»Ob ich es mir ersparen will, meinst du wohl«, sagt er und lächelt. »Ich habe in meinem Leben schon genügend brennende Holzhaufen gesehen.«

»Wie läuft es mit den Ermittlungen?«

Er setzt sich neben sie und legt seine Hand auf ihre, sie lässt es geschehen. »Wir machen Fort- und Rückschritte.«

»Danke für die ausführliche Antwort«, sagt sie sarkastisch. »Ist das alles?«

»Moment, ich werde dir alles erzählen, ich muss nur ein bisschen zu Atem kommen.«

Gleich wird Emma von dem Verhör erfahren, und dass sie die Babysitterin gehen lassen mussten. Die Frau, von der sie längst gewusst hat, dass es sie geben musste, obwohl Kristoffer es geleugnet hat. Sie schiebt ihre Gefühle wegen Kristoffers Verrat zur Seite und bemüht sich um eine professionelle Betrachtung dessen, was Nyhlén ihr erzählt – vermutlich ohne Lindbergs Segen.

»Hatten sie ein Verhältnis miteinander?«, fragt sie, obwohl sie sich nicht sicher ist, ob sie die Antwort wissen möchte.

»Ihr zufolge nicht.«

»Und was ist dein Eindruck?«, fragt sie. »Sei bitte ehrlich, ich ertrage die Wahrheit.«

»Es schien tatsächlich nicht so. Nein, ich glaube es wirklich nicht, es sei denn, sie könnte richtig gut lügen.«

»Aber auf meine Tochter hat sie aufgepasst, seit ich hier gelandet bin?«, fragt Emma. Der Hals wird ihr eng, als sie sieht, wie schwer es Nyhlén fällt zu nicken. Dann ist also eine fremde Frau fast die ganze Zeit mit Ines zusammen gewesen. Viel länger als sie selbst.

»Wahrscheinlich glaubt Ines, dass diese Frau ihre Mutter ist«, flüstert Emma.

»Das halte ich für übertrieben«, sagt Nyhlén. »Vielleicht hat sie sie ja gar nicht mehrere Stunden am Stück betreut. So merkwürdig ist es ja auch wieder nicht, dass Kristoffer eine zusätzliche Hilfe engagiert hat, um mit allem zurechtzukommen.«

»Vielleicht. Aber warum hat er mir nichts davon erzählt, wenn sie nicht intim waren?«

»Das verstehe ich auch nicht.« Er sieht aus, als wolle er noch etwas sagen, unterlässt es jedoch.

»Hast du ein Foto von ihr?«

»Ich habe eine Kopie von ihrem Eintrag im Passregister gemacht«, sagt er und zieht den Ausdruck aus der Tasche, stutzt allerdings, als er ihn selbst noch einmal betrachtet.

»Was ist?«

»Anna hat jetzt eine ganz andere Frisur, das Haar geht ihr bis über die Schultern. Ehrlich gesagt, sieht sie diesem Bild gar nicht besonders ähnlich.«

Emma nimmt das Blatt entgegen, seufzt und legt es beiseite.

»Es ist also nicht die Frau, die du im Traum gesehen hast?«

»Ich habe kein klares Bild von ihrem Gesicht, aber sie ähnelt ihr zumindest. Wobei – nein, sie ist es nicht«, sagt Emma. »Ich muss mich wohl damit abfinden, dass die Medikamente mir einen Streich gespielt haben. Genau wie mein Vater es von Anfang an gesagt hat.«

»Meinst du, du könntest sie genauer beschreiben? So dass wir ein Phantombild erstellen können?«

Emma scheint nicht überzeugt zu sein. »Meinst du, das hat irgendeinen Sinn? Inzwischen traue ich mir selbst nicht mehr richtig. Vielleicht ist es gar nicht der Mühe wert, Polizeikräfte darauf anzusetzen.«

»Vertraue deinem Bauchgefühl«, sagt Nyhlén und drückt ihre Hand ein wenig fester. »Mit deiner Erfahrung als Kriminalkommissarin musst du an deine Fähigkeiten glauben. Und an deine Erinnerungsbilder. Es sieht dir nicht ähnlich, so zu schwanken.«

»Okay, wir haben ja nichts zu verlieren«, sagt Emma mäßig überzeugt.

Nyhlén macht Anstalten sich zu erheben. »Gut, dann stell dich für morgen früh schon mal auf Besuch ein.«

»Gehst du schon wieder?«, fragt sie enttäuscht und weigert sich, seine Hand loszulassen. »Ich fühle mich hier nicht sicher. Es ist irgendetwas mit der Stimmung, als läge etwas in der Luft.«

»Du brauchst dir keine Sorgen zu machen. Draußen sitzt ein Team von uns und passt auf, wer hier kommt und geht«, sagt Nyhlén und zieht seine Hand zurück.

»Das wird eine lange Nacht, ich werde kein Auge zumachen«, sagt Emma. »Ich bräuchte etwas, womit ich mich ein bisschen ablenken könnte.«

Nyhlén öffnet den Mund, schließt ihn dann aber wieder.

»Was wolltest du sagen?«

»Ach, nur so ein Einfall.«

»Was denn?«

»Es ist bestimmt nicht das, was dich jetzt in erster Linie beschäftigt, aber vielleicht willst du dich noch ein bisschen mit dem Henke-Fall befassen, bis du wegnickst?«

»Wie denn, wenn ich das Protokoll gar nicht habe?«, fragt sie.

»Das habe ich dir doch vor ein paar Tagen vorbeigebracht.«

Emma schüttelt den Kopf. »Nein, davon weiß ich nichts.«

»Doch, ich habe den Karton auf dem Boden abgestellt, aber vielleicht habe ich vergessen, es dir zu sagen.« Nyhlén sieht sich um. »Hier ist er jedenfalls nicht.«

Er öffnet den Schrank, aber auch dort findet er keinen Karton.

»Wann hattest du es denn dabei?«

Nyhlén überlegt. »Am Montag, als ich rausgeschmissen wurde.«

»Dann muss es verlorengegangen sein, als ich auf die Intensivstation verlegt wurde.« Von einem Karton hat sie weder gehört noch ihn gesehen.

»Trotzdem seltsam, ich bin mir sicher, dass ich ihn genau hier abgestellt habe.«

»Ich hätte es ohnehin nicht geschafft, darin zu lesen«, sagt sie. »Bleibst du noch einen Moment?«

Nyhlén schlägt sich selbst auf die Wangen, um wach zu bleiben.

»Beim letzten Mal hat man mich rausgeworfen, und angesichts des Schlafmangels, der sich bei mir angestaut hat, ist es besser, wenn ich jetzt gehe. Du kannst wirklich beruhigt sein. Karim und Torbjörn halten Wache vor der Tür.«

»Okay«, sagt Emma und versucht Nyhlén keine Schuldgefühle zu vermitteln, indem sie ihn ihre Enttäuschung spüren lässt. »Dann bis morgen.«

»Bis morgen«, sagt er und überrascht Emma, indem er sie zum Abschied auf die Stirn küsst.

KAPITEL
105

Bevor Evert und Marianne zum Maifeuer fahren, um sich dort mit dem Rest der Familie zu treffen, wollen sie noch einmal kurz bei Emma hereinschauen und das bisschen Freude mit ihr teilen, das Ines' Auftauchen trotz Kristoffers unerwartetem Tod für sie bedeutet. Kurz bevor sie die Station betreten, erhält Evert eine SMS von Gunnar, dass die Babysitterin wieder auf freiem Fuß sei. Obwohl das aller Wahrscheinlichkeit nach bedeutet, dass die Mordermittlungen wieder zurück auf Los sind, ist es schön, zu wissen, dass Ines die vergangene Nacht nicht bei einer Mörderin verbracht hat. Draußen vor Emmas Tür sitzen Karim und Torbjörn, die Polizisten, die sie notfalls mit ihrem eigenen Leben beschützen sollen. Falls entgegen aller Vermutungen jemand darauf aus sein sollte, Emma zu schaden und hierherzukommen, werden sie ihn stoppen. Karim geht keinem Streit aus dem Weg, das weiß Evert. Und Torbjörn ist auch nicht anders. In der akuten Lage ist es beruhigend zu wissen, dass sie auch vor Gewaltanwendung nicht zurückschrecken würden.

»Hallo«, sagt Evert und schüttelt beiden die Hand. »Wie sieht es aus?«

»Danke, gut. Alles ruhig hier«, erwidert Karim und nickt Marianne zu. »Schön, dass Ihre Enkelin wieder da ist.«

»Danke«, sagt sie. »Darf ich reingehen?«

Torbjörn lacht. »Ja, natürlich.«

Evert klopft ihm dankbar auf die Schulter und folgt Marianne hinein. Emma hat dunkle Ringe unter den Augen, lächelt ihnen jedoch zu.

»Hallo«, sagt sie.

»Meine Liebe!« Marianne umarmt sie fest, bis Emma sich behutsam losmacht.

»Vorsicht, du erdrückst mich ja.«

Evert begnügt sich damit, ihre Hand in seine zu nehmen.

»Wir haben uns solche Sorgen gemacht«, sagt Marianne. »Arme Ines!«

»Sie haben die Babysitterin wieder laufen lassen«, erzählt Evert.

»Ich habe es schon gehört.«

»Die Hauptsache ist ja auch, dass Ines wieder da ist«, sagt Evert, merkt jedoch, dass es ihn stört, immer nur der Zweite zu sein, der ihr irgendetwas erzählt. »Dann hat Nyhlén dir also schon berichtet.«

Emma nickt müde. »Ja, er ist vorhin hier gewesen.«

Evert hat schon einen spitzen Kommentar auf der Zunge, schluckt ihn jedoch herunter, als er sieht, wie niedergeschlagen Emma zu sein scheint. Wahrscheinlich hat sie in der vergangenen Nacht ebenfalls kaum geschlafen, und der Schock über Kristoffers Tod wird sich kaum gelegt haben. Daher sagt er stattdessen: »Ich weiß, dass es jetzt vielleicht nicht der richtige Augenblick ist, aber ich möchte dich dennoch um Entschuldigung bitten, weil ich nicht auf dich gehört habe.«

Emma sieht aufrichtig überrascht aus. Wie Marianne reagiert, weiß er nicht, denn sein Blick ist fest auf Emma gerichtet.

»Ich habe mich getäuscht, was Nyhlén angeht, und ich werde mich künftig hüten, über andere herzufallen, statt mir an die eigene Nase zu fassen.«

»Ach, Papa, ich weiß gar nicht, was ich sagen soll.«

Marianne streicht ihm liebevoll über den Rücken. Dann sitzen sie schweigend da und sehen einander an. Es ist beinahe wie früher, als Emma klein war und sie ins Kinderzimmer kamen, um ihr gute Nacht zu sagen.

»Fahrt zu Josefin und den Kindern und genießt das Feuer«, sagt Emma. »Ich werde ohnehin gleich schlafen. Versprochen!«

Evert drückt noch einmal ihre Hand und versucht, nicht darüber nachzudenken, wie zerbrechlich sie sich immer noch anfühlt. Er ist hin und her gerissen zwischen dem Gefühl, bei ihr bleiben zu sollen, und dem Wissen, dass seine vier Enkel am Ålstensängen auf ihn warten.

»Schlaf gut«, sagt er und zieht die Decke über Emmas Beinen zurecht. Dann geht er mit Marianne hinaus.

KAPITEL
106

Die U-Bahn Richtung Mörby Centrum kriecht dahin, so dass Hillevi beinahe versucht ist, die Verspätung als gegen sich persönlich gerichtet aufzufassen, als wolle das langsame Tempo sie dazu auffordern, sich noch einmal zu überlegen, ob sie wirklich ins Krankenhaus fahren soll. Doch so funktioniert sie nicht. Es steht nicht in ihrer Macht zu stoppen, was sie in Gang gesetzt hat. Es muss zu dieser Konfrontation kommen, sonst sind all ihre Anstrengungen vergeblich gewesen.

Endlich hält die Bahn, und sie steigt aus.

Auf dem Bahnsteig befindet sich noch ein weiterer Passagier, ansonsten ist alles leer. Die meisten sind wahrscheinlich mit Freunden und Familie unterwegs, um auf den Frühling anzustoßen. Wenn auch sie einer Gemeinschaft angehören würde, würde sie jetzt vielleicht nicht die Rolltreppe nach oben nehmen.

Ihre Lebenswirklichkeit sieht jedoch vollkommen anders aus. Verschiedene Ereignisse zu unterschiedlichen Zeiten haben dazu geführt, dass sie sich nun auf dieser Rolltreppe befindet. Das klingt schon fast poetisch, denkt Hillevi. Gewisse Dinge hat sie selbst beeinflussen können, andere dagegen nicht. Doch eines erscheint ihr sicher: Nichts von alledem wäre passiert, wenn Felicia hätte leben dürfen.

Denn an jenem Tag ist alles zusammengebrochen.

Die letzte Rolltreppe zum Ausgang ist defekt, deshalb muss sie das letzte Stück gehen. Allmählich verlässt sie die Geduld, und sie könnte heulen, weil sich immer alles gegen sie verschwört. Weitere Hindernisse kann sie wirklich nicht ertragen. Doch als sie den

Wegweiser zum Krankenhaus entdeckt, schaut sie nur noch nach vorn und fühlt sich beinahe wie berauscht, obwohl sie stocknüchtern ist. Sie überlegt, ob Emma bereit ist, sieht vor sich, wie sich das ebenmäßige Gesicht dieser schönen blonden Frau auf dem Kissen verzieht. Ihr verständnisloser Blick, in den sich Zweifel mischen, als ihr langsam aufgeht, wer sich hinter dem ordinären Putzkittel verbirgt. Zweifel, der in Angst übergeht.

Hillevi kann kaum an sich halten. Im Krankenhaus angekommen, zieht sie sich im Personalraum die Arbeitsuniform an. Dann geht sie fest entschlossen Richtung Intensivstation.

KAPITEL
107

Der Wind wirbelt Funken vom Feuer zu ihnen herüber. Josefin muss blinzeln, um ihre Augen zu schützen. Für einen Moment hat der Regen aufgehört, doch es ist kalt wie an einem rauen Herbsttag. Der Wind dämpft die Musik, und sie hört lediglich Fragmente von »Der Winter ist vergangen«, den ein Kinderchor auf der anderen Seite des Ålstensängen singt. Sofia, Julia und Anton klettern mit Hunderten von anderen Kindern in bunten Jacken auf den steilen Felsen am Waldrand herum. Alle spielen, außer Ines, die in ihrem Kinderwagen eingeschlafen ist. Ganz Bromma scheint heute hier zu sein, sogar Andreas ist da. Sie haben sich die ganze Woche nicht gesehen, und Josefin ist froh, dass er ohne seine dämliche Freundin gekommen ist. Bisher hat sie ihm lediglich Bruchstücke der Ereignisse erzählen können, die ihr Leben in den letzten Tagen erschüttert haben.

Andreas scheint es kaum glauben zu können.

»Ich bin sprachlos«, sagt er und nimmt sie in den Arm. »Du musst völlig fertig sein. Warum hast du nicht angerufen? Ich hätte dir doch helfen können.«

Josefin nimmt seine Umarmung entgegen, ohne sich zu wehren. Heute wird sie das Kriegsbeil ruhen lassen. Zumal er sich so zugewandt zeigt. Vielleicht braucht auch sie eine Versöhnung, um sich endlich wieder besser zu fühlen. Laut ihrem Therapeuten ist es wichtig, verzeihen zu können, doch das ist leichter gesagt als getan. Dabei ist es ihr keinen Augenblick gut gegangen, wenn sie wütend herumgelaufen ist und sich betrogen gefühlt hat. Sie muss einfach akzeptieren, was geschehen ist. Leider hat die Bitterkeit auch schon auf andere Beziehungen abgefärbt, und sie schämt sich, zugeben zu müssen, dass sie mit fast allem unzufrieden gewesen ist. Natürlich ist ihr Vertrauen in andere Menschen beschädigt, doch sie darf nicht zulassen, dass andere leiden müssen, nur weil Andreas sie hintergangen hat.

Noch immer fühlt sie sich naiv, weil sie ihm vertraut und nicht geahnt hat, was hinter ihrem Rücken geschah. Nicht in ihren kühnsten Fantasien wäre sie darauf gekommen, dass er ihr so etwas antun könnte. Dennoch ist es nichts im Vergleich zu Emmas hoffnungsloser Situation. Ein Unglück kommt selten allein – dieses Sprichwort trifft es für ihre Schwester ziemlich genau. Josefin weiß nicht, was sie denken soll, doch dieses Kindermädchen scheint Kristoffer nähergestanden zu haben, als sie bisher angenommen hatte. Warum sonst hätte er sie vor der Familie geheim halten sollen?

Andreas lässt sie los, und Josefin fragt sich, wie lange sie eigentlich so dagestanden haben. Sie merkt, wie sie rot wird. Aus dem Augenwinkel entdeckt sie, dass Julia im Spiel innegehalten hat und hoffnungsvoll zu ihnen herüberblickt.

»Dann hast du jetzt also ein Upgrade zur Mutter von vier Kindern erhalten«, stellt Andreas fest. »Gratuliere!«

Josefin verzieht das Gesicht und denkt, dass er doch ganz genau weiß, dass sie sich schon mit drei Kindern oft überfordert gefühlt hat. Dann nimmt sie sich zusammen und atmet tief durch. Noch ist nicht entschieden, wer sich künftig um Ines kümmern wird, auch wenn absehbar ist, dass sie das Los treffen wird. Ihre Eltern sind zu alt.

Josefin hält nach den Kindern Ausschau und sieht, dass Julia sich wieder abgewandt hat. Die anderen sind wahrscheinlich irgendwo im Wald und spielen. Sie vertraut ihnen und weiß, dass sie sich nicht verirren werden.

»Vielleicht ist Ines sogar das Beste, was mir jetzt passieren konnte. Ich habe ...« Sie stockt, weiß nicht, wie viel von ihrem Privatleben sie vor ihm preisgeben möchte, da es doch vor allem aus Dunkel und Einsamkeit besteht. »Ich habe es ein bisschen schwer gehabt in letzter Zeit. Eine sinnvolle Aufgabe ist da bestimmt hilfreich, auch wenn ein Baby natürlich sehr anstrengend sein kann.«

»Du sollst wissen, dass ich dich hundert Prozent unterstütze«, sagt Andreas. »Ich kann dir mit Ines helfen, wenn du dich mal ausruhen musst. Wir sind schließlich immer noch eine Familie, auch wenn wir nicht zusammen wohnen.«

Josefin lacht auf, es klingt allerdings eher wie ein Schnauben. Sie fragt sich, was mit ihm los ist, er ist ja wie ausgewechselt. Und statt sich zu freuen, wird sie misstrauisch.

»Ist es aus mit Melissa?«, fragt sie unverblümt.

Er runzelt verlegen die Stirn. »Spielt das eine Rolle? Ich habe das nicht deswegen gesagt.«

»Dann ist es also vorbei?«, fragt Josefin noch einmal und merkt, wie ihr Herz schneller schlägt.

»Ich möchte lieber nicht darüber reden«, sagt er. Sein Blick verschwindet in der Ferne.

Er ist verletzt. Sie hat ihn verlassen. Josefin, wenn überhaupt jemand, weiß, wie sich das anfühlt. Dennoch vermag sie keine gesteigerte Sympathie für ihn zu empfinden.

»Drei Kinder waren ihr wohl zu viel?«

»Ich habe mit ihr Schluss gemacht, nur dass du es weißt.«

Andreas zieht sein Handy heraus und tut so, als läse er eine Nachricht, wahrscheinlich um ihr zu signalisieren, dass dem nichts hinzuzufügen ist.

Hunderte weiterer Fragen steigen in ihr auf, doch Josefin will seinen Wunsch respektieren, das Thema nicht weiter auszuführen. Vielleicht ist es noch zu frisch. Nach und nach wird sie schon alles aus ihm herausbekommen. Sie fühlt sich aufgekratzt. Nicht aus Schadenfreude, sondern eher vor Hoffnung. Dies könnte der nötige Wendepunkt sein. Und sei es nur, dass sie wieder anfangen können, zusammenzuarbeiten, ein Team zu sein, mit den Kindern im Vordergrund, statt herumzulaufen und aufeinander wütend zu sein. Sie sieht ins Feuer, das inzwischen so groß ist, dass man das Flussufer nicht mehr erkennen kann.

KAPITEL
108

Der scharfe Putzmittelgeruch sticht Hillevi in die Nase, obwohl sie inzwischen so sehr daran gewöhnt ist, dass sie es kaum noch registriert. Vielleicht hat sie zu viel genommen, weil sie in Gedanken woanders war. Sie hofft, dass ihre Beharrlichkeit belohnt wird – sie muss nur schnell genug sein und die Gelegenheit ergreifen, sobald sie sich bietet. So behält sie den Eingang zur Intensivstation im Blick, und endlich kommt der langersehnte Augenblick.

Es ist fast wie eine Einladung.

Eine einzelne Krankenschwester versucht, mit einem Liegendtransport herauszukommen. Rasch eilt Hillevi hinzu und hält ihr die Tür auf.

»Danke, sehr nett von Ihnen«, sagt die Schwester und lächelt sie an, bevor sie weitergeht, ohne sich noch einmal umzudrehen und sich zu vergewissern, dass die Tür hinter ihr wieder geschlossen wird.

Ohne zu zögern, schlüpft Hillevi hinein. Da sie jedoch noch nie zuvor hier gewesen ist, weiß sie nicht, wo sie suchen soll. Vereinzelte Stimmen etwas weiter vorn lassen sie zurückzucken. Sie muss sich irgendwo verstecken, damit man sie nicht entdeckt. Dazu gibt es allerdings nicht viele Möglichkeiten, zu ihrem Verdruss ist die Station klein und überschaubar. Sie schleicht sich zum ersten Patientenzimmer und überfliegt rasch die Betten.

Keine blonde Frau, so weit das Auge reicht.

Wenn sie zu den anderen Krankenzimmern will, muss sie am Schwesternzimmer vorbei. Die einzige Möglichkeit, unbemerkt vorbeizukommen, wäre, wenn ein Alarm losginge oder sie in einem anderen Raum eine Besprechung hätten. Hillevi schluckt und versucht zu lauschen. Es scheint gerade viel los zu sein, irgendetwas ist offenbar anders als sonst. Sie reden darüber, Patienten zu verlegen. Als gerade niemand hinsieht, huscht sie vorbei und gelangt unbemerkt in ein weiteres Krankenzimmer, in dem zwei Schwerverletzte mit Masken über den Gesichtern liegen. Sie starrt sie erschrocken an und fragt sich, ob sie überhaupt noch leben.

Auch hier keine Emma. Wo haben sie sie nur versteckt?

Als Hillevi gerade den Kopf in das nächste Zimmer stecken will, hört sie Schritte, die sich von hinten nähern. So ein Mist, man wird sie entdecken, bevor sie Emma auch nur gesehen hat!

»Entschuldigen Sie«, sagt eine Stimme. »Was tun Sie hier?«

Hillevi dreht sich um und begegnet dem forschenden Blick eines Arztes.

»Ich bin hierhergerufen worden, um zu putzen«, sagt sie verlegen und fragt sich, ob man ihr wohl ansieht, wie sehr ihr Herz klopft.

»Ach ja? Davon weiß ich nichts. Das kommt mir merkwürdig vor. Darf ich mal Ihren Ausweis sehen?«

»Haben Sie nicht um eine Zusatzkraft gebeten?«, fragt sie und versucht, überrascht auszusehen.

»Das kann ich mir nicht vorstellen. Ich frage mal nach. Warten Sie bitte hier«, sagt er. Und sobald er um die Ecke verschwunden ist, steht sie vor der Wahl: Bleiben oder verschwinden.

Sie zögert kurz und entscheidet dann, so schnell wie möglich zu verschwinden. Sie kommt aus dieser Nummer einfach nicht gut raus. Bis zur Tür sind es etwa zwanzig Meter, und während sie noch lauscht, wie der Arzt die Kollegen wegen der Zusatzkraft befragt, geht sie rasch zum Ausgang und verschwindet um die Ecke, noch ehe er nach ihr rufen kann. Sie wagt kaum, sich umzudrehen und nachzusehen, weiß aber, dass er jetzt nach ihr Ausschau halten wird. Und in wenigen Minuten wird wohl auch der Wachdienst nach ihr suchen.

Glücklicherweise ist das Krankenhaus groß.

Sie kann das Gebäude nicht verlassen, bevor sie ihren Auftrag nicht ausgeführt hat. Vielleicht liegt Emma ja doch auf Station 73?

Hillevi sieht sie schon vor sich. Wie ohnmächtig sie ist, wie verzweifelt über ihren Verlust. Ans Bett gefesselt und mit Tropf und Katheter verbunden.
 Vollkommen wehrlos.

KAPITEL
109

Die Sache mit dem Passfoto geht Nyhlén einfach nicht aus dem Sinn. Hätte er es vorhin nicht so eilig gehabt, ins Krankenhaus zu kommen, hätte er es sich gründlicher angesehen. Natürlich ändern Menschen ihr Aussehen im Laufe der Jahre, vor allem Frauen, die sich die Haare färben oder andere Frisuren schneiden lassen. Doch nachdem er erst einmal misstrauisch geworden ist, breitet sich das Unbehagen immer mehr in ihm aus.

Ist es wirklich dieselbe Person, die bei ihnen im Verhör gesessen hat? Er glaubt es nicht, und damit erscheinen die gesamten bisherigen Ermittlungen als totales Fiasko. Dass eine Person die Polizei über ihre Identität belügt, man ihr glaubt und sie wieder laufen lässt, darf einfach nicht passieren. Allerdings kann Nyhlén sich auch nicht vorstellen, dass jemand so kaltblütig sein kann, durch die Sicherheitstüren des Polizeipräsidiums zu treten und ihnen ins Gesicht zu lügen. Es würde verdammt viel dazugehören, sich so einem Risiko auszusetzen. Dazu müsste man sich geradezu unbesiegbar fühlen, was auf einen Psychopathen hinweisen würde. Nyhlén beschließt, auf eigene Faust zu Anna Pilstedt zu fahren und sie zu Hause in Mariehäll aufzusuchen.

Im Grunde genügt es, wenn er von draußen in ihr Fenster späht, um zu sehen, ob es dieselbe Frau ist, die sie früher am Tag verhört haben. Niemand braucht etwas davon zu erfahren, es sei denn, die Frau ist tatsächlich eine andere.

Auf dem Rückweg vom Krankenhaus werden seine Zweifel immer lauter. Anna Pilstedts erleichterter Blick hat sich in seine Netzhaut eingebrannt. Gleich wird sich zeigen, ob seine Fantasie mit ihm durchgeht oder ob Ines' Kindermädchen eine herausragende Schauspielerin ist, vielleicht sogar eine Mörderin und Kindesentführerin. Dass es bisher noch keine weiteren Verdächtigen gibt, spricht umso mehr dafür, dass Anna Pilstedt hinter den dramatischen Ereignissen des vergangenen Tages steckt.

Das Navi zeigt an, dass er kurz hinter Solvalla abbiegen muss. Ihn schaudert, als er das Hinterteil eines großen Holzpferdes zwischen Straße und Pferderennbahn entdeckt. Seit der letzten Woche fühlt er sich von diesen unberechenbaren Vierbeinern geradezu verfolgt. Schon beim Gedanken an seinen Ausritt wird ihm ganz flau. Der Fuß, mit dem er falsch aufgekommen ist, ist immer noch geschwollen und wird bei bestimmten Bewegungen von einem jähen Schmerz durchzuckt. Beinahe hätte Nyhlén die Ausfahrt verpasst, kann sich jedoch gerade noch einfädeln.

In letzter Zeit hat er sich nicht eben vorbildlich an die Verkehrsregeln gehalten, und er weiß, dass er sich zusammenreißen muss. Seine Gedanken wandern wieder zum Reitstall. Welche Bedeutung hat dieser eigentlich bei dem Ganzen? Hätte er sich doch mit weiteren Mitarbeitern dort unterhalten sollen? Alles gründlich untersuchen müssen? Immerhin hat dort alles begonnen. Solange Emma im Koma lag, passierte gar nichts. Doch sobald sie erwacht war, ging das meiste schief. Er scheut sich vor dem Gedanken, aber was, wenn es die ganze Zeit nur um Emma gegangen ist? Wenn sie das eigentliche Ziel war? Vielleicht war diese Anna ja doch in Kristoffer verliebt und wollte ihre größte Konkurrentin aus dem Weg räumen. Vielleicht hatte sie Frasse absichtlich erschreckt, als Emma ausreiten wollte, und zugesehen, dass dieser Mordversuch wie ein Unfall erschien.

Allmählich fallen alle Puzzleteile an ihren Platz. Jetzt hat er sowohl Täter als auch Motiv.

Seine Theorie ist gut, keine Frage, und er wird sie mit Lindberg besprechen, sobald er Annas Identität überprüft hat. Dann fällt ihm der Mord an Kristoffer ein, und er seufzt: So eindeutig ist ihr Motiv dann doch wieder nicht.

Weshalb hätte Anna den Mann, den sie liebt, töten sollen?

Nyhlén biegt in ihre Straße ein, geht vom Gas und löscht die

Scheinwerfer. Er ist schon fast bei der richtigen Hausnummer angelangt und flucht, als er feststellt, dass es sich um ein Mehrparteienhaus handelt. Wenn sie oben wohnt, wird er aussteigen und bei ihr klingeln müssen. Er überlegt, was er sagen könnte. Vielleicht, dass er ihr noch ein paar zusätzliche Fragen stellen müsse. Vielleicht ist sie aber auch gar nicht zu Hause, und er ist vergeblich hierhergefahren.

Er parkt, geht zur Haustür und stellt fest, dass Anna Pilstedt im ersten Stock wohnt. Da müsste er sie eigentlich von der Straße aus beobachten können. Er stellt sich etwas abseits unter einen Baum. Dann fällt ihm ein, dass er mögliche Passanten durch seine schiere Anwesenheit erschrecken könnte. Er muss irgendwie unauffälliger agieren, nicht, dass jemand die Polizei ruft, um einen möglichen Spanner festnehmen zu lassen. Nyhlén sieht sich vorsichtig um. Noch ist weit und breit niemand zu sehen.

In ihrer Wohnung brennt Licht. Der farbig flackernde Schein deutet darauf hin, dass sie fernsieht. Nyhlén hofft auf eine baldige Werbepause, damit sie aufsteht und sich vielleicht sogar kurz am Fenster zeigt. Doch so viel Glück scheint er heute nicht zu haben. Er ist schon nahe daran aufzugeben, als hinter der Scheibe eine Gestalt vorbeihuscht. Es ist nicht die Anna, die er heute verhört hat. Sein Puls geht schneller. Natürlich muss das nichts heißen. Vielleicht hat sie eine Freundin zu Besuch, oder sie wohnt mit einer anderen Frau zusammen. Es bleibt ihm jedenfalls nichts anderes übrig, als bei ihr anzuklingeln, auch wenn er dazu eigentlich Lindbergs Zustimmung einholen und ihm erklären müsste, wo er ist und warum. Doch das Risiko, dass Lindberg nein sagen und ihn nach Hause schicken könnte, ist zu groß. Bevor Nyhlén es sich anders überlegen kann, öffnet er die Haustür. Beim Hinaufgehen überspringt er jede zweite Stufe, hält vor dem Namensschild mit der Aufschrift »Pilstedt« und klingelt. Eine Frau öffnet die Tür einen Spaltbreit und sieht ihn fragend an. Die Sicherheitskette ist eingehakt, so dass er nur Teile ihres Gesichts erkennen kann. Es erinnert an die Frau, die er bereits kennt. Aber sie ist es nicht.

»Ist Anna Pilstedt zu Hause?«, fragt er.

»Ja, das bin ich. Aber ich möchte nichts kaufen, vielen Dank.«

KAPITEL
110

Normalerweise ist der Ålstensängen um diese Jahreszeit abgesehen von ein paar Hundebesitzern und Fußball spielenden Jugendlichen so gut wie menschenleer. Heute dagegen ist er voller Familien mit Regenschirmen. Das Feuer ist so groß, dass es beinahe aussieht, als sei der Wald dahinter in Gefahr. Zumal auch noch ein kräftiger Wind weht. Doch vermutlich gibt es irgendwo einen Verantwortlichen, der alles unter Kontrolle hat. Evert nimmt sich vor, einfach mal zu entspannen und den Augenblick zu genießen, statt sich mit Risikoanalysen zu plagen.

Ausnahmsweise einmal fühlt es sich gut an, pensioniert zu sein.

Es wird wahrscheinlich nicht leicht werden, Josefin und die Kinder zwischen diesen vielen Menschen ausfindig zu machen, doch zum Glück haben sie ja Handys. Er kann sich gar nicht mehr vorstellen, wie sie es früher gemacht haben. Marianne zieht den Mantel fester um sich und schaudert.

»Lass uns Richtung Felsen gehen, wo die Kinder immer rutschen«, schlägt sie vor.

Er legt ihr einen Arm um die Schulter, doch ihr fragender Blick verunsichert ihn, und er nimmt ihn schnell wieder weg.

Schweigend nähern sie sich dem Feuer.

Von weitem erkennt Evert die rosafarbene Jacke seiner Tochter sowie Ines' Kinderwagen. Auch Andreas ist da, den hat er lange nicht mehr gesehen. Josefin dreht sich zu ihnen um, als könne sie ihre Anwesenheit auch aus dieser Entfernung spüren.

»Hallo«, sagt sie und empfängt sie mit einer Umarmung und einem vorsichtigen Lächeln auf den Lippen.

Evert stutzt, es ist lange her, seit er an seiner älteren Tochter ein Zeichen von Lebensfreude gesehen hat. Sie hat allerdings auch wirklich eine schwierige Zeit hinter sich, erst die Scheidung und dann die ständige Sorge um ihre Schwester.

Ines scheint gerade aufgewacht zu sein und ist mit einem Spielzeug in ihrem Kinderwagen beschäftigt. Sie wirkt völlig unversehrt, und sein Herz schmilzt dahin.

Das Glück darüber, dass es ihr gut geht, trifft ihn mit voller Wucht. Tränen steigen ihm in die Augen, was er auf den Rauch schieben könnte, doch er weiß, dass dies nicht der Grund ist. Was in den letzten Tagen geschehen ist, hat ihm einiges klargemacht. Er ist nicht mehr derselbe Mensch wie zu seiner Berufstätigkeit, an diese Veränderung muss er sich gewöhnen. Er hat seine Machtposition verloren, dafür aber die Einsicht gewonnen, dass die Familie das Wichtigste ist. Sein größter Erfolg in diesem Leben sind Marianne, Josefin, Emma und die Enkelkinder. Kein Titel und keine Auszeichnung könnten sie aufwiegen.

Julia kommt angerannt. »Hallo, Opa«, sagt sie und umarmt ihn. »Anton ist hingefallen.«

Hinter ihr kommt Josefins Sohn angestolpert, er humpelt und seine Jeans ist zerrissen. Scheu sieht er seinen Großvater an und wischt sich die Tränen ab. Vor ihm möchte er stark erscheinen, das war schon immer so. Evert hebt ihn hoch, seiner Hüfte zum Trotz.

»Tut es weh?«, fragt er.

Anton schüttelt den Kopf. »Nein, aber Mama wird böse werden.«

Marianne streichelt ihn tröstend, und Josefin seufzt, es gehe mindestens eine Hose pro Woche kaputt. Dann lässt sie eine Kekspackung herumgehen, und jetzt erscheint auch Sofie mit einer Freundin.

Alle sind versammelt, außer Emma.

Evert wünschte, sie könnte bei ihnen sein. Sie und Kristoffer. Er ist noch gar nicht dazu gekommen, um seinen Schwiegersohn zu trauern, sein plötzlicher Tod ist hinter der Sorge um Emma und Ines völlig zurückgetreten. Evert kann sich nicht erinnern, wann ihn zuletzt so viele verschiedene Gefühle auf einmal umgetrieben haben. Immerhin gibt es auch ein paar wenige Lichtblicke, wenn man sich nicht ausschließlich auf das Unglück fixiert. Emma ist wieder bei Bewusstsein. Und Ines ist zurück.

Evert blickt ins Feuer.

Der Wind der Veränderung bläst, und er wird es annehmen, wie es ist. Bescheiden sein und mehr auf seine Umgebung hören. Die familiären Beziehungen intensiver pflegen, vielleicht Gunnar und seine Frau öfter einladen. Und endlich seine Hüfte untersuchen lassen. Ruhe breitet sich in ihm aus. Zum ersten Mal seit langem kann er sich entspannen und darauf hoffen, dass das Schicksal ihm und den Seinen ab jetzt wieder gewogen sein wird.

KAPITEL
111

Jetzt ist das Maifeuer bestimmt in vollem Gange. Emma kann sich vorstellen, wie ihre tapfere große Schwester mit allen Kindern danebensteht und zusieht. Hoffentlich geht sie nicht völlig unter, wenn sie jetzt auch noch ein Baby am Hals hat.

Emma schaut zum Fenster, doch draußen ist alles dunkel.

Sie ist wieder verlegt worden, von der Intensivstation auf die 73, was bedeutet, dass sie wieder auf dem Weg der Besserung ist. Im Grunde ist es ihr gleichgültig, wo sie liegt, Zimmer ist Zimmer. Sie steht unter Polizeischutz und muss sich keine Sorgen machen. Dennoch hat es sie kurz durchzuckt, als sie wieder hierhergebracht wurde.

Vielleicht, weil es hier passiert ist, denkt sie.

Eine Putzfrau betritt den Raum.

Eine Hirnblutung, die tödlich hätte ausgehen können. Emma ist überzeugt, dass ihr jemand ein lebensgefährliches Präparat injiziert hat, sie kann es jedoch nicht beweisen. Die Putzfrau grüßt nicht, doch Emma sieht, dass sie stehen geblieben ist und sie anstarrt. Sie erinnert sie an irgendwen. Emma sieht sich nach dem Telefon um, doch das ist nicht in Reichweite. In Reichweite ist dagegen die Klingel, falls es wirklich nötig sein sollte.

»Hallo«, sagt Emma versuchsweise, als die Frau nicht aufhört, sie anzustarren. Schon seltsam, dass sie einfach nur dasteht. Und als sie jetzt langsam näher kommt, einen Putzlumpen in der Hand, dreht sich ihr der Magen um. Was hat sie vor? Irgendetwas stimmt hier nicht. Emma versucht zu verstehen, was. Sie hält den Atem an und wartet darauf, dass die Frau etwas sagt, doch kein Wort kommt über ihre zusammengepressten Lippen. Schließlich bleibt sie an ihrem Fußende stehen und betrachtet Emma ungeniert von oben bis unten.

»Was wollen Sie von mir?«, fragt Emma und erhält ein kurzes, hohles Lachen zur Antwort.

»Endlich treffen wir uns«, sagt die Frau und beugt den Hals, so dass ihr dunkles Haar flattert und eine provisorisch geflickte Kette mit einem diamantenverzierten Herz um ihren Hals sichtbar wird.

Da begreift Emma.

Und statt Angst zu haben, fühlt sie sich teilweise erleichtert. Ihr Gefühl war richtig. Die Frau in ihrem Traum gibt es wirklich. Alle Teile fallen an ihren Platz, sie leidet nicht an Wahnvorstellungen. Die Hirnverletzungen und die Medikamente haben weder ihr Urteilsvermögen noch ihre Erinnerungen beeinflusst.

»Wie konntest du nur?«, fragt die Frau mit so hasserfüllter Stimme, dass Emma zusammenzuckt.

»Was meinen Sie?«, fragt sie.

»Mir mein Leben wegnehmen«, antwortet die Frau kurz.

Ihre Pupillen sind winzig kleine Punkte, und ihr Blick ist wild. Sie blinzelt kein einziges Mal. Ganz allmählich ergibt sich ein weiteres Bild, und Emma legt die letzten Teile des unvollständigen Puzzles der vergangenen Tage zusammen.

»Sie waren das alles, oder? Sie waren beim Stall, als der Unfall passiert ist. Sie haben versucht, mich zu töten, und Sie haben auch Kristoffer umgebracht.«

Die Frau schüttelt den Kopf und macht keine Anstalten, sich zu bewegen. »Jetzt weißt du, wie es sich anfühlt, ohnmächtig dazuliegen und nichts daran ändern zu können, dass einem alles genommen wird.«

Emma begreift nicht, was ihr Anteil an dem Ganzen sein soll, und kann auch nicht fragen, bevor die Frau schon weiterredet: »Ich und Kristoffer gehörten zusammen.«

»Wie meinen Sie das?«

»Alles war gut, bis du wieder aufgewacht bist.«

Bevor Emma reagieren kann, hat die Putzfrau sich auf sie gestürzt und ihr das Kissen unterm Kopf weggerissen. Immerhin kann sie laut brüllen, bevor die Frau es ihr mit aller Kraft ins Gesicht drückt. Es dauert nur wenige Sekunden, dann sind die Polizisten im Zimmer. Sie reißen die Putzfrau hoch und legen ihr Handschellen an. Emma zittert und spürt, wie Tränen des Schocks und der Erleichterung ihr über die Wangen laufen, als sie aus dem Zimmer herausgeführt wird. Sie betet stumm, dass sie diese Frau niemals wiedersehen muss. Zugleich dankt sie den höheren Mächten dafür, dass sie rechtzeitig eingegriffen haben, wer weiß, wie es sonst ausgegangen wäre. Unglaublich, dass diese Frau sich als Putzfrau verkleidet hat, um hierherzukommen und sie zu töten.

Dann muss Emma an Ines denken, und sie schaudert, als ihr klar wird, dass dies aller Wahrscheinlichkeit dieselbe Frau ist, die sich um ihre geliebte Tochter gekümmert hat. Sie begreift nicht, was Kristoffer mit ihr zu schaffen hatte. Er muss ihre Absichten vollkommen falsch eingeschätzt haben.

Karim kommt zurück und wischt sich den Schweiß von der Stirn.

»Alles in Ordnung?«, fragt er besorgt. »Soll ich einen Arzt rufen?«

Emma zittert noch immer. »Nein, es geht schon.«

»Tut mir leid, dass wir die Putzfrau reingelassen haben, aber wir hatten keinen Grund, misstrauisch zu werden«, sagt er. »Sie wird dich nicht wieder belästigen, das verspreche ich. Torbjörn sorgt dafür, dass sie aufs Revier gebracht wird.«

»Danke, dass ihr mich gerettet habt.«

»Dazu sind wir ja hier«, erwidert er ruhig. »Was hatte sie vor?«

»Sie hat mir das Kissen unter dem Kopf weggerissen und ins Gesicht gedrückt«, sagt Emma und schaudert. »Sie wollte mich ersticken.«

Karim schüttelt den Kopf. Er scheint sich schwere Vorwürfe zu machen, dass er die Frau zu ihr hineingelassen hat. Als hätte er ihre Absichten ahnen können.

»Sie muss das die ganze Zeit gewesen sein«, sagt Emma. »Sie hat meinen Reitunfall arrangiert und auch am Dienstag versucht, mich zu töten, als ich die neuerliche Hirnblutung hatte. Schließlich konnte sie hier kommen und gehen, wie sie wollte, so wie sie gekleidet war. Es sah ja aus, als würde sie hier arbeiten.«

Karim nickt. »Sie wird ihren Fuß nicht wieder hierhersetzen. Entspann dich. Kein Unbefugter wird mehr Zutritt zu deinem Zimmer haben. Versprochen.«

KAPITEL
112

Nyhlén ist enttäuscht von sich selbst, weil er sich von einer jungen Frau hat hinters Licht führen lassen. Doch er kommt auch nicht umhin, sie zu bewundern. Kein normaler Mensch würde so etwas wagen, denkt er und öffnet die Autotür. Er begreift nicht, warum sie den Kinderwagen nicht einfach vor der Wohnung abgestellt hat und dann weggelaufen ist. Nun bleibt nur noch die Frage, wer sie wirklich ist und in welchem Verhältnis sie zu Kristoffer stand. Ihre Identität dürfte leicht herauszufinden sein, sowohl er als auch Lindberg wissen jetzt, wie sie aussieht. Ein Phantombild in den Medien, und sie haben sie.

Nyhlén setzt sich hinter das Steuer und schaut nach, ob Emma sich gemeldet hat. Doch er hat keine Nachricht erhalten. Plötzlich wird seine Sehnsucht nach ihr übermächtig, und er scrollt nach dem Foto von ihr, aufgenommen am Tag des Unfalls. Der Anblick allein genügt, um ihn ruhiger zu stimmen. Als er versucht, Emmas Augen heranzuzoomen, wird stattdessen die Frau im Hintergrund vergrößert.

Nyhlén erstarrt. »Oh, mein Gott«, flüstert er. »Das kann doch nicht sein!«

Hat die Antwort auf alle Fragen tatsächlich die ganze Zeit auf seinem Handy gelegen, ohne dass er es kapiert hat? Nyhlén schlägt mit der Faust auf das Lenkrad. Dann dreht er den Schlüssel um und fährt los, dabei denkt er weiterhin fieberhaft nach. Die Babysitterin wird sich nicht lange verstecken können, wenn ganz Schweden nach ihr sucht. Ihre einzige Chance wäre, außer Landes zu reisen, und selbst dort wäre sie nicht sicher.

An der Kreuzung zögert Nyhlén. Soll er zum Präsidium oder ins Krankenhaus fahren? Es ist ungefähr gleich weit, und er macht sich Sorgen um Emma.

Doch es ist wichtiger, dass sie das Kindermädchen schnappen. Oder ist sie etwa im Krankenhaus, um Emma zu töten? Dann fällt ihm ein, dass zwei Polizisten vor ihrem Zimmer Wache stehen. Sowohl Torbjörn als auch Karim sind langjährige Kollegen und werden schon dafür sorgen, dass kein Unbefugter hineingelangt. Also fährt Nyhlén weiter Richtung Innenstadt und beschleunigt. Er will so schnell wie möglich vor Ort sein, um die Fahndung herauszugeben. Das Kindermädchen, das sich als Anna Pilstedt ausgegeben hat, wird bald festgenommen werden. Schlafen kann ich auch in einem anderen Leben, denkt Nyhlén und fährt am Flughafen in Bromma vorbei. Ein Flugzeug setzt zur Landung an, und er duckt sich instinktiv, als es direkt über seinem Auto herabsinkt. Das Donnern der Motoren ist ohrenbetäubend, und erst als es die Landebahn neben der Straße erreicht hat, atmet er auf.

Es ist nicht viel los, und ausnahmsweise einmal sind die Ampeln auf seiner Seite. Er braucht kein einziges Mal zu halten und kann direkt zur Tranebergsbrücke durchfahren. Obwohl er es kaum erwarten kann, Lindberg zu berichten, dass er den Fall gelöst hat, wagt er nicht, noch schneller zu fahren. Er ist bereits bei über hundert Kilometern pro Stunde. Vom höchsten Punkt der bogenförmigen Brücke schaut er rechts nach Stora Essingen hinunter. Es ist ein wunderschöner Anblick, die vielen hell erleuchteten Fenster in der Dunkelheit. Als er sich Fredhäll und Kristineberg auf der anderen Seite der Brücke nähert, will er langsamer werden, um links auf den Fridhelmsplan abzubiegen.

Er tritt auf die Bremse, doch nichts passiert.

KAPITEL
113

Emma versucht die Augen zu öffnen, doch da ist wieder das Kissen auf ihrem Gesicht. Für einen Moment ist sie eher überrascht als erschrocken. Hat die Putzfrau die Polizisten doch überlistet und ist wieder zurückgekehrt? Was hat sie noch mal genau gesagt? Dass Emma jetzt endlich wüsste, wie es sich anfühlt, ohnmächtig im Krankenbett zu liegen und nichts dagegen tun zu können, dass einem alles genommen wird. Was hat sie damit gemeint? Langsam werden ihre Arme und Beine taub, und sie spürt einen anhaltenden Schmerz in der Brust. Die Frau muss wahnsinnig stark sein, obwohl sie so schmächtig wirkte. Ungeschickt versucht Emma, sich zu befreien, und stößt auf haarige, muskulöse Arme.

Ein Ärmel und ein Emblem. Genauso groß wie auf einer Polizeiuniform.

»Warte«, sagt eine wohlbekannte Stimme. »Ich will ihr noch etwas sagen.«

Plötzlich lässt der Druck auf ihrem Gesicht nach, und Emma bekommt einen Hustenanfall. Als sie sich endlich beruhigt und wieder einigermaßen fokussieren kann, sieht sie einen groß gewachsenen Mann aus dem Zimmer verschwinden. Dann entdeckt sie einen weiteren direkt neben ihrem Bett. Es ist der Landeskriminalkommissar höchstselbst.

Gunnar räuspert sich und schüttelt bedauernd den Kopf.

»Emma, Emma, warum hast du das nur getan?« Er zieht seine Gummihandschuhe zurecht. »Warum musstest du so tief in Angelegenheiten graben, die dich nichts angehen?«

Emma begreift nicht, worauf er hinauswill. Sie hustet noch

einmal und blickt instinktiv auf die Klingel neben ihrem Bett, doch Gunnar hindert sie mit einer raschen Bewegung daran, um Hilfe zu rufen.

»Henrik Dahl«, sagt er mit Nachdruck und setzt sich auf den Besucherstuhl.

Das Voruntersuchungsprotokoll, das Nyhlén ihr ans Bett gestellt hat, ist also nicht ohne Grund verschwunden.

»Scharfsinniger als der Vater, das muss ich anerkennen«, fährt Gunnar fort. »Was für ein Glück, dass Evert und ich in so engem Kontakt stehen, dass er mir anvertraut hat, welche Fehler du in den Ermittlungen entdeckt hattest.«

Emma erinnert sich, dass sie am Morgen ihres Ausritts mit ihrem Vater telefoniert hatte. Sie erzählte ihm, dass sie endlich in den Judar-Wald reiten würde, und war bestens gelaunt, bis sich herausstellte, dass er Gunnar noch immer nichts über die belastenden Details im Henke-Fall gesagt hatte. Sie schimpfte mit ihm und bat ihn, er möge Gunnar sofort anrufen, wenn sie aufgelegt hätten. Und ausnahmsweise einmal hatte er genau getan, was sie wollte.

»Und damit nicht genug. Evert hat mir auch von dem Karton erzählt, den Nyhlén dir ins Krankenhaus mitgebracht hat.«

»Warum sollte er?«

Gunnar lacht. »Weil er sich Sorgen gemacht hat, es würde dich nicht loslassen und daran hindern, dich allein aufs Gesundwerden zu konzentrieren.«

Sie hat Gänsehaut an den Armen. Ihr Vater wollte ihr also einen Dienst erweisen und hatte keine Ahnung, welcher Gefahr er sie damit aussetzte.

»Aber warum, Gunnar? Ich verstehe das nicht.«

»Du warst auf dem besten Weg, alles kaputt zu machen: meinen Ruf, mein Leben, meine neue Position. Es stand einfach zu viel auf dem Spiel.«

»Aber einen Reitunfall zu inszenieren«, sagt Emma. »Warum hast du dich meinetwegen so ins Zeug gelegt?«

Er muss Frasse erschreckt haben, was nicht weiter schwierig gewesen sein dürfte. Meist genügt ja schon eine flatternde Plastiktüte, um ein Pferd nervös zu machen.

»Wir waren vor dir im Wald. Und dein Gaul ist zum Glück sehr schreckhaft.«

»Wer ist wir?«, fragt Emma beherrscht und erhält ein schiefes Lächeln zur Antwort.

»Karim, Torbjörn und ich«, sagt Gunnar.

Es wäre ein Jahrhundertskandal, wenn dieses Geheimnis ans Licht kommen würde: dass es Polizisten gibt, die bereit sind, ihre eigenen Kollegen ein für allemal zum Schweigen zu bringen, um ihre eigenen Geschäfte zu schützen. Wenn Gunnar jetzt Klartext redet, gibt es dafür nur einen einzigen Grund: Er ist sich sicher, dass sie hier nicht lebend herauskommt.

»Was ist mit Henke passiert?«

»Alles war unter Kontrolle, bis er kam und sich einmischte.«

Die Patrouille war also vor Ort gewesen, bevor jemand zu Tode gekommen war. Jetzt stimmt es mit den auffälligen Zeitangaben im Bericht überein. Und wenn Emma genauer darüber nachdenkt, haben Karim und Torbjörn nie einen Hehl aus ihren Ansichten über Einwanderer gemacht, sondern sich lang und breit darüber ausgelassen, wie sie »die Straßen säubern« würden. Dass die Polizei zu lasch sei und »zu wenig geschossen« würde. Aber Gunnar?

»Henrik hat uns die Scheiße eingebrockt, indem er versucht hat, diesen Bettler zu retten. Was sinnlos war, denn der war sowieso schon so gut wie tot. Uns wurde schnell klar, dass wir gar keine andere Wahl hatten, als ihn zu opfern. Er hat uns deutlich zu verstehen gegeben, dass er über das, was er gesehen hatte, nicht schweigen würde. Drohen half bei dem Mann gar nichts.«

Und dafür hat er allerhöchste Anerkennung verdient, denkt Emma. Eine Ehrenmedaille.

»Aber wieso«, fragt Emma. »Wieso tut ihr so etwas?«

Gunnar lacht. »Du, wenn überhaupt jemand, solltest doch wissen, wie es um die Kriminalität steht. Du kennst die Statistiken und weißt, wo in der Gesellschaft die Probleme liegen. Dass nicht Andersson und Svensson für die Hauseinbrüche verantwortlich sind oder sich gegenseitig totschießen. Und doch tut niemand etwas dagegen. Wir versuchen lediglich, unserem Land zu helfen, wie es die Aufgabe jedes Polizisten ist. Kapierst du das?«

Emma starrt ihn angewidert an, ihr fehlen die Worte.

»Nur schade, dass du Nyhlén mit hineingezogen hast«, sagt Gunnar.

Es trifft sie wie ein Messerstich ins Herz.

»Was … was habt ihr mit ihm gemacht?«, stammelt sie und versucht sich aufzurichten. »Er hat nichts getan, ich war es, die ihn gebeten hat, sich den Fall noch einmal vorzunehmen.«

Ein Blick von Gunnar genügt. Schock und Trauer lassen sie verzweifeln. Nicht Nyhlén!

Gunnar bleibt an der Tür stehen und dreht sich noch einmal zu ihr um. »Leb wohl.«

»Verpiss dich, Gunnar.«

Er schnaubt verächtlich. Dann hört sie ihn zu seinem Untergebenen sagen: »Du kannst das hier jetzt zu Ende bringen.«

Karim sieht nicht begeistert aus, als er das Zimmer wieder betritt und nach dem Kopfkissen greift.

»Tu's nicht«, bittet sie leise.

»Ich habe keine Wahl.«

Dann drückt er ihr das Kissen aufs Gesicht. Ihr Körper bäumt sich auf vor Angst, und sie kämpft, so gut sie kann. Wenn sie jetzt stirbt, war alles vergebens. Dann wird Henkes Frau nie die Wahrheit erfahren, und ihr Vater wird weiter in dem Glauben leben, sein Nachfolger wäre ein prima Kerl. Einer, dem man vertrauen kann. Unterdessen können die rassistischen Kollegen wüten, wie sie wollen, ohne dass jemand sie aufhält. Der Druck wird immer größer, und sie bekommt keine Luft mehr. Jetzt nicht panisch werden, redet sie sich selbst gut zu. Sie muss so tun, als wäre sie tot. Das ist ihre einzige Chance. Ganz langsam wird ihr Widerstand schwächer, sie zuckt noch einmal und liegt dann ganz still. Und hofft, dass er darauf hereinfällt.

Als sie einsieht, dass Karim nicht loslassen wird, denkt sie an Ines. Sie sieht ihre kleine Tochter vor sich, ein Waisenkind.

Es ist das Letzte, was Emma denken kann.

Anschließend ist da nur noch grelles Licht in einem Tunnel.

KAPITEL
114

Hillevi ist stinkwütend über die missglückte Konfrontation mit Emma. Vor allem weil sie zugelassen hat, dass die Gefühle mit ihr durchgingen, statt bedachtsam vorzugehen. Nun ist es ihr nicht gelungen, ihr Vorhaben durchzuführen, weil Polizisten das Zimmer stürmten, als handelte es sich um einen Bombenalarm. Widerliche Typen, sie begreift nicht, warum sie sie so hart angegangen sind, dabei hat sie kaum Widerstand geleistet. Und nun steht sie frierend neben einem Streifenwagen vor dem Krankenhaus in Danderyd. Die Handschellen fühlen sich kalt an und schneiden ein wenig ein.

Hillevi versucht sich zu beruhigen, um klar denken zu können. Doch irgendetwas hindert sie daran, ein Erinnerungsbild drängt sich dazwischen.

Irgendetwas an diesen Polizisten ist merkwürdig.

Hillevi hat sie beide wiedererkannt, weiß aber nicht, woher. Sie tritt nach dem Kies auf dem Parkplatz.

»Stehen Sie still!«, brüllt der Polizist, und sie traut sich nicht zu fragen, worauf sie eigentlich warten.

Hillevi versucht erneut, sich zu erinnern, wo sie ihn schon einmal gesehen haben könnte. Während des Verhörs ist er nicht dabei gewesen, aber vielleicht hat sie ihn im Vorbeigehen auf dem Flur gesehen. Nein, es muss etwas anderes sein. Hillevi späht zu ihm hinüber. Der Mann guckt stur geradeaus, als würde er auf etwas warten. Vielleicht ein weiteres Polizeiauto, das sie von hier wegfahren soll. Ein Schauer läuft ihr über den Rücken.

Nach dem beschämenden Gang hinaus aus dem Krankenhaus ist sie aufs Äußerste angespannt. Die Leute haben erst sie angestarrt, dann die Polizisten und schließlich die Handschellen. Und die meisten haben auf die gleiche Weise reagiert: Sie haben die Augen niedergeschlagen und sich abgewendet.

Jetzt, da sie draußen vor dem Krankenhaus steht und in ihrem dünnen Putzkittel vor Kälte zittert, ist es leicht, es besser zu wissen. Was hat sie eigentlich gedacht, das sie erreichen könnte, mit zwei Polizisten vor Emmas Tür? Völlig sinnlos! Dennoch musste sie geradewegs hineinmarschieren, um die Frau zu vernichten, die ihr Leben zerstört hat. Ihr schmerzen die Arme, wo der Polizist zugepackt hat. Wenn sie sich ihm zuwendet, begegnet sie seinem harten Blick. Dann klingelt sein Handy, und er redet leise mit jemandem.

Wie kommt sie nur darauf, dass sie ihn schon einmal gesehen hat?

Schlagartig fällt es ihr wieder ein, als ein Polizeiwagen mit Blaulicht heranrauscht und das Gesicht des Mannes grell erleuchtet wird. Es muss Dienstagmorgen auf Station 73 gewesen sein, kurz bevor in Emmas Zimmer das Chaos ausbrach. Hillevi ist sich zu neunundneunzig Prozent sicher, dass sie gesehen hat, wie er davongeeilt ist. Doch sie hat ihn auch noch zu einer anderen Gelegenheit gesehen.

Ihr Herz beginnt zu hämmern, als sie plötzlich wieder vor sich sieht, wie die zwei Polizisten, die sie vor Emmas Tür gesehen hat, mit einem weiteren Mann auf einem schmalen Weg entlanggehen. Alle drei tragen dunkle Mützen und keiner von ihnen ist uniformiert, sie scheinen eher Golfkleidung anzuhaben. Nur einer von ihnen trägt eine Golftasche über der Schulter, und irgendetwas sagt ihr, dass sie weder vom Spiel kommen noch dazu auf dem Weg sind. Auch reden sie nicht unbeschwert miteinander. Mit verbissenen Mienen laufen sie auf ein Auto zu, das an einem verborgenen Platz in der Nähe parkt. Sie müssen sich verfahren haben, denn soweit Hillevi weiß, gibt es keinen Golfplatz am Judar-See. Der dritte Mann kommt ihr ebenfalls bekannt vor. Er ist kürzlich sehr präsent in den Medien gewesen, im Zusammenhang mit einem neuen Posten, den er bei der Polizei angetreten hat. Ein ganz hohes Tier. An seinen Namen kann Hillevi sich allerdings nicht erinnern.

Im Unterholz gleich neben ihr liegt Emma reglos am Boden. Das aufgescheuchte Pferd ist weggelaufen, und jeden Moment kann jemand kommen und sehen, was passiert ist. Dennoch muss Hillevi hingehen und prüfen, ob Emma noch Puls hat. Sie sieht sich um, um sicherzugehen, dass niemand in der Nähe ist oder die Männer wieder zurückkehren. Mit den Fingerspitzen berührt sie Emmas Hals und meint, es unter der Haut leicht vibrieren zu spüren. In der Ferne hört sie galoppierende Hufe auf dem Schnee und weiß nicht, ob es Emmas Pferd oder die anderen sind, die sich auf den Weg hierher gemacht haben. Rasch versteckt sie sich. Doch als sie dann aufstehen will, hält jemand sie fest. Zu ihrem Schrecken hat Emma die Augen geöffnet. Ihre Hand greift nach Hillevis Mantel. Panisch reißt sie sich los und rennt davon. Gelangt auf den Weg und läuft so schnell sie kann, bis sie vollkommen erschöpft ist.

Bei dieser Erinnerung wird Hillevi erneut von Panik ergriffen, und sie fragt sich, was wohl jetzt passieren wird. Der weiße Volvo mit den blau- und neongelben Seiten und dem Blaulicht auf dem Dach macht vor dem Eingang eine Vollbremsung. Was für ein Aufwand, denkt sie. Dabei ist sie gar nicht dazu gekommen, Emma Schaden zuzufügen. Eine Frau und ein Mann in Uniform steigen aus und begrüßen den Kollegen, der sich jetzt Hillevi zuwendet. Er macht eine Kunstpause, dann sagt er zu ihr:

»Sie sind festgenommen wegen des Verdachts, Emma Sköld ermordet zu haben.«

Mord? Hat sie richtig gehört? Ehe Hillevi es infrage stellen kann, packen die Polizisten sie bei den Armen und drücken sie brutal auf die Rückbank des Streifenwagens.

Das Letzte, was sie sieht, als sie vom Danderyder Krankenhaus wegfahren, ist der Polizist, der ihr hinterhersieht.

Er lächelt.

Danksagung

Vor vier Jahren war ich auf Station 73 des Danderyder Krankenhauses, um meine Großmutter zu besuchen, die dort nach einem Schlaganfall lag. Es fiel mir jedes Mal unglaublich schwer, denn sie wollte immer nicht, dass ich wieder ginge. Sie wollte nicht allein im Krankenhaus bleiben. Und ich konnte sie gut verstehen.

Krankenhäuser sind für mich Orte, vor denen ich mich fürchte. Ich habe Angst vor Blut, Verletzungen und Krankheiten und davor, fremden Menschen ausgesetzt zu sein, all das, was Emma Sköld in diesem Buch erleiden muss. Zugleich möchte ich hervorheben, dass für mich die Menschen, die im Krankenhaus arbeiten, wahre Helden des Alltags sind. Krankenschwestern und Pfleger, die rund um die Uhr da sind, um anderen zu helfen, und die darum kämpfen müssen, genügend Zeit für so viele Patienten wie möglich zu haben. Sie sind bewundernswert und zugleich zu bedauern, weil ihre Arbeit so stressig, fordernd und manchmal geradezu unerträglich ist.

Nie werde ich den Tag vergessen, an dem die Freundin meiner Großmutter im Rollstuhl und in Begleitung ihrer Tochter auf der Station auftauchte. Zu meinem großen Entsetzen wollte meine Großmutter, dass ich für sie singe. Lieber hätte ich auf einer Bühne vor hundert Leuten gestanden, als in diesem kleinen Krankenhauszimmer in Danderyd vor meiner sterbenden Großmutter und ihren Gästen »Älska mig« zu singen. Dennoch tat ich es – meiner Oma zuliebe. Sie weinten alle drei, und ich sang.

Es ist eine der letzten Erinnerungen, die ich an meine Großmutter habe, der dieser Roman gewidmet ist. Sie wäre sehr stolz darauf gewesen.

Denn als ich vor vier Jahren durch die Krankenhausflure ging, sammelte ich unbewusst bereits Eindrücke für ein neues Buch. Erst viel später begann ich mir eine Krimi-Intrige im Krankenhausmilieu auszudenken. Und irgendwann begriff ich, dass ich zurück auf Station 73 war.

Als Autorin ist es mir vergönnt, mein Manuskript zu einem Buch werden zu sehen, dafür gebührt jedoch nicht mir allein die Ehre. Ich habe es der Unterstützung vieler zu verdanken, dass ich meine Geschichte entwickeln konnte und auf wichtige Fachfragen Antworten fand. Für eventuelle Fehler bin ich jedoch allein verantwortlich, und manchmal habe ich mir die Freiheit genommen, die Realität zugunsten der Geschichte umzuschreiben. Keine der Figuren gibt es in Wirklichkeit.

Folgenden Personen möchte ich in diesem Zusammenhang danken:
dem Massolit-Verlag, speziell meiner Lektorin Erika Söderström, der Grafikerin Maria Sundberg, Hans Barle, Dozent, Oberarzt in der Anästhesie- und Intensivpflegeklinik des Danderyder Krankenhauses, für seine Hilfe in medizinischen Fragen und Faktenprüfung im Manuskript, Lars Bröms und Mikael Schönhoff,
zwei Kriminalkommissaren der Abteilung Gewaltverbrechen bei der Landeskriminalpolizei Stockholm, Maria Thufvesson, der Lektorin meiner vier vorhergehenden Romane. Danke für alles, was du mir beigebracht hast!
Dank auch an Emil Nylander, dem Produzenten des Buch-Trailers, Katarina Ewerlöf, die meine Hörbücher eingelesen hat. »Visning pågår« wurde für den Stora Ljudbokspriset 2014 in der Kategorie Krimi des Jahres nominiert.

Weiter danke ich meinen lieben Eltern, Ann und Svante Sjöstedt, sowie meinen Geschwistern mit Anhang: Tom Sjöstedt und Maria Lindqvist, Linn und Patrik Sjöstedt Dahl sowie Tyra Sjöstedt, sowie Freunden und Bekannten, vor allem Caroline Hård und Sofia Källgren für ihre Unterstützung und Förderung meines Schreibens.

Dank auch an die vielen aufmunternden Leser meiner Bücher und allen, die mir auf Facebook, Instagram und Twitter folgen.

Und meiner lieben Familie: Tommy, Kharma und Kenza. Danke, dass es euch gibt!